変容

Sei iTO

伊藤整

P+D BOOKS
小学館

目次

一

汽車の窓の左側に小さく、市街の家並から抜け出て、壁の白い天守閣が見えた。それは、私が何度も描いて、その細部の形まですぐ目に浮ぶ泉川城であった。二年ほどかかった修理もすでに完了し、二重の入母屋作りの破風を見せて、典雅な形でこの町の上にそびえている。その手前には百貨店や高層住宅らしい洋風建築が幾つか並び、それぞれその屋上には、冷房装置か水道タンクのためかの塔が突き出ている。そういう周辺の変化のために、城は以前ほど目立たなくなったようだ。赤と白のダンダラの広告気球が三つ浮いている。やがて城の上層の半分が、その少し右寄りの松林が黒ずんで見える丘の上に、突き出てぐっと近くなった。

汽車は鉄橋にさしかかった。水が少く、河原は広く、白っぽい丸石が並び、所々、砂利を掘ったあとの穴が水たまりになっている。川を過ぎると、倉庫、工場、屋根だけ大きな市場の広場などが続き、やがて駅の構内に入る。

レーンコートを着、旅行鞄を下げて出ると、プラットフォームの駅に面したところは、板囲いで目かくしされており、その上方に、枠を外された太いコンクリートの柱や梁が見えた。あの赤い煉瓦作り二階建ての駅の建物はこわされたあとだった。いたる所で古い駅舎がこわされる。そしてそのあとに、明るいレストランや売店のある、駅と百貨店を一緒にしたようなものが作られる。ここもその一つだ。私はしばらく立ちどまって、あの尖った屋根と赤煉瓦の旧駅舎のなくなったことを、自分に念を押したいと思いながら、流れるように出口に向う人々に歩調を合せていた。失われてゆくものの一つ一つを歎くために立ちどまる余裕は与えられていない。この町へ城を描くために来るたびに、いつかあの駅舎を描きたいと思っていた。あれを描かずに私は死ぬわけだ。

「先生、遠いところを御苦労さんですな」と、出口のところで、赤ら顔の肩のいかつい脊の低い男が声をかけた。「庶務課長の錦織ですわ。」

「やあ、錦織さん。また来ました。碑はうまいことできましたかな?」

私もこの土地の人の口調になる。

「結構にできましてな。先生にも喜んで頂けると存じます。前山の奥さんもえらくお気に召した模様で、弟は幸せや言うとります。」

「前山夫人もお変りないですか?」

「はい。」

「ふーん。」

倉田満作に連れられて私がはじめてこの町へ来たのは二十二歳のときだった。その翌年に一度、それから十年あまり隔てて、戦後には何度か、私はこの泉川市に来ている。いつ来てもこの関西の古い町には、私の育った東北地方と違う明るさが、漂っている。

市長のものか、市の客用のものかと思われる大型車に錦織課長は私を乗せた。そして彼は、いつの間にか私の手から受けとった旅行鞄を、その膝にのせて私と並んで坐り、運転手に言った。

「まずは大手口やが。あの碑のでけたところや。」

車は、真中に銀杏の並木があるので、ちょっと西洋のブールヴァールのように見える正面の繁華街の左側を走った。銀杏は葉を落しつくして、その枝を斜に空に向けている。午後の買いものの時間であった。買物籠の中に大根や玉葱や肉や魚の包みらしいものを入れ、小さい子の手をひいた主婦、ヘヤドレッサーのところから出て来たばかりらしい若い人妻、学校帰りの紺の制服の女学生の群、日覆いを加減する腰の細い男の店員、歩道から車道に駆け出そうとして連れの老人に叱られている少年などが、左側の歩道に次々と見える。通路にはみ出すように置いた台の上に毛布や生地を積みあげ、その端に危く立って、羊か豚の群のようにそのまわりに押し合っている女たちに、叱るような口調で説明している店員があった。

繁華街はどこも同じようであった。すぐ鼻さきの歩道で、こちらに気づかずに歩いたり立ちどまったりしている母親たちが、私にはどれも幼く見える。幼く見えるだけではないのだ。若い母親たちは、人間の親であるという自覚を持つことのできない、未成熟の危なっかしい人間に見える。子供の手を引きながら、流行の膝の上までしかないスカートやワンピースを身につけ、まだ少女時代の続きのような目をしている。

勿論その原因は、私が年とったからなのだ。私から見れば、四十歳の人間は若い人だし、三十歳の男女は、まだ生きることの意味がよく分っていない未成熟の人間に見える。二十台の男女は子供の幼な顔から抜け出ていないのだ。今の私の目で見ると、子供を抱いたり、乳母車に乗せたり、また手を引いて何か言いふくめながら歩いている二十歳から三十歳ぐらいの母親は、人の親であることがどんな怖ろしいことなのか分らず、自分が何をしたのかも分らないでいるのだ。ただ気に入った異性がいたし、室代や食費を払えるだけの収入があったから、男と同居して、そして子供が生まれた。その子供を小鳥か犬でも飼うように連れて歩いている。自分も、自分の産んだ子も自然現象の一部分にすぎないと思っている。そういう顔をしている。

私はそれを膚寒いようなことに感ずる。私が生きることの意味を理解して生きている、と言う自信はない。しかし、あの若い母親たちは、これから後に、自分の欲望に目ざめるのだ。その頃、夫はきっと浮気をする。すると、突然足もとの地面が割れたような不安や恐怖に取りつかれ、自分の執念にぶつかる。やがて子供への期待は裏切られる。金銭上の欲望を抱いて屈辱にまみれ、老齢の不安におびやかされる。どれほどのことが行く手に自分を待っているかを知ったら、ああいう顔をして歩いていることはできない筈だ。だが私は、それを言う相手もないし、誰かに言ってみても始まらない。

車は古い城下町の面影の残っているひっそりした住宅街へ入る。所々はげた白漆喰に瓦葺きの屋根をのせた長い塀をまわした寺があって、寺の大屋根が山の急斜面のようにその塀の上に聳えている。その少し先には、珍しく完全な長屋門のある古風な屋敷が残っている。ただし長屋の中は倉庫として使われている気配だ。その家は、もとこの藩の家老だった家族の屋敷で、今その家の当主はここに本店のある地方銀行の頭取をしているという。

流行のブロック建ての塀を廻した家もあり、槇や青木の生垣の家もあるが、この辺はどの家も庭は広くとってあり、しかも古いままに手入れが届いているようだ。藁葺きの家があり、その広い庭の隅に、外階段のついた木造二階建てのアパートを建てているのは転業した農家だ。

その古い住宅地を過ぎると、その先は畑が住宅地に変った場所で、気の利いた建てかたの新しい小綺麗な家が、それぞれ五坪ぐらいの小さな庭を持って目白押しに並んでいる。そしてその先に泉川から城の濠に通じている古い運河がある。水は赤茶色の錆を浮かべ、岸に近いところは草に蔽われて、狭い、動かない水路がやっと見える程度だ。土堤(どて)の斜面に罐詰の空き罐、ポリバケツの壊れたもの、厚紙の荷造用の箱などの塵を投げ棄てた場所があって、水路は間もなく埋められそうだ。

凹凸のある土堤の道を、車はゆっくり、弾み、揺れながら城に近づいた。城の手前でその道は突然広い空地に出る。公園の予定地で、四階建ての大きな公民館の占めている隣接地とともに、もと陸軍の糧秣倉庫のあったところ、その昔の泉川藩の馬場だという。

車は、その広場が終ったところで、濠にかかっている橋を渡り、枡形になった石垣と、そのさきの大手門の多門櫓というのを抜けて左折し、二の丸の広場に入る。そこから右方の石段をのぼると天守閣へゆく道だが、のぼらずに左方に進むと濠の内側の広場である。古い松の木が五本ばかり、石垣の内側から、水の涸れかかった濠の上に枝を延ばしている。

「あれです」と庶務課長が言って指さしたのは、一番奥の松の根元に真黒い屏風のように置かれた横長の石碑であった。みるみる車は近づいた。私たちは車から下りた。碑の横手にとまっていたダンプカーが、静かに後退しながら碑の前面に出て来た。そばに立っていた男と運転手が声をかけ合い、砂利を少しずつ碑の前面に下していた。そこを避けながら、私は碑に近づいた。黒い玉石を石垣に組んだ台の上に、幅二メートル、高さ一メートルほどの大きな黒曜石の厚い板をのせてある。真黒い石のよく磨かれた表面の右寄りに字が二行彫ってある。黒い表面に彫られた太いペン字を拡大した文字は読みにくいが、それは「ある日私は故里の城山の草の中に憩ふだらう」という倉田満作の文章の一節なのだ。その文字の左方に、高さを半分ほどに下げて、倉田満作の経歴を叙べた武林玄の撰文が細字でもっと読みにくく彫られてある。

私はそれを読むのをあとまわしにして、自分の裸婦の白描の彫られてある碑の裏へまわった。ちょうどそちらに日が斜めに当っていた。碑の裏面は、どういう訳か左半分に白い斑が浮いて、半白の頭髪のような地膚になっていた。裸婦の頭部、顔、肩、乳房、右腕などがその部分に彫られていた。この頃の石工の機械彫りのためか、線は細いところまでかなり深く刻まれ、そこに日が当るので黒い影となってはっきりと出ている。腰から股、脚は表面と同じ黒い石の膚の中に沈んでいるが、髪のふくらみ、眼と鼻の線などが白い斑の中に浮き出しているのは、かえってよい効果だった。

「右肘をついて首を立て、左の脚を右膝の上で少し曲げてその足さきを目の高さに伸ばした横たわれる裸婦」と私が当時、照れかくしに長ったらしく名づけたところの、倉田満作の代表作『巷の花』の飾り絵となった「花の降る下の裸婦」がそこにあった。斜め上からの日光を浴びて艶を帯びた灰黒色の石の表に、女の頬、肩、乳房、腰、膝のリズムをなす曲線をつなぐ手脚の長い線が、伸びていた。その裸形をめぐる模様として、上方から降る花びらが、心持ち大きい形で、顔の前に、肩のあたりに、膝、腰、肘のあたりに散りかかっている。

午後三時頃から日没にかけての数時間、日が照っていれば、女の裸体の輪郭が石の表に浮びあがるだろう。日の当らない午前から午頃(ひる)にかけて、また曇った日、雨の日には、それはただおぼろな唐草模様として、黒ずんだ石の膚を走る線にしか見えないだろう。そして、やがて長い年月の間に、その彫み線は欠けて崩れ、時の経過の中に姿を消してゆくだろう。

白描が石に彫られたのは、私にとってはじめてのことだ。二年前にこの広場で、筧市長から、碑の建設計画や、石の質と大きさの説明を聞き、更に倉田が長い間その書斎に飾っていた私の原画を引きのばして碑の裏面に刻むという話や、その碑面の方角を聞いたとき、私は大体この効果を考えることができた。それは、この市に住んでいる洋画家で、市の企画室の顧問をしている柿坂昌吉の案だということだった。柿坂が画家の私の仕事を目立つように取り入れてくれたのが分った。

私にとってそれは、絵描きの仕事の延長であったから、白い紙や絹に描かれた絵が室内や展覧会場に置かれる場合と違って、戸外で黒い石の面に刻まれた効果を考えていたが、仕上りが予想とほぼ合致したことに満足した。

しかしそれ以外のことは分らない。どういう経過で倉田の碑が作られることになり、私が協力者にされたのか、正確なことは分らない。分ろうと努力することもしなかった。倉田満作と自分との関係は、ここでは小説家とその挿絵を描いた友人ということになっている。実際は、私の「花の降る下の裸婦」がさきにあって、それへの唱和として、そのモデルだった小淵歌子と彼との交渉の物語を彼は『巷の花』に書いたのだった。そして彼は、私からあの女とともにあの絵を取り上げ、女は自分の妻とし、絵はそれを書斎の壁に飾り、その『巷の花』が本になったとき、その飾り絵とした。

あの小説を書いて彼は、戦中と戦後の記録小説の専門家から、物語作家に転向したのだった。「生れ変ったんや」と彼は言っていた。しかし私の目には、戦前に新進作家だった頃の作風への立ち戻りのように見えた。『巷の花』は彼にとっての堕落のきっかけであった、と言う批評もあった。しかしあの作品によって、彼の名は世間に通り、本が売れ、金が入り、次々と仕事の注文がふえた。彼は、女を書いて名手、と言われる人気のある作家になり、文士として生きることに自信を得た。そしてあの絵は彼のマスコットにされ、小淵歌子との関係が終ってから後も、絵は彼の書斎の長押の上に飾られていた。

人間の執着も、男女の結びつきも、弱いものだった。あんな熱狂的だった彼の歌子への執着も、やがて男と女との別れ際に起る平凡な醜い争いとなって終った。あの絵は彼の坐る背後の長押の上に飾られていたから、そのあとも気持の邪魔にならなかったのだろう。彼にとっての売文業の縁起物かマスコットであったあの絵は、彼の小説に遅れて私の絵に値が出るとともに、人の目につくようになった。

「これが龍田北冥(たつたほくめい)の絵の頂点で、以後あいつの絵には進歩が見られなくなってしもうた」と彼はいつも人に言っていたそうだ。たがいに、似たような批評をしていたものだ。

私は碑の表にまた戻って、彼の後輩の作家武林玄の撰文が、その左下方の四分の一を埋めている所へ顔を近づけて読んだ。

「倉田満作は一九〇九年泉川市に生れた。彼はつとに少年期において多情多感な性行によって知られたが、神崎高等学校を経て東都大学英文科に在学した当時から、同人雑誌『猟人』その他に拠って小説の制作を世に問うた。数え年二十五歳にして『ある愛情の虚妄』を書くや、その冷徹非情な思想と豊麗な文体とによって世評を得た。戦時中は報道班員として仏印シンガポール地方に滞在したが、その間に得た題材により、『南の戦線』、『雨期』を書き、戦記文学に新境地を開いた。しかし、倉田満作の名を最も輝やかしいものにしたのは、晩年の五年間、再び初期の作風への回帰を示し、時代の風俗を積極的に描きながら、頽廃の中に新しい人間像を掘り起した『巷の花』その他の名作を書いたことであった。盛名のさ中にあって、痼疾と過労のため突如として彼は、知命になお三歳を余して逝った。郷党の有志はここに彼を偲び、その盟友龍田北冥の絵を飾って碑を建てると云う。後輩武林玄記。」

倉田満作が生きていれば、私と同じく六十歳近くになっている筈である。彼は週刊雑誌に連載して名作と言われた『巷の花』の類型を追った情痴的な小説を次々と書いているうちに死んだのだ。戦後の新しい情痴作家という言葉が彼のために使われている。それは、彼には戦後の理想喪失の時代を批判的に見るだけの思想の骨格がなかった、という意味のようで、彼が次代に軽視されている気配があった。

彼が死ぬと、生前あんなに彼を追いかけていたジャーナリズムは、腐った肉を棄てるように彼から立ちのいた。しかし読者はずっと彼についていたらしい。死後十年になろうとする三年ほど前から、彼の作品は改めて取り上げられ、その全集が刊行され、その作品がくり返して劇化放送されるようになった。それはしかし、愛読者が続いているということであって、批評家は無関心であったから、文学的評価の高まりということではないらしい。倉田の小説にある放恣な甘美さが読む人に快いのだ、と私は思っている。あの『巷の花』をいま読むと、あの原稿を読まされたときの、歌子との事件の厭らしさがない。そういう事情を忘れさせる、甘美な、そしてどこかに真実の声の響く表現になっている。あれが読者を動かす彼の力なのだ、と思う。

建碑の話は、はじめこの町の文学青年のグループが言い出したことらしい。しかし土地を決め、経費の半ばを市の公園緑地課の予算から出して実行に移したのは、倉田満作と昔の中学校や高等学校で同級だった筧市長の力によるものらしい。そのほか助役の谷村敬三、それに袋沢良吉という教育長も、もとは文学青年で、小説を倉田に見てもらったことがあるという。城の修理が完成した記念に、市の観光ルートへもう一つのアクセントをつけるという意味があったのは事実だが、しかし私は、倉田満作の碑は、現在の市長とその仲間の青春時代への郷愁から生れたものと思っている。

「市長が、夕方まで宿でお休み下さるようにと申していますが」と、私が碑文を読み終るのを待っていたように錦織課長は言った。そのとき新しいトラックが一台、橋の方から入って来た。そして紅白の布をだんだらに巻いた棒材や、足場に使う材料や、畳んだ天幕のようなものを、敷いたばかりの砂利の上におろしはじめた。

私は城の中へ入ってまわりの景色を見たいと思ったが、錦織君が急いでいる気配なので、宿へ行くことにした。車は大手前で濠の外へ出て城を半周し、裏側の後曲輪の白い城壁を見上げるように濠端に建っている新築の光風館へ着いた。去年、この城の大修理が完成すると同時に、この宿屋は、明治末年に建てられたという古い二階家をこわして、コンクリート四階建ての洋風建築にした、と案内した番頭が言った。内部は大部分が和室らしく、鍵のかかる入口を入って靴を脱ぐ、という形式になっている。

私の通されたのは三階の南西向きの和室で、西日がカーテンを通して斜めに射していた。はるか目の下に、濃い緑色に藻の浮いた濠が見え、正面には三段の石垣の上にある五層の天守閣の裏側が、こちらよりも高く聳えている。からめ手に当る城の裏門がその下にある。そこから、三段になった石垣の間の斜面の草原を斜めに横切って、電光形に天守閣の下に届く細い踏みつけ道が枯草の間についている。そこを十二、三歳の子供が二人、時々斜面に手をつきながら登ってゆく。斜面の角度がかなり急だから、あそこで転がりはじめたら、三段下の濠まで落ちそうに見える。この室は前に迫った時の二階よりもかなり高いので、天守閣は鼻さきに迫るような圧力を持っている。

私はスケッチブックとカメラを持って屋上に出てみることにした。屋上の半分は機械室になっていてモーターの音のする塔のようなものがあり、東の半分は鉄のレーリングがついて、駅のプラットフォームにあるようなプラスティックの露天椅子が何脚かおいてあった。

遠くの駅のあたりでは、工場の煙突や、構内の蒸気機関車の吐き出す煤煙が建物の間に立ちこめて、そこだけ黒っぽいスモッグに包まれたように見える。城の左方、つまり東側には、この小さな平野を包んでいる山脈が、低くなりながらすぐ近くまで迫って、濠のそばを通っている国道の上方に、かなり高い切り岸を見せている。そこの濠は、その低い山脈を切って作ったものと分る。その土は城のある岡の頂きを広くするに使われたのであろう。

私の立っている屋上は、天守閣の二層目の屋根に大きくまたがった入母屋の正面より高く、三層目にある小さい方の入母屋を心持ち見上げる位置であるから、土台の石垣と、一層目の長い軒がすぐ目の前に低く並び、鳩の巣や、その白い糞に汚された軒端の木組みのざらざらした肌がよく見える。そして城というものは上の方は急に小さくなっているものだと分る。しかしそれだけに、その建てものの腹のあたりが大きくふくらんだマッスとしての実在感があって、もとのこの宿の二階で見たのとは違う力がある。城の頂上の層の窓は硝子張りになっていて、そこから遠距離用の大きな双眼鏡をこの宿の三、四階に向けて照準を合せている青年が見えた。

カメラを向けると、子供が三人ほど、その隣の窓から私に向って手を振った。

中空から鳥瞰するような天守閣の印象が私には新鮮だった。その屋根瓦の流れるような模様を大きく、画面一杯に描いたらどうか、と思って、私はそれを睨んでいた。瓦は西日の当るところだけ小部分が明るく、他の部分は黄昏の薄い光の中に沈んでいた。そのとき、城の向う側の、入口に近い事務所のあたりで、カランカランカランと鈴が鳴りはじめた。夕方で、来観者を締め出す時間が来たようであった。子供たちが呼び合いながら、あの内部の急な階段を下りてゆく声が聞えた。私はスケッチブックをひろげ、鉛筆で紙に一杯になるような、長い庇と入母屋の形を描いてみた。

私はしかし、それを途中でやめた。やめて考えるのも仕事のうちのような気がする。近年私は、仕事をはじめるとすぐ休んで考える癖がついて、困ったことだと思っている。ためらいが強くなり、仕事に熱中する力が失われたのだ。始めたばかりのその写生よりも、考えごとの方が重要な感じがするのだから、仕方がない。自分は何者で、いまここでどういう意味の仕事をしているか、少し強く言うと、おれは今こんなことをしていていいのか、という疑いが鼻さきに出てくるのだ。

色々なためらいや考が私と仕事との間に立ちふさがる。ほとんど六十年になろうとする私の生涯には、色々なことが起っている。ついに解決できないままで、心の安まらない思い出が幾つもある。仕事に向うと、真剣な気持になる。すると、その真剣な気持でさきにこれを解決してくれ、と言うように、不安定な思い出が目の前に浮び出るのだ。

前山夫人のことを錦織課長に言ったことが変に取られはしないか、というのがそのとき浮んだことだった。疲れているときは神経過敏になると分っているが、一度気になり出したことはなかなか消えない。

倉田満作と知り合いになった当時、私はまだ絵を描こうか、小説を書こうかと迷っていた。彼も私も数え年で二十二か三のときだった。夏休みに帰郷するという彼について私はこの町へやって来た。彼の父母はまだ健在で、勘定奉行とか勘定方とかをしていた曾祖父が明治になってから建てたという暗い大きな屋敷に住んでいた。彼は口やかましい父を嫌って、二日ほどすると、姉の家に私を連れてゆき、風通しのいい二階二間を占領して、そこに寝泊りした。土木技師だという夫がいつも旅先の現場に出かけているし、無人で淋しいと言って、前山夫人も私たちを歓迎した。咲子という名前の前山夫人は、倉田より四つか五つ年上で、女の子が一人あった。その家は、この宿と反対側の、城を大手前から眺める、やや離れたところにあり、その二階からは、三つの隅櫓をつなぐ二の曲輪、三の曲輪の長い白い塀と天守閣が、緑の木立の間に見え隠れしていた。私は、倉田が外出したときなど、二階の窓際の机に頬杖をつき、よくそれを見ていた。ある日、

「龍田さん、どうかしなはった？　いやに静かやないの？」と言って、前山夫人は二階へ上って来た。お茶の盆を手に持ち、露草に螢を散らした白い浴衣を着ていたが、膚が白く、顎が丸く、耳の下のあたりの妙に濃い遅れ毛が艶めかしい大柄な人だった。脚を横に出して坐り、団扇の丸い端を口にあて、上唇を押しあげるようにすると、白い歯が見えた。私はぎごちなく感じ、そのぎごちなさを罪あるものに感じた。

「私ね、脚気やないかと思うのよ。階段を上るのがとても大儀やわ。もともと太い脚なんやけど、こないになってるの、脹れてると違うかしら？」

そう言って彼女は、横坐りした浴衣の裾を雑作なく膝のところまでまくって、向う脛の一部を指で押してみせた。丸いくぼみが出来て、しばらく戻らなかった。

「ごめんなさい。私、脚が太うてとてもいやなんよ。こんなん、どたあし言うのやないかしらん。」

私は瘠せた女性より太った女性が好きであり、足首のあまり細い脚よりも、白い皮膚の脚、特に足首が太目の女の脚に刺戟を受けるたちだった。私は顔が赤らむのを感じて黙り込んだ。それまでも私は、彼女が階段を上るとき、その心持ち太い脚が浴衣の裾から現われるのを何度か見ていた。前山夫人はそれに気づいているのかも知れない、と私は思った。彼女は私の羞恥心にふれたのが分ったらしく、さり気なく脛を蔽って、ほかの話をはじめた。

倉田満作は時々、汽車で一時間ほどかかる神崎という港町へ私を連れ出し、そこの場末の、船乗りや漁夫の集る安酒場へ行った。女が三人ほどしかいない小さな家だった。そこのやす子という首の長い、お俠(きやん)な年増の女と彼は親しいようだった。年にしては大胆と言うか、向うみずなところのある彼は、私の前でも平気だった。そういう経験のない私はうまく場を外せなかった。ある晩彼はその女の室へ泊ることになり、私に別な女を近づけようとしたが、成功しなかった。彼は最終列車の時間が近づくと、私に一人で帰れ、と言った。

泉川も神崎も幹線の駅だったから、遅くまで普通列車があった。そんな夜更けに帰るような生活をしているのは、前山夫人に対して気の引けることだった。しかしその頃私はこの共同生活をやめて東京へ戻ることも、また東北の日本海岸にある郷里へ帰ることも考えず、倉田のそばにいたかった。私には異性に対する道徳的な意識の固い殻があって、破れなかったが、倉田満作にはほとんどそういうものは残っていなかった。その彼が自分と違う大人に見えた。酒を飲むと蒼白い顔になって、私とは違った次元でものを考えているようだった。ああいう顔が女の心を引くのだな、と思って私は彼を羨んだ。彼の方が本当に生きて、本当にものを考えている人間に見えた。私は、前山夫人の家に彼と暮しているうちに私の身にも何か新しいことが起るような期待があって、その家を離れたくなかった。

夜の一時頃、泉川の駅から前山家までは、暗くって長い道であった。表通りの家々は早く戸を閉めているし、そのさきは、通りから離れた桑畑の中に、あちこち新住宅が建っている。その中の一軒が前山家であった。私がひとりで帰るのは、それまでに何度かあったことで、出て来た前山夫人は、

「まあ、あの子はあなたを一人帰らせたん？　しょうむないひとや」と言った。うす紅いネル地のような妙に厚ぼったい寝巻に白い細帯をしただけの夫人は、眠むそうな目をしていた。耳の上でふくらませる髪の流行った頃であったが、その髪が乱れて頬に落ちかかるのを、彼女はうるさげにかき上げた。白い二の腕が伸び、胸元に乳房の間のくぼみが見えた。

私は文学青年で、小説で色々な場面を読み、空想もした。しかし、こういう年上の人妻の前に出ると、自分はまだ少年期の続きにいるのだから、大人の生活意識は自分には分らない、と思った。人妻の前山夫人は、肉体の感じをあらわに発散させたが、それが無関心からのことか、意識してのことか分らなかった。私は、彼女の弟の友達である私のために夜中に起き出したのを迷惑がっているにちがいない、と思っていたので、夫人の好意に甘える気持はなかった。ただ私は、中学時代に、上級生に追いかけられたこともあり、従姉とのある経験もあって、自分の容貌を醜いとは思わなかった。そして私は自分のそのイメージに合うように内気らしく行動していた。この夫人にも嫌われる筈はない、という程度に考え、「おやすみ」と言って二階へ上ろうとした。

「龍田さん、今夜は淋しいからあなた下に寝なさい」と夫人が言った。彼女は階下の八畳間に子供の章子と大きな蚊帳の中で寝ているのだ。私はできるだけ無邪気に答えた。

「はい。でも寝巻に着かえなければなりませんから。」

　そう言って私はさりげなく二階に上り、寝巻に着かえて、毎晩立ててある風呂に断りもせず入り、夜道の土埃と汗を流した。無邪気に行動するのだ、と私は自分に言い聞かせた。そして、夏のことで障子も襖も開け放ってある八畳間の蚊帳に入った。蚊帳の中に章子ちゃんがいる筈なのに、見えなかった。夫人は自分の蒲団に横たわり、腹に薄い夏蒲団をかけて、ゆっくり団扇を動かしていた。手前の廊下に近いところに私のために敷蒲団が敷かれ、枕がおいてあり、枕もとに団扇があった。

　私はそのとき、立ったままで言った。

「章子ちゃんはどうしました?」

「おばあちゃんの家へ泊りに行きましたがな。ま、横におなり。」

「はい」と言って私は横になった。

「暑いでっしゃろ?」と言って夫人は私の方へ風を送った。そのとき明りは消してあったように思う。月夜だった。まわり縁のついた廊下の雨戸の上の明りとりの一部から、どういうわけか一尺四方ほど月が射し込み、白い団扇と、それをゆるやかに動かしている白い腕とを浮びあがらせていたが、夫人の顔は暗がりの中にあった。私は無邪気に言った。

「風は少しありますが、歩いて来たから汗になりました。畑の道は乾き切って、土埃で大変でした。」

「そうでっしゃろ。あんた、満作とのおつき合いも大変ですな。ほんにあれは、しょむない人やで。」

私も頭を枕につけて団扇を使った。関西の言葉は、どこかに皮肉の棘があるようなのに、その細かい味の分らないのが困ることだった。

「いや、先達についての人生修業かも知れません。」

「あほなこと。ああた、ちと酔うとるのやな。」

私は声を出して笑った。私は、どきどきしているわけではない、と無邪気に振舞うことに懸命であった。そこには、子持ちの人妻である前山夫人の寂しそうな気配と、倉田がいるときはあらわに見せない私に対する漠然とした親しみと、さりげない男と女の接近の気配とがあった。何かが起りそうな予感を私は感じた。私は眠るまいと思った。しかし思いすごしかも知れなかった。

その日私は、かなり長い時間、倉田といて相当に酒を飲んだ。そして女たちを相手のお喋りや、帰りに乗った夜汽車で立っていたことや、そのあと二十分も歩いたために、疲れと酔とで、うとうとし、やがて団扇が自分の手から落ちるのが分った。そのあとも、ゆるやかな、もの思うような団扇の使いかたで、前山夫人の方から私の左頰に風が送られていた。かすかに、ギッ、ギッと団扇の骨が小さく鳴っていた。眠ってはならない、と私はまだ考えていた。そして、どこか淋しそうな、どこか放恣な感じのこの人妻に煽がれていることに甘い、ほとんど性的な快さを味わっていた。私は眠ったふりをしているつもりだった。

だが私はそうして寝込んだようであった。そして突然私は目をさました。人の手が私に触っているのだった。心臓が激しく鼓動し、その音が室一杯に響くように思われた。しかし私は縛りつけられたように、眠ったふりをしつづけた。私は最後まで眠ったふりをしつづけた。

倉田満作は翌日帰って来たし、章子ちゃんは二日おいて戻って来た。これまでと少しも変りのない生活が続いて、一週間後に私は前山家を去った。

その次の年に泉川へ来たとき、倉田はまた私を前山家へ連れて行ったが、そのときは前山儀右衛門という彼の義兄に紹介された。請負師とか土木技師などにありがちな豪傑風の四十近い男で、夫人より大分年上に見えた。あの八畳間にテーブルを置き、私たちは酒を馳走された。庭の池のほとりに咲いた菖蒲の紫色の花を覚えているから春頃のことだった。夫人は少し瘦せて、色が一層白くなり髪を丸髷に結い、黒い襟をかけた着物を着ていた。その昭和のはじめ頃、夫婦の結びつきには、多分今よりもずっと強いいかめしさがあり、丸髷を結った妻に酌をさせて、義弟とその友達を食事に招いている前山儀右衛門氏には、その古風な名前にふさわしい威厳があった。

私は前山儀右衛門という人の全存在を強い印象で受けとめた。その笑顔、その仕事の自慢話、その盃をあけて私に差すときの腕の伸ばし方までが私の心に刻みつけられた。豪傑風な、気取り屋の、しかし仕事については熱心な人物らしかった。前山氏は私が気に入ったようであった。私は夫人には無関心で、そして前山氏を好きになったように振舞った。

「満作君はもっと真面目にやらにゃいかん」ということを、彼はくり返して言った。倉田は、言い返しはせず、蒼白い顔で笑っていた。儀右衛門氏はまた、今年の秋には庭の池の向うに茶室風の離れを作るのだ、という計画を熱心に語った。人間の虚偽という怖ろしい実在が、それを聞いている私にのしかかった。

夫婦がいて、子供がその間に育ち、夫の経済力の増大で、新しい生活の設計が行われている。私はその現実に、侵しがたい一組の男女の願望と、家庭の神聖さを感じた。しかも、その男女の結びつきの急所に裏切りが行われ、私がそれに加担している。恐怖とともに、裏切りのしびれるような快感がそこにあった。それは存在してならない事であるが故に、恐怖がそのまま喜びであり、実在でありながら幻影であった。

私は、目がそちらに行かないときも、前山夫人の白い肉体が、台所にゆき、また座敷に戻り、坐り、かつ立つ気配の一つ一つを知っていた。夫人がいま私と同じことを思い出し、考えている。あのことがあった室のほとんど同じ畳の上に私は坐り、その女の夫を目の前に見て、酒を飲み、笑い、うなずいている。現実とあの記憶とが、私を引き裂くようであった。罪悪感と性の刺戟の融合した強烈な味いを私はそのときに知った。

それが戦前に前山家を訪ねた最後であった。そのあと私は絵を描くことに執心して倉田とは離れがちであった。戦争が終って五年ほど経ち、私が倉田満作の小説の插絵を描くようになったとき、私は彼に郷里や姉のことをたずねた。彼の父母はすでに亡く、土地は小作人の手に渡り、屋敷やその他の財産で彼の手に残っているものはない、とのことだった。義兄の前山儀右衛門氏は戦時中に乗っていた輸送船が沈んで亡くなり、一人娘の章子ちゃんは神崎市の新制大学を出て、泉川市の農業組合に勤めている婿をもらい、踊りの師匠をしている前山夫人とあの家に同居しているとのことであった。

倉田と私が泉川市を訪ねたのは、昭和二十八年頃であった。水が濁って青い藻の浮んだ濠のふちに立ったとき、私は白壁があちこち剝落してこわれかかっている泉川城の美しさにとり憑かれた。彼と一緒に前山家を訪ねたとき、私は四十五歳ほどであったから、前山夫人は五十歳に近い筈だった。二十何年ぶりかで逢うのだった。昔と同じ家だったが、まわりがすっかり住宅街になっているので、家の前に出るまでは分らなかった。その家は庭にあった小さな池の横に、鍵の手に離れがつき出ていた。前山夫人が出て来た。そのうしろに、昔の前山夫人に似ているが、もう少し輪郭がきつく、どこか男っぽい人妻になった章子が、赤ん坊を抱いて立っていた。三十歳ぐらいであろうか。夫人は私を見て声を立てた。

「まあ、珍しいお人に逢うことよなあ。ああた、ちっともお変りならへんわ。昔そのままやが、龍田先生。私はもう、このとおり、ほんまのお婆さんでな。でも、お目にかかれて、生きてた甲斐がありましたなあ。」

昔の前山夫人よりもきびきびしたもの言いをする、中年を過ぎようとしてまだ生きる力に満ちた女性が私の前にいた。落ちつきがあり、愛嬌があって、下ぶくれの顔の表情も明るかった。私は形悪く年とった前山夫人に逢うことを怖れていたので、ほっとした。

「ああた、偉くなられたそうで。立派な先生になられて、私もうれしゅうおますわ。そいで、奥さんは？　お子さんは？」

私は、家内は戦時中の無理がたたって長い間の療養ののちに死んだこと、そして子供がないことを言った。

「まあ、お気の毒に、御不自由でしょうが。」

「龍田君は、姉さん、不自由をするような男ではありまへん。大丈夫ですがな」と倉田満作がまぜっかえした。そのとき前山夫人の白い顔に、突然赤味がさした。

「あら、いややわ。そないなことやありませんがな」と言って、前山夫人は自分の言葉に狼狽し、袂を顔に当てて笑いこけた。その赤くなった中年の女の顔に、昔の夏の夜の記憶が現われた。彼女はいま、私があのとき気づいていたのを知っていることを、私に隠さなかった。生きてゆく人間にとって、ある種の記憶は消えることがない。二十何年か前の羞らいが、共犯者の男性の前で、五十歳の女性の顔にのぼるのを、私は見ていた。五十歳という年齢の女の中で欲望が生きているのを私は感じた。

私は城の美しさに話題を変えて、近いうちにまたやって来て、あの城を描きたい、と語ったが、そのあとしばらく私は泉川を訪ねる都合にならなかった。倉田満作の死んだのは、それから二年か三年のちのことであった。彼の葬式のとき、私はヨーロッパ旅行をしていた。

その後、彼の墓参りにと一度泉川を訪れたとき、私は前山夫人を訪ねた。夫人はちょうど稽古の時間だと言ったが、それにしても妙に私にそっけない態度を見せた。それで、その後も私は何度か泉川市に来たが、一日か二日ずつ光風館に泊るだけで、前山家を訪ねることはしなかった。二年前に筧市長から話があり、城の二の丸の広場で説明を聞いたあと、私たちは市役所の市長応接間に集った。私たちの前のテーブルには、市の企画室で作ったという碑の模型がのせられていた。東京から来た武林玄と私のほかに、原案を作った柿坂昌吉がいた。また教育長や助役や、古い倉田の友人などが卵形のテーブルを囲んで腰かけていた。そこへ、つき当りのドアが開いて、給仕の女に案内されて来た老婦人があった。

「前山のお婆あちゃん」と、倉田満作の友人という禿げた男が声をかけた。私は自分の目を疑うほどであった。五年か六年ほど逢わぬうちに、もう、彼女は老婆になっていた。瘦せて色が黒くなり、髪が真白であった。身体も一まわり小さくなっていた。彼女は私の隣に坐った。

「龍田先生、この度はまた弟のために、わざわざお出で下さって、ほんまに、うれしいやら、ありがたいやら、申しあげようがございません。おなつかしゅうございます。」

そう言って彼女は目に涙を浮べて私をじっと見た。何年か前に見たあのはつらつとした中年の女としての咲子夫人とは別な人に見えた。どういう訳でこんなに急に年とったのか、と思いながら、かえってそのために私は、倉田満作の死のあとに残された咲子夫人と私とが、同じ気持で寄り合っているように感じられた。

私も勿論老人である。すでに二年前のその時から私は低血圧と季節の変り目の神経痛に悩んでいた。しかし、私はまだ仕事に向うときや、ものの形や色に自分のモチーフを見出してスケッチをとるとき、執着と精力が湧いて、仕事の重みをしっかりと支える力があるのを感ずることができた。口先では年とった、と言い、目の下や口のまわりに皺はできたが、私はちっとも衰えたと思っていなかった。「美しい女が来るのを見ると、彼の目は光り出す」と私のことを後輩が言っているという。私は前山夫人が六十歳を越したばかりで老齢の中に萎縮しはじめたのを見たとき、自分の老齢を感じた。彼女は、筧市長が倉田満作の碑を立てる計画を改めて説明しはじめるのを聞きながら、しきりに流れ出る涙を拭いていた。その涙は拭いても拭いても後から湧いた。

二

次の日、目覚めたのは朝の七時頃だった。目が覚めると私は、倉田満作の生涯と自分とのかかわり合いを考えていた。この十年ぐらいの間に、若い時からの同世代人だった知人が四人も五人もなくなったが、倉田満作の死がその最初だった。同じように歩いている仲間のうち、倒れてそのまま立ち上れないものが現われる。それは他人でありながら、自分と同質のもう一つの存在が力尽きて滅びるのを見ることであり、自分の死もまた遠くないうちにあり得るという予告のようなものだった。

死ぬ二年ほど前から彼は健康には無関心だった。私は彼を見栄っぱりだと思っていた。命を大事にするのは、金を惜しむことと同じ吝嗇の精神だ、というように彼は自分の健康を無雑作に扱った。それが彼の浪費だった。彼は時間も体力も、投げ棄てるように生きていた。そして彼のまわりには、倉田満作の生涯の終りの黄金の滴りのような生命を吸いとり、盗み、貪る友人や弟子や出版業者たちが群れていた。武林玄もその一人だった。倉田満作は重症の結核をろくに手当てせず、熱のある身体で仕事をしながら、そういう取り巻きを連れては酒を飲みにゆき、その連中の彼を見る目、彼を賞讃し、批判する言葉を、息切れする重病人にとっての酸素のように呼吸して生きていた。そういう生活のなかに、彼の生命の意識は濃厚に、強烈に存在していたのだ。

病気が重くなるとともに、彼の目には輝きが加わった。頬がこけ、前から長かった顔が一層長く見えた。その目は大きくなり、熱のある、うるんだ光を帯びてきた。私は、彼の作品の挿絵をたのまれると、しばしばその顔に柔かみを加えて主人公の顔とした。肉体の破滅に近づくほど、その身体の違和感が作り出す不安のためか、彼の作品には高い調子が出て、人の心に突き刺さるような力があった。彼の描く女は艶めかしく、男を待っているようであり、また男たちは、罪悪か善行かの両極端に駆り立てられる衝動をバネのように持っていた。

「つまらんもんや、おれの小説は。しかし、ぱっと書いて、それで何かが出てくるのが仕事というもんや。おれはそこだけを書いとるんや。」

ある日、彼の新聞小説の原稿が出来ず、挿絵が間に合いそうもなくなったので、私は担当の記者に連れられて彼が仕事に使っている小さなホテルに出かけた。彼は寝台の上に、浴衣を着て俯向けに寝て、ひどく咳をしながら、煙の一筋立っている煙草を手から離さず持ちつづけていた。その咳の間を危くとらえて、彼は私の方に顔を向けてそう言った。窓際の机の上に一日分の原稿が出来ていた。

「ちょっとそうしていてくれよ」と私は声をかけた。そして手早くスケッチブックにその姿を描いた。描きながら私は、この男は、死ぬまで、もう平凡な生活に戻ることはできないのだ、と思った。彼は、すでに焰がその一隅をなめまわしている大きな一枚の紙のようなものだった。その紙は、すり切れたり、折れたりして時をかけて滅びるのでなく、一端に火がつき、めらめらと燃えあがって灰になろうとしているようだった。

私はその原稿を手早く読んで場面を理解してから、記者の千早へ渡した。千早と別れてから私は、街角で歌子に電話をかけた。

「大いそぎで君にモデルになってほしいんだ。」

「私が？　モデルを雇ってあるんじゃないの？」

「そっちの方は急場の間に合わないんだ。モデルと言っても、君の吹き替えなんだから、ちょっと頼まれてくれよ。」

「私だって、そんな急じゃ困るなあ。」

私は軽く話しながら、歌子の言葉の響きの端々に注意を集中していた。私は彼女の「別れた男」である。私と逢うのをいやがっていないか、私をしつこいと思っていないか、と。

「ちょっとしか時間がないのよ。もう私、外出する支度してしまったんだから。」

「いいよ、いいよ、洋装なら何でもいい。着てるものに注文はないんだ。」

「じゃ、いいわ。急いで来て。」

裸を描くのでもなく、着がえする必要もない、ということで歌子は承諾した。私は歌子と倉田の住居になっている大塚窪町の、狭い路地の奥の、二階建の木造アパートへ訪ねて行った。足もとのよく見えないような暗い、しかし幅の広い階段をあがると、とっつきの右側の扉が歌子と倉田の室であった。入ったところが八畳の和室で左隣に台所があり、右隣に襖を隔てて寝室があった。外から見ると貧相なアパートであったが、内部は割合にゆったり出来ていて、古風なかわりに室代も安いということで、二人は一緒になってからずっとそこで暮していた。出て来た歌子は薄地の白いスーツを着て、花かざりのついた帽子を手にしていた。

「彼は大分弱ってるなあ。あさっての原稿がやっといま出来たばかりなんだ。大急ぎで描いて届けないと地方版の間に合わない。」

「どんな場面なの?」

「男が女の裏切りに気づいて、それを問いつめている場面だ。帽子だけとっておくれよ。そして窓の端の手前に立っていておくれ。」

「いやねえ、あの人、そんな事にとても関心が強いのよ。それでいて、おれは君のことは構わない。好きなように生きてくれ、なんて言ってるの。」

私はだまっていた。私は倉田を描いた横に、同じ室の人物として歌子を描いた。彼女の服装は別なものに描き、歌子の顔の顎の張ったところを少し加減して、私の使っているモデルの信子に近いものにした。歌子がちょっと間を置いて言った。

「あなたこの頃どう？　今のモデルさん気に入っている？」

「そんなことはないよ、君の吹き替えのつもりで使ってるんだ。」

「その人、それを知ってるの？」

「そんなことは言いやしないけどね。」

「あなたがここへ来てること満さんは知らないんでしょ？」

「うん。分らないように描くから、君も黙っていておくれ。このところ苛立ってるからな、彼は。」

　だが翌々日、その插絵が新聞に載ると、歌子から電話があって、あの人は気づいたようだが、聞いても否定してくれ、と言って来た。それだけのことのために、私と歌子は、別れてから二年目に、また共通の内緒ごとを持つようになった。彼女は倉田が乱暴をすることに腹を立てたとき、また金に困ったとき、よく私に電話をよこした。私は愚痴の聞き役として彼女にとって必要な人間になったことを喜びとし、時に内緒で金も用立ててやった。このときの二年前に私のモデルだった小淵歌子に倉田満作が近づいて結婚したのだ。歌子のもといた酒場フローラへ倉田を連れて行ったのは私である。二人の近づく様子が見えていたとき、私はなり行きにまかせた。

はじめ歌子は、私の画室に通っていたとき、女中が二人いるだけで、妻の姿は見えないし、それに私が彼女を女として好きなのは直感的に分っていたから、この家の女主人になれるという空想を抱いたようであった。私と交渉があって、それが女中に何となく分ったとき、年とった方の女中がいやがらせに、私の妻が近く療養所から出て来る、と彼女に言った。それで彼女はびっくりしたのだった。

「驚いたわ。先生には奥さんがあったんですってね」と彼女は、戯談に言ったが、その目には私にだまされたという怨みがこもっていた。

「隠していたわけではないんだ。」

私は事が面倒になって、折角立ち直った妻の病気がまたぶり返すことを怖れていた。すでにその頃、パスとかヒドラジッドというような新しい薬が出来て、結核は以前のような致命的な病気とは思われなくなっていたが、妻の病気は戦時中からの古いもので、同じ病気の気配のあった倉田よりはずっと重く、片肺がほとんど無くなっていた。私の浮気のことが分ってそれが影響すれば、妻の京子は今度こそ危いかも知れない。もともと京子は感じやすい性質で、結核になった本当の原因は、私の画家としての職業にある、と私は思い込んでいた。

私は若いときから、風景を描くときは、いつも一人で、行くさきを決めない旅行をしなければならなかった。私は描写をそのまま絵にするわけではなかったが、古風な漂泊の心情というものが身についていて、その文学的な雰囲気なしには画題をつかむことができなかった。それでいて人物画で女性を描くとき、私は、モデルにうるさかった。どんな絵描きでも、モデルを使う場合、最初に細君を使うと家庭がこわれる、というのは真実だった。妻を描きつづけて女性を描く感興を失う画家と、強引にモデルに執着して妻が亡霊のような顔で茶の間にすわっている画家と二種あるが、私は後者だった。私の妻は、画家は妻のために滅びるべきでないという戒律を自分に押しつけて、私が彼女を描くのをやめたあとは、モデルを使って裸を描くのすら何でもないことのように容認した。そしてその戒律の中で自分をいためつけて不眠症になり、やがて胸を悪くしたのだった。

私はモデルにうるさかったが、後で考えてみると、私の中に住んでいる女性の原イメージは、私が十四歳の中学二年のときに同居していた叔父の娘の清子という十六歳の少女だった。彼女は、その三年前に亡くなった私の母の姪だったので、どこか私の母に似ていた。清子もまた結核でその一年後に亡くなったが、彼女が病院に入っていたとき、見舞いに行くのが私の仕事だった。彼女は、命とりだという通念のあった結核になったとき、弟のような私に着がえを手伝わせたりしているうちに、機会を与える気持になったのだろう。私は彼女においてはじめて、女の肉体を見、またそれにこわごわと触れた。その後、私は清子のイメージのまわりをぐるぐるめぐりながら、女性を求めて来たような気がする。

私が青年時代に教員をしたとき同僚だった妻も清子の顔の系統だった。私はのちに理解したことだが、人間の顔には色々な性質がある。ある年齢で数年のあいだある形を保っていても、環境や年齢の変化のために突然面変りをする女がある。妻はその変りやすい顔を持った女だった。私のような生き方をする画家の妻として五年か七年暮せば、面変りするのが当然だ、と言うべきかも知れない。男が自分の妻を面変りさせないためには、適度の経済的豊かさと、適度の心の平安と緊張とを与えて、敏感な動物を飼育するような、言わば献身の生活をしなければならないのだ。私がもし画家でなかったら、そういう生活をすることも可能であり、意味があっただろう。その男にとっては妻なる女を飼育することが生活なのだから。

妻の面変りは、私の画家としての生活が原因なのに、そのあとでは、自分は夫にとって重荷になったという意識に苦しんだ。妻は、病気になったことがまた私の負担になると考えて苦しむような、そういう気質であった。それは戦時中のことであった。戦争の末期の二年あまり、私がほとんど仕事を放棄して陸軍の宣伝班の一雇員になっていたときが、彼女の生涯の休息期であった。京子は、食糧不足で営養もとれないその時期に、病気から立ち直った。重い病を患ったことのある人間によくあるように、彼女は洞穴の中から人を見るような、一種の虚脱した瞳を持ち、皮膚が頬骨に貼りついたような顔をしていた。そういう、不要なものを洗い落したような人間になって、彼女は冬も風邪を引かずに、食糧の買い出しに出かけたり、町内の防空演習に出たり、配給物の世話係りをしたりした。モンペをはき、防空頭巾を肩にかけて歩きまわるときの彼女は、芸術、酒場、遊び、女などというものの姿が消え去ったその時代の、乾いた、しかし、きびしい空気によく似合っていた。養いの少い、冷たい水の中に生きて、僅かに水の中の苔を餌とする鮎か岩魚のように、彼女は厳しい戦時の欠乏生活のあいだ生き生きと働いた。

私は反対に、売れない絵を描く気が起らなくて、すっかり生活の張り合いを失い、博物館や美術館に通うのを、せめてもの勉強にしていた。あるとき私は上野の博物館で北斎の「千絵の海」を見て、その強靱な構図と細部の激しい筆致とに圧倒された。そして、そのとき私は、自分がすっかり萎縮しているのだ、と気がついた。その頃私は四十歳に近く、戦争というものは、じっと頭を下げていれば過ぎ去る天災のようなものと考えていたのだが、北斎に圧倒されたとき、私は自分が駄目になりかけていたこと、そして同時に、自分の内部でいま何かが目を覚ましたことを感じた。私は沈滞の底にあって、いまおれは絵が分ったのだ、と目が覚めたような気がした。

私が絵の仕事から脱落していたのは画壇という社会から切り離されたためだった。画壇という同業者の集団の中で十年あまり暮して来て、私は絵そのものよりも画家としての商売や、同業との競争意識などを手がかりに生きていた。そして絵そのものにはほとんど盲目になっていたらしい。だから私は、この時、はじめて絵が分ったと感じたのかも知れない。それまでも、何度か私は絵が分ったと感じたことはある。モジリアーニに感心し、画壇で無視されていた竹久夢二とモジリアーニとの類似を発見したとき、また日本画の筆法を洋画家の小出楢重(こいでならしげ)の挿絵に見出したとき、また村上華岳(むらかみかがく)とブレークとに同質のあるものを見たときなど、私はそれを感じた。しかし北斎の「千絵の海」を見たときの衝撃は、そういう比較による技法の理解ではなく、実在の本質として絵がこの世に存在する、という重い圧迫感で、すぐに消えるものではなかった。それは強い目覚めだった。

戦争が終ったとき、私は、その時の印象を見失っていなかったから、自分の腕が幼い、未熟なものだということを痛感したが、あまり迷うことはなく、仕事に取りかかった。私の絵はしかし、しばらくの間は売れなかった。家が焼けていなかったから、生活はどうにか続いた。子供はないし、妻には教員の資格があったので、それを生かして近いところにある女子高校の教師となり、その次には家庭裁判所の調査官になった。そのおかげで私は仕事の上ではゆっくり構えることができた。

だが私が仕事の中で気持が高まって来たとき、妻は、勤め先への往復に乗る電車の混雑や、居残りの仕事などに疲れ、また不眠症にかかっていた。彼女は、次々と起るストライキや闇市や殺人やアメリカ兵と日本の女のいざこざなどを見聞し、それを敗戦に特有の混乱だとして忌み嫌った。その上、家庭裁判所の仕事そのものが、彼女の不安を掘り起すようなものであった。そこで扱われる人妻の不貞、男性の堕落、財産分配のいざこざ、一人の男を争う何人もの女、などという社会の混乱を反映する事件は、彼女の顔を暗くし、その気持をかき乱した。

そして私の絵がどうにか売れるようになると同時に、妻はまた胸を悪くした。今度はひどく重症で、絶対安静にして手術する時を待たねばならぬ、と医者が言った。小康を見はからって療養所へ入れた。貧乏で妻の働きによって食べている間、私は節を曲げることもなく、時間をかけて丁寧な仕事をした。そしてちょうど妻が発病した頃に、私は、これで自分の絵が描けるようになった、という自信に似たものを抱くことができた。その頃、展覧会に出した一つの作品が賞を得ると同時に、買手や画商が私のまわりに集った。その頃私は専ら風景を描いていた。

私は女中を二人雇い、療養所にいる妻を食べものや洗濯もので不自由をさせないように、かわるがわる通わせた。そのため金もかかり、気づかいもしなければならなかったが、二人の女中を置くのは、何よりも私についての不安を妻に抱かせないためであった。私は見舞いに行っても自分の日常のことは言わなかったが、それは女中たちの口を通して妻には分っている筈であった。そういう生活のなかで、私は結婚して以来はじめて男として解放され、のびのびと女を描くことができるようになった。私は画室で女たちに触れるようなことはしなかった。画室に女を入れる時は特に気をつけて、画室の様子が女中たちにも分るようにしておいた。私は、モデル紹介業者を通して、職業モデルを使ったが、そのほか色々な伝手でパンパンや酒場の女や少女などを描き、飽くことがなかった。

自分の描くものが絵になっている、という自信はその頃から私の気持を楽にした。私は人中へ出ることを楽しむようになった。また酒場などへ誘われる機会も多くなった。妻を働かせている間、私はとかく不機嫌で、夕食が遅れたと言っては腹を立て、妻が勤め帰りに買って来たテンプラを庭へ投げたりして、いつも癇をたかぶらせていた。絶えず自分の仕事に不満であり、苛立っていた。それも妻を不眠症にした原因だったのだ。

自分の仕事についてのこういう不安は、妻に養われているという負い目の意識の反面だったのだ。療養所に入った妻をいたわる気持と、人中へ出たり、酒場の女たちをからかっていることは、仕事についての自信とともに現われた気持の余裕であった。しかし、どこかに落ちつきの悪いものがあった。あるとき私は、自分の絵が描けるようになったとき偶然同時に妻が倒れた、というのは思い違いで、実は妻が病気になったときおれは仇敵を倒したというに似た自信を持ち、それが女を描く仕事の自信に移行したのではないか、と考えた。それは居心地の悪い思いつきだった。しかし、妻の病気の再発が私の仕事にとって都合のよいことは否定できなかった。そして妻の療養に惜しみなく金をかけることに償いの満足感が働いていたのも事実だった。

金が必要だった。妻の療養や女中を二人置くことに金がかかるという理由で、私は仕事を多く引き受けるようになり、仕事に自信があるという気持から手早く片附けることに慣れた。新聞や雑誌の挿絵を引き受けるようになったことがそういう習慣を一層強めた。

小淵歌子を見つけたのはその頃であった。その当時、よく行っていたフローラという酒場の十人ぐらいの女たちの中に、ある晩私は新しい女が一人いるのを見つけた。その横顔を見て、私はすぐ目をそらした。丸顔で、特別美しい女という訳ではなかった。少し肉がつきすぎたという感じの身体で、色が白く、髪が栗毛に近く、太目の眉のあいだに何か暗い感じが漂い、口が心持ち大きかった。話相手に目をそそぐとき、その下唇をちょっと開ける投げやりな表情が私をとらえた。さがしていた女のイメージだ、と私は感じた。

私は目をそらし、自分の前にいる女との話を続け、しばらく間をおいてまたその女を見た。色の白いのが取りえの太っちょの赤毛で、口もとは締りがない、と言われても仕方のない顔であった。しかし、またその女は相手の客に目を上げ、下唇を少し開けた。その下唇は上唇よりも厚く、受け口なのが肉感的であった。だが、その二重瞼の目は、睫毛が濃いせいか、またたく時に、不安そうな、疑い深い、ためらいの表情になった。その淋しそうな、また賢そうな目のためらいの表情と、肉感的な受け口とは矛盾したものだった。その矛盾した不安定な印象が、軽い羽根で脊中を撫でられるような戦き(おのの)を私に与えた。

そのとき私は、少年期に戻って女の顔に初めて感動したような、妙に切ない気持になった。私は、その頃、酒場の女たちの裏の生活を多少知っていたから、こういう所に働いている女は、たいてい亭主かヒモのようなものを持っていること、子持ちもいること、また彼女等は時として安易に身を売ることなどを知っていた。しかし私は、自分の心に湧いた少年じみた切ない執着を恥じて、そののちも、その女には積極的に話しかけなかった。自分の気持を相手に知られることを避けながら私は、彼女が歌子という女であり、房州の出身だということをやがて知った。

私は歌子に対して、他の女たちと同じ態度を取った。冗談を言い、からかい、ちょっと可愛らしい小豚みたいだなどと言って怒らせた。そして、そういう冗談の中で、ある時、さりげなく、モデルになる気はないか、と言ってみた。裸になれなんて言うんではないでしょうね、と彼女も冗談に言い返した。いや僕は日本画家だよ、気に入った着物を見つけたとき、それを着せて描きたいんだ。その着物はあとでお礼にあげるよ、と言った。あら嬉しいわ、それならオーケーだわ、と歌子は言った。

自分が彼女に強く惹かれていることは分らせまい、と私は気を配った。そして私は、昼間彼女を連れ出して着物をさがしに行き、はじめは大柄の黄八丈を買ってやった。帯は黒地にした。歌子は大喜びだった。画室では私は絶えず彼女に話しかけ、その口を開く表情を何とかしてリアルに描き出そうとした。それがなかなか思うように行かず、春が夏に近づき、汗かきの歌子は下着を取りかえたりすることがしばしばあって、やがて私を信用したのか遠慮なく振舞うようになった。そして夏になった頃、彼女はあまり抵抗せずに裸を描くことを承知した。そして、当然の帰結として、ある日、女中が二人とも外出していたときに事は起ってしまった。それでもなお私は、それがたわむれの延長として偶然に起ったことのように振舞っていた。歌子は二十五歳だと言っていたが、もう二つ三つ上のように思われた。

歌子は、私が妻と別れたか別居しているのだと思っているようだった。そしてその事があってから、歌子の女中に対する態度が変って来た。それが何よりも私を苦慮させた。女中が何かを感づけば、当然それが妻に伝わることは分っていた。私は、女のことで妻を傷つけるのは絶対にしたくなかった。妻は病んで、しかも十分に過去に傷ついていた。そして、漸くその頃、営養が身について、手術をする直前まで漕ぎつけていたのだ。もう歌子をモデルに使うこと、少くともこの画室に来させることはやめなければなるまい、と私は思った。

倉田満作が週刊雑誌の小説を書くことになって、私に插絵を描かせることを思いついたのはその頃のことであった。彼は私の画室で歌子を知り、フローラへ通うようになった。私と同様に、あるいは私以上に彼は歌子に引きつけられた。彼はその気持を少しも隠すことがなかった。フローラでは、歌子は倉田の女と見られるようになった。私が歌子から尻込みをしたとき、倉田は歌子の経歴を聞き出し、彼女をモデルにして小説を書いた。『巷の花』は好評で、歌子は自分がそのヒロインであるという気持に溺れ、やがて倉田と関係した。

「あいつはヒモがついていたんだ」と倉田がある日私に言った。そのとき彼はすでに歌子と関係が出来ていた。『巷の花』は当然その男をも描くことになり、面倒な交渉が暫くあったのち、倉田はかなりの金を払って歌子をその男から自由にしてやった。私はそのおかげで、持てあましかけていた歌子を倉田に引き渡したような結果になった。そして私は、妻が女中から得ていた情報を妻の前ではっきりと否定することができた。どういう訳か倉田は、私と歌子との過去の交渉のことを気にしないようだった。歌子の話しかたが彼を信用させたのかも知れない。

結果として私はうまく立ちまわったのだった。しかし、私の本当の苦しみが起ったのはその後のことであった。歌子がいよいよフローラをやめて倉田と同棲することになったとき、私は、いつもの冗談の口調で彼女を祝福してやった。

「歌ちゃん、あんな才能のある独身者をつかまえたのは、君がよっぽど運がいいということだよ。倉田は気分がむらで、一緒になったら君も色々苦労をすることになると思うけど、我慢をして、どこまでも旦那を大事にしなければいけないぜ。」

「はい、そう致します」と歌子は言った。私は、その肩をそっと抱いて、その眉の間に、軽く接吻してやった。それは、今後はもう二人は兄と妹のようなものだ、という意味だった。私は、

『巷の花』が完成すると同時に歌子と別れたのだ。

私はなるべく倉田から離れるようにしたが、倉田は自分の小説にもっとも合うのは私の絵だと思っていて、彼の小説の插絵はたいてい私のところにまわして来た。彼の女についてのイメージは歌子だったから、私は彼女に似た女をさがして、モデルに使った。そして私は絶えず歌子のイメージにつきまとわれるようになった。插絵の仕事は麻薬のように、私の中に根を下ろしていた歌子を改めて私につきつけ、私は自分の作った歌子のイメージから逃れることができなくなった。

街を歩いているとき、自分の前を歩く女の姿にはっとすることがある。そういうとき、きまって、その女の後姿の首筋とか、肩のあたりとか、髪の毛とか、脚の形が歌子に似ているのだ。あ、首筋の生え際がそっくりだ、と私は思う。脚が実によく似ているが、しかし足首はもう少し太くなくっては、と思う。後姿の一部分が歌子に似ている女は実に多いのだった。時として後姿の全体があまり歌子にそっくりなので、まさか歌子である筈がない、歌子ならこんな粗末なオーヴァーを着てる筈がない、と思う。にもかかわらず、私は誘惑に負ける。そして急ぎ足にその女を駆け抜けて振りかえって見る。たいていの場合、後姿がそっくりでも、顔はまるで違う。そして同じ姿の女で歌子ほど魅力のある女に逢うことはなかった。

そしてその頃になってから私は、ずっと昔、少年時代に自分は歌子に似た女に逢っていたことが分った。私の中学生時代にはじめて女の身体を見たあの清子が歌子に似ているところは、その眉と目の淋しげな表情であった。そして歌子の下唇をあけている投げやりな表情は倉田の姉のあの咲子に似ているのだった。

歌子との同棲が二年ほど続き、流行作家としての激しい生活に追われていた倉田は、次第にほかの女と関係を持つようになり、それと同時に、自分のアパートで仕事をするのを嫌って、そとに室を借りたり、出版社の取ってくれたホテルを使ったりするようになった。

「歌子は君、この頃は、泉川の姉とそっくりな口をおれにきくようになってな。あれはうるさい女やで」と倉田が私に言った。

そして私は、彼が新聞小説でホテルに罐詰めになったとき、機会を見つけて歌子をモデルに使ったのである。私はそれまでも時々倉田と一緒にいる歌子に逢うことはあったが、そういう時、歌子はかっきりと倉田の妻という枠の中にはまっていて、近寄りがたい厳めしさがあった。私は、倉田を傷つけたくはないし、歌子を不幸にしたくなかった。だから、そのとき私の方もまた、歌子から見れば、夫の友人という枠の中に身動きもできないようにはめ込まれていたであろう。

それが、たった一度歌子を、その室でモデルとして使ったということで、私と歌子の気持は変った。二人とも、せきとめ、押し殺した気持を心の中に抱いていたから、そのとき何もうちとけた話はしなかったのに、二人きりで逢ったということに支配されたのだと思う。しかし、それがすぐ倉田に気づかれたと思ったのは、私と彼女の思いすごしだった。彼女が私に電話をかけて、時々二人は逢い、茶を飲んだり、彼女の愚痴を聞いたりすることが、何とも言われない楽しみになった。

私の妻は、手術のあと長い休養をしてから一応は治癒したということで家に帰っていた。しかし家の中をやっと動けるという程度で、寝ていることが多かったが、二年目の冬に、風邪から肺炎になったとき、実にあっけなく死んだ。そのあとの私の心の空虚は、私が思っていたよりはるかに大きかった。私はしばらく何の仕事もせずに、毎日のように酒場へ通っていた。そして私は、もう二度と女と一緒に暮すまいと考えていた。そういう心の空虚感のなかで、私は歌子に逢わずにいることはできなかったのである。その頃、歌子はほとんど倉田に棄てられたような生活だったから、彼女も私の方に傾いていた。

私との関係を復活させてもよいという態度を何度か歌子は見せた。はっきり倉田と離婚させてから歌子と一緒になるべきだ、という考は私の中に何度も起ったが、私はどうしてもそこまで踏み切れなかった。私は歌子を、好きな女として離れて見ていたかった。近づくことのできない他人の女として禁ぜられていることに私はやるせなさを感じ、そのやるせなさを愛情の雰囲気として好んでいたのかも知れない。結局私は、真面目な意味で歌子に自分の気持を打ちあけたことはなかった。

私は倉田満作と歌子についての回想に疲れて起き上った。女中が持って来た新聞は近くの海港神崎市の「神崎新聞」であった。食事を終えてから日の当る縁側で煙草をのみながらそれをひろげると、その社会面の片隅に「倉田満作の碑の除幕式」という小さな記事が出ていた。今朝十時半泉川市の二の丸公園にてとあり、東京から作家武林玄、画家龍田北冥の二氏が来泉するほか、遺族として、前山咲子、前山章子、市側からは筧市長、赤木市会議長、袋沢教育長などが参列し、除幕は故人の姉の孫にあたる前山雪枝嬢の手で行われる予定、と書かれていた。

洋服に着かえたところへ電話があった。錦織課長が、武林玄と一緒に駅から到着したところだが、一緒に挨拶に上ってもよいか、とのことであった。間もなく二人が案内されて来た。武林玄には倉田の晩年によく逢った。その頃彼は倉田より十歳ほど下で三十五、六歳であったが、いま私の前に坐った彼は四十代の半ばで、長く伸ばした髪が半白になっていた。

「龍田さん、お久しぶりです。故人の引き合せですな、ここでお目にかかれるのは。」

「ずいぶんお目にかかりませんでしたね。君も髪が白くなって来たじゃありませんか。」

「だって龍田さん、私もいい加減の年なんです。」

彼ははにかむように笑った。もとから彼はかすれた低い声でやさしいもの言いをする男であった。骨太のいかつい肩をし、目鼻だちの大きなその顔に似合わない声だが、それが彼を奥深い、自信の強い人間に思わせた。私はこの男を好かない。

彼は自分の仕事の都合から、夜中の汽車で東京を発ったことや、車内食堂の朝食のまずさや、自分の仕事を発表する雑誌やその出版社のことなどを、その低い声で、静かに、しかし、自分の都合、自分の好み、自分の判断しかこの世に尊重すべきものはない、という押しつけがましさで語りつづけた。私は、彼の少し前のめりになった骨太の身体つきとその優しい、もの静かな押しつけがましさを厭わしく思う。しかし、一かどの仕事をする芸術家は、その性質のどこかにきっと自己中心的な、偏執さを持っている。彼のはそれが私の感覚に直接こたえるだけだ、と思って私はその気持をおしのけている。

私は、小淵歌子が倉田満作のところを去る前後に、武林が二人の間に立って世話を焼いたことを知っている。歌子が最後に倉田のところから逃げ出したとき、一晩か二晩武林の下宿に泊った。そのとき、室は別だったと言うけれども、彼は歌子と交渉があったにちがいない、と私は思っている。歌子が市川という玩具問屋の主人に金を出させて酒場を営むようになったのは、その直後のことであった。その半年ほど後に歌子は柾子という娘を産んだ。あの娘はおれの子だろうと思う、と倉田は言っていたが、それもどうか分らない。彼は武林と歌子とのことを知らぬ様子だった。

この推定が、武林から受ける厭らしい印象と結びついているのだろう。しかし、その前から、多分初めて逢った時から、私は武林の押しつけがましさを好かなかったのだ。そして武林もまた、歌子がはじめ私のモデルとして我々の仲間に知られた女であり、私と歌子との間に交渉があって、のちに彼女が倉田のところへ去ったという噂を知っているらしいから、私の前に出ると仮面をつけたような態度になるのかもしれない。

絵描き、文士、モデル女、酒場の女たちの間では、これに似た関係はいたる所で起っている。いまその当事者になっているのでなければ、何年も前に起った女出入りを気にかける必要はないのだ。そういう関係の男たちが、何のこだわりも見せずに談笑し、一緒に飲み、旅をしている例を私は幾つも見て来た。だが、武林が囁くような声で、ほとんど表情を動かさずに喋りつづけるのを目の前に見ると、私は壁に押しつけられるように感ずる。私がいやなのは、過去の事そのものでなく、私が嫌悪感を顔に出すことができず、彼に対して機嫌よくしつづけていなければならぬという圧迫感なのだ。その事を避けて倉田のことを彼と語ることや、裏面に私の白描を彫り、表面に彼の撰文を彫った碑の除幕に立ち合うということが私を息苦しくさせるのだ。

彼は言いたいことを言い終えたらしく、

「じゃ失礼して、ちょっと顔を洗ったり、支度をします」と言って自分の室へ去った。錦織は車のうち合せをするからと言って、下の帳場へ去った。私は、雲が出て来たので、寒さを気づかってチョッキを着たり、カメラやスケッチブックをレーンコートのポケットに入れたりし、外出の支度をした。

　車の来た知らせがあって階下へ行くと、武林玄はもう乗っていた。車は城をぐるりとまわり、橋を渡って、碑に近づいた。紅白の幕が風にはためき、砂利を敷いた碑の前に人が群れていた。近づくと碑は白い幕に蔽われ、青竹を刺して注連縄が張られ、白木の台に榊が盛ってあった。またその横手にはマイクロフォンを置いた台があり、砂利の上に折り畳み椅子が五十脚ほど並べられているが、それに腰かけている人はなく、あちらこちらに三人、五人と立って話し合っていた。

　手前には三脚を立てた新聞の写真班らしい男たちや、この催しを見に来た市民が百人ほど、そこを遠巻きにしていた。車から出ると風が頰に冷たく、日がかげって寒々とした風景であった。武林はオーヴァーを、私はレーンコートを着たまま錦織に案内されて、マイクロフォンの横に立っている背の高いモーニング姿の筧市長のところへ行った。

「あ、両先生おそろいで、遠路わざわざお出かけ、恐縮に存じます。武林先生はまだ実物を御覧になっていないようですが、ま、よく出来ました。いまちょっとの間ですからお待ち願います。」

　市長は碑の端の方に立っている前山夫人と娘の章子、その夫と孫娘の四人を見つけて手招いた。

「前山さんの奥さん、どうぞ、こちらへ。先生がたと並んで前の席へお掛け下さい。」

彼は錦織課長と助役とを呼んで手筈を聞き、もう私たちに構いつけなかった。

私は近づいて来る前山家の人々を見た。二年前に、昔の前山夫人に似ていると思って見た章子は、胸の厚い、色の白い、ゆったりしたものごしの、女家長のような姿であった。その横に、勤め人らしい実直なものごしの、なで肩の貧相な夫がモーニングを着てついていた。そのうしろに、前山夫人が黒っぽい厚い毛織りのコートを着て、十歳ほどの孫の手を引き、砂利の上を五、六歩あるきにくそうに近づき、私と武林に挨拶した。その真白い髪は、いくらかカールさせて形よくまとめてあるが、その前髪のあたりが風に吹かれて、そそけ立った。その姿のまま彼女は一歩二歩と私の顔を見ながら近づいた。二年前に市長の応接間で見たときは痩せて、顔色の黒ずんだのに驚いたが、いま明るい初冬の外気の中で見る咲子は、そのときと違って、ふっくらと頬に肉がつき、頬に赤味がのぼって、別人のようになっていた。

それは老女の顔である。しかし、その顔は手を引いている孫の丸い幼い顔にそっくりであった。十歳ほどになる孫娘が、袖の長い花模様の着物を着せられ、緊張した顔でじっと私の方を睨んでいるのに、髪が白いだけで同じような童顔の前山夫人が私に笑顔を向けていた。そしてその老女の笑顔の中に、私にだけ分るある恥らいが現われたり消えたりした。

「龍田先生、おかげさまで弟の碑が立派に出来ました。嬉しゅうございます。」

私は当り前に、しかつめらしく挨拶を返した。前山夫人の傍にいる章子は中年の人妻のしっかりした態度で夫と一緒に武林に挨拶し、また私に挨拶すると、自分が先ず坐り、夫と娘と母とをその隣に坐らせた。市長の隣には、助役と市会議長や教育長らしい人々が並び、私は前山夫人の隣に、そして私の次に武林が腰かけた。

私たちは一様にオーヴァーの類をとって膝においた。砂利の上に置かれた折畳み椅子は、その下の土が軟かいので、脚がめり込み、不安定であった。私が安定を戻そうとして反対側に椅子を傾けると、前山夫人の椅子が傾いて、その肩が私の腕にもたれかかった。私はその接触にひるんで、身を離そうとした。だが、それより早く前山夫人は上体を立て直した。私は、老女の神聖さをいたわる役目に気がつき、立ち上って彼女の椅子を直してやり、それから腰かけた。

「ありがとうございました」と小さく前山夫人がそう言った。彼女の肉体の接触感が私の腕に残った。昔のあの前山夫人は生きて、ふしぎに花やいだ老女の身体を持って私のすぐそばにいる。私の年齢が、自分に近い年齢の女の身体の実在を感じさせるのだ。やがてこの身体を持った彼女も私も死ぬだろう。しかし今触れたその肩は、彼女が生きて再び私のそばにいることの、焰のような証明であった。

そのとき神主たちが客たちの前に横向きに並んだ。司会者の錦織課長がマイクロフォンの前に立って言った。

「お待たせいたしました。ただ今から故倉田満作氏の記念碑の除幕式を挙行いたします。最初に神官の祝詞のあと、御遺族の前山雪枝さんに除幕をして頂きます。」

神主の祓いと祝詞があり、そのあと、十歳ほどに見える孫娘が立つと、母親章子のしっかりした姿が、介添えするように並んで立った。錦織課長が二人のそばに近づいて小声で進む方角を言い、碑の右端で赤と白に縒られた綱を少女の手に持たせた。それを少女はおずおずと引いた。幕は軽く落ちて、碑の全面とその文字がそこに現われた。私たちは順に榊の小枝を献じた。

碑建設委員長なる市長の報告と祝辞があった。市会議長、教育長がつづき、そのあとに私が指名された。碑の斜前にあるマイクロフォンの前に立つと、うしろの広場の自動車の群、松林、石垣を越えてある濠、市民会館、その向うの市街の高い建物や、寒い風の中に吹き流されている三つのアドバルーンが見えた。私は何か言わねばならなかった。倉田の記憶は、私の内部で色々な記憶の断片となっているだけで、その中から、こういう場所にふさわしい話をまとめることはむつかしかった。

「故人は、その晩年、身体を悪くしていましたが、自分の健康をかばう気持はほとんど持っていませんでした。自分の生の中に見出した意味、それはつまり、故人にとっての仕事の中味でしたが、一刻を惜しんでそれを書いておきたい、一日も半日も無駄に過してはならぬという気持だったのでしょう。手術をした方がよいと医者も言い、私たちもすすめたのですが、いま自分が生きているこの時間を、安静や療養のために費すのは無駄だ、という気持から、倉田君は、自分の残った生命を、蠟燭の火をもやすように、いや、蠟燭と言うよりも紙が燃えあがるように仕事のために使い、その生命力の尽きる所で亡くなったように思われました。その生き方の激しさを私はいまこの碑の前で思います。あの激しさの本当の原因は私にも分りません。しかし芸術家の生活というものは、あとから色々なデータを集めて研究してみて分るというものではなく、彼自身すら分らない何かがあって燃え立つものだと推定するほかありません。」

私はそのあと、もっと何か言った。碑が建って、私は故人をしのび、彼とともに過した昔の日を思う気持です、というようなことだった。そのとき私の目に前山夫人の顔が入った。その人は手を膝におき、白い髪の端々が寒風にそそけ立っていた。艶のいい額の下で、両眼が閉じ合わされていた。

私の言葉は、人の秘密、人の噂、人の臆測などを刺戟することを避け、しかも自分が倉田満作について持っている思い出の本質のようなものを辿って語られた。私はそれを苛立たしいと思った。倉田の生活についての具体的な事実は、いま私の心の中に、また別な大きな部分は前山夫人の胸の中に、そしてまた一部分は武林玄の心の中に閉じ込められている。真実の倉田を人に分ってもらうことはつぎつぎにつながっている醜聞を引きずり出すことになる。前山夫人、私、そして武林玄の私生活を衆目の中にさらさなければ、倉田満作とその生きた姿とを明らかにすることは不可能なのだ。このままにしておけば、噂や推定として、その真実の歪められた断片が、しばらくはこの世に、日の光の中の塵の粉のように浮び漂うだろう。しかし、間もなく、前山夫人が死ぬ。また私が死ぬ。そういう推定の更に一小部分を記憶しているかも知れない前山章子が死ぬ。そしていま碑の除幕をその手でした幼女の前山雪枝が、人の妻となり親となる頃は、倉田満作の仕事もこの碑も、文学史の研究をする学生たちのほかは、人の関心を引かなくなるだろう。

いまここで、武林玄はあの小淵歌子との交渉を思い出している。そして、私と白髪になった老婦人の前山咲子とはあの遠い昔の秘密な記憶を分ち合っている。市長や教育長もまた倉田満作についての別な思い出を持っているにちがいない。倉田満作が生きて存在したことの記憶はこれ等の人々の中に封じ込められながらも、まだ確実に存在している。私はそのことに感動しそうになった。男と女の性の内密のつながり、男と男との利害の衝突、仕事の競争とねたみなどが、網の目のように、ここにいる人々を見えぬ糸で結びつけている。その否定できない事実が、一つの時代の人の組み合せの中に生きものとして存在している。倉田をめぐるその実在感は、やがて消えるものであるが故に、私は分るところまでそれを知りたいと思う。人に言うためでなく、それによって自分の存在を味わい直したいのであった。

武林玄が私のあとに立って、主として彼の書いた撰文を中心に倉田の仕事の文学上の意味をしばらく話した。そして最後に前山咲子が「故人の姉」として指名され、挨拶することになった。前山夫人は、しっかりした態度でマイクロフォンの前に立った。

「今日は、私の弟倉田満作が亡くなってちょうど十年目の命日に当ります。弟のために泉川市の市長さまをはじめ多くの方々、それから東京からお出で下さった諸先生がたが、御協力下さいまして、満作の仕事に過ぎたこのような立派な碑を建てて頂き、まことに言葉につくせない感謝の気持で一杯でございます。また本日寒い中を、多数の皆々様の御参会を頂きまして……」

そこまで言って、夫人の言葉は途切れ、袂からハンカチを出して目をおさえると、深く腰をかがめて挨拶した。そのまま倒れそうに見えた。急いでそこへ近づいた娘の前山章子に手をとられて、夫人は私の隣の席に戻った。

その頃、激しい風が松の梢を鳴らし、碑を三方から囲っていた紅白の幕が、風に吹き煽られて、バタバタと音を立てた。黒い雲が城の背後にかぶさっていたが、雨の滴が横なぐりに吹きつけてきた。

「皆さん、雨になりましたが、大手前の市民会館にささやかなお食事の支度があります。どうぞそちらへお移りを願います」と錦織課長がマイクを摑んで言っていた。

錦織課長が閉会の言葉を述べるのを待っていたように人々は立ちあがり、レーンコートやオーヴァーをまとい、傘をひろげるものもあった。筧市長はレーンコートの袖に手を通しながら横の方へ大股にその式場をまわって、後方に並んでいる自動車に声をかけた。

私は前山夫人がコートを着るのを手伝ってやり、碑の前に夫人と娘夫婦と孫の四人を立たせて、自分のカメラに写した。

「龍田先生も写って下さい」と前山夫人は、微笑を浮かべて私を見、私のカメラのシャッターを押す人を目で捜した。後の席にいた青年が、それに気づいて、カメラを受けとった。私と武林が加わり、六人が写された。

「龍田先生、明日の昼うちへ寄って下さいませんか」と前山夫人は内緒ごとのように私に言った。私は承諾した。

三

除幕式のあと市民会館の会議室で簡単な祝宴があった。その室は、打ちはなしのコンクリート壁で、板の柾目がむき出しに見え寒い感じがしたが、ヒーターがよく利いていた。雨と風の中から追われるようにそこに入った五十人ばかりの人々は、ほっとあたりを見まわすようにした。

広い室にテーブルがコの字に作ってあり、その上に仕出し屋の弁当と、ガラスの盃を頭にかぶせた冷酒の一合壜が並べられてあった。脚の長い、白木を打ちつけただけに見えるテーブルには、その幅に合うだけの白いクロスが長く伸べられてあり、役所の予算でする昼食宴会のわびしい形を見せていた。

前山夫人とその娘、痩せた婿と孫の一族は、角のところに一かたまりに坐った。筧市長は上座の真中にいたが、私を手招いて、その隣に坐らせ、私の左隣にいる頭の禿げた太った色白の赤木という市会議長と、その隣の「神崎新聞」の支局長の村岸という額のせまい、黒い長めの髪を真中から分けた男を私に紹介した。

市民会館の職員なのか市役所から手伝いに来たのか分らないが、一同が席につくのを待っていたように、イニシャルのついた白い揃いのブラウスのような上っぱりを着た少女たちが五人ほど、大きな盆に朱塗りの椀を幾つかのせて現われ、コの字の内側からその椀を皆に配った。それは熱い豆腐の味噌汁だった。

「これはいい、これはいい」と男たちが言った。

こんな寒い日に、このがらんとした室で冷酒をのむのか、という感じがそれでいくらか変った。

「この市民会館サービスも、こういう日には全くうってつけですな」と額のせまい黒い髪の支局長が市会議長に言った。

「氷雨の降る日に冷酒を一本きりいうのもわびしいでなあ」と市会議長が言って、その銚子兼用の壜を取りあげた。

「皆さん、寒いところを御苦労さまでした。それでは、故人の徳をしのび、泉川市の文化の発展を祈って、赤木市会議長に乾盃の音頭をとってもらいましょう」と市長が立って言った。

赤木議長は、皆が盃を手に椅子をがたがた言わせて立ったのを見て、市長と同じように、倉田満作の記念碑の除幕を祝し、龍田、武林両先生のお力添えに感謝して、と当り前のことを長々と喋ってから、盃を手に一同の立ったのを見まわし、乾盃した。

そのあと、市長は故人と面識のあった人々に次々と喋る機会を与えるように、教育長の袋沢良吉や助役の谷村敬三や信用組合の理事などを指名した。その人たちが立って話をするうち、酒がまわるとともに他の人々は勝手に雑談をはじめたので、騒がしくなり、よく聞き取れなかった。

市会議長は味噌汁の椀を集めに来た少女にむかって、お代りはできないのか、とからかうように言った。

「おしまいになりました、議長はん」とその少女が言った。

「君もあれか、前山夫人に踊りを習うてる口か?」

「はあ、習うとります。」

「市役所か?」

「いいえ、市民会館だす。」

「ふーん。」

女の子は椀を盆にのせて去った。前山夫人が踊りを教えていることは私も知っていた。しかし私は、知らぬふりをしてたずねた。何かがそこにありそうだった。

「前山夫人が踊りを教えているんですか?」と私が言った。

「あの人は踊りのお師匠さんだす」と議長は酒がまわったのか、身体を椅子の上でずらせ、テーブルの縁にのせた盃に口をつけるほど低い姿勢で言った。私はその盃に酒をついでやった。

「いや、龍田先生、おおきに。あなた、それを知りませんでしたか?」

「はあ。」

「でも、あなた、若い頃は倉田君とこによく来ていられたんでしょ?」

「はあ。」

「そやったかな、あれは儀右衛門君が亡くなってからのことだったかな筧君、あの奥さんが踊りを教えるようになったのは?」と議長は私を間にはさんで、市長にたずねた。

髪の半ば白い、長身で、何となく身だしなみのいい市長は、盃を手にしたまま答えた。

「そうですよ、君。儀右衛門君が輸送船で沈んだのは昭和十九年頃だったでしょうか? とにかくこの奥さんがお師匠さんになったのは戦後のことですよ。広川武太夫さんの稽古場を引きついだのですから。あの頃、この奥さんはなかなかけなげなところがありましたね。」

議長はそれに答えず、彼の盃に酒を注ぐ私の方を向いて小声で言った。

「君、あの奥さんはなかなか色っぽくてね。神崎の地唄舞いのお師匠さんとも噂があり、我々の仲間でも志願者があって、力のある女でした。しかし、利口な人でしたな。結局あまり尻尾をつかませなかったな。」

議長は独り言のように、その終りの方を口のなかでつぶやいた。私は二人の話から、未亡人になった前山夫人が戦後踊りを教えて生計を立てたこと、その身辺に多少の噂のあったことが分り、その生活の輪郭ができあがるのを感じた。

「踊りは何ですか？」

「ここらの踊りはたいてい地唄舞いですがな。あの『黒髪』とか『雪』とかいう類ですわ。」

そう言えば私は彼女が弾くのを見たことがないけれども、赤い袋に入った三味線が、むかし私のいた二階の床の間に立てかけてあったのを思い出した。議長はまた言った。

「あの倉田家いうのは、この土地の古い家でしてな。子供の頃にそういう遊芸を一とおり習っていたのとちがいますか？　ところが、あの前山君いう人は、よそ者でしたから、どうもこの土地ではしっくり行かなんだようですわ。本人も勤め先が土木会社でしたから、出張ばかりで、行く先々で女をつくっていたという風で、あの奥さんはあまり幸せではありませんでしたな。」

議長はその隣の新聞の支局長の方を見て言った。

「村岸君、君は神崎市のことに詳しいでしょ、あの広川流の一門ではあのお師匠さんはどんな評判ですかいな？」

「さあ、僕はそういう古典遊芸の方は暗くて分りません。しかし、この春の発表会に前山夫人から切符をもらって行ったときは、前山さんのお弟子さんが四人か五人も出てるということで、なかなかええ株やと思いました。」

「本人も踊りましたか？」

「はあ、『袖時雨』でしたか『黒髪』でしたか、午後の部のええところに出とりました。」

私たちの右手の角のところで前山夫人がその孫娘に帰り支度をさせているのが見えた。赤木議長はしきりに前山夫人の話をしながら、そちらには目をやらないのであった。

「あの神崎市の広川流のお師匠さん、何とか言いましたな?」

「はあ、広川武太夫ですわ」と支局長が言った。

「あの人は死にましたか? 大分ええ年でしたな?」

「ええ、武太夫さんは一昨年の春に亡くなりました。」

「あれは君、前山夫人と何かあったいう噂でしたな?」

「いや、それは存じません。」

日本酒を飲まない私は、市会議長に酒を注ぎながら、前山夫人のこれまでの生活を心の中に描き出していた。市会議長の曖昧な、無責任な、スキャンダルの匂いのこもる話は、地方都市の生活ののぞき合いと、女に対する男たちの好奇心とによって歪められているにしても、およその輪郭を伝えていると思った。

「さて、今夜は前山家の宴会ですな」と言って、赤木議長はテーブル・クロスの上に盃を伏せ、テーブルの下から身体を引き出すようにして立った。

人々は立ちあがった。窓のそとでは、裸の木の枝が細かく揺れ動いており、風はまだ強いようだが、雨はあがり、薄日が射していた。

前山家の宴会のことを市会議長は口にしていたが、私は何のことか分らなかった。武林玄と話しながら歩いてゆくと、赤ら顔の錦織庶務課長が、思い出したように私のそばに寄って来て、

「龍田先生、申しあげてなかったかも知れませんが、今朝ほど前山の奥さんから申し出がありましてな、夕刻から松井いうおうちで御招待やそうです。話は急にきまったことで、奥さんは、そのお支度もあるからと早目に帰られましたが、是非先生にお出で頂きたいと申し上げてくれとのことでした。」

「私もいまうかがったところですが」と武林が言った。「困ってるんです。私は仕事をかかえていましてね、夕方の汽車で帰らねばならんのです。切符も買ってあります。」

彼はゆっくりと低い声で、私がその招宴の責任者であるかのような言い方をした。私は錦織とならんで出口の方へ歩いて行った。

市長が左方の硝子張りの事務室の中から出て来た。彼は私のそばに寄り、

「龍田さん、ちょっと壁面を見て下さい」と私をロビーの方に連れて行った。天井の高いロビーの真中には、円形の、人の胸ほどの高さの花の鉢をのせた台があり、そのまわりに椅子が並べられていた。彼は私をつき当りの、打ちはなしのコンクリート壁の所へ連れて行った。

「この壁面なんですが、いかがでしょう、例の泉川城の絵を描いていただいたら、ここに飾り

たいと思ってるんですが。」

　そこは天井もかなり高く、幅が四間ほどあり、左側には西向きの窓があって直角に光が入るから、悪い壁面ではなかった。しかし四間に十尺の壁面では相当の大きな絵でなければならなかった。第一、城のすぐそばの市民会館の中にその城の大きな絵を掲げるのは、私には好ましいことでなかった。彼は以前に私にそのことを頼んであるという口調である。話があったとすれば、二年前に碑の相談をした時であろうが、私にははっきりした記憶がなかった。

　私は、ためらった。大きな画をたのまれるのは、たいてい新しい建築の壁面のある時のことであり、金がかさむから、依頼者は高圧的な態度になるのがきまりであった。私はそういう大きな絵を仕事の予定に入れたくなかった。

「そうですな、これはいい壁面です。しかし、市長さん、城のすぐ前に、それを描いた大きな絵というのはどうですかね。たとえば市長室とか、市庁舎の応接間に、中ぐらいの油絵でも置くというのならば、もっと落ちつきがあると思いますがね。」

　私は、さっき昼食の席の端の方に見かけた、この市に住んでいる洋画家の柿坂昌吉を思い出していた。四十を過ぎたばかりで、M画会に属し、色の美しい、そして構成の弱い絵を描く男だ。才能がありながら、地方に長くいるうちに自分の才能を信じる力を失ったというタイプの絵描きである。柿坂はこの仕事をしたいにちがいないのだ。地方では地もとの絵描きは、どうしても軽く扱われる。そして私は、逢う度に柿坂が挨拶するときの、少し卑屈にすぎる弱い表情を思い出していた。市の当局者たちに対して、彼はもっと自信を持った態度で接すべきだ。

「柿坂君の意見など聞いて見られましたか？」と私は言った。

「いや柿坂君はですな」と筧市長は少しあわてた言い方をした。「何かにつけて彼の意見を聞いてるのです。思いつきのいい男ですからな。御存じのように、実はあの碑のプランも彼の原案なんですわ。しかし、当地には外にも絵描きが相当います。素人のような連中ですが、絵の会が二つもあるんです。御承知かも知れませんが。それで、柿坂君ばかりを前面に押し出すと抵抗が出るんですわ。」

筧市長はそう言って笑った。人間の集るところはどこにでも必ず起るそういう話を聞くと、私はきまって恥しくなり、無関心な表情を装う。自分がそういう争いの当事者となった時も同じ表情でいたい、と思うようなポーカー・フェイスの中に私は隠れてしまう。絵の仕事の反面にある人間関係には常に同じ条件がつきまとう。絵の値段、批評家の評価、民間団体と官選の団体、海外向け展覧会の画家の選衡、美術出版社の扱いの大小。私自身が、一流画家と二流画家の境目に危うく浮び漂っていると見られている。あの柿坂昌吉と本質的には同じことだ。しかし私は、六十歳に近づいてから、辛うじて、そういう外的な浮沈に左右されることが少くなり、判断される自分と仕事をする自分との二つを区別して持つことができるようになった。仕事はその評価によって上るわけでもなく、下るわけでもない。私は食うに困らないから頭を下げないだけだ。

柿坂昌吉のように、才能を持っていながら、食うことが難かしいために卑屈になり、その結果自信を失うというケースだけが私の胸に痛みを与える。画を描いている人間の大部分は、器用な手さきを持ったディレッタント、それから才能よりも人を押しのけて前に出るエネルギーの強い機会主義者たちだ。そういう人間の中で柿坂のような感じやすい弱い人間がいつの間にか自信を失って駄目になる。

筧市長はまだ喋っていた。

「あの碑のプランもですな、場所や大きさ、石の質などみな彼の案です。『巷の花』の表紙の見返しに大きく白抜きで出ていたあなたのあのデッサンを、石の裏面に一杯に彫るべきだ、と言ったのも彼なんですわ。表面の字の配り方も彼の原案です。パンフレットにでも柿坂昌吉案と印刷したいところですが、結局それは出さず、市企画室案としたんです。企画室では、彼に月々多少の嘱託料を出している。それがまずいんですな。そっちをやめてもらえば、あの人をもっと生かせると思っていますが、難かしいもんですな。」

「難かしいですね」と私は言葉少く同意した。「しかし筧さん、ここの壁面は暗いですからね、城を描くにしても油絵がいいんです。二点、小さなもので、かっと明るい色彩の油絵を並べる方が効果がありますよ。油絵は元来西洋の石の壁に合うような性質のものなんです。私どもの絵だと、大きなものほど色を殺して使いますからね。」

「さよですか。私も考えてみます。お断り頂いたということでなく、御考慮中ということにしておいて下さい。しかし、ここだけの話ですが、あの柿坂君というのは、画家としていかがでしょう。ちょいちょい売りつけられていますが、将来値の出る人でしょうか？」

「値が出るかどうかは言えませんが、才能はありますね。あのえへらえへらと笑っているところが油断のならないところです。あれはいい絵を描ける人だと思いますよ。」

「じゃ、一つ買い溜めますかな。」

私と市長が表に出ると、オーヴァーを着た武林玄が濠端の方を見て一人で立っていた。

「用はすみましたか？」と言い、私を待っていたように、「夕方まで時間を持てあましているんですが、いかがですか、駅の近くへ行ってビールでも飲みませんか。」

私は筧市長に言い、その車に二人でのせてもらって、駅前通りで武林と下りた。昼間ビールを飲めそうな店は駅前の一本の通りにしかなかった。駅の広場の角のレストランに入り、私たちはビールを注文した。

武林は市民会館で飲んだ酒のためか、オーヴァーを脱ぐと首筋が赤くなっていた。今朝宿で逢った時よりも話の調子が高かった。

「お目にかかる機会がなかなかありませんね」と彼は言った。

「お仕事が忙がしいようですね。私は怠けものでほとんど拝見していませんが。」

「読んで頂けるようなものが近年はないんです。もう私も五十歳に近づきますから、ちゃんとした仕事をしなければいけないんですが、一度格を崩すと、そのレヴェルで書くように期待され、それを外すことが難かしいんです。絵の方でもそういうことがありますか?」

「同じようなものですね。」

「しかし、しゃちこばってする仕事がいいとも限らないんです。倉田満作なんか、死ぬ前に次々と書きとばしたものが、あとになると立派なものでしたからね。」

「この頃になって、倉田の仕事は評判が高いじゃありませんか。どうしたんです?」と私は専門家の彼の意見をたずねた。

「評判の変ったわけは私にも分りませんね。理由の一つは、どうやら私の次の世代、いま三十代の終りに近づいた作家たちが、倉田の仕事を面白いと思い出したことなんです。長生きをして業績を積み上げてゆく先輩、と言っても私の代でなく、倉田と同世代だった連中ですが、それへの反感もあって、短期間に命を燃やしたような倉田満作への同感ということがあるのでしょう。倉田の同時代者たちは、昔とちがって、みんな長生きだから、自然に俗物化するし、かさばってうっとうしいんでしょうね。」

「なるほど、私なんかも絵の方ではうっとうしがられかけている。死ねばそこらがいくらか明るくなるでしょう。」

「しかし奴等は結構日の当る場所にいるんです。いけないのは僕等、その両者の中間層ですね。戦後、新しいものを持参しなかった、という感じで、一向にうだつがあがらない。」

「倉田のものは、いま読むと本当にいいですか？」

「ええ、私は倉田満作の弟子のようなものですから、この頃の再評価についても意見を持たなければならないと思い、主要作四冊を再読したところです。たしかにいま読んでも面白いですが、結局生き方の問題でしょうね。彼の生き方が、彼のように激しく生きられない後の作家たちの羨望のまととなる、ということでしょう。つまり、自分にとっての大切なものほど乱暴に扱う。自分を信ずる人間を最も冷酷に扱う。彼を認める編輯者には辛くあたる。それは甘えじゃないでしょうか？　どんなにひどい事をしても自分は愛される人間だ、ということの保証が得たい。自分の才能はどんな悪条件の中でも確実に認められる、と考えたい。それだけに、投げやりの形だが激しいものを叩きつけて書いた。まわりのものは災難でした。あなただってその被害者の一人ですよ。」

　彼の声は相変らず低く、かすれるような声であったが、細い三白眼で私を見据えるようにして喋る彼の話は、酔がまわるにつれて次第に押しつけがましくなった。あのことを言い出すな、と思ったとき、正確に彼は歌子のことを言った。

「歌子さんだって、あなたのところから無理に彼が連れて行った。そして……」

「そんなことはない。あの子は好んで彼について行ったんです。」おれの方で厄介ばらいをしたのだ、と私は言いたいところだった。

「いや、私は分ってます。倉田のところへあの子が行ってから、あなたは顔つきが変った。生き甲斐を失った男の顔になっていた。」

「それは君の思いちがいだ。」厄介ばらいはした。しかし手離してから辛い思いをしたのは実際だ、と私は考えていた。だが、人が誰かのことをこうだと一度思い込むと、それを訂正するのはほとんど不可能だ、と私は絶望的に考えていた。

「そして倉田は、あの子を愛していながら、自分にとって大切なものであるが故に虐待しはじめた。そしてあの子を放棄したんです。」

「君がそれを拾い上げた。」

私がそう言うと、彼は一瞬間息をのむようにして、私をその細い目で睨み、それから押しころした声で言った。

「拾い上げかけてやめたんです。なぜあなたはそんなことを言うんです?」

「直感的につかんだ印象はなかなか消えないものなんだ。」

「それで僕にそれをぶっつけてみたんですか?」

「君の方がさきに僕のことを断定的に言ったからね。」

みっともない場面になった、と私は思った。あの当時の真相を追求したい気持は、ずっと前から私にあった。しかし武林が歌子と関係があったかどうかという一点に話がしぼられたとき、私は自分の弱さにほとんど絶望した。それはどうでもよいことであった。だが、それよりも、私の当時の行動や行為が武林の目の中に動かしがたい印象となって焼きつけられていて、それを訂正し得る見込みがないということに、私は我慢のならないものを感じて、やり返したのだった。

「私が拾いあげたというのも正確でないので」と武林は冷静に言い直した。「倉田が冷酷になり、あの子のところに帰らないし、歌子さんは金もなくなったものだから、僕のところへ相談に来たんですよ。歌ちゃんはまたフローラで働きたい、倉田はそんなみっともないことをしては困る、という争いなんです。あの玩具問屋の親父の話はその前からあったので、あれはもっとずっと古い関係の復活じゃないかと僕は見ていました。」

しかし、君は師匠の女を自分の室に泊めたんだ、と私は言いたいところであった。その気配が分ったらしく、武林はことを分けて丁寧に説明しはじめたのだ。私もまたそれを口に出すことはできなかった。私はあのとき、病んでいる妻に歌子とのことが分れば妻を死に追いやるようになる、と思って歌子を倉田の方に押しやった。その私が、彼の歌子への接近、倉田への裏切りを非難することのできる筈がないのだった。

私は、なぜ自分と武林が話の途中で急に激昂したのかよく分らなかった。それはどうやら、女は棄てたが、女から棄てられた人間としては見られたくない、という単純な男性の面子の意識のようであった。そこに気がついて、私は気持を取り直した。

「男女関係の真相はなかなか分らない。しかし、後になって、ああ、そうだったのか、と気のつくこともあるから面白いものだ。倉田が生きていても、今ならば一緒に話し合えるかも知れませんね。あの柾子という娘は誰の子なんでしょう?」

「さあ、それは分りませんね。あの人にそれを聞いてみたことはなかったんですか?」

「いや、僕はあの人の今の店へは行かないからね。」

歌子が、その娘を倉田満作の子だと言っているという噂が私の耳に入っていた。しかし私は武林のものの言い方から、彼がそれを断定したがらないこと、また彼と歌子との関係が、私の思っていたのよりも長い期間にわたっていた、という印象を受けたので、歌子の言っていることも信用できないと思った。

「結局この泉川市に建てられた倉田満作の文学碑というのは、小淵歌子を中心とする人間関係の奇怪な記念碑ということになるかも知れないな」と私が言った。

武林玄はその細い目で私をにらんで、不敵な笑を顔に浮べた。

「我々小説家というものも、ものごとの真相を十分に書き切るということはできないものです。私も何度か倉田満作のことは書いています。死んだ倉田はそれによって傷つくということもなく、自分でも相当に露悪的なことを書いていますから構いませんが、あなたのことを傷つける書き方はできず、まして正直なところ、自分をいためつけることもできません。」

私が一つ読んだ武林の小説では、私のところにモデルとして働いていた歌子らしい女と倉田が恋愛に陥る、というような単純な書き方であったが、いま彼の話でもやっぱり、彼と歌子との関係は、私の知っている時よりももっと前からあり、また歌子が玩具問屋の主人をパトロンにして店を出してからも続いていたので、歌子のことを暴露的に書くことができなかった、と考えるべきなのかも知れなかった。

そういう推定は、一つ一つ私の嫉妬を煽り立てる気配を含んでいたので、私は彼の家族のことに話題を転じた。武林はいま結婚していて、小学校一年生の男の子があるとのことであった。汽車の時間はまだ余裕があったが、私は整理する仕事があるからと言って宿に帰った。私は武林と逢っていた間の不快な印象を拭い去るため、風呂に入り、蒲団を敷かせて二時間ばかり午睡をした。

ビールの酔いのためか私はすぐ眠った。眠りから覚めたとき室の中はうす暗くなっていた。

その薄闇のなかで枕に頭をつけたまま、誰かから問われたことに答えるように、一つの解答が私の心に浮んだ。それは、あの頃の歌子の動きは、自分を支えるだけの愛情を持つ男、そして同時に経済力を持つ男を捜して、どれかの手に落ちつきたい、という根本の動機によっていた、ということだった。

私には、これに似た悟りの経験が、朝の目覚めの時にしばしばあった。自分がそこまで疑問をしぼっておいたわけでもないのに、前の日に考えていたことが、眠っている間に問題がしぼられたようになり、結論的な判断が突然目が覚めるとともに出てくるのだ。この日の午後、私は武林と話しているとき、あの当時の歌子の男から男へと動いたことの原因をつきとめたいと思ったのではない。しかし私は、なぜあの頃歌子はあんなに男から男へ不安定に動いたのか、という問題を持てあましていたにちがいない。そして眠っている間に、知らず知らずその原因を摸索していたのだろう。

そういう「朝のひらめき」は、時として仕事に役立つ面白いものがあった。しかしたいていは、夢の頼りなさの延長のようなはかないもので、現実の生活では役に立たぬものだった。今起った考えだって、歌子が市川というパトロンを得て酒場を経営するにいたる経過を私は納得したかったから、それに対する解答を自分で作ったようなものだ。私はもう何年間も歌子に逢っていない。彼女の酒場に行く機会を避けているわけではないが、もと関係のあった女が夫とかパトロンなどを持ったとき、うかつに近づくのは向うの迷惑だと思っている。ている。それに私は、この二、三年、やがて六十歳だと思うようになってから、色ごとの適齢期は過ぎたのだ、と自分にいいきかせ自分にいいきかせている。こちらから女を求めることはしないのだ。

　不思議なことだが、こちらから求める気持を抱かぬことにきめてから、女の方で接近して来ることが多くなった。自分の欲望を支配できるような私の年齢の男が、女には頼もしく見えるのかも知れない。動かぬ猫のところへ鼠が不思議そうにうかがい寄るように、女たちは私のまわりに近づく。どう？　私はそんなに魅力のない女でしょうか？　と言うように。また、おや、まだ見たところ元気ね。ちょっと私と遊ぶ気にならない？　と言うように。私の瞼はたれ下ってきた。頰と手の平には老人斑の走りが、薄い赤いシミのように現われかけている。だが、その赤いシミのためか、私の顔色には赤味があり、私は何かにつけて若く見えると言われる。老人だから、思ったより若い、と言われるのである。が、肉体的にもひどく衰えたわけではない。精神的には自分で困るほど好色になっている。六十をすぎた老人たちが、よくはしたない色話をしているのを、私はみっともないと思って見ていた。今の私にはその衝動がよく分る。私はちょうど、その好色な老人という領域に入りかけたところのようである。この欲情が消えれば、絵も駄目になるような気がする。そして私は独りものだから、受身で起る情事には遠慮しない。

　枕もとの電話が鳴った。錦織課長が車で迎えに来て玄関で待っている、という。

その晩の前山家の招宴には武林は出ず、市長が欠席した。谷村敬三という助役、赤木市会議長、袋沢という教育長、錦織課長、何とかいう施設課長と企画室長、石工の請負師、画家の柿坂昌吉、その他倉田満作の小学校や中学校の同級生という年配の男たちと二、三人の女、それに前山家の親戚など二十名近くの人々が招じられ、前山家の一族四人は末席にいた。

酒がまわると、材木屋の主人だという赤木市会議長が上座にいて、遠慮のない話をはじめた。

「錦織君、君ですか、この建碑で一番骨を折ったのは？」

「いや、私は出来てからの走り使いで、これを建てたのは木宮施設課長と柿坂先生、それに石を彫らせたら当市切っての腕といわれる東田さんですよ。」

「さよか。それにしてもよくでけた。結構でした。前山の大奥さん、旦那と若奥さん、今晩は御ていねいなお招きで、助役さんはじめわれわれ一同感謝してますわ。市のためにも、お城と一緒に自慢になるものが出来て、これはいい思いつきでした。龍田先生や、武林先生も東京から来て下さったし、奥さん、あなた嬉しいでしょうが？」

「はい、それはもう」と向うの襖の前で前山夫人が指をつき、鄭重に挨拶する形をした。

「いや奥さん、もう形式ばったことは、今日は朝から何度もしました。もうええですわ。ところで、本音を言うと、私は碑も気に入ったが、あの石碑の裏面のあの龍田先生の描かれたいうヌードが好きでしてなあ。」

彼は横にいる私の方に向いて盃を挙げた。

「あないな濃厚なヌードは私は好きですなあ。裸体の上に花の降るのは、あれは散華言いますか、え、柿坂君、そうでしたか、あのアイディアもええですな。」

「あれは倉田先生の本に、龍田先生が描いて入れられた插絵ですわ」と柿坂昌吉が言った。

「さよか。私は好きだし、きっとその、『巷の花』言いましたな、その小説も読んだら好きになる思ってますが、あのヌードが何よりええ。あれを柿坂君、石摺りにして取れませんか？ところで話は別になるが、あれですな、教育長さん、色々お話をうかがってると、この文学碑は教育にはあまり向いとらんようですな。」

鼻の高い、面長な顔の袋沢という教育長は、きっとした顔になった。酒のまわった市会議長が、この碑が教育に役立たんことを言い出して話がこじれるのを警戒したようであった。

「いや、教育的だとは申せないかも知れませんが、観光に役立ったり、若い男女がひいきにしたりするものは、多少学校の教育いうコースを外れてもいいわけでして」と言って、彼は熱海のお宮の松を植えかえた話などをした。

「いや、その通り、私は何も反対しとるんじゃない。龍田先生の女の絵をすばらしいと思うただけや。それよりも何ですわ、前山の奥さん、今日はお目出度い日やよって、一つあなたの踊りを拝見したい。」

市会議長は前山夫人にからむ気配になった。

「困りましたわ。人さまには教えてますが、自分はお婆さんですよって、私の舞はとても皆さまのお目にかけられしまへんわ。」

前山夫人は、この料亭の娘が自分の弟子だから、私のかわりに踊ってもらうよう頼んでみる、と言って出て行った。赤木議長を避けて座を外したのかと思っていると、十分ほどして、この家の内儀という中年の女が三味線を持ち、若い娘を二人つれて現われた。一人はこの家の娘で、もう一人は近所にいる前山夫人の弟子であるらしかった。

地唄舞いというのを私は初めて見た。三味線も軟かく、唄も低く、舞も内輪な静かなものだった。それは赤木議長の申し出と関係なく、前からこの席のために準備した舞のようだった。踊りは二番つづいた。

「ふーん、よく仕込んである。おかみの喉もええし、これは御馳走やった。しかし皆さん、お師匠さんの前山の奥さんの舞をひとつお願いするのはいかがかな？　皆さん、どうだす？　私では御承諾がないよって、皆さんでお願いして下さい。」

笑声と拍手がつづいていたあとで、前山夫人は、「それでは」と言って、宿のおかみに指をついて挨拶し、立って舞った。

彼女は鼠色の着物を着ていたが、袖口や裾には濃い茜色が細く見えた。髪はほとんど真白くなっているのに、頰は豊かで、血色がよく、酒が少し入っているのか、上気しているようだった。

「これは何ですか？」と私は小声で市会議長にたずねた。

「黒髪、黒髪。恋と嫉妬に狂おしゅうなった女の心や」と議長は大きな声で言った。彼は、ちょうどそばに来た女中が注いだ盃を左の手に捧げたまま、じっと舞う人に目をそそぎ、前山夫人の動きにつれて、その盃をかすかに左右に、上下に動かしていた。ほとんど禿げて、目の大きな、顎の張った赤木議長は、自分が一緒に踊っているように熱中していた。

はじめ議長の熱中ぶりに気をとられた私は、途中から前山夫人の踊りを目で追った。踊っている夫人の姿には、今朝碑の前で畳み椅子が安定を失ったとき、私にもたれかかったような不安定なところが全くなかった。その腰は大きく、豊かで、動きのどの瞬間にも安定しており、手をかざして前を進むとき、片手をつき、もたれる形で脚を床にのばすとき、また中腰で軽く廻転するときも、その厚い腰が彼女の安定の中心であった。そして腰から膝にかけての肉づきのいい脚は、濃い鼠色の着物に包まれたままその形をありありと見せ、私の目を引きつけて離させなかった。意識して漂わせる色気と呼ぶほかない誘惑的な動きが、その崩れることのない強い下肢の動きからにじみ出ていた。それに気づいたとき、私は、今朝碑の前の集りが終るとき、明日の昼うちへ来て下さいませんか、と言った彼女の囁きを思い出した。この白髪の老女の舞の厳しい形からにじみ出る力は、自分に向けられている、と私は思い、身体を強く縛られるように感じた。

戦後になって四度逢った前山夫人は、逢うたびにその形が変っていた。十年以前にはたくましい中年の未亡人であった。二年前に見たその人は、ほとんど打ちひしがれたように、瘦せて色の黒ずんだ老女であった。それがいま目の前にいるその人は、いよいよ髪は白くなったものの、再びその血が若やぎ、生命が満ちあふれるような女に変っていた。

四

前山夫人の踊りは終った。

赤木市会議長が、手に持った盃を、夫人の動きにつれてかすかに上下に、左右に動かしていたのは、踊りか音曲について心得のある人間なのであろう。踊りの終ったところで、彼はその盃を宙にとめ、夫人が扇子を前に置いて挨拶に手をつくのをじっと見ていた。拍手が室に満ちると、議長はその冷えた盃を飲みほして下に置き、拍手に加わった。

彼はそのあと手酌で盃を口に運び、むっつりと黙り込んで飲みつづけていた。私はその気配に圧迫を感じた。この太った色白の禿頭の市会議長は、多分私よりも三つ四つ年上で、前山夫人と同年輩であろう。この地の材木屋だという赤木議長は、倉田咲子と言った少女時代から前山夫人を知っているのであろう。そして彼は、その青年時代、壮年時代を通じて倉田咲子、のちの前山咲子に関心があった。さっきからの彼の話によると、多分彼は、前山咲子が未亡人となった戦後に、かなり強く彼女に心ひかれ、泉川市の有力者という立場で彼女に近づこうとした。しかしその頃前山咲子は、隣の神崎市の広川流の踊りの師匠なる広川武太夫というのと親交ありとの噂があり、赤木議長の願いは満たされなかった。私はためらいながらも、そんな推定をしながら、彼の隣に坐っていた。

この髪の白くなった前山夫人の踊りを見て、彼はいま、改めて彼女に強く心引かれた。前山咲子の踊りを、老女の枯淡な完成した踊りとしてでなく、男の執着の触手の届くところにある女の肉体の動きとして、この市会議長は私と並んで見ていたのだ。六十を過ぎた老女が、女として男の心を燃え立たせるということは、私も五十を過ぎた年に自分がなるまでは、考えてもみないことだった。その頃までの私の目には、六十歳の女性はもう女としての役目を終ったものに見えていた。髪は白く、顔は皺ばみ、嫗(おうな)という形の中におさまるだけのものに思われていた。その年齢の女における性の愛は、想像しても醜いとしか感じられなかった。しかし、いまの私は、そのようには考えない。

四年ほど前に伏見千子との体験が私の考え方を別なものにした。あの時から老女と言われる年配の女が別のものに見えてきた。伏見千子、著名な歌人伏見洋平の未亡人で仙台に住んでいる。亡夫の遺業なる歌誌「ことぶき」を引きついで、昔の弟子たちを離反させることなく経営し、人間的な力のある女性に見られている。丈高く、髪が真白で、着物のよく似合うその姿が、しばしば雑誌の口絵写真に写っている。単なる歌人としてよりも、その白髪姿の美しさと文才に人気があるためか、女の生きかたについての随筆をよく書き、身上相談の解答者になったりする。

私は田舎の高等学校にいた当時から画に気をとられていたせいかも知れないが、二十歳になって上京して大学生になった頃、雑誌の口絵写真で画家大内青山の娘千子の写真を見た。父親の美意識に忠実に育てられた伝統的な日本娘として、茶室に坐った姿が私の心に印象を残した。妙なことにそれは、単に女性に心を引かれるというのではなく、美貌と、それを守る父親の美意識と、財力という三重の特権を持ったその娘に対するねたましさが、私の関心の核心であった。美しいと言っても特にすぐれているわけでないが、教養と父の力の背景との中にいる千子の姿は、日本の少女としてあまり幸福であるので、腹立たしさを感じさせた。

それ以後大内千子は、私の関心の的となったためか、色々なところでその写真が目についた。その洋服の姿、その大写しの横顔、そして何年かのちに歌人の伏見洋平と結婚したときの写真など。伏見洋平というのは造船会社の重役の息子で、病弱であったが天才的なところのある歌人であったから、大内千子と似合わないことはなかった。しかし大内千子は父親の美の具体化としていつまでも独身で、その父の身辺にいるものとばかり思っていた私にとって、それは打撃だった。自分より幾つか年上の大内千子に、何度かくり返して関心を抱いていたが、父親はこの娘を手離さないだろうという安心とあきらめとがあった。それに、私には、千子に近づく可能性が全くなかった。そのとき私は腹立たしく、安全なところにひっそりと置かれた宝石が人に盗まれたように感じた。結婚してからのちも、千子は時々雑誌や新聞写真の中にその姿を現わした。年を経て、人妻として、母親として、歌人としての千子は、日本の社会の代表的な女の像の一つとなった。どの姿にも安定した美しさ、心のゆき届いた着つけと表情とがあった。その伏見千子に近づく機会が、五十すぎになって私にできたのである。

私が伏見千子に逢ったのは、仲間の展覧会の会場でのことである。彼女はその展覧会の受附に、私あての画商竹林堂の紹介状を持って現われた。雑誌の表紙に使えるような私の絵をほしいという話だった。夕方だったので私は彼女を食事に誘った。

私は自分の車で銀座まで行くと、運転手の西崎をうちへ帰した。私が伏見千子と行ったのは、銀座裏の行きつけの小料理屋で、外の客と込みの座敷だった。彼女はずっと前から私に雑誌の表紙を描いてほしいと思っていた、という話を、酒が出た頃に改めて言い出した。気に入った女性が話相手のとき、私は、ふだんの自分より、ちょっと調子が高くなる。自分でも気づかぬうちに、表情や目や言葉づかいが相手に働きかけるようになるらしい。そして、そういうもので相手を締めつけるようにし、相手の気持を軽く浮き立たせ、自分と同じ気持の中へ誘いこむ。

私には、もともと、そういう色好みの性質が根深くそなわっているのだ。若い時からいやな性質だと気がついていた。五十をすぎて、抑制よりも、残っている男の力を生かすことが大切だと気づいた時には、若い女性に働きかけることが似合わない柄になっていた。私は、女どものいる所では抑制し、とぼけ、軽い色話をしては老人ぶっているのが普通だった。

だがその晩、私より少し年上の伏見千子と飲んでいて、私は気持が楽だった。そういう場所でも、新聞や雑誌に写真の載る伏見千子は、女たちや客に顔を見知られていて、ちらちらと目を配るものがあった。店のものは、私のことを知っているし、私と伏見千子は言わば公人として衆目の中にいたのだ。それが私を楽にした。

伏見千子もまた私と同じように、何かの折に、ぱっと調子を高めて人の気分を引きまわす傾向があった。彼女は私に調子を合せて、人に聞かれても構わない話題を取り上げ、その話題の節々に、謎をかけるような色づけをして見せた。

「それはそうですわ。私の父の生活には、色々のことがございました。女のお弟子さん、いいお家の奥さんやお嬢さんは、絵と和歌のたしなみを持つ時代でした。御存じでしょうか、父の高弟で、先年亡くなった梓芳草さま、あの方、父のお年忌にその思い出を書いて下さった文章の中で、こんなことを申していました。『故先生はどういうものか散歩がお好きで、花の季節などには、よそのお庭の塀から枝ののび出ている梅や桜を、ちょいちょい通りすがりに折り取られました。元木の花を散らさず、乱さず、小さな美しい盛りの枝を何本も上手に折って持ち帰られたものです。』いかがですか、こんなお話？」

そう言って伏見千子は、その白い髪とは別な人格を持っているような動きの大きな目に微笑を浮かべて私を見た。彼女は酔っているのである。私は目をしばたたき、すぐには分らぬ振りをした。しかし、あまりとぼけていて、相手の伝える意味を台なしにしてしまうのも惜しかった。

「その文章、実は私も読みました。私はそのとき、実に明治らしい雰囲気を感じました。神田に住んでいる大内先生が散歩に出て、よその家の塀ごしに花の枝を折る。神田、お茶の水、本郷あたりに、そういう静かな庭つきの住宅がつづいていた。明治ですな。だがそれにしても変でした。第一に、よい家の子女を弟子にした。第二に散歩がお好きだった。第三に花を折るのがお上手だった。その組み合せは微妙に流動的で、謎自体が明治的でした。それで私はそれを解くことを放棄しました。」

「あら困った。娘の私がその謎を持ち出すのは藪蛇というものね。」

「いや、私は大変ありがたいんです。大変に気持が楽になりました。あの袖に手を引っこめて写真にうつっている明治の女性たち、俥を待たせておいて短冊を書いた女性たち、髭を生やし、紋つきを着て園遊会に出た歌人や画家や学者たち、暗い室で縫物をする奥様たち、正月に追羽根をする令嬢たち。目に見えるようです。あの人たちも実は生きていたことがよく分るお話です。」

「ほんとねえ。」

「どんなに沢山のことを、あの人たちは言わずに死んだことでしょう。亡き人々の魂に平安あれです。」

彼女は盃をふくんで、笑った。その大きな、面長な顔がチャブ台をはさんで私の前にあった。こまかい皺が目の下、目尻、首筋などに走っているが、豊かな肉がそれをどうにか支えている。身だしなみとして必要だと受けとられる程度に、しかし細心に、皮膚のたるみを隠すように白粉が刷かれている。若い人々は、もうこの女をうばざくらとも言わないだろう。千子は私より三つか四つは年上で六十を過ぎていた。

しかし美しい人と言われて女ざかりを過して来た落ちつきがあり、その年月のあいだに経験した思い出を拠り所に、自信を持って今の若い世代への好奇心を見せている伏見千子を、私はありありと女に感じた。年配の女性を見るとき、その年齢による衰えを差し引いて、もとのその人の輪郭を描き出し、しかも、その人の白髪の美しさ、その人の生きて動く目などを評価するのは、私のような年になれば自然にできることなのだ。その店に立ち働いているお仕着せを着た二十歳から三十歳にかけての五、六人の女たちは、その細い身体、素早い身のこなし、桜色のぴちぴちした膚などで、まさに若い女の群像であったが、私の目には、ものの味も、自分自身の若い身体も、自分の心も分らない未熟の青い果実のように感じられた。

そこでは伏見千子だけが、その豊かな崩れかかった身体の中に、深い層をなした思い出を生かし保っていた。人の姿や出来事の記憶、さまざまな機会の涙、怒り、笑い、情感が、遠い過去の反響としてその内部に醗酵し、美酒として満ちていた。

多くの老女たちが魅力を失うのは、その精神の枯渇によるのだ。彼女等は生活を怖れて枠にはまり、乾き切ってしまう。働きのない夫にしがみついた寄生虫となり、子供たちの家庭のあまされものとなる恐怖や、少しばかりの財産への執着などに縛られて萎縮するのだ。伏見千子のように、師として歌人たちに取り巻かれ、自分の発表機関を持ち、文筆家としても生活していると、その過去のすべてが生きて、豊かな人間としての魅力になる、と私は思った。

その人の少女時代から、何十年もの間、写真で見てきた人が、いま私の前にいた。老境にあって自主的に生きている女性としてのその会話が快かった。彼女は、話題のモチーフの一つ一つを生かして、時には私をからかい、時にはセンチメンタルになり、自由にふるまった。ちらとその女の心をのぞき見させて私を誘うかと思うと、すぐそれを隠して、ほかの話題にまぎらし、知らぬふりをした。だがその巧みな誘いは、間をおいて私を駆り立てた。私は彼女の遠くへそらした餌を追いかけて彼女のまわりをめぐっていることに気がついた。

私は伏見千子の生活意識が私とほとんど同じ条件のものであることが分った。知名な社会人として、また集団の統率者として、いつでもしかつめらしい態度の中に入り込める用意をしている。しかし情感を鋭くしなければ仕事ができない芸の人として生きているため、その気持の端々には血が通い、絶えずゆらめいている。女の一人身で、いまその地元でなく東京にいるということも、その気持を浮き立たせている。だが彼女が私に近づいて来ているこの雰囲気は、一時の、かりそめのものであった。それは、私に頼もうとしていた表紙画のことや、今日の夕食の話題からかもし出されたもので、放っておくと立ち消えになる炎に似ていた。それだけの近づきでも私には楽しかったが、この機会から無理に何かを摑み取ろうとして、疵を作り出してはならなかった。

「あら、客が少くなったわ」と彼女はまわりを見まわして言った。スタンドには人影がなく、腰かけて食事をするテーブルに二組か三組客がいたが、私たちの上っていた座敷ではもう一組の若い男女が向うの隅でひっそりと食事をしているだけであった。

こういう食堂風の料理屋は夕飯時に混んで、しばらく暇になり、そのあとに九時頃から、ゆっくりと酒を飲む客たちが入る。その中間の時間になったのだ。私たちは食事を切り上げてそこを出た。

私は、家にこもる日は夜も仕事の時間だが、街へ出た日は灯のつく頃になると自然に酒を飲むところへ足が向く。そういうとき、私は夕方に車を家へ帰してしまい、夜は自分の車に乗らない。ひとり者の私は、運転手とその細君の家政婦梅子に自分の全生活を知られるのを好まない。

私は千子を、いつも行く「蝶」という酒場へ連れて行った。まだ宵の口で客が混んでいなかった。年配の女性を連れて入ってゆくと、五、六人の女たちが、わっという感じで、私たちと言うよりも千子のまわりに集まった。女の子たちは少し怖わそうに、少し珍しそうに、写真で見たことのあるこの美しい老女のまわりに集まって、行儀よく坐った。伏見千子と分っておかみが挨拶に来た。千子はウィスキーをいくらか飲み、ブランデーを飲み、少女のファンのように彼女を取り巻いて坐った二、三人の女の子を相手に、お師匠さんのような、母親のような態度で話をしていた。彼女と女たちとの間には、いくらでも話題があるらしかった。着物の話、料理の話、郷里の話、言葉の訛りの話、化粧の話。

私はそばに坐ったおかみを相手に、それを横から見ていた。そして、美しい女を集めたこういう場所でもまた、千子の方が女として引き立って見えるのに気がついた。彼女は上脊もあったが、顔がその室にいるどの女よりも大きかった。その顔の輪郭が崩れかけていることも、白い頬が心持ち垂れ下りかけていることも、その大きい唇に薄くルージュを塗っていることも、みな、その大きくうねらした白い髪と釣り合っていた。そしてそれが私の目に、女であることの深さを思わせた。

このひとに心ひかれるのは、おれの年のせいだ、と私は、その横顔を見ていて考えた。私とあまり違わないその人の過去の年輪を私は心に描き出していた。五十年前、明治の末年頃の童女、四十年前大正の中期の乙女、そして三十年前の人妻、二十年前には嫁がせる娘を持った母親だったろう。私の知らない場所ではあったが、私の生きた同じ日本の社会にこの人は呼吸し、生き、男に、あるいは男たちに触れて過ごしてきた。そしていまそのすべてをもって私の目の前にいるのだった。

「君たち、伏見先生がすっかり好きになったようだね」と私は声をかけた。

「だって、すばらしいわ、先生」と、みよ子という女が言った。

「あら、私、もう帰らなくちゃ」と伏見千子が言った。時計を見ると、私たちは二時間近くもそこにいたのだ。

「じゃ、出ましょうか」と私が言った。そのとき酒場女のみよ子は、伏見千子のすぐうしろで、使いなれた冗談を言った。

「龍田先生、うらやましいわ、伏見先生と御一緒で。また伏見先生をお連れしてね。」

「うん、じゃ、君のためにお願いしてみるか。」

ここの酒場へ来てからは、さっきの小料理屋でのような、焔が燃え立って、ゆらめき、かぎろい、燃えひろがろうとして触手をのばし合うような危なっかしい親しさは、千子と私の間になくなっていたが、火が鎮まって燠になっているような気配は残っていた。みよ子の冗談がまたそこへ私を押しやった。

「お送りしましょう」と私が言った。

「すみません。私の宿、上野の駅の近くなんです」と千子が言った。

タクシーをとめて乗った。下谷ホテルというあまり聞いたことのないホテルの名を千子が言った。車が走るあいだ千子も私も黙り込んだので、ぎごちない緊張感があったが、そのなかで私は、自分の考えていることが、そのまま千子に分ることを感じた。君の中にいる女も、僕の中にいる男も、この先あまり長く続くものではない。たがいに分っていることは、君も僕もその中に閉じこめられて来たあの道徳の拘束というものが今の我々には無意味だということだ。水が涸れるように、我々の肉体から立ち退こうとしている生命の前では、道徳は無力だ。それに屈したために失ってきたものの大きさが君にも分っている筈だ。

老年がせまるとともにやって来る道徳の無力感、道徳のまやかしに左右されて失ったものへの復讐の念が、私を大胆にした。私は伏見千子の生活を描いてみた。時々用を作って東京にやって来る。定宿があって、人に逢う。何かを期待し、自分に残っている魅力を確かめようとする。だが女流歌人として、文筆業者としての存在や、その目立つ容貌のため、男たちは彼女の前でためらい、萎縮する。白髪を象徴とするその容姿は、見直せば怪物的でもあり、彼女自身もそれを意識してひるみ、その中に閉じこもる。

私はその殻を破ることができる、と考えた。

「いつまで東京に御滞在ですか?」と私は言った。

「いつまでと決めていませんの。今日のお願いを聞き届けて頂いたので、最大の用件がすみ、もうこのあとは私、気持が楽なんですの。」

男と女の間では純粋な用件というものがあり得ないとか、引き合う力を抜きにしてもの事は動かない、という考え方に私は長いあいだ抵抗を感じて来た。だが、今の私の年になってはその実感を尊重するほかはない。人生って結局そういうものだったのだ。私は気持を楽にした。

「一、二冊でもいいですが、雑誌がお手もとにありますか?」

「はあ、それは失礼いたしました。のちほどお届けしようと思って、つい。はい、宿には何冊かございます。」

「今日、それを頂けますか?」

「ええ、それは」と言って伏見千子は口ごもった。それから私を見て、彼女はその目に動きのある表情をし、次の言葉を早口に言った。

「では、ちょっとお寄り頂けますか。ひどい室ですけど。」

「はあ。」

「私、今日、とても楽しかったわ。」

千子の言葉が軟かくなった。食事、酒場、そしてその室への招待。千子と私の間で、もの事が一定の方角へ進んでいる気配がそのときに分った。私の胸は少年の頃から覚えのある感じで、かすかにとどろいた。何かが起ろうとしているいま、半歩踏み込んで恥をかく危険を引き受けるのは男性だった。

「また、こんな風にお伴できますか？」と言いながら、私は右手で千子の膝にあるその左手を取った。

「ええ、喜んで」と言って、千子はその手を取られるにまかせた。私はその手を握手のようでもあり、遊びのようでもある形で、自分の膝に移し、両手に包んで軽く握りしめたり、撫でたりした。その手は皮膚がなめらかで、大きく、肉が厚く、その人の肉体のもののしさを思わせた。彼女は子供に手をあずけたような態度で私にまかせていたが、私が力を入れて握っても握りかえすことはせず、またその手を引こうともしなかった。

子供の頃の、同じ年ぐらいの女の子の手を持っているような、遠い幼い情感が私の内部に目覚めた。明るい交叉点に来て車がほかの車と並んだとき、私はその手を押し頂くようにしてから、彼女の膝にもどした。

その宿は上野駅の東側、浅草寄りの裏道にある五階ほどの真白い小さなホテルだった。制服を着たボーイの運転する小さなエレヴェーターの中で、千子は言いわけをするように言った。

「雑誌はすぐ見つかると存じます。あまりお引きとめ致しませんわ。」

千子の室は五階にあった。ベッド一つの小さな室で、夜の灯が一面にひろがって見える窓際に小さな机があり、その上に原稿用紙と、二、三冊の雑誌がおいてあった。

「ああ、きれいだ。」

私は窓のところに歩いてゆき、薄いカーテンを通して、浅草や神田の方角らしい灯を眺めた。

「毎月一度、田舎から出て来て、こんな宿に何日かを過すんです。田舎の生活って息苦しいものですから、来るときは来るのが楽しみなんですけど、四、五日いると、やっぱり田舎の方がいいように思われて来ます。人の気持ってあてになりませんわね。」

私のうしろに立って千子が言っていた。振りかえると、彼女は雑誌を二冊手に持っていた。ほとんど礼節が要求するように、その場に何事かが起ることが予定されていた。私は遊びの範囲を逸脱しないことにした。

私は千子の顔を見て、千子と同じことを言った。

「人の気持はあてにならない。人の気持はあてにならない。」

そう言いながら私は雑誌を持たない方の手をとって引き寄せた。そしてその唇に自分の口を軽くおしつけた。千子はそれを拒むでもなく、ちょっとの間触れ合うのにまかせていたが、ついと離れ、私を睨んで言った。

「いけませんわ、あなた。おいたが過ぎます。」

彼女は、その手をゆだねることも、その唇に触れられることも拒みはしないが、それに心を乱されることはない、という態度を取っていた。その本心はずっと奥にあり、触感は遠い出先のことにすぎない。そして自分の触感には、触感としての楽しみを与えてやる、というものごしだった。私は子供扱いされているようであった。しかし、それが許容であり、誘いであることは分っていた。私は私で、悪童のように扱われていてやる、という応対の仕方があった。

私は、ちょっと千子から離れ、感心したようにその大きな白い顔を眺めて、つぶやいた。

「すばらしい。あなたとこうしているのは、蜘蛛の巣で揺れているみたいだ。」

微笑がその顔に浮んだ。そして二冊の雑誌が私の方に差し出されていた。

「あとでもっとまとめてお送りいたしますが、どうぞよろしくお願いいたします。」

私はそれに構わず、また千子に近づき、今度はその首に両手をかけて引き寄せ、唇を押しつけて、その唇を割った。はじめて千子はそれに応じた。私は唇をはなして、耳のところへ持ってゆき、囁いた。

「明日逢って下さい。電話します。」

その首が小さくうなずいた。私は千子を離してから言った。

「失礼しました。お休みなさい。」

私はそのホテルを出て車を拾い、車の中で煙草に火をつけ、目をつぶっていた。私はこれまで手がけたことのない作品のデッサンにまとまりをつけたような満足感があった。伏見千子は、大きな寺のようなもので、入口が色々のところにあった。どこからでもその内陣に入って行けそうだが、いかめしい装飾やゆらめく燈明に囲まれ、脇の侍仏や読経する僧の群れが立ち動くその寺の中で、人は本尊に手をふれることを怖れ、ためらう。本尊の魅力は荘厳され、あがめられることにあって、手を触れれば冷たい、そして垢にまみれた木材か金属だと人は考えて、ひるむ。

しかし、私自身がすでに、人の目にはそのような木像か金像になっているのだ。伏見千子の冷たさ、その汚れもまた私以上でも以下でもないだろう。私と千子との接近には、生身の人間の境を脱しかかっている偶像同志の抱擁のような、俗世の人の想像を越えた妖怪性のあることが、私に分った。

次の日、私は千子に電話して言った。

「昨日は失礼しました。うっかりしていました。私はあなたの肖像を描くことをお願いすべきだったのです。」

千子が向うでにぎやかにけたたましく笑い声を立てた。

その日私たちは神田の日本宿に室をとって逢った。

私はそこで先ず彼女のスケッチをとることにした。そういう場合、描かれることが女の身に愛撫を受ける感じを与えることを私は知っていた。そして、描く方の私はまた、その女性に受け入れられるという安定感があり、しかもその肉体の内部に触れていないために漂う期待の状態で描くことが必要だった。表情の親近さと形の堅固さは、その前でなければ把握できない、と私は信じていた。一度女の全部に触れたのちは、その厳しい輪郭は見失われる。その肖像に描かれるのは、別な、執着の投影に支配されたものになる、と私は思っていた。

彼女との出逢いのために取ったその宿の座敷は、高い塀で外界と仕切られた庭に面し、縁側に簾を吊ったひっそりした室であった。秋になっていたが、残暑がむしかえした日で、縁側のガラス戸はしめられ、ルーム・クーラーが入れてあった。クーラーのモーターのかすかな音が密室の感じを作っていた。伏見千子は、その簾のすぐ前に、その横縞の影を肩から胸に浴びて坐っていた。私はそれを逆光になる横から、斜前方から、またうしろから、何枚もの素描に取った。坐った形には、名家の生れなる女家長、歌よみ、流派の主宰者がいた。私は、そういう光背を帯びたこの女性を、完成した老女の姿として描き出そうとし、着物の形を、あの「頼朝像」を見るように直線の構成による強い形態にまとめようと努めた。その絵の細部に反復される小さなパターンは、着物の細い縞と髪の白髪の縞であった。

スケッチが終ると、千子は肩を楽にして言った。

「よろしゅうございますか?」

「はい、また何度か坐って頂くことになると思いますが、今日はこれで。お疲れさまでした。」

夕方少し前だった。私は酒を出させて、千子と飲みはじめた。宿では、前に言っておいたので隣の室に支度もしてあったが、私は伏見千子をすぐさまただの女の身体にしたいとは思っていなかった。私は昨日ホテルでその首に手をまわしたような強いことをすることは避けた。この人を作っている幾重もの内側の層が、どのように現われるかを、私は知り味わいたかったのである。

もう一つ私が宿に言いつけておいたことは、硯箱に色紙と短冊を用意することだった。私が立ってそれを運び、千子の膝の横に置き墨を磨りはじめた。彼女は身体をひねって、上からそれを見下し、

「まあ、これは」と言って、私の方を恥らいと、怒りのようなものの混ったきつい目でにらんだ。私は静かにしていた。

そういうことは、ふだんの私の好みでなかった。日本画家たちのする席画というもの、席書きというのを、私は厭味な遊びと思い、手を出したことがなかった。しかし伏見千子がそこに女としているのは、大内青山の娘で伏見洋平の未亡人なる「ことぶき」主宰者の歌人としてだった。私はもう少しで微笑を浮べそうになったが、にこりともせずに、軽く頭を下げ、切口上で言った。

「お願いします。」

「私、困ったわ、困ったわ」と言いながら、彼女は箸をおいて、硯箱に向き直り、手を伸ばした。そのとき、その手はもう慣れ切った動作の中にはまり込んでいた。取り上げた雲母刷りの短冊の天地をちょっと見はからって、千子は、筆の穂先を細くあてて走らせるように歌を書いた。それで納まりが悪いらしく、もう一枚を取って、別な歌を書いた。

「私、困りました」ともう一度言ったとき、千子は赤い顔をした。しかしその盛りあがるような胸、筆をおくときのゆっくりした腕の動き、向きを変える膝の動きには、年配の女性歌人の作法のたしかさがあった。私はだまって頭を下げ、その短冊を手にとって読んだ。

「稲妻に射らるる山の湖のはがねのごとき背をかいま見し」

「うつしみのひとりはかなし山路の松ぼくり手に捨てかねしかな」

私は立って行き、硯箱と短冊とを机の上に戻した。

私はそのとき千子の真うしろにいた。席に戻ろうとして私は、細い立て縞の紬の白い生地に蔽われたその肩が、ゆっくりと息を吐き出しながら、代赭色に染めた帯の上で沈むのを見た。私は千子のうしろに跪づいてその肩に手をおいた。私の膝がその帯のすぐ下のところに触れた。その両肩をおさえて、うねらせて捲き上げてある白い髪のすぐ下の首筋に私は唇をあてた。私は首を支えて少しずつ横に向けさせ、その唇を私の前に持って来た。

伏見千子の父なる明治画壇の大内青山の存在と、伏見洋平家の家庭の歴史と、千子自らの芸の業績と、地位と、年齢という幾重もの層を順に剝いてゆき、女の裸形に達するという手つづきの中に、眩暈に似た戦きがあった。次の間で私は、その裸身に燈火をあてることを怖れたが、その白い皮膚は輝きを持ち、その顔よりもはるかに若い実質を保っていた。彼女の中から身を起したはたた神のような女の性は、私の予測を越える激しいもので、千子自らの拘束の利かぬものであった。

時を経て彼女が立ち去るために再び身づくろいしたとき、彼女は前と同じような威厳に満ちた平静さをとり戻し、その頰に上気した血の色をかすかに残していた。

伏見千子との出逢いによって、私の女を見る目は変った。私と同年輩の女性は、少くとも男性の私と同じような、あるいはそれ以上の生命に満ちているのだ。私は、月に一度、ときには月に二度、彼女との出逢いを持ちつづけたが、千子はその間に少しずつ、過去の男との経歴を語った。

彼女は曖昧にしか語らなかった。場所も職業も、名も伏せ、年齢と係累の説明だけで彼女は男の輪郭を描き出した。それによると、私と出逢ったとき彼女は、たまたま相手を持たぬときであった。妻子のある、多分彼女より十歳ほど若い中年の男と何年間か彼女は逢いつづけていた。そして何かの原因で、男の職場か家庭かの故障が起り、彼女は別れたばかりのときであった。その男は、彼女の歌よみの集団の代表的な、たとえば編輯の実務を助けているが故に、彼女に接近しても目立たぬ人間、でなければジャーナリストとして定期的に彼女に接する機会を持つ男性だと思われた。私は衝動的に、その男を捜し出せる、捜してみようと思った。しかし、間もなく私はばかなことと気づき、その関心を放棄した。

そればかりでなく、彼女のまわりには、色々な男たちが、現われては消えながら、列をなすように続いていた。その中の二、三の男たちとは、何事かが起っているか、でなければいつでも起り得る状態に彼女はある、ということを、彼女の曖昧な語り口から覚ることができた。彼女が謡を習いにゆくとき、彼女がお茶の会に出るとき、学者たち、文士たちと一緒に講演旅行に出るとき、男たちは彼女のすぐそばまで近寄り、また離れて行った。彼女の生活は、舞踏会の中にいるように、近づく男たちを抱きよせ、またとりかえ、刺戟と思い出と挨拶を交わし合って流れてゆく、川の瀬の漂流物のように見えた。

ある男は、彼女を酔いつぶそうとして危うく失敗し、ある男は季節はずれのときに別荘に誘ってその間取りを案内し、ある男は夜中に隣室から話しかけた。彼女の方がその顔を見るだけで気分のよくなる老文士がいた。徹夜で歌会をし、吟行の旅を共にする老いた、また若い同人たちがいた。その一つ一つのエピソードが私の気分を明るくしたり滅入らせたりするのを楽しむように、千子は、二人で逢う室で酒を飲む一時間ほどの間、種と仕掛けをのぞかせぬ手品を見せるように私に語って倦まなかった。彼女の交際範囲、その生きる世界は、歌作りをよりどころにして、あらゆる職種に及び、教育者、学者、実業家、文士などが次々に現われた。

彼女は、私の独り身の生活に興味を持って、くり返して私の日常生活をたずねた。それはあたかも、刑事が被疑者を毎日のように留置場から引き出して同じ質問をし、その繰り返す返事の違いによってことの真偽を確かめようとするのに似ていた。私の身のまわり、食事の世話は、運転手の西崎の妻の梅子がしていること、そして昼間はたいていもう一人の派出婦が来て私の室の掃除や洗濯をするという事や、モデルの使いかた、その年齢と身もとなどを、私は何度か千子に語った。

千子はあるとき、表紙画の催促をしに突然私の家へ訪ねて来た。そして画室に半日いた。彼女は、小出さんという派出婦の働きぶりに注意している気配だった。私は妻の生前から、疑いを持たれぬように身のまわりの女は二人置くのを原則としていた。また自分の仕事場に出入りする女とは問題を起さぬように気をつけ、万一何事かがあると、金で解決して縁を切ることにしていた。やがてそれが分ったのか、千子は私の私生活についてあまりたずねないようになった。あとで考えると、それは彼女の心がよそに移ったときだった。

私は、そとで起す女関係については、千子と顔を合せる危険のない女性のことに限って、千子が私に話す程度に話をした。しかし私は芸術家としての千子の面子を意識して尊重するようにしたためか、そのとき千子はおだやかにしていたが、しかし彼女が、男の文士や歌人たちのことを名をはっきりと言って喋るとき、そこには私の浮気話に対する対抗手段の匂いがつきまとった。

私と千子との交渉は二年あまり続いたが、ふっと灯が吹き消される感じで終った。多分、私が千子を家名や地位や年齢の光背に包まれた存在として味わっていたように、千子もまた、彼女の亡父を思わせる日本画家として私に執着していたのであろう。その関係は仮構に支えられすぎていた。どちらも、もっと若い、生命に満ちた相手が必要だったのだろう。あるとき千子は、ふっと関連もなく、ある若い男が自分に興味を抱いている、と語った。また別なとき彼女は、若い男の子は臆病なものですね、と言った。私は自分の青春時代を思い出して、そうだ若い男の子は臆病なものだよ、と相槌をうった。

それからしばらくして、千子は私に打ち合せの電話をよこさぬようになった。ホテルに来ていると思われる時に、私の方から連絡を待つとのことづてを電話でした。二、三日してまた電話したところが、前日田舎へ帰った、ということが分った。そのとき突然私は、若い男について、二度彼女がひとりごとのように言っていた言葉を思い出した。ずいぶん若い、学生のような青年が彼女に近づき、その臆病な清潔さに彼女が心を奪われているにちがいない、と私はさとった。そして私は、彼女がその青年をそのまま放っておかぬこと、手をとって教えるような溺愛の時がしばらく続くにちがいなく、それが続いている間は、彼女の心は専らその青年に吸収されていることを考え、その邪魔をしないことにした。私はその青年を相手にしている千子の言葉、表情、陶酔、動作の細部まで想像することができた。

その想像は熱した火箸を心に押しあてるような息苦しさで私を悩ました。しかもそれは同時に、千子のためにまたと起り得ない若い生命への耽溺であるという理解を私は持った。そこに奇妙な裏がえしの満足感があった。私はその事件を千子自身の口から聞きたいのだった。しかし、私は自分に言いふくめた。今が別れるとすればよい機会なのだ。どちらかが老い衰えた相手を見ていやな思いをするという怖ろしい場面まで続けるべき関係ではないのだ、と。私は納得しながらひどく淋しかった。

しかし私には全く女気がなくなったのではなかった。酒場へ行けば、前に親しんだことのある女のいる店があちこちにあり、私がその気になればモデル女の中から、適当なのを選びとることもできるのだった。そして時が過ぎた。

私は伏見千子との関係から色々なことを学んだ。その一つは地位のある年配の独身の女性の愛慾生活の実相であった。もう一つは、小淵歌子の場合と同じように、魅力のある女が相手なしでいることはほとんどない、という事実であった。一人の男から別の男に移るとき、断ち切られるように終るのはむしろ稀で、たいていの場合、その継ぎ目は重なって、二人を相手にしたり、三人を相手にしたりする時機があり、やがて選択が行われて、一人の相手でしばらく続くらしい、という事であった。小淵歌子の場合が特殊で、彼女は多情であり、また経済的に何人もの男をあてにするからだ、と考えたのは、私の間違いだった。女性は私たち男性が考えているよりも、もっと多くの男たちに取り巻かれているものなのだ。

私は老婦人の前山咲子が踊ったときに見せた強い色気を不自然だとは思わなかった。彼女は私より五つ年上であるが、その白髪が銀色の艶を帯びているところは伏見千子を思わせた。伏見千子は、脊が私ぐらいあり、胸も厚く、腰も大きく、圧倒するような力のある裸身を開いて見せた。銀狐のように白さを点綴したかくしげに包まれたその暗赤色の開口部は異様に猛々しかった。いま私たちの前で踊り終えた前山咲子は、昔の印象とちがい、もっと小柄で、その四肢も華奢であった。しかし、その小柄な丸味を帯びた身体の動きは、蝸牛か栄螺のような強く収斂する体質を思わせた。

むかし、夏の夜の蚊帳の中で、彼女の手が私に触れたとき、彼女は私にとって無限に大きな存在であった。それは、探索することのできない巨大な辺境を持つ大陸のように私の上にひろがって感じられた。今見る前山夫人は老いて萎縮したというよりも、舞踊のきびしい動作の中にその肉体を鍛えあげ閉じこめたかのように別な存在に見えた。

招宴は終り、暗い夜の城下町の中を私たちは歩いて行った。前方に二組ほど五、六人の群れが、田舎の人らしい声高さで話し合っていた。その中に、赤木市会議長の声が響いていた。ある人々は途中で別れを告げ、コンクリートの道に下駄の音を響かせて別の方角に遠ざかった。風はなかったが、夜の空気は冷たかった。私はレーンコートのポケットに手を入れ、一人遅れて歩いて行った。

何という不思議な人間の生活だろう。むかしこの土地に何千人かのものが集まって住み、やがて一家族が城を築き、そのまわりで人々がものを作り、金銭のやり取りをし、男と女とが相手を定めて結びつき、身分と礼節の分け隔てを設けて暮す。ある日人間たちは美しいものを求めて、女たちの踊るのを見る。踊る女たちは、それぞれになまめかしく、色とりどりの装いでその肉身を包み、韻律につれて暗示し、開示して、人間の雄を引きつける所作に熱中する。しかも一転すれば、その肉身の運動を断ち切るように終えて、礼節と作法の中に逃避し、夜の中の幾つもの家屋の中に分散してゆく。その虚偽と誘惑と擬装とが、この小さな城下町の夜の中に満ちて、絶え間なく揺れ動き、誇示し合い、欺き合っている。

私は夜の道をひっそりと歩きながら、前方の人の群の中であの前山夫人の小柄な肉身が、絶えず私を意識し、私を感知しながら歩いていることを、また擬装の中で隣人や家族たちと笑い、話し、うなずき合っていることを感じた。私がいま思い出すように、彼女もまた、四十年も前の夏の夜、その白い手を、怖れと期待とをもって、隣に眠っている私に差しのべたのを思い出している。その私が六十歳に近くなり、髪白く、屈みがちになって、彼女の背後の離れたところを、靴の音をさせながら歩いているのに彼女は気づいている。明日、私と彼女は逢っても、何事も起さぬかも知れず、何かを起すかも知れない。明後日、私はもうこの土地にいないだろう。

そして、何事もなければ、あの倉田満作が死んだように、何年かして私は彼女より早く死ぬだろう。彼女は生きていても、もう私のことを話す相手を持たないだろう。そしてある日、彼女もまた死ぬ。それは一人の老いて枯れた女の意味のない終りにすぎない。人間はまだそのあとも、この城をめぐって、小さな家々の中に生きつづけ、子供が騒ぎ、学校の朝の鐘が鳴り、商人が人に声をかけて、にぎやかな生活がつづくにちがいない。

私は酒の酔と、疲労から来る眠気にぼんやりと包まれて、あたりにおぼろな家々の戸や窓や看板や電柱などを感じながら歩いていた。もの事はおぼろで、私はただ前山夫人のいるらしい前の人の群れをつけて行った。

車が前方から来て、前の人の群れに近いところで激しいブレーキの軋りを立ててとまった。「送ったげる、送ったげる」という市会議長の声がそこで起った。二、三人の女の声で、「いいえ、どうぞ、お先に、私たちはゆっくり歩いて行きますよって」と辞退している声が聞えた。

車はそこで何人かの人々を載せ、Uターンして先方へ走り去った。私が近づくと、そこの街燈の下に立って残っていたのは前山家の人々であった。私は改めて今夜の招待の礼を言った。孫娘の雪枝は、赤い襟巻で顔をくるりと巻いてもらい、目だけを出して、祖母の咲子の手につかまっていた。私はその咲子よりも婿の前山操次に話しかけるようにした。

「実はどすな、先生に御相談申し上げたいことがありましてな」と前山操次が言った。「明日お出で頂くそうでありますが、私は生憎明日の朝から出張で山陰の方へ出かけななりまへん。それでいま母とも話しとったことですが、もし今夜私とこへお立ち寄り頂くなり、お泊り頂くなりできんものかと、そのように話し合っとったところでございます。」

「何ですか、その問題というのは？」

婿は、妻の章子とちょっと目を見合わせてから義母の咲子に近より、小声で話し合っていた。咲子から私に話をしてくれということのようだった。咲子が歩み寄って、小声で私に言った。

「小淵歌子さんのことです。御存知でっしゃろ、あのおひと？」

「ええ。どうかしましたか？」

「子供のために何やらたのみ事があると言って来ましてな。」

「はあ。とにかくお宅へ参りましょう。宿の方へは電話かけて、遅れると言ってもらいましょうか。」

私たちは歩き出して、駅前通りに出た。そこの角のタクシー会社から車に乗り、前山家に着いた。

「寒かった、寒かった」と孫娘の雪枝が言って、母の章子が玄関の錠を開ける間足ぶみしていた。

「ほやから下に毛糸着た方がええとあないに言ったんに、よう着なかったからや。風邪ひいたら事やがな」と章子が母親らしく小言を言いながら、戸をあけて私を招じ入れた。

「ストーヴと炬燵、早う」と雪枝が言った。

「お風呂もわかして先生をお入れしないと、えろう冷えるさかいな」と婿が言って、自分で湯殿の方へ入って行った。

私は雪枝と並んで居間の炬燵に入り、咲子の注いだ茶をのんだ。咲子は、娘や婿の来ないうちに話をする方がよいという風で、雪枝には分らぬような要点の拾い方で、次のようなことを話した。

小淵歌子がこの碑の建つことを知ってお祝いの手紙をよこした。その手紙の中で歌子は、倉田満作との間に生まれた柾子が今年十二歳になること、中学校に入ったところで、父のことを時々たずねるので、倉田を父だと話してある。柾子は戸籍に入っていないが倉田満作の子として、公式に認めてもらうことはできないだろうか、と前山咲子あてに書いて来た。

倉田満作の著作の印税は、ずっと続けて咲子のところに来ていて、この二、三年、相当の額になっているのは事実だが、外部の人が思うほど大きな額ではない。文庫本に入っているものの印税は額が少ないし、たまに大きな文学全集の企画の一部分に入ってまとまった金になることはあっても、この家は婿の月給が安いのに暮しむきに金のかかる家だから、あまり余裕がない、と咲子は一応収入のことを説明した。そして彼女は、それにしても柾子という娘が倉田の子だということは、倉田の死んだ時には分っていなかった。事実上倉田満作の子供であれば、何とか考えなければならない。小淵歌子のことと、その柾子について、私の知っていることを聞かせてほしい、というのが咲子の話であった。

柾子が誰の子かということは、この日の午後私が武林玄と駅前のビヤホールで話したときにも問題になったことであった。私はこれまで、漠然とそれを市川という玩具問屋の主人と歌子との間に生まれた子だと思っていた。倉田満作と歌子が同棲していたのは二年あまりのことだったが、その間に子供は生まれなかった。歌子が市川の出資で酒場を開いてから半年ほどして柾子が生れた、というのが私の記憶していることであった。しかし今日の午後、武林との話が激昂したとき、私は、歌子が倉田と別れる前後に、私の思っていたよりももっと深く武林と交渉があったのではないかという疑いを抱いた。私は咲子にそういうことは告げず、とにかく東京に戻ってから調べてみよう、歌子に逢って話を聞いてみよう、と言った。

章子が、寒さしのぎにと言って、熱くつけた酒を、その炬燵の上に持って来た。雪枝には熱いココアがあてがわれた。前山操次もそこに来て加わった。

五

「何からお話したらよろしいでしょうか？　ほんとうに、私とあなた様との間には、打ちあけたお話をする折がありませんでしたものね。ひょっとしたら、あなた様と私は、ああいう事が二人のあいだにありながら、一ことも打ちあけた話をせずに、この世を終るところでございました。そのあなた様と、はじめて心を開いたお話をすることができますのは、これこそ私の生涯のしあわせでございます。夫が亡くなり、弟が死んだのちになって、やっと私はあなた様のそばに寄ることができるようになりました。私、つい羽目をはずしたものの言い方をするかも知れませんが、そのときはおゆるしを願います。年をとって困ることは、つい自分の今の気持に溺れることでございます。あるお人の前では何を言ってならない、あるお人には、その人の今の気持をいたわってあげなければならないという、自分への戒めが弛みがちになります。それを考えますと、私はやっぱり、何もかもをあなた様にお話するという訳にもいかないかも知れません。

「はい、そうおっしゃって頂くと、ずんと気持が楽になります。あなた様とのあいだにあのような事があったというのは、私が年若いあなた様を誘惑したことでございました。そしてあのとき私は二十七、あなた様は弟と同い年ですから二十二でした。そう申してはなんですが、男としての心の定まらぬお年です。年上の女の夏の夜のたわむれにあなた様を引き入れたことを、私は長いこと、まことに罪深いわざであったと思うておりました。

「今ですか？　おほほ、今はそうは思っておりません。あなた様は、それをも養いにして今のあなた様というものをお作りになったのと違いますか？　でも、世の常の男の子ならば、あのようなことのあとでは、女子がみな垣根のない手近なものに見えて来て、女というものの中毒にかかり、躓きのもとになるのではありませんか？　一度躓けば、女の身体しか目に入らなくなり、生き甲斐のように女狩りをつづけるだけの人になり、自分の仕事も成し遂げられなくなるかも知れません。

「今の世の男の子たちならば、そんな事もないでしょう。変りました。男も女も、生きることの喜びを求めるのにはばからなくなりました。でも、夫婦のあいだ、家族のあいだ、他人の間でも、あのねたみ心というものが人間の心から消えないあいだは、その事の撒きちらす毒は、昔も今も同じ筈だと、私はそのように思っております。そして、人の苦しみ悩みは、人間のねたみ心を目覚ませるのを怖ろしいと思うところに結びつくものではないでしょうか。

「私は、今ならばあなた様もお分りになっていると存じますが、あのときにもう、人妻として崩れた心を持っておりました。持たされていた、うちのひとのひどい仕打ちで苦しめられたため、そういう心になってしまった、と、そのように私は長い間考えておりました。私が死ぬときまで、その考えを変えなくてもよい、というような目に逢わされたのだ、と。私の夫は高等工業学校の土木科を出た技師でしたが、その勤めた会社は、その当時の俄成金の作ったもので、今で言うならば信用のある大企業の建設業でなく、大正の中頃、あの第一次世界大戦の好景気のときに、地方の小さな土建屋から急に伸び上ったような会社でした。結婚したとき、私ははたちで、夫は九つ年上でございました。長いこと独身だったのは、色々な原因があったのでしょうが、その間に夫はすっかり遊び癖がついていました。

「夫のは、遊びぐせと言っても、田舎の仕事の現場の近くで酌婦や芸者を相手にしている間に覚えたどぎつい遊びかたでした。見たところ、上脊のある頼もしげな人でしたが、自分の妻に対する思いやりというものを持てない人でした。自分の妻が、酌婦あがりのお妾のような相手の仕方をしないと言って、初めから私のことを不満に思っている人でした。

「はい、人の気持を想像してやるという心が全くないと言うのでもありませんでしたが、自分が楽しいと思った様子にしか女のことを考えないのでした。はたちの私は、ただあの人の扱いが怖ろしく、無慙だと思うばかりでした。夫は、お前は情のない女やとか、お前は冷たい女や、とよく申していました。

「私は夫に接するときは、身がすくむような気持になるのですが、それは最初の夫の扱いが悪かったためにできた私の身体の癖で、自分が全く情を解さない女だとは思っていませんでした。なぜか言いますと、はい、そのわけを申すには、えらい恥かしいことからお話しなければなりません。

「何もかもお話申しますと言いながら、やっぱり言い残すことは出て来るかも知れませんが、あなた様とこうして一緒に夜を過すのは、これが最後かも知れません。そして私の年になりますと、どなたかに、本当のことを全部聞いて頂いて、これが自分の人生やった、ということを自分にも確かめ、それがあなたの人生でしたか、と分って、言って頂きたくなります。もし誰かに聞いて頂かないことには、あれは夢まぼろしだった、自分は本当に生きていたのだろうか？　というはかない心で死ななければならぬようにも思われます。ところが、それを聞いて頂ける人というのは、めったにあるものではありません。赤の他人は勿論、親子、兄弟の仲は、何よりも正直な話ができないものです。夫婦の仲は、それよりももっと真実を言うことができないものです。

「うちあけられる人というのは、恥かしいことも分ちあった人で、しかも嫉み心で傷つけ合う心配のない、よその土地の人でないといけません。むかし弟の引き合せで私の前に現われたあなた様に、また弟の縁でこうしてお目にかかれたのは、ちょうど私がこんな気持になった時なのでございます。あなた様が、その人として私の前に現われたのでございます。今夜お泊り頂

いて、もう一晩ぐらいは泊って頂いても、娘はあまり気にしないと思います。娘は私の味方で
ございます。私がまだ女であり、そして芸人であることを娘はのみこんでおります。三日目は、娘はともかく、隣近所の人が、あのお師匠さんの稽古場の二階にあの男のひとがまだ泊ってい
る、と気にかけはじめるかも知れません。また一年か二年ののちにはお立寄り頂けるかと思い
ますが、私などはもう、いつどんな病気におそわれて立てなくなるか分りません。このたびお
逢いするのが最後と思わねばならないのでございます。
「あなた様こそ打ち明け話をするにちょうどふさわしい、と申しましたが、それだけでは失礼なことでございます。あなた様ならば、正と邪、愛と憎しみ、まことと汚れを分ちさだめることのできない人間というものをまともに受けとって下さる。その考えが先にあってのことでございます。そういう人でも、もし縁が近すぎ、生活につながりがありますと、うち明け話はできないものだ、というのが私の気持でございました。
「私は自分の生きたことの証しを立てたいと申しましたが、自分がよい子になろうとか、自分のした事を人のせいにしてしまおうというのではありません。私は女のこと故、長いこと、万事をそのように思いたがっておりました。しかし、私はやっとこの頃、そこから抜け出ました。今になってみますと、自分のした事は、自分の不徳のせいとも思われません。男と女とは、この世に生れて、その生涯のうちに、このような生き方をするものか、というその驚きを、人に、

はい、あなた様に分ちたいという気持でございます。

「夫が私のことを、情がない、冷たいと申しましたが、私は情を解さない女ではなく、心の揺れ動く、危なっかしい少女でございました。私の実家は、御存じのように古い、大きな、暗い家でございましたが、私と弟が育ちます頃には、段々と不如意になり、使用人も下女一人のほかは使わない暮しでございました。屋敷まわりの長屋という程ではありませんが、裏手には牛馬の小屋、物置き小屋、米倉、下男部屋、と棟のつづいた平家建てがありまして、そのうち屋敷の東北の隅にある下男部屋というのは、母屋の屋根越しに冬でもよく日が入りました。私や弟が友達を連れて来ますと、神経質な父と母の目を避け、そこの六畳が細長く二間つづいた室で遊んだものでございます。

「そこが私たちの勉強部屋でもございました。弟は六つのときまで乳母がついておりましたが、その乳母の育てかたがよくなかったのでございましょう。小学校へあがるようになりましても、乳母のかわりのように五つ年上の私につきまといました。厳しい母は、弟がふところに手を入れても叱りつけるものですから、勉強部屋にいる私のそばを離れず、どうかすると私に甘えて、胸に手を入れるのでございました。数え年の十三になる頃から、私はそのせいか、人並みよりも早く乳房が大きくなったような気がいたします。私はまた、駄目よ、駄目よ、と言いながら、本に熱中するふりをして弟に乳をいじらせているようになりました。

「夜はまた、母屋の私の室で、弟が淋しがって姉ちゃんと寝ると申しますので、ふとんを並べてやすみました。そうして弟が数え年の七歳、八歳、九歳、十歳と四年ほどのあいだ、弟はいつも私のふとんの中に入ってはやすむ癖がつきました。朝方になると、弟は母の目を怖れて自分のふとんに戻ってゆきます。私は、弟があのような、女にだらしのない、言わば自分の気持にだけ溺れる人間になり、あのような小説を書くようになったのも、子供のときの、この生活が原因ではないか、と思います。そして、弟にそのようなことを許した私に罪があるように何度か思いました。

「その弟の年頃に、五つ違いの私は十二歳、十三歳、十四歳、十五歳となりました。十二歳、十三歳の少女というものは、幼い弟に対して、母のようないたわりを抱きながら、自分の体はまだ子供のようなものですから、厳しい拒絶の感覚というものが目覚めておりません。弟が私の身体をさぐりまわすのが分っていながら、一緒に眠りこけるという風でありました。そのむずかゆいような、じれったいような感じは、日中でも私の中に残っていて、私はよくぼんやりしていることがありました。

「十五歳、私が女の汚れを知るようになってから、母は、弟と同じ室にやすむことを禁止しました。しかし、そのとき、もう何かが遅すぎたのではないでしょうか。弟は勉強部屋では相かわらず私の胸をさぐろうとしますが、私ももうはっきりとそれを拒絶するようになりました。

すると弟は、遠くから細い目で私をうらめしそうに睨んでいるような、拗ねた、瘦せて青白い少年に育ってゆきました。もの事が分りすぎて芯のとまったような、子供らしくない少年でした。そして弟は、私から突き離されながらも、いつも私のことを、私の身体を頭に浮かべている男性の目で私を見ていました。私の方もまた、拒んでいながらも弟はただの弟でなくって、縁を切ったもとの男のような、気味の悪い、それでいて何かの時には、肉親の間よりももっと助けになるかも知れぬような存在に思われたのです。

「私と弟の間は、あの近親相姦というどぎつい言葉に当るような姉弟の間の恋愛感情という執着だったとは思われません。しかし、あれがそうだと言われますと、返す言葉はございません。お分りと存じますが私と弟との間にあった体験は、接触感は、かるい満足というのにすぎず、今で言いましたらペッティングとか、ネッキングとかいうようなものであり、私が形の上で処女性を失うというようなことではありませんでした。男と女の愛情というものとは別な、身体だけの近づき、感覚の遊び相手というものでございましょうか。そういうものとしては、子供の時のその経験が、かえって、古い夫婦の間の身体の結びつきに似ていたように思われます。それは、一家の中にいる年上の女の子と幼い男の子の間に起ることとしては、極く当り前の、どこにでもある事のようにも思われ、しかも、私が女になったと思いはじめた時には、それが、怖ろしい、取り返しのつかぬ汚れに見えて来ました。私はですから、その記憶を目に浮かべている弟を、蛇かなにかのように忌み嫌っていました。それでいて私は、少年だった弟を、自分の育てた子、自分の分身のように思い、その全部が自分のものだという独占的な執着を持っていました。この気持は、変なものでございますが、のちに子を持ってみて、母親の情に似ていると思うようになりました。私の産んだのは女の子ですが、もし自分に男の子があったら、あの弟に抱いた気持に近い気持だったにちがいない、とのちに思いました。

「このような情愛に区別をおかない考え方は、人さまには言うことのできるものではありませんが、これが、私のあなた様に聞いて頂きたいことの一つでした。それだから、と弁解がましく言うのではありませんが、あなた様が二十二歳で弟と一緒に私の家にいて下さった頃、私は、弟に対するような忌み怖れのない気持で、自然にあなた様に向ったのだ、と、そのように自分に言い聞かせました。

「私が結婚してあの家に移りますと、弟はしょっちゅうあの家に入りびたるようになりました。私の方はまた九つも年上の夫の、乱暴で思いやりのない扱いかたに、初めにおびえたのが原因であったらしく、ただ妻のつとめだけはしている冷たい女として過しておりました。夫はそれではもの足らないらしく、何とかして私を暖い女に作り直そうと、しばらくは熱心に、さまざまな仕方で骨を折りましたが、女の身体というものは、心と区別がつかぬものらしく、初めの扱いの手荒さがもとなのか、それとも、自分の夫として不足のない人とは思ったものの、私が結婚のときまでに本当に夫を好きだという気持になっていなかったためか、夫に抱かれるとき、きっと私は、身体のずっと奥の方で、何か扉のようなものが閉まるようなおびえを感じ、それを気にして楽にしようと思っても利き目がないのでした。

「前にも申しましたように、夫は、私の教育に厭きたのか、それとも半ば投げ出した気持だったのか、半年ほどのちには、現場に行きっきりになることが多く、私はまた中学生の弟が二階にいてくれるものですから、弟とだけいる方が気が楽でもあり、淋しい思いをせずに暮しておりました。

「と申しましても、弟はその頃、旧制の中学の上級生で、もう私のあとを追うという気配はなく、男の友達、あの今の助役の谷村さんとか、教育長の袋沢さんなどとよく遊んでおり、回覧雑誌を作ったり、詩や歌を文芸雑誌に投書していました。その頃弟は同じ年頃の女学生や、友達の妹などが心の中にあったようですが、妙なものでございますね、十五、六のころから弟は、そのろくに話をしたこともない少女たちにひどくプラトニックな愛情を抱いているようでした。私との間にあのような経験を持ちながら弟は、よその娘さんが来たりすると、ろくにものも言えず、顔を赤らめてその場を去るという風でありました。結婚した私は、弟の目には、もとの少女と全く違う、人妻というおそろしく権威のあるものに見えたらしく、私をこわがりながら、私に甘えるという風でした。母は、弟に乳を与えなかったことがもとで、あの子を乳母から姉の私に渡してしまったようなもので、満作がうちに居つかないことをしきりに淋しがっていました。しかし私にはまだ子供はないし、夫が留守がちだったため、弟は私のうちに居ついたのでございます。

「結婚して一年半ほど経ちましたとき、夫は泉川に近いところで、熔鉱炉を作るための地ならしの工事を受け持ちました。かなり大きな仕事でございました。場所は泉川の下流で、神崎市と泉川市との中間に当る煙谷というところでございます。その熔鉱炉はのちには廃物となって、土台だけ残っておりましたが、今ではすっかり別な工場町となりました。その現場が家に近いものですから、その頃は夫はうちに落ちつきましたが、その前の半年ばかり山口県の現場に行っている間に、夫は何となく前よりも人柄が一層荒れたようになりました。

「泉川の町には、その頃はあまり男の遊ぶ場所として気の利いた家がなかったためか、夫は仕事の取引先の人や部下を連れて、よく神崎市の花柳界で遊んだようでした。前と変ったのは、そういうところで相手にする女たちの、身体のことや声のことを、寝物語りに私に話すようになったことでございます。私を刺戟するためでもありましたでしょうが、荒らくれた感じの残酷なものでございました。それに、前よりも一層酒にひたる度が強くなっていました。

「しかし私は、現場にいるときの夫はこういう暮しをしているのか、と想像していたのが事実となったのに接するようで、男たちの暮しはそういうものと、半ばあきらめたようにそれを受け入れておりました。夫が相手にした女たちのことを聞いても、はじめはびっくり致しましたが、かえって夫をうとましく思う気持を強めるだけで、夫の期待したような事にはなりませんでした。

「夫は大胆になったと申しますか、よく夜更に車で同僚や部下と一緒に芸者を連れて来ることがありました。その当時は、芸者衆が旦那の家に出入りするのはさして珍らしいことではありませんでした。それも同僚の人々からの説明では、現場関係や取引きの上では必要なことであり、特別変った振舞というのでもありませんでした。そういう大きな工事があると、その近くの町では、男たちの遊びかたが派手になるもので、その後に何度か同じようなことを見聞きいたしました。

「ある晩、夫は、竹勇という芸者と、まだ若い鮎田という部下を連れて参りました。鮎田という人は関西の私立大学を出て三、四年経った二十七歳の独り身の人でした。会社の経理にいる人で、夫の受け持ちの仕事の会計の方の責任者だったらしく、人をもてなす席ではいつも夫と一緒でしたので、何度も私のうちに来ており、気安いつき合いになっていた人でした。それはもう夜中の三時頃で、三人とも酔っておりましたが、夫と竹勇という芸者に較べれば、鮎田さんの酔はそれほどではなかったでしょうか。

「そのときはいつもと違い、夫と酔った芸者との間のある気配がはっきりしていたためか、私は頭から血の気が失せるように感じました。それは主婦の体面というよりも妬み心だと思います。私は夫に言われるまま、あり合せのビールと何か肴になるものを出しました。肌寒い、多分秋の頃でしたが、深夜の台所で、そのビールや皿盛りのものを盆にのせて運ぼうとしていると、台所の硝子戸に写った自分の顔が、おそろしくとげとげしく、暗いものに見えました。そのとき私はふっと、この極道な人との暮しもこれが行きづまりで、もうこの先はないと、そう思いました。

「夫は間もなく四人分の寝床をそこにとれと申します。寝具はありましたが、あの八畳はすぐ隣に四畳がつづいてあるものの、四人の寝床をゆっくり敷くのは無理でございました。お客さまたちは玄関わきの六畳に、と私が申しましても、夫は、いやここだ、と申して聞き入れません。そして、私がおろおろしておりますのを叱りつけながら、真中に私たち夫婦の寝床、上ての床の間の前に竹勇の寝床、四畳間に鮎田さんという順に敷きました。ですから床の間から申しますと、竹勇、夫、私、鮎田という順になります。鮎田という青年はなかなか好男子でしたが、夫がその人と竹勇の間をしきりに気にしていることは、酔ったまぎれに口にする言葉の端々からも分りましたが、それがこのような順にさせたのだと思います。四畳間との境の襖も開けてありましたから、狭い八畳に敷いた三つ目の私の床はその敷居をはみ出して鮎田さんの方に接しております。つまり、四つの蒲団がつづいた雑魚寝なんでございます。

「男女の遊びとしての雑魚寝は、私もずっとのちには、はい、夫の死後でございます、面白いと思うことがありましたが、その時はただわくわくするばかりでした。私は枕もとのスタンドの小さな電球をつけて、酔った夫がわめくように命令するまま、自分の床に入ってやすみました。すると夫は、手をのばして枕もとの灯を消しました。

「夫は前から関係のあった竹勇の気持が独身の鮎田さんに移ってゆくのを手荒い仕方で断ち切ろうとしたのでございます。竹勇はしきりに拒んでおりましたが、その様子が一つ一つ分りますので、私はがたがた震えているばかりでした。二階の弟のところへ逃げ出そうとした時はもう遅かったのでございます。人間の身体の行いは、そのときの私の立場からしますと、すぐそばの闇の中で突然地面が噴火し、天地が崩れ落ちるような怖ろしいものでございました。しかもそのとき鮎田さんの手が私の身体にかかりました。その手の意味を考えるより先に、私は怖ろしさからのがれるようにその手にすがりついたのでございます。それがどういう意味のことであるかは、間もなく分りました。私はそのとき、もう自分はあの人の妻ではなくなる、と思っていました。

「人間は追いつめられますと、自分で夢想もしなかったことをするものでございました。結婚して一年半ほど経った家庭で、そのようなことが起ろうとは、誰が考えましょう。自分の気持すら自分に分っていないのです。私はいま、自身の身体にかかった鮎田さんの手の意味が分らぬうちに、と申しましたが、これも女の言い方でございますね。夫に思いやりがない、夫が荒らくれていると申しました。これも女が自分を慰めるための考え方でございますね。私は恥かしいことに、その夫の極道の荒らくれのために投げ込まれた地獄の中で、はじめて自分の女の身体に目覚めたのでございます。女の身体は地獄のようなものと申しますが、私には女の心そのものが地獄ではないかと思われます。私が嫌い、私が憎み、怖れていた夫の所業が、いよいよ途方もないものになったとき、そして私が人妻としての自制を失ったとき、私の憎悪と恐怖と自棄が、女としての私を目覚ませたのでございます。あのようなむごいことが、私の養いとして必要であったのでしょうか？　本当は私がそれを刺戟として望んでいたのだ、とそう言われても打ち消しがたいことでございました。

「私の家庭はその機会に壊れる筈でありました。夫が壊し、私が壊したという二重の意味で、もう家庭は存在しない、と私は覚悟いたしました。それが壊れなかったのでございます。間もなく鮎田さんは夫の会社をやめてどこか遠くへ移りました。あの芸者については夫は何も申さなくなりましたし、しばらくは人が変ったように遊びをやめてしまいました。竹勇と夫との間が続いたかどうかは分りませんが、やっぱりあの女も土地を変えたのではなかったでしょうか。

「あの夜の夫の所業は、たしかに切羽づまった棄てばちのものでありました。私はそれを疑いません。その方が夫をゆるすことができるからです。しかし、夫に家庭をこわす気持のないことが段々と分って来ましたとき私は、そう思いたくはないが、夫は半ばは私のためにあのことを企てたのではないか、と考えるようになりました。

「人の行いは、どんな利口な鋭い人でも、全部見通しを立て、計算してできるものではありません。夫はたしかに鮎田さんと竹勇との間を裂きたかったのです。しかしそれと同時に、結果としてそうなったと致しましても、激しい刺戟で私を治療できるかも知れないとも思ったのではないでしょうか。それにしても、私が自制を失うことをまで考えていたかどうか、それは分りません。しかし私のそばにいる鮎田さんが自制を失うだろうということまでは、夫は考えていなかったのではないでしょうか。そして夫はむざんにも妻の私をその争いの敵の餌食として投げ与えたのでございますが、もう一つ夫の心にあった妄想では、そのような犠牲を払ったなら、ひょっとしたら私の感覚を呼び起すことができる、とそう思ったのではありますまいか。

「そのかすかな夫の妄想が実現したとき、そしてもう自分の妻でなく見えはじめた私が別な女になったとき、夫は私を離しがたいものに思いはじめた、と私はのちにそんな風に考えるようになりました。娼妓や芸者たちを相手にその青年時代を過して来た夫は、自分の妻が娼婦と同じ資格のものになったとき、やっと女としての私の値うちを見出したと申してもよいのです。私の気持もまたすっかり変りまして、自分には妻としての資格が失われているけれども娼婦として夫の気に入っている、とそのように思って日を過すようになりました。娼婦の資格というものは妻の資格の一部分かもしれない、と私が考えるようになりましたのは、もっともっとのちのことで、その当座は私はすてばちな気持のまま、自分の変った身体を、自分でない別な女のように見て生きていたようなものでございます。

「ごめんなさい。つい、うとうとしてしまいました。恥かしゅうございます。もう夜明けが近いのではないでしょうか。でも朝はゆっくりやすんでいて、ちっとも構いませんのです。朝は年よりらしくもなく私は遅いのでございます。私は、もう若くはありませんし、神崎市への出稽古や発表会などがありますと身体もずいぶんと疲れます。それに娘たちの朝の食卓には加わらぬ方がよいのでございます。婿は今朝は特別早く出かけてしまいますし、それに娘は、これまでも私の味方でございました。娘を味方につける必要ですか？　おほほ、それはございました。それはのちのお話として、お目にかかれて、こうしてお泊り頂いて、私は本当に嬉しいのです。この前弟の生前に、一度お立寄り頂いたあとで、また来るとおっしゃっていましたのに、あなた様はお城の絵を描きに泉川へ何度もお出でていながら、いつも光風館にお泊りで私のところへはお出でがなかったのを、私は淋しく思っておりました。でもあの頃私は私で事がありまして、このようなお話をする気持にはならなかったと思います。私は私で別の事を持っていながら、しかもあなた様に嫌われているのではないか、と思うのが大変悲しかったのでございます。むかし、私はあなた様をいとしいと思いました。しかし、こんど、私はあの二十二歳だったあなた様が、立派なお仕事をなさった年配のお姿で私の前にお立ちになったのを見て、男女の道には善も悪もない、一度因縁を頂いた方と四十年に近い歳月ののちにまためぐり合った、という幸せに胸が一杯でございました。その私を女としてあなた様が受けとって下さったことは、私の生涯の最後の花でございます。

「あの夜のことは、突然夜中の来客があって夫の声が高かったものですから、二階にいた弟に分っていたのでございます。間もなく夜が明けていたのでございますね。ふと台所で戸棚の開く音を耳にし、はっと目をさますと、雨戸から射した日が一カ所障子に当っていました。弟を学校に出してやる時間になっているのが分って、寝巻の襟を合せながら、私はそっと起き出して行きました。満作は黒い制服のままのっそりと台所に立って戸棚の中をのぞいて見ております。何か少しはあったおかずも昨夜客に出したあとで、何も食べるものがないし、御飯をたく時間もありません。満作さん、すみませんが学校の前のパン屋で何かあとで買うて食べてちょうだい、と言ってお金を少しポケットに入れてやりました。満作はむっつりして一言もものを言わずに鞄をかかえて出て行きました。それを見送っていて私は、私の身体の動き、心の動きの一つ一つが弟には手にとるように分っている、と思いました。弟は自分の身体の半分だという気持がつづいていたのでございます。その弟の後姿に向って、私はこういう女になってしもうた、許してちょうだい、と言って手を合せたい気持になりました。何となくそのときは、夫よりも弟を裏切ったという気持でございました。私は、八畳の間の障子のかげからそっと自分の着物を取って身につけ、茶の間にぼんやり坐っておりました。

「それでも私はまだこの家の主婦であり、主婦として気を配らねばならぬことはあるものです。私は今朝かぎりこの家を追い出されると思っていました。しかし、皆が起き出したら、当り前に朝の挨拶をし、客と主人には朝食を食べてもらわなければならぬ、と考えました。私は音を立てぬように拭き掃除をすませ、玄関には打ち水をし、穿きものの手入れもして、味噌汁と納豆の当り前の食事の支度をしました。お仕置きを待つ人間の気持でございました。

「人間はほんとに鉄面皮なもので、ほんの一重の蔽いのあちらとこちらでは、全く別な顔をし、別な行いをするものでございますね。お午に近い十時をまわった時刻に夫が起き出し、それを待っていたかのように鮎田さんが起きました。顔を洗って頂いて、日の当る明るい食卓の前で主人と鮎田さんが、二種類とっていた新聞を、それぞれひろげて読んでいました。息のつまるような気持で私が台所に立っておりますと、突然主人が言い出しました。『あっ、鮎田君、第三号トンネルは抜けたぞ。』第三号トンネルというのは、どこか山陰地方の鉄道の新線のトンネルで、難工事だという評判のあったものですが、土木関係の夫はそれに関心を持っていたらしいのです。『あっ、あのトンネル抜けましたか。なるほど』と鮎田さんが応じます。

「私はそれを聞いていまして、これは主人と鮎田さんとの和解の合図だと思いました。やがて主人は、『おい、竹勇、竹勇、起きないか。仕事に出かけるついでに送ってやるんだ』と申しました。竹勇はさっきから身じまいをしている気配でしたが、出て来ました時は、着物はきちんとしているものの、化粧を落したその素顔はおそろしく黒ずんでむくんだように見え、ああ、こんな女だったのかと思い、私は目をそらしてしまいました。竹勇は『どうぞお先に召し上っとくれやす』と言って、鏡の前に坐り、私のクリームなどを使って懸命に顔を作りました。そして間もなく主人が呼んだ車で、竹勇が食事もとらないうちに三人は神崎市へ出かけました。

「私は、その化粧品の類をまとめて棄ててしまい、誰もいない昼間に風呂を立てて一人で入りました。死んでゆく前の片づけものをするような気持で、私は身のまわりのものだけを、それぞれ行李や大鞄などにまとめ、玄関脇の六畳の室の押し入れに目立たぬように積んでおきました。

「夕食前に満作が学校から戻って来ました。二人で食事をしながら満作が、あまり黙っていることもできないという風に、『昨夜はえらい騒ぎやったな』と申しました。『ほんに、えらい目に逢うたわ。』すると満作は、茶碗を持った手を膝の上に置くようにして『ほうか？』と言い、また目を伏せて食事をつづけました。その様子に、私はどきっとしまして、この子はどこまで知ってるのやろ、と胸が痛くなるようになりました。

「その日夜ふけて夫が帰って来ましたが、今夜は酒もあまり入っていず、何やら神妙な風でした。私は夫の前に手をついて『私は明日ここからいなしてもらいます』と申しました。夫はちょっと黙っておりましたが、『お前はやっと一人前の女になったところや。そうきつく考えんと、もうしばらく居てみい』と申しました。その言葉は縁を切ると言われたよりももっとむごいもので、私はお女郎並みに扱われていると思いました。わっと泣き声が出そうになるのを、やっとの思いで袖でおさえつけました。私は、玄関脇の六畳に自分の蒲団を敷いてやすみましたが、夫がそこへ押しかけて来ましたので、どうにも致しかたございませんでした。次の日になるともう私は、どうしたのか、人間の心も大切なものではあるけれど、心の出て来るもとは身体やったなあ、とそんな風に考え、その考えのまわりを、うろうろとめぐって一日ぼんやりしているという風でした。そこから崩れたと言いますか、だんだんと考えが変り、自分の生れた家よりもこの家にいることが自分の運命だと思うようになりました。もっとも私の荷物はそれからあとも久しくその六畳間におくことになり、鮎田さんが会社をやめ、夫はそのあとふっつりと芸者衆を家へ連れて来なくなって、やがて私が身ごもると、家はそのまま落ちついたのでございます。

「満作はその時、中学の五年生、数え年で十八になっておりましたでしょうか。友達の妹などとプラトニックな恋愛ごっこをしておりましたのが、その頃から人が変ったように大人っぽくなり、神崎市へ出かけては家をあけるようになりました。悪所に出入りするようになったのもその頃からですが、翌年の春、大学に入ると言って上京しましたときは、私はあの白い眼で見られなくなったことで、ほっといたしました。弟が私の身の上に起ったこと、あの事件やその後の私と夫との間のことを、そっくり知っていたと私は思っていましたし、また、それが原因になって弟の心の変ってゆくこと、その身体つき、顔色の変化で、どのような生き方をしているかが、私には手にとるように分るのでございました。弟は、私の分身としての男性のようなもので、その身体の汚れかた、心のすさみかたが、自分のことのように胸にこたえるのです。ですから自分の方の心の疵に知らぬふりをして弟をいさめることはできません。

「弟が東京へ発つとき、駅へ見送りに行った私に弟が、『姉さんはそれでええのか？』と申しました。私は、大きいお腹を袖で隠すようにしながら『かめへん。おなじことや』と言いました。そう申しましたものの、弟が何のことを言い、私が何のことを答えたのかはっきりしないのでした。帰りに駅の階段を下りながら、ふっと、弟は私のお腹の子が鮎田さんの子だと思っているのではないか、と思いました。そうしたら脊中が寒いようになって、目がくらくらとし、私は階段のペンキを塗った柱につかまりながらしばらくじっと立っておりました。私にも分らなかったのです。夫も何も申しません。あの子が産れてみて、顎のあたりや額つきが夫にそっくりなのが分って、やっと私は胸をなでおろしました。

「弟の書くものに出て来るあの投げやりな、うす気味の悪いデカダンスと言いますか、道徳感のないような変な小説は、あれは何となく私と弟の合作のような感じがいたします。また書いとる、また書いとると、筋が変り、モデルが変っても私は弟の小説を読むたびに、いやな思いを重ねてまいりました。普通の人がけじめをつける所で弟はそれがつけられません。普通の人がもういやと申したくなる所で弟にはその声が出ません。私があの人を、あんな風に作ったのだと思います。

「夫も弟も亡くなった今になりますと、あれはどこまであの人たちに分っていたのか、とあの世に呼びかけて確かめたいとすら思うこともございます。かっきりと分るのは自分の心の動きだけで、人がどう思っていたかは、親しい人ほど確かめるすべもない。盲目が手さぐりで本当のものの形を確かめながら歩いているように一生が過ぎてしまいました。夫が亡くなったのは昭和十九年、終戦の一年前でございました。輸送船が沈められたのでございます。そのとき、波の間に漂っていた夫が、私のことをどう思っていたのか、残酷なことですが、それが知りとうございます。

「いいえ、夫の生存中に自分から夫を裏切りましたのは、さき程申しました鮎田さんのことを別といたしますと、あなた様がはじめてです。でも、口にするのもいやな思いでございますが、もう一度ことがございました。夫が仕事のことで満洲へ行っていたときで、あれは昭和十七年でしたでしょうか。私、松茸狩りに誘われて、何と申したらよいでしょうか、どうぞこれは、私も忘れたいとのみ思っている事でございますので、お忘れ下さいまし。私、襲われたのでございます。それも二人の顔見識りの同行した男たちに。

「いいえ、その名や身分などおたずね下さいますな。あなた様のときは別、あれは私が自分をおさえ切れなかったのでございます。女は、その身が目覚めないうちは、身をまかせることを本当はさほどのこととは考えないのでございます。冷感の人はむしろ機会を求めて変った男に逢いたがる、とも申します。冷感の人には、いくらかすてばちの気持があります。私にしてもいくらかはそうだったのではないでしょうか。よんどころなければ身を投げ与えることも仕方ないという気持になることができます。けれども一度身体が目覚めたあとでは、容易なことでは身をまかせる気になりません。自分が大切でございます。心が身体に曳きずられるのが怖ろしいのでございます。そういう弱い心を大切にするために、貞操を必死に守るというのは、身体の目覚めた女性なのでございますね。ですから、あの時は本当に私には怖ろしい経験で、命にかけてもと身を守って、及ばなかったのでございました。松山へ入って、藪などもあるちょっとした谷間に休んだとき、連れの男に手をかけられたのを、遠くないところに人がいるからと、声を立てずに拒んだのが間違いでした。もう一人が気づいて多分私を助けようとして近づいたのですが、そのまま同じ悪業に落ちたのでございます。二人の男に、というのは、夫と鮎田さんのときと同様ですが、でも、このお話、やめさせて頂きます。二人ともその家内は私の同級生や顔見識り、この町ではよい地位もあり、うちと家庭のつき合いもある人たちです。ところが、そのあとは予想と違ったものになりました。私はすてばちで、こわいもの知らずの態度をとり、その男たちの家庭に出入りしていました。すると男たちがひるみはじめたのです。私があまり平気にしていたためでしょうか、二人は逆に私に脅かされると思いはじめたので、私に対しては、弱い立場に追い込まれました。はい、私、その頃から人さまにも強い女と見られるようになりました。

「夫はこのことは知らずに亡くなったと存じます。しかし私が、何をしでかすか知れぬ女になったことが夫には分っていましたから、あの事のあとは、私を警戒し、自分の浮気も私に分らぬように運ぶ人となりました。

「何も変ったこともなく、平穏に清らかに見える私たちの日常のつき合いの人々の身の上にも、むざんなことが色々と起っている、と私はよく考えるようになりました。私のうちに竹勇と鮎田さんが泊った日のことにしましても、弟のほかには、目に角立てて見る人もありません。あの茸狩りの日にしましても、私がさりげない顔で、荷物をおいた山の麓に戻り、お食事の支度に火をおこし、野菜や松茸を調理しておりますと、変ったきざしは少しもないようでございます。松の木の梢で小鳥が間をおいてさえずり、白い雲がその上を静かに流れておりました。私の作った火の煙に気づいたほかの人々が、何か話しながら山の斜面を次第に下りて参ります。

人間のみだらなかたちを見てしまった神さまが、その松林の間に立っているような気がいたしました。しかし私は唇をきっと結び、松葉や枯枝をくすべながら、その人々を迎える静かな表情を顔に作りはじめました。それからのち、それと同じような気配を、私がふっと、ある家にある日見知らぬ男が入ってゆくのを見るとき、ある街の路地からある男と女が出て来るのを見るときに感じるようになりました。私は人と人、男と女との間の目に見えぬ深い淵が口をあいているのが分るような気がいたします。

「そういう秘事は容易に分るものではございません。何かが疑わしく見られても、時が経ち、出来事が重なるうちに、確証のないものは姿が薄れます。ただ男が手柄話をするのが、これが女の身にすれば『かひなく立たん名こそ惜しけれ』で、口おしいのでございます。それともう一つ、女の中にも、身ぶり、目つきで、そのことを人に知ってもらうように振舞うのがございます。男は手柄の一つに数えて語りたがり、女は、人前で公認させて独占の既成事実を作ろうとして、積極的に他人に知らせたがりますので、色恋は人の口にのぼるのでございませんか。これはつまらぬことを申しました。

「夫は気づかずにこの世を去りました。私は夫を亡くしました時には、暮しの心配も勿論ありますし、辛い、悲しいとも思いましたが、悲しみの気持の片隅で、ほっとしたことも事実でございました。あのことを知らずに亡くなって下さった。もし夫が生きていて、寿命などと言われるまでこの町で暮していたら、あなた様のことはともかく、あの松茸狩りの事件は、分らずにはいない、と私は思っておりました。同じ町に住んで、顔を合せることの多い間柄ですと、おや、と思うことがあるでしょう。それが何年も何年もの間に幾度かくり返され、重なっていきます。その、おや、が、幾重にも重なるうちにあるとき、はっきりとした輪郭が現われる、と私は思ったのです。夫を好きだったとはっきり思ったことはありませんが、ともに暮した我が身の昔がいとおしい。その片われとしてともに暮した夫のことを心から切り棄てることはできません。

「その人にひどい目に逢わされた身でありながら、年月が経つと、今度は、その人の心に手ひどい疵を与えるような事実は分らせずに死なせたい、という心が働くのは、それはやっぱり愛と呼ぶべきことかも知れない、と私は考えるようになりました。

「そうでございますか。あなた様もそのようにお考えになりますか。愛とは何か、本当は私には分りません。愛と言うのは、執着という醜いものにつけた仮りの、美しい嘘の呼び名かと、私はよく思います。しかし執着が悟りを経て浄化したときに、そこに漂う清らかな空気の中に浮ぶ心が愛であるのか、と思うことがあります。執着やねたみや憎しみのあるところには、やがてそれをこやしとして愛というものが咲き出るのかも知れません。」

六

「夫のなくなりましたのは昭和十九年の秋で、戦争が終るまでにはまだ一年近くございました。とむらいがすんだあと、娘はまた勤労奉仕に神崎市の工場の寄宿舎に入りました。私は四十を過ぎて、父も母も亡くなっておりましたが、このあと、どうして暮してゆこうという考えもありませんでした。戦争のあいだは、次々に、配給品のために行列をするとか、食べものを捜して農村へ買い出しに出かけるとか、防空演習に出るなど、ふだんの生活と違った人々と組み合わされた仕事が多くなっていました。それがいずれも、自分がひとりでいることを許さぬ、共同生活のようなものでした。私が悲しみや孤独感におちいることのなかったのは、そのせいでもありました。

「あの頃の日常生活には、ふだんつき合わぬ人と一緒に働いたり、顔を合せたことのない人とものを分け合うという、風変りな経験がいろいろとございました。農家へ買い出しに行くと、その行き帰りに道連れが出来ることもありました。そのような折、山道で女どもを狙っては何人もの女を犯しあやめた有名な殺人鬼が出たのも、戦時中、それから戦争直後のことでございました。

「昭和二十年の春に私は神崎市の山手の郊外にある織物会社へ働きに行っておりました。やっぱり勤労動員のようなもので、定期券を買い与えられて毎日出かけるのですが、仕事は軍服や国民服をミシンで縫うことでございました。あけても暮れても、裁断されたカーキ色の服地ばかりが山のように目の前に積み上げられてあります。仕事は単調なものでございましたが、木綿とラシャと二色の服地があり、木綿の方には何割かのスフの混ったのもあって、ミシンをかける時の手心がそれぞれに違い、特に軍服は仕上げが丁寧でなければならないので検査が厳重でございました。

「ミシンを踏んでいるのは若い女が多く、中には戦争中の道義心高揚運動の結果廃業しなければならなくなった芸者、女給たちも混っておりました。製品の検査をするのは男衆でございましたが、その中には生地の配給を受けられなくなって店を閉めた洋服屋もいれば、また女たちと同様仕事をする機会のなくなった音曲、踊りの師匠、役者、舞台装置家などもありました。

「私たちの組の検査係が広川武太夫さんでございました。その人は神崎市では、もうずいぶん知られた地唄舞のお師匠さんで、弟子も大勢ございましたが、踊りで門戸を張ることができなくなり、工場動員でそこに出ていたのです。その頃五十歳になっていたでしょうか、どういうわけか、髪が左半分真白で、右の半分は鼠色の程度に黒いのでした。働いている女たちの中の、特に花柳界の出身者には、武太夫さんの直のお弟子もあり、そうでなくても顔見識りの人が色々あって、お師匠さん、お師匠さんと親しまれておりましたが、武太夫師匠はそう呼ばれるのを嫌って、本名の草下栄蔵で呼んどくんなはれと、困ったような顔をなさるのでした。しかし私たち女どもは、草下さんではどうも馴染めません。どうしてもお師匠さんと言って親しみたい。それに、息苦しい軍服縫いの仕事の中でも遊芸の思い出で気持を楽にしたいという思いもあるのでした。

「私は、そうして働いているものの中で、年かさでもあり、また素人風に固くるしいところが信用されたのでしょうか、草下検査係が多忙になって帳簿係りを別に置くことになったとき、私がそれに任命されました。帳簿係りと申しますのは、仕事の現場にいて、入って来る材料や出来上り、やれなどの数量を調べて記入しておき、一人一人の仕上げ量などを書きとめるというのが仕事でした。それで私は、まあ書記と監督助手を兼ねるようなものとなり、身体の方はずいぶん楽になりました。

「その仕事は半年あまりも続きましたでしょうか。私は仕事の性質から申しまして、居残って仕上り量を調べるということが多く、帰りはよく武太夫さんと一緒に工場を出ることがありました。一緒に工場を出ると申しましても、その頃は、次第に各地の都会や工場が空襲の目標にされはじめている時でございましたから、私は防空頭巾を首にかけ、モンペをはいておりますし、武太夫さんは草色に近い国民服に巻ゲートル、鉄かぶとという恰好でございます。そればかりでなく、そんな姿の男女にしても、男と女が一緒に歩いていて、それが親子でないとなると、ただもうそれだけで、街の警防団の監視の目標になるきびしい時でございました。

「私は武太夫さんと御一緒に仕事をするようになったのを、幸福だと思っておりました。女にはそれぞれ、ある時期にその胸に宿った男の姿が消えずに残っているのでございます。私はそんなこと武太夫師匠には申しませんでしたが、娘時代に、泉川のお師匠さんについて踊りを四、五年習っておりました。四、五年と申しましても、小学校の四年生の頃から女学校の下級生だった頃にかけてのことでございました。小学生の頃は芸者屋の下地っ子などと一緒でも、よい遊び友だちと思っていましたが、女学校の級が進むにつれて、私はそういう女の子と自分を区別して考えるようになり、自然にお師匠さんのところから遠ざかったのでした。

「その子供時代に私が習ったお師匠さんは、芸者あがりで、武太夫さんのお母様に習った人でしたので、一度二度神崎市であった温習会の発表会に私たちも組で出たことがございます。そのころ、二十歳を出たばかりの武太夫さんは、まだ学生でしたが、身体がそのまま踊りとでもいうような素晴らしい若手でした。それでいて、ちっとも芸人らしい崩れたところがなく、土地の大学の国文科においでで、舞踊や歌謡の歴史を専攻しているという噂でございました。

「その頃に見た武太夫師匠の姿が私の目について消えずにいましたが、戦争末期にその工場でお目にかかった時は、おたがい営養不良で黄色いしなびた顔になり、師匠も見ばえのしない五十男になっていました。年とり、髪が半分白くなり、あちこちに皺がよっている人でも若い時にはっと思って心に刻みつけられた面影の人というものは、ふしぎなもので、今のは仮りの姿で、その昔の姿が本当のその人であるように思われるのです。この気持も上手には言えませんが、今のお顔のずっと奥に昔のあの輝くような若い顔があり、その魅力に動かされたあのときの自分の思いを同じこの人によって満たしたい、という心の働きでしょうか。

「ごめんなさい。このようなこと、あなた様に申して気持悪くなさらないで下さい。あの人はあの人、あなた様はあなた様。女の心は一つのものに集中すると申しますが、いかがでしょうか、私の心にはいくつもの面影が心の中の壁画のように並んでおります。弟の満作が弟でありながら男の最初の姿ではじめにございます。それにあなた様が重なりながら並びますが、そのほかにも小学校の同級生の男の子たち、それから武太夫さまの若いときの舞台姿が、常の生活に現われた男と違う芸の輝きに包まれて並んでおります。そういう風に、心に焼きついている男衆の顔に較べますと、あの松茸狩りの山で襲われたときの男たちは、ふだん顔見知りの間でありながら、心の中の思われ人と同じにはなりません。身体だけを盗んだ盗人のように思われるのです。

「昨夜申しましたあの竹勇という芸者の事件のときの鮎田さんに致しましても、あの松茸狩の男たちに致しましても、それから妙なことですが亡くなった夫に致しましても、私が受けた身体の刺戟から申しますと、異常な事情で起った体験には、どれもみな、びっくりするような、目舞いをするような刺戟がございました。それは忘れられるものではございません。私の女の生活の味わいが目を覚まし、飢えを知るようになったのもそのような経験の後でございました。しかし、それは相手の人がらや、姿形や、本当の情愛によるものでなく、むしろ残酷な手術のようなものですから、心の中の壁画に残る男の姿とは別なことでございます。

「これは言いのがれではございません。ただ私はその違いを上手に申し上げられないのでございます。私の心を申そうなら、自分の心と関係ない手術のような激しい行いによって目を覚まされた女の身体になっても、その身体をもってお逢いしたいのは、心の中に面影の生きている男の人たちなんでございます。よく女の人たち、身体の刺戟を受けた男たちに心が傾くのは当り前と申しますが、それはもののけじめをはっきりできない人々だと思います。私は、それでは自分が哀れでございます。刺戟だけで女を目ざませた男たちは、産婆か医者のようなものにすぎません。それは人の問題でなく、私の身体の都合でございます。向うさまの知ったことではございません。

「私は、工場の帰りしなに帳簿を見て頂いているあいだに、武太夫師匠と次第にうちとけたお話をするようになりました。食糧の貴いときでございました。私の泉川の方がまだ農村が近うございましたし、農家とのつき合いもございましたから、何かと手に入る食糧を目立たぬように持ってゆき、帰りにそっとお渡しするように致しました。卵を二つ三つとか、お砂糖を一握りとか、配給の煙草を五、六本というのが、あの当時の人に示す好意のしるしでございました。

「師匠の奥さまは低血圧症で、家の中をやっと動くというような病人でございましたので、営養になるものをとてもありがたがりました。休みの日には私は師匠を連れて泉川の近くの農家へ買物に行くこともございました。師匠はなかなか固い方で、それに私の方は、女たちに囲まれて暮して来たような師匠に、うっかり自分の方から気持を見せて軽んじられては、と思うものですから、田舎へ買い出しに行くにも、なるべく二人きりにはならぬように、ほかのお友達を誘い合わせるようにしておりました。何事もなく、空襲やら、配給やら、買い出しの生活がつづき、結局師匠は、私に何でもうちあける親しい交際になりました。私もときどき師匠の家へものを届けるようになり、奥様と知り合いました。

「武太夫師匠の奥様は、なかなかしっかりしたお人で、私の気持など分らぬにしても、段々私を友達扱いするようになり、空襲の被害があちこちに起る頃には、その荷物を私の家の離れに置かせてくれと頼んできました。今のこの稽古場ではございません。もとは夫が建てた離れの六畳間が池のこちらにあったのです。

「そしていよいよ神崎市への大空襲が七月末頃にあり、師匠の家が焼けてしまいました。その日は汽車がとまっているので、行ってみることもできませんでしたが、その翌日になりますと、師匠がその病身の奥様の手を引いて、最初に通った貨物列車に乗れたということで、私の家へやって参りました。前々から離れをお貸しする約束があったわけではありませんでしたが、自然に、荷物を疎開させておいた私のところへたどり着いたもので、いやも応もなく、師匠夫妻は離れに住みついたのでございます。

「荷物を疎開させたと申しましても、身のまわりのものはあらかた焼かれてしまい、買うことはできず、それは不自由な暮しでしたから、私のところで何かとあるものを出して用立てる。師匠には亡くなった主人の服や着物、奥様には私の古着など出してあげる、ということでございました。

「間もなく終戦で、世の中が一変しますと、師匠はもうその翌日、ここで踊りを教えたいと申すのでございます。もう遮蔽幕の必要もなく、芸事への遠慮もない、それは泉から水がほとばしるような願いであったろうと存じます。私は、奥様もいるところで、それはお目出度うございます。それでは私が最初に弟子入りをさせて頂きます、と申しました。師匠も奥様も涙を流して、一生のうち何よりも嬉しい言葉を聞かして頂いた。この御恩は忘れない、と申しました。

「六畳間ではどうにもなりませんので、母屋の八畳と四畳とをあけて稽古場に致しました。私が近所や知り合いを歩いて勧誘し、早速十人ばかりの女の子たちを集めることができました。

「そんな風にして暮したものですから、私たちはもう一家のようなものでございます。娘と私が弟子でありながら世話役を引き受けて、広川舞踊研究会がはじまりました。私は筋がよいと師匠に言われ、まあ子供の頃のお稽古がいくらか役に立ったらしく、全くの初心という訳ではありませんでしたから、段々と教える方をも手伝うようになりました。奥様は踊りの心得がありながら、自分では踊りは全くなさらぬ方でしたが、経営や人扱いには慣れていて、上手に切りまわしました。そしてその生活に張りが出たせいか、奥様はすっかり元気になり、私とは年も一つ違いで、たがいに四十三、四歳でしたが、それは姉妹のような間柄になりました。

「しかし、そういう間柄は、そのまま師匠と私が兄と妹のように口を利く間柄ともなり、一つ家に暮しているものですから、私がどんなに気持を包んでいても、何となく私の心が師匠の方にいつも流れてゆくのが分るのでございますね。私の身のまわりに奥様の目が光っている、その目は私を追いかけている、と私は思うようになりました。

「奥様は才覚のいい方で、やがては神崎市に戻らねばならない、という考がおありだったらしく、しだいに昔の弟子たちと連絡をとって神崎市のもとの家の焼けあとに再建する工風をしていました。一年ほど経ったとき、どうやら稽古場のほかに住居が一間、という形で、粗末なものながら再建ができ、あっという間に越して行かれました。

「師匠からのお礼の意味で、私はこの町のお弟子たちを引き受けることになり、研究所出張所という看板をもらって独立することができました。娘はその頃銀行に勤めておりましたが、本当は私たちは生活に困っておりました。私がこの出張所を引き受けたので、踊りで生計を立てるようになり、これで一まず広川家も私のところも、両家とも工合よくゆくようになりました。「しかし私の心の中には、師匠への飢えが満たされずに残っておりました。何事もなかったのですが、奥様が私のまわりに張りめぐらした警戒の目と心が、とげのある針金のように私を痛めつけていました。その受け身の苦しさを、私はひそかに、いつか機会は来る、その時を待て、と思って耐えていました。別れて住む方が近づく機会がございます。週に一度は師匠が出張教授にやって来ます。私もまた発表会、その稽古やうち合わせ、買いものなどで神崎市へ出向くことがあります。

「師匠は何も申しませんが、私の気持はもうその頃は十分に届いており、師匠もその気でいることがおぼろに分っておりました。そういうところに来た思いを、相手の妻の力でせきとめられている。それが長くつづいて、いつの間にか怒りの念に変り、自分たちの生きる権利を卑怯なやり方で妨害されているという気持になるのでございました。ある日、師匠は出稽古の折に、明日の一時神崎のある宿へ、と一言申して帰りました。そして私はその宿で師匠と逢いました。その時はもう、その人の妻に復讐するようなすさまじい気持でしたから、煮えた湯をぶちまけるような激しさになっているのでございました。それからのち、私と師匠は月に一度か二度は忍び会う折を持つようになったのでございます。今度は良心の呵責というのでなく、封じ込められていた時の取り返しのように、できるだけ完全に相手をだまし抜いてやる気になっております。さりげなく抜かりなく師匠の家との交際をつづけ、奥様との姉妹のような親しさや打ちあけ話なども続けてゆきますのは、完全犯罪をなしとげるような気の配り方でございます。そのために私たちは、夕方以後に逢いましたときは、その夜のことで奥さまに疑われなくてすむようにと、男の力を使いつくさぬように、という配慮までしたのでございました。

「それでも、その事は隠しおおせるものではございません。神崎市に出て師匠の稽古場に顔を出すたびに、私のことを若くなった、美しくなったと稽古場で皆さんが言うようになりました。目の配りが艶っぽく、いきいきとして踊りにも十分に色気が出ている、などと言われるたびに、私は笑って、嘘でもそう言っていただくと嬉しい、などと申していましたが、その度に、同じその言葉が師匠夫人の耳に入ったときのきらりと冷たく光る目が想像されて、背筋に寒いものが走るのでございました。

「あなた様の前で、この事件をこと細かにお話ししますのは、本当につらいのでございますが、このような怖ろしい障害と抵抗とが、かえってそのために、私の全力をこの人との事件に注がせるようにしたのでございます。私は毎日を薄氷を踏むような気持で、踊るときすら、いつ足もとの氷が割れて私がその中に呑み込まれるか分らぬという、今日あって明日のない思いで生きていました。それは、今までの私の生涯になかったような張り切った気持に私を包んでいました。今日も無事にすんだ、と思って過ごしたそのときどきの危機一髪の感じを、あなた様に分って頂けましょうか。

「自分が進んでしたことでありながら、人を裏切り、罪を犯しているという感じが、身体の喜びにつながり、道ならぬことをするという気持なしには喜びも十分でない。私はそういう女になっていたのがやがて分ってまいりました。夫婦の間ですら人目からは隠して行われるそのことが、自分の恋い求める人との間に起ってならないと決められているときは、一層秘められた宝を手に入れるという気持になるのではないでしょうか。私の過去に歪んだ出来ごとが重なったためにそう思われるのか、それとも、ひめごとは元来そういう性質のもので、ひめごとの極みを追いかけて滅びるのが、人間の持っている運命なのか、とまで考えたことがございました。それはとても私などに分る筈のことではなく、神か仏だけが知っていることわりかも知れません。

「師匠の奥様は、ますます経営に力を入れ、稽古場を拡大して隣の土地を買い入れたりしたのち、ちょっとお能の舞台か小劇場めいた研究所を作り上げました。神崎市ばかりでなく、近くの都会では広川流の踊りが代表的なものとなり、その流派の名が新しいものだったにかかわらず、それまでの流派を圧倒するような勢いとなりました。

「師匠の奥様は、そういう仕事の間に大分太って来て以前と違ったような身体になりましたが、それが病症の先がけであったのでしょうか、突然乳癌にかかって手術をしなければならなくなりました。左の乳房を切り取る手術のあと、一応はおさまりました。しかし半年ほどしてから右の胸がおかしいと言って開いてみたときは、右の方は肺から幽門部まで転移していたそうで、今度は大きな手術でございました。そういうわけで、奥様が長いこと病院に入っているのに、師匠のうちの経済、研究所の事務などを扱うような信用のおける人がないので、結局私がこれを受け持つことになりました。

「それでもなお私は人のおもわくを気にして、泊り込むようなことはせず、毎日一度は泉川から通って顔を出すことにして、師匠の家の世話をつづけたのでございます。その頃に、私と師匠との仲は、誰が勘づいたという訳でなく、自然に半ば公然のものと見られるようになりました。これは会計や事務の仕事だけでなく、踊りの出しものや役の割りあてなど、師匠のきめるものについて、私のところへ頼みにくれば願いがかなうと皆が思いはじめたからでした。しかしこれもまた、弟子たちは、本当はもっと早くから気づいていながら、奥様にそれを知られるのを気づかって、素振りに出さぬようにしていたのであったかも知れません。

「そして、私のこの想像は間もなく、奥様が三度目の手術のあとに亡くなったとき、それが本当だったと分ったのです。奥様の病床においたハンドバッグの中に鍵が一つありましたが、それは何の鍵なのか誰にも分りませんでした。ところが、師匠が鍵を預っていた奥様専用の着物の箪笥をあけて形見分けしようとしたとき、その箪笥の引出しの中に小さな手文庫があり、その鍵が病床のハンドバッグに入っていたのでした。

「身につける宝石類、何かの証書類のほかに、『書き置くこと』という遺言状が出てまいりました。

「弟子たちは帰り、使用人たちも寝鎮まった夜更けに、師匠と私はその手文庫を開いて遺言状を読んだのでした。怖ろしい手紙でございました。その文言をそのまま言うことはできませんが、奥様は、師匠と二人焼け出されて泉川の私のところで終戦を迎え、稽古場を開くことにして、私が最初に弟子入りをした時から、これはただ事で終らぬと覚悟していた、というのです。その奥様という人は、もとちゃんとした家のお嬢さまでしたが、早く父を失い、その上一度嫁いで戻った人でした。一とおり遊芸のたしなみもあったので、自前同様で芸者に出た。そして間もなく、旦那もつかぬうちに師匠とめぐり合って一緒になったのでした。

「さらにその遺言状は、私と師匠の間がいつ始まるか、ということを息をひそめるようにして見まもっていたが、泉川の前山家の厄介になっている間はその事がなくて済んだ。もし前山家にいる間にその事があったら、自分は身のおき場もない辛い思いをしなければならぬところであった。本人たち二人にすれば同居していながらという迄にはならなかったのだろうが、感謝すると言えば、その点だけは感謝しなければならぬ。しかし神崎に戻ってからのことは、およその何年何月の頃に事が始まったと分っていました、と書いてありました。

「師匠はその便箋にボールペンで書いた女文字の遺言を両手でひろげていましたが、そのあたりに来て、その手のぶるっと震えるのが見えました。私も同じ思いでした。その年月は図星であったのです。そのあと奥様は、私とのつき合いを少しも変えないこと、弟子たちや使用人たちの目に、何か事が奥様と私との間にあると気どられたくないと、そのことに専ら心を砕いた、と書いてありました。そして奥様は、夫を奪われた女として人の目に写りたくない、というのがあの人の執念なのでした。私がまたその気持を汲んで、できるだけ師匠との関係を秘してくれたばかりでなく、また知らぬふりをしている奥様に調子を合せて、親友としての振舞を見事に持ちつづけてくれたのもありがたかった、と書いてありました。

「『すまなかった、お夏』と言ってそのとき師匠は、その手紙を片手に摑んだまま、箪笥の上に飾ってあった奥様の写真に向って手をつき、涙を流しました。私の目からも涙は同じように流れ出ました。しかし私は、すまなかったとは思いもせず、またその言葉を口にすることもできませんでした。

「死んだ人にだまされていた、という思いが私の胸をぎりぎりと錐のように刺し貫いていたのです。私は根かぎり、頭の働くかぎり、その奥さまの目をくらまそうとし、それがうまく行っている、と思っていたのです。しかしそれは全く見すかされていて、無駄なことだったのです。

そして、私が奥様に調子を合せたため人前にそのことが暴露されないのが救いだったと奥様は書いていますが、その実、私は奥様に調子を合せるどころか、私は懸命に芝居をうっていたことが分っていたに違いないのです。それの一つ一つが分っていながら、分らずにいると私に思い込ませていた。そして、そのことによって奥様は自分の体面を救ったのです。どんなに私が間抜けに見えていたことでしょう。

「私の涙ははじめ師匠につられて、そうだ悪かった、という衝動から流れたものでしたが、途中でそれは干あがり、恥かしさと口惜しさのために背中に冷たい汗が流れ出るような思いでした。その鬼のような心を、私は師匠にそれと分らせたくありませんでした。ただうなだれて、亡き人にゆるしを乞う姿勢をしつづけていました。

「葬式、形見分けなどが一通り終りますと、師匠はまあ一周忌をすましたあとには君もこの家に来て一緒に住む方がいいと申しましたが、私は、考えてみますとだけ答えました。その一周忌にならぬうちに、今度は師匠が胃癌になったのです。癌は伝染する、という人がございますでしょう。私、本当にそうだと思います。ほかにもう二組、夫婦が前後して癌にかかったのを私は知っていますが、そういう事があるのではないでしょうか。

「私はその家へは、のちぞいとして入る気持がありませんでした。私と師匠とのことを図星を指すように知っていたあの奥様の坐った主婦の座に、あとから入って坐る気はありませんでした。浮気で、情事でよろしい。最後まで私は師匠の情人で通したい、というのが、さきに師匠に言われたとき、私の心に湧いたところの故人への抵抗感でした。何もこの家の主婦になり、師匠の名誉を分け合いたいとして私は師匠に近づいたのではない。子供のときの気持をそのまま持ちつづけて思いを遂げたのだから、情人としての立場の方がもっと純粋だ、と私は、そこに頑なにこだわって、辛うじて故人から受けた敗北感をはね返していたのです。

「しかし師匠が病に倒れたとなると、事は別になります。私は看病を引き受け、また研究所の経営から、支配人の仕事までも引き受けました。その頃はもう娘には婿もとり、子供も生れておりましたから、泉川の家のことは気にかけずにいることができるようになっていました。表むきは看護人ということで、私は師匠の家に移り、そこから病院にもついて行きました。

「病んでから二年、師匠が何度目かの手術の最中に亡くなったのです。それから半年のほどは私は泉川の家の離れで病人として寝込んでいました。いよいよ私も癌になりかかっている、と私は半ば覚悟し、そして、むしろこの発癌を期待するほど、何もかも失った思いをしておりました。その頃に満作の碑の立つ話が市役所の方から言って来たのでございます。市役所の市長さんの応接間でお目にかかったのは、その時でした。私はひどくやつれていた頃でございましたから、びっくりなさいましたでしょう。そのとき私は弟の碑が出来あがるまで生きていることはあるまい、とそのように自分では思っておりました。

「その前に弟とお出で下さいましたでしょ。あのときは、師匠が神崎に帰って落ちついた頃でしたから、その七、八年も前のことでございました。私はまだ元気で、踊りに身を入れていた時でございました。はあ、あの頃の師匠との間柄ですか？　はい、もうはじまっておりました。二度目にお出で下さいましたとき、私が何やらつれない御挨拶をしたのではないか、とあとでくよくよ考えたのを覚えております。私が師匠とそんな仲になっていながら、あれからあと、あなた様は、泉川へお出でになっても私のところにお立寄りがなかった。ちらちらと、あの絵描きさんが光風館に来て泊っていらはる、とうかがっていました。そして私は、あなた様のようなお方は、女の顔を見るとすぐもう、その女が淋しい境地にいるか、そうでないかがお分りになる。そして私のことは一目で見通された、と考えて、辛い思いでございました。

「そして、もし見通されてたのなら、それも仕方がない。いまのところは自分の心は広川武太夫に占められてしまっているのだから、どうぞゆるしてちょうだい、とそのような気持なのでございました。

「はい、これで私の身の上を一通りお話し申し上げました。また夜が明けかかって参りましたが、あなた様をお泊めするのもこの夜だけになったかと思うと、辛うございます。私はこんな年をとった女になってしまいましたが、もしまたお逢い下さるお気持になって下さいましたら、と、この次のお目にかかれる時のことを考えてよろしいでしょうか？

「はいもう、私がぽかっと近いうちに亡くなるようなことがありましても、あなた様にお聞き頂いたこれだけのお話を思い出して下されば、それが、私の受ける何よりの供養でございます。これをあなた様に聞いて頂いたことで、私はもう自分の生きて来たことをたしかめたと思って目をとじることができます。

「どうぞ、このような自分勝手な情事の話をあなた様にぶっつけに語った我がままをおゆるし下さいまし。この土地に生れ、この土地に育って人の妻となった私に致しますと、これだけの生涯の事情は、我が身に過ぎて派手やかなものなのでございます。あなた様を別にして、私が一緒に暮した夫、私が半分その身になったような弟、私が中年の年月をすべて捧げたような師匠、みんなあの人たちはこの世を去ってしまいました。私のことを知って下さるあなた様の生きていられることが私にとっての生きているしるしでございます。何もかも、若い時の私も、年老いての私も知っていて下さるし、私の心の乱れ動いたさまの一つ一つも、もうあなた様にお預け申し上げたような思いでございます。」

七

東京へ帰って来てからもしばらく、私は前山咲子のことを思いつづけていた。今すぐにも呼び寄せれば東京で逢うことができる、と考えた。しかし私の年齢から来る用心ぶかさ、躇いの気持が自然に湧いて、東京で咲子と逢うという、衝動的な気持は傍へ押しやった。

我慢できないほど女に引きつけられるということは、ほとんど近年私にはないのであった。昔のような女への執着にかわって私の心を占めるのは、自分の限られた人生の中で、自分の身辺に現われて心ひかれたことのある女性、また縁のあった女性のことをもっとよく知りたい、という願いであった。

私があの旅行で前山咲子と逢ったのは、その点でもっとも満足できる場合であった。青年時代に私は年上の若い人妻だった咲子に触れた。そののちも、友人の姉として縁が切れずにいた。そして四十年に近い年月が経ってから、夫を喪い、弟を喪い、その愛人を喪って、しかもなお老いた女の形を美しく保っていた咲子が、二夜をかけてその生涯を語るのを聞き、女としての彼女に触れることができた。

私が咲子を東京に呼び出したいなどと思うのは、若いときの恋愛作法の惰性にすぎない。逢えるから呼ぶなどというのは、慾求に餓えている青年のすることだ。死と衰滅に向っての下り坂を歩いている私の年齢では、相手が美しく見え、好ましく思われ、自分もまた相手に喜ばれたならば、それを最後の幸せだと思って、あとの醜さをたがいに露出せず、見せぬように処理しておくべきなのだ。

近年私はおぼろにその事に気がついていた。老いて病みほうけた女から、なお私との縁がつづいていると信じて連絡を求められたときの怖れも考えねばならなかった。自分がまた自ら知らず衰え果てていながら、もと縁のあった女を我がもののように思い込んで追い歩き、醜をさらし、女の白眼にたじろぐのは悲しいことだ。その怖れの故に私は、金ですむ女には、その度に余計だと思われる金を渡しておき、どの女とも日をきめ、月をきめて逢う約束はしないのだった。

それなのに私は、泉川から戻って、二週間ほどの間、前山咲子の語ったその生涯の物語を、復習するように心の中でくり返して日を送っていた。旅から帰った当初、私は庭に出て冬の梅の枝をスケッチし、また柿の木を裸の枝の形でまとめてみていた。その次に私は、長いこと放っておいた画室の隣の板敷きの材料室の整理をはじめた。そこは誰にも入らせない室で、鍵は私が持っていたから、一年あまりの埃がたまっていた。そこには人から預った紙や絹地もそれぞれの印しがつけておいてあり、また、私のとったスケッチや、特に手もとにおきたいほどよい作品や、人目にふれさせたくないが棄てきれない失敗した作品がそれぞれ別に保存してあった。その外にスエーデンやアメリカで手に入れたヌーディスムの写真、歌麿や北斎や英泉などのワ印もの、私のつけた日記や覚書きの類があった。私は自分の過去を整理するような気持で、その室のものを整理し、焼き棄てるもの、人にやるものなどはそれぞれ別の包みに入れた。そういう仕事の間も、呪文のように、あの蒲団の中で咲子が私の耳の中へ吹き込むように話しつづけていた身上話を私は心の中でくり返していた。

そうして二週間ほど経った頃私は、あんなに、心の壁に刻みつけられたように記憶していた咲子の話の端々が、次第におぼろになっていくのに気がついた。私はあわてた。そして、あの時の彼女が、仰向いて寝ている私の耳に吹き込むように語った語調を、思い出すとおりに書きしるしてみた。思うようにはいかなかった。咲子はその話を、関西の訛りのある標準語系の言葉で語ったのであった。あのなまりと、あの関西系のイントネーションの生かせないその記録には、もとの話にあったあの軽み、悟って執着を放棄していながら思い出を味わっているような、あのまつわり着く女の感じは出てこない。

しかし私は、どの話も、一通りのがさずに順に思い出すことができたので、それを書き終えると、その材料室の秘という印しの鍵のかかる引き出しにしまい込んだ。そして、その材料室の整理が終った頃、私は、咲子にたのまれたあの事はいつまでも放っておくわけには行かないと考えた。小淵歌子に逢いに行くことである。

私は出かけた。銀座の東側は、戦争の後になっても、西側とあまり違わない酒場があったのだが、近年は次第に東と西の区別がはっきりしてきた。ホテルや料亭などは東側の落ちついた雰囲気に合うし、派手な酒場やキャバレーはほとんど西側に集中するようになった。その中で歌子のソアレという酒場は東側にある三、四軒の代表的な店の一つになっている。ずっと前、倉田満作が死んでから一年経った頃、私はたった一度そこへ行ったことがある。

そのときは、何か画壇の行事に続いたパーティーのあとで、そこへ行く四、五人の仲間があった。行事の会場が東銀座だったため自然にソアレへ行くことになった。その四、五人の画家の中で一人二人がソアレの常客のようであった。ソアレは、西銀座にも二軒ほどある文士未亡人の経営する酒場と同列に扱われていた。倉田満作が死んだのは、彼が小淵歌子と別れてから三年も経ってからだった。歌子は玩具問屋の市川という男の世話で、倉田と別れて半年ほどしてからソアレを始めたのだったが、市川の名は表に出なかった。倉田の死がにぎやかな問題になったとき、彼のまわりには色々な女たちがいたけれども、同棲関係にあるような特定の女はなかった。新聞記者たちは、色々な女たちの中で、とにかく倉田と二年ほど同棲した歌子を、籍は入っていないとしても倉田夫人として、談話筆記などを取った。

そのとき外国旅行をしていた私は、帰ってから、雑誌などにその事件の反響が書かれているのを読んだ。それ等の記事から判断したところでは、歌子は、倉田の妻であるとして振舞ったが、柾子という子供のことについては、あまりはっきりしたことを言わなかった。喪主はその当時泉川から駆けつけた前山咲子であり、葬儀の世話をしたのは、武林玄や倉田と親しい文士たちであった。歌子は公式には遺族として扱われなかった。しかしその後何年かして、作家倉田満作の仕事が改めて世間にもてはやされ、彼が伝説中の人物として扱われるようになると、故人の妻として酒場ソアレの女主人小淵歌子が写真入りで扱われる傾向が出て来た。倉田満作はその晩年、乱れた生活に溺れて、その妻と子を棄てた、というような記事が、現代の文士の頽廃の一例として風俗雑誌に書かれた。

芸術家についての伝説は、愛好者、つまりファンの出来かたの反映である。画壇の批評家の価値づけや、年功序列的ハイアラーキーと違う人気が、生きている作家にもあり、特に死んだ作家にはできるものらしい。倉田満作は、故人となってからその人気のある作家の一人となった。

そして私は、仲間に誘われてソアレへ立ち寄ったとき、この店には画家たちの常客があるとともに文士の常客がかなりいるらしいことに気がついた。その当時からソアレは、ほかの酒場のように新しいデザインをした店でなかった。入ったところが吹き抜けで、その左方の隅に二階へ上る階段があり、二階席の手摺りからバーの一部が見下されるようになっている。階下はその吹き抜けのところからその奥へとつづいて右手の壁ぎわにバーがあり、そのバーに向う高い椅子の外に、階段下の左の壁ぞいに二人掛けの席が三つ四つある。

二階はその吹き抜けの手摺りから奥へ、両側に幾つか、二人掛け、四人掛けの席があるから、十五、六人の客が入れるようになっている。場所は東銀座だから一流とは言われないにしても、酒場としてかなりの広さであった。女たちも下に四、五人、上に五、六人はいたように思う。しかしその日は歌子は出ていなかった。

私は、そのとき、仲間と一緒に二階に上り、奥の方の席に坐った。女たちが来て相手をした。私は、そこにいる誰かが、私と歌子との関係を、少くとも歌子が私のモデルをしていたというところまでは知っているにちがいないと思っていた。しかし誰もそんなことを言い出さなかった。その頃、私は妻をなくしてから四、五年経っており、遊び慣れていたから、男と女の噂話の出来かた、消えかたについても、一通りの理解を持っていた。男女の噂などは、本人たちが騒ぎ立てなければ、いつか消えていくものだ。それでいて、人為的に作られた噂でも、何度かくり返されているうちに、事実よりも強い存在となる。ことに風俗雑誌のジャーナリストたちは艶っぽい噂で紙面を使いたがるし、歌子のように派手な噂のある方が引き立つ商売人は、作られた伝説をそれとなく自分に関係づけるように育てていく。それでソアレは倉田満作の妻なる歌子の営む酒場になり切っていた。歌子はパトロンに経済力がなくなるに従って、その伝説の方によりかかり、自分を倉田満作の棄てられた妻という立場に本気で置きたがっている。そんな雰囲気がその店にある、と私は思っていた。

私が絵描き仲間と行ったその席で、ここのおかみの歌子をモデルとして使ったことがあるなどと言えば、それは私の自己暴露となるよりも、画家の私が有名な倉田満作の伝説の中に割り込むような、また小淵歌子なる女に因縁づけるような所業に取られ兼ねない。私は専門家の間では多少認められていても世評の湧かぬ画家であり、倉田は華やかな伝説に包まれた作家だった。同行した仲間の中には、そのことに気づいているのがいた。しかし、私のことを、龍田北冥はそしらぬ顔をして酒をのんでいる、と思うだけで、やっぱり口に出さない。そんな風に、その時は歌子もいないし、店のもので私のことを知っているものにも逢うことなく過ぎた。私はそのことで、ほっとしたが淋しくもあった。

そのあと私は、画家のパーティーなどで、何度か歌子を見かけたが、その顔を見ると、彼女を避けて会場を出た。近年は、私はほとんどパーティーに出ることをやめたから、そういう機会もなくなった。

しかし今度は、その歌子に逢いに行くのだから、私は気が重かった。私の心の隅には、歌子を倉田満作にそしらぬ顔で引き渡し、倉田満作の手で歌子を世の中に突き離させた、という後暗い自覚が残っている。

北風が東京の街の角々に吹きつけ、コンクリートのビルの間を通り抜けていくような寒い夕方、私は着物の上に暖い羅紗の上っぱりを着てソアレへ出かけた。七時頃だったから、酒場の時間としては早かった。

入ってすぐ右のバーの中に歌子が立っていた。多分私は十年ほども彼女を見ていないのだが、バーのやや暗い照明の中で、洋酒の壜などの並んだ棚の前に、細い立縞の入った紫色の着物を着て立っている歌子は、ほとんど昔にそっくりの顔をしていた。目は以前よりも大きく、私の方に真直ぐに向けられていて、私はその黒い目の中に包まれるような気持を味わった。彼女は私に気がつくとすぐ、軽く目をそらした。

左側の階段下にいた女の子が立って、私に近づき、いらっしゃいましと他人行儀に言った。階下に二組ほど客があったので、私はちょっとためらってから、入口の方に戻って、階段を二階へ上ろうとした。歌子があとで上って来ることが分っていたからである。

歌子はそのとき、素早くバーを抜けて出て、階段を登りかけている私に声をかけた。

「これはまあ、お珍しい。久しく御無沙汰しておりましたが、先生、お変りもなくいらっしゃいますか？　ほんとうに、よくお立寄り下さいました。本当に嬉しゅうございます。」

彼女はいわば儀礼的な挨拶によって、私と目を見交わしながら黙っていたことを、使用人たちの前で取りつくろっている、と私は思った。しかし、本当のところは、私が面変りしているので、彼女はさっき私を睨みつけていた少しの時間、私だと決めかねていたのかもしれない。いずれにしても、儀礼的な挨拶の中に歌子はその身をくらました。

「いや、全く久しぶりでした。いつだったか、仲間と来たときはあなたはいなかった。」

「おや、そんなことがございましたか。失礼しました。」

「今日は、ちょっと会のあとでこの近くを通ったのだ。この辺だったかな、と顔を見に寄ったんだ。」

「ほんとにおなつかしゅうございます。どうぞお二階へ、せつ子さん、二階へ御案内申し上げて」と歌子は上にいる女に声をかけた。

二階には手摺りに近いあたりに、二人組の客がいて、女たちが二、三人それを取り巻いていた。私は奥のつき当りの席に通された。歌子がやって来たが、そのときはもう二人の女の子がそばにいたので、彼女はろくに話をしなかった。

「お元気で何よりですわ。せつ子さん、私にもウィスキーを持って来て」と言って、歌子は私の顔をまじまじと見ていた。

多分歌子は四十を少し越えているであろう。そばで見るとその顔の上にも年月はその痕を残していた。輪郭が少し崩れ、頰のふくらみが大きくなっていた。だが私の目には、歌子は、その故にかえって魅力を増した、と言ってもよかった。

そういう時間になったと見えて、客がもう二組ほど二階に上ると、歌子は「ここはいいのよ」と言って、女の子たちをその客たちの席へ行かせた。そして、その時を待っていたかのように言った。

「先月泉川にいらして？」

「うん。」

「いかがですか、碑の出来は？」

「なかなかよく出来ていたよ。撰文は武林君、裏にあの『花の降る下の裸婦』を彫ってあった。」

「そうですってね。私、向うの新聞でその写真を見ましたわ。」

「武林君が持って来たのか？」

「ええ。」

「彼はよく来るかい？」

「そんなでもありません。」

私は十年の時を隔てて逢ったのに、ほとんど、倉田満作が死んだ直後と同様な、解決不可能な条件のために話しにくいことが分った。私と歌子の間では、何一つ、物事をはっきりさせることはできないのだ。

彼女のパトロンの市川の家は、昔からの古い玩具問屋らしい。戦後はプラスティック人形の輸出を行なって相当に繁栄したと言われている。その市川が業績不振で手詰りになったということも、誰に聞いたかも忘れたかすかな噂話である。それを彼女に確かめることはできない。市川とは縁がないとか、手を切ったとか、経済的には関係がない、などと歌子は言うだろう。その子の柾子を倉田の娘だと前山家に言ってやってあるのだから、市川との関係や、武林のことをはっきりと言う筈はないのである。

私は、その市川という玩具問屋を嫉妬したり、嫌ったりする気は少しもない。それどころか、それがその男の繁栄していた時だったにしろ、これだけの店を歌子のために手に入れてやったということでは、女に対して為すべきことをしているのだ。歌子は市川のおかげで店を持つことができた。私も倉田もしてやれなかったことである。

私は武林玄を疑わしく思い、かつ嫌っている。師匠の女だった歌子が、行き暮れていたときに、彼は歌子の相談相手になり、歌子を孕ませた当人ではないか、と私はひそかに推定している。それがもし武林の子ならば、歌子は、間もなく話のきまったパトロンの市川に、子供という荷物をもって世話になった。武林は倉田満作と市川某との両方の目をくらましていたのではないか、というのが私の疑いである。歌子が倉田に縁を切られた当時から、私は、彼女の身の処しかたに注意していた。私の記憶では、歌子は、酒場ソアレを開いてから半年ほどして子を産んだのである。

歌子は、もし彼女が望むなら中絶することだってできた筈である。それを、まだ店も持たない頼りない立場にありながら、産むことにしたのは、市川の愛情をあてにし、市川との結びつきを確実にするためであったかも知れない。そうであれば、市川には、その子が自分の子だという確信があり、少くとも店を持たせる数カ月前から歌子と関係があったことになる。それが事実だったとすると、武林が一時歌子と触れ合ったとしても、それは偶発的な関係だったと言っていい。

しかし、倉田が死に、市川が失脚したあとになって歌子が、その子を倉田満作の子だと前山咲子のところへ書いて来るからには、その子が確実に自分の子だと市川も信じていなかったし、歌子も、実は倉田の子だと当時から市川に言っていたのかも知れない。しかも私の判断では、その当時の倉田は歌子に子を産ませるような関係を持っていたとは思われない。そこから私の疑いが湧き出すのである。

私は歌子の前で、あまり沈黙を守っていることも出来なかった。

「もう子供さんは大きいんだろう？」

「ええ、中学に入ったのよ。」

「柾子ちゃんて言うんだったね。」

「あら、よく御存じなのね。」

「誰がつけた名前なの？」

「あたし。あたしの大好きな若くて亡くなった叔母さんがあったの。私より四つしか年が上でなかった。その人まさ子って、みやびやかの雅子だったの。早く亡くなった人なので、そのまま取るのも気になるもんだから、字を変えたのよ。」

「ふーん、ちょっと変った名だね。」

「ええ。もう私ぐらいの背丈があるわ。」

「この頃の子供は大きいからな。」

「そうなの。」

しばらくしてから歌子は言った。

「あなた、まだお一人ですか？」

「そうだよ。もう万事手遅れだから、このままで終ろうと思っているよ。」

歌子は私の顔に目を注いだ。

「本当にそう思っていらっしゃるの？」

「本当だよ。」

「でも」と歌子は、その顔に酒場のおかみの客に向けるときの愛嬌を浮かべて、私を見つめた。

「とても先生、無理ですわ。実はさっき入っていらした時、私びっくりしたんです。髪が白くなられてからは、先生はとても魅力的だわ。前よりもかえって危険だと思うわ。」

「それは君のことだ」と私は言いかえした。

そして私は、もし私が歌子に接近したいのなら、今がその時かも知れないと考えた。しかし前山咲子の話によると、歌子はいま金が必要らしいから、私は多分、市川に代って、歌子にパトロンとして扱われることになるだろう。私はとてもそんな負担を引き受ける気にはならなかった。そのとき、幾組かの客が入っているにかかわらず、何となく店は活気がなかった。目立つような女の子もいないし、家具の類もくたびれたまま放っておかれている気配であった。私は店の空気を注意して見た。

多分、客は入るけれども、店全体に弾みがなく、商売が沈滞しているというところだろう、と私は見ていた。歌子は四十を過ぎても、私の目にはなかなか魅力ある女に見えるが、若い客たちは、近づきにくいというところがあるだろう。また、ちょっと気のいいところのある歌子は、二十人もいる店の男や女を使いこなすには、少し力が足りないのかも知れない。

「店はうまく行っているの?」と私が言った。

「ええ、まあね。でも骨の折れるものなのよ。いい子はなかなか見つからないし、また客のつくようないい子は引き抜きが激しいでしょう。その競争にくたびれるのよ。そして、そういう子に高い手当てを出すと、古い子たちの間に不平が起ってもめるし、面倒なものなのよ。」

そうだろう、と私は思った。少しお人よしな所のある白痴タイプの歌子にとっては、そういう使用人の操縦が容易なことではないだろう。そしてよくあることだが、歌子には、バーテンダーか何か手近の男があるかも知れない。もし紐のような男がついていて金を搾るとすれば、こういう店の経営はすぐ破滅に瀕することになるだろう。

歌子はそういう最悪の条件に陥りやすい女だ、という疑いを昔から持っていた私は、とても今の歌子に無警戒に接近する気にはならなかった。

私が泉川へ行って来たというのに、前山家へ彼女が出した手紙のことを話題にする気配がないのも変であった。市川が遠ざかって歌子が金に困っているというのは、悪い男がついているせいかも知れない。武林玄のことを私は今の歌子の相手としては考えなかった。酒場女としての教養しか身につけていない歌子が気軽に相手にする男と言えば、遊びなれた会社の重役か手近の使用人である率が多いことになる。また、彼女が男なしに日を過しているとは考えられなかった。

そして私は、そういう手近な男に歌子が金をみついでいるようなとき、彼女に近づいて、年配の旦那という立場に立たされ、寛大に毎月親子に補助をしてやるようなことは御免だと思った。

もし柾子が本当に倉田の子供であり、その養育に困るということであれば、いま歌子は、それを言い出すにちがいない、と私はこの点のみを、歌子を判断する鍵のように待っていた。しかし、私が何杯かウィスキー・ソーダを飲み、酒に強い歌子はまたダブルにした水割りウィスキーを何杯も飲んだのに、そういうことを言い出す気配はなかった。もっとも隣のボックスにも客が入っていたから、うかつに重大な用件を切り出すことができないのかも知れなかった。

「さて、今日はこれで僕は帰る。歌ちゃんに久しぶりに逢ったから、安心したし、また心配の種にもなりそうだ。とにかく僕は帰る」と言って私は勘定した。

「ちょっと待って下さい」と彼女は言って、階下のバーのうしろに入り、そこの酒壜の並んだ棚の下にある、腰をかがめなければ出られないような開きから姿を消した。そこの長いバーに向って四、五人の客が腰かけていたが、その間に私は、そこで働いている三人の男たちを見まわした。四十すぎの、皺が口の両隅に刻み込まれた丈の低い、髭剃りのあとの青く見える男の外に、二十歳ぐらいの営養過剰症の少年のような、丸々と太った若い男が一人、それがバーテンダーである。外に痩せて小柄な、陰気くさい三十すぎの男がもう一人、レジスターの前に、銀行員のように屈み込んでいた。

その三人の男たちが、それぞれ歌子に対してどんな立場にあるのか見当つかなかったが、私はその三人の男たちを見ているうちに、また考えが変った。とにかく、これだけの人間を使う酒場を営んでいる歌子が子供の養育料に困るということはない筈だ。歌子の手紙の趣旨はたしか、柾子を倉田満作の子として認めさせ、倉田の妻だと確認させたいことだったようだ。満作の子として認めたならば、その証明として、多少の養育料をほしい、というのが歌子の手紙の書き方だったのだろう。

「お待ち遠さまでした。それではちょっとお伴をさせて頂きます」と私のうしろで歌子が丁寧に言っていた。歌子は大ぶりな黄色い貂のような毛皮の襟巻をしていた。バーの内側の支度部屋から外へ出て、入口のドアから入って来たのである。

彼女と一緒に出る約束をしていた訳ではなかったが、そのまま私は出て行った。

「食事でもするの?」と私がたずねた。

「ええ、先生が何か召しあがるならお相伴するわ」と言い、歌子は私について来た。

そのとき私は酒の酔いがまわっていたにちがいないのである。ソアレに入って行ったときと違って、その階下のバーのあたりは活気づいているように見えた。しかしそれは私自身が気分が楽になったからであろう。歌子は、いかにも私に添って歩くことに慣れているという形であった。その白い頬を黄色いストールに埋め、何となく幸せそうに私に寄り添い、私の方を見て何かものを言った。

歌子は前よりは太って、その腰のあたりが大きくゆれ動いていた。私は昔の彼女のよくくびれた細い腰と大きなヒップとの対照を思い出し、あの腰がずん胴になったのだな、と分った。しかし着物を着ていると、太った今の方がその年齢と顔だちに合い、胸をそらせ、裾を蹴出すように足を開いて動く形はなかなかよかった。

男というものは、そういう一ときの女の愛らしさ、自分への寄り添いかたの優しさに酔うと、ふわっと垣根を越えそうになることがある。二度目に歌子が私を見上げるようにして、「ね、何を召しあがるの？」と言い、その左の腕を、私の上っぱりの中の肘に押しつけるようにした時、私は心の中の垣根が越えられたように感じた。もとならば、私はそっと歌子の片手を取ったであろう。しかし私は、彼女の方がそこを乗り越えて私を掴まえに来たことを知りながら、さりげなく歌子の肘から離れた。

「さて、寿司を食うか。」

私はパーティーの帰りだと言っていたものの、実は夕食もまだで、そのために酒のまわりが早かったのである。

私たちは、その東銀座を四丁目の方へ戻ったところに、この頃出来た、新しい寿司屋に入った。ビルの二階にある寿司屋は混んでいた。そこで食事を終えてから、私と歌子は裏通りの喫茶店へ入った。若い男女のカップルの多い中で私たち二人はちょっと変った一組だったが、喫茶店というものが一番プライヴェートな話をしやすい場所だった。

「どうなの、君、幸せでいるのか？」私はさっきから言わねばならないことを、やっと少しずつ言った。そういう話題を私が口に出すまで、歌子は私を離さなかったのである。

「幸せなんかじゃないわ」と歌子が言って、私をにらむようにした。彼女は今でも、そのうけ口の唇を放心したように開けている癖があった。そのしまりのない唇は、昔風に赤く塗られ、なまめかしく、誘惑的であった。しかし西洋風な喫茶店の明りで見ると、彼女の目のふちはたるんで来ており、その口の隅には細いたて皺がよりかけ、額には一本の目立った横筋ができていた。それでいて歌子には、その年齢を示す衰えとともに、たけだけしい女の威厳が加わり、何事も思いのままに通すような力がその身体全体にあった。

　はじめ私が、歌子をフローラで見つけたときの、あの謎のような暗い目と、白痴的に開けているうけ口の唇との対比が、今なお、その力を私に及ぼしていた。しかし私は、歌子に対して、愛しているとか、好きだとか打ち明けたことはこれまで一度もなく、ただその姿が絵に向くからモデルに頼んだのだ、と思わせていた。彼女にものを言うときは、少し足りない女に教えさとすような態度をとりながら、まともな話し相手にならないようにした。彼女に手を出したときは、ふざけて遊んでいるうちに自然に起ったことだという投げやりな態度をとった。そして歌子もまたその当時は、そういう風に私に扱われることを好んでいた。

「女って、つまらないものよ。段々に私に言い寄る男が少なくなって来るわ。」

「へえ、そうかね。だって今が君の最も魅力に満ちた時じゃないか。」

「ばかね」と彼女は私を見上げてにらむようにした。「そんなもんじゃないわ。前にはね、うちにいた女の子たち、いい客がきまりかけるとママに取られちゃうからつまらない、とよく言ってたのよ。それはね、私を目あてに来る客が多かったからよ。そして私にはじかに向って来れないので、ほかの子を何となく手なずけるでしょ。そしてその子が落ちそうになる頃には、私ともどうにか楽につき合うようになる。すると、その子と出来ちゃうと私とは縁がなくなると思うから、その子を振り切って私に近づこうとする。それで、しょっちゅう私はうちの子に怨まれたのよ。」

「そうだろう。それはよく分るよ。」

「それがこの頃、というよりは、何年か前からなんだけど、段々と変って来て、客はよく店の女の子とできるけど、途中で私の方へやって来なくなったわ。それが淋しいのか、私がまた、新しい子を探すとき、自分よりはっきりと魅力のある子には十分の金を出さないらしいのよ。」

「らしいのよ、って君、自分が出しているんだろ?」

「ええ、人まかせじゃないわ。自分でやって来る子もあるけど、それははじめての子なのよ。特別いい子は、女の子をさがして紹介してくる商売人がいて、それが持ち込むのよ。引き抜きってのがそれ。そのとき、私は、とてもいい子だな、と思うほど、出ししぶる。そのせいか、いい子ほど話が成立しないんだわ。」

「それ、やきもちかい?」

「そうだわ。後になって惜しかったな、とよく思う。それはね、何というか、そういう子のところに、いい客がみな集まって行くのを見るのが淋しいってのかな?」

そう言って歌子は、私にそのことの真相をたずねるように、唇をあけたまま、もの問いたげな目を投げた。そのとき、何か心の戦き、そよぎというものが私の中を走りすぎた。その白痴的な、自己放棄のような態度、それでいて、考えることは決して馬鹿なことでなく、自分を笑うことによって何か女の手の届く真理のようなものに近づいている。その頭のよさとだらしない自己放棄の結びつきは、今もなおそのまま歌子の魅力なのだった。

その魅力に貫かれながら、私はまだ、歌子に動かされている自分を、さりげなくやり過して、彼女にふざけるような相槌を打っていた。

「やきもちだな、やっぱり。」

「それで、段々とうちにはいい子が集まらなくなった。古い子が居ついていて、四年も五年もそのまま動かない。居心地がよさそうなのを見ると、私は、自分がどこか間が抜けていて、あまりぱっとしない子たちに、よそよりもいい金を払ってるって事かな、なんて考えてしまうのよ。」

「客の筋はどうなの？　この前来た時には文士や絵描きなどよく来ているような空気だったがな。」

「それが違うでしょ、今日あたり？　そういう人たち、すっかり来なくなったのよ。ああいう人たち、やっぱり遊びが好きだからね、目をつけた子に当ってみる。そして出来る話はできちゃうでしょ。できない子はそのまま。だから一年ぐらいで変る子が相当いないと、ただ飲むだけの店になってしまい、面白くないから客の足が遠のくのよ。」

「そうか。ふん、そんなものなんだろうな。」

「分るでしょ？　あなただって、そういう客の一人でしょ？　きっと、どこかの店で。」

ちょっと間をおいてからまた歌子は言った。

「で、うちはこの頃ね、会社の課長さん、係長さんクラスの客が多いの。」

「それでいいじゃないのか。」

「そんなことないわ。やっぱり文士が来る、俳優が来る、代議士が来る、という風だと社用接待のためにいい客を連れて来るようになるのよ。つまり文士や絵描きさんの来るような店は、そういう店として名が出るでしょ。そしてそれが接待の景物になるから、社用で金をかけるいい客が来て、あがりが多くなる、という順なのよ。」

「分った。そこまで分っているなら、やりようがあるじゃないか。」

「それがそう行かないわ。だから私が盛りを過ぎたのに、店の格が上っていないということは、落ち目だということなのよ。課長、係長クラスの人たち、自分のためには安いところを探して来るんだわ。だからバーに坐る客を大事にしなければならないのよ。」

「分ったような、分らないようなものだ。だが、僕などのような年配の古い客だってやっぱり来るだろう？」

「ええ、それは来るわ、フローラ時代からのお客は。でも、そういう人たち熱心じゃないものね。」

彼女はそこで口をつぐんだ。話が昔のことに戻りそうになったからである。

歌子がそこで、言いよどむように口をつぐんだとき、私は彼女が倉田のことに思いを馳せていることを感じた。今あのことを言わねばならぬと考えた。

「こんなこと、君にたずねていいかどうかわからないが、柾子さんは誰の子供なんだい？」

歌子は何かで打たれたように、沈黙し身体を固くした。その下唇が放心したように開き、垂れ下るのを私は見た。緊張したとき、彼女の唇は開くかのようだった。

「向うで何か言ってましたか？」と歌子はのろのろとした言い方で私にたずね、しかもその目をすぐ伏せた。

「うん、倉田君の姉さんが、柾子さんが倉田の子だというのは本当かと言っていた。」

「本当かって、それはひどいお話じゃありませんか。」

歌子の下唇は痙攣するように震えた。

「それは君の外に誰もはっきりとは分らない事だ。だがあの頃君は、倉田とは一緒にいなかったろう?」

「そうなの。それだから私、これまで強くそのことを主張しなかったんだわ。市川が私に小さなアパートを借りて住まわせて、私がまたフローラへ遊び半分につとめていた頃のことですから。でも市川はめったに来ないし、倉田がちょいちょい店へやって来るようになったのよ。あの人、私が他人のものになっても、また勤めに出たりしていると、すっかり私に対する気持が変って、新しい女に見えはじめたようだったわ。」

歌子のその言い方には、ふしぎな実感があった。「新しい女に見えはじめた」という言い方は、女性遍歴をその生涯の仕事のようにしていた倉田満作が、市川のものになった歌子を見る目つきを、私にはっきりと思い出させた。倉田はたしかにそういう目で歌子を見ていたにちがいない。

「しかし君、その前に二年も彼といて子供はできなかったじゃないか」と私が言った。

「ええ、あの人、自分のようなものの子供がこの世に残ることを考えると、とてもたまらない、と言って、私に何度か中絶させたのよ。」

それも分る話であった。そこにも倉田満作がいて、たしかに彼らしいものの言い方をしていた。

「それは分る。」

「しかし、私、市川には悪いから、しばらくそうは言わなかったけど、倉田は、市川の女になった私のお腹に出来た子は、自分の子であっても、やめる必要がないと思っていたようなの。」

「ふーん。それも多少は分る。しかし君、その頃君は、市川さんの外には倉田としか逢っていなかったのか?」

突然歌子が、まぶしそうな目を私に向けた。そしてその顔には、少女のような恥らいの血がのぼって、一面にひろがった。私はかっとなり、彼女を睨みつけた。

「どう?」と私は念を押した。

「それは、そうとばかりは言われないわよ。あの頃の私は、店へ出ていて、色々な人に逢うし、このさきの暮しだって成り立つのかどうか分らなかったし……」

「武林はどうだ?」

「いいえ、あの人の子ではありません。」

その言い方で歌子は、武林と関係のあったことを認めた。認めながら、時の問題でそれを否定したのだ。その外にも何人かの男がいたことはその言い方から分った。

私は自分の気持を鎮めた。情けない女だ、という顔をしないようにして私は言った。

「君が倉田の子だと信じてるにしても、それでは、それを証明することは難かしくなるなあ。」

「ええ、それはそうだと思うのよ。でも私としては、それはもう絶対に間違いのないことなんですから。」

「そうか。僕は君のその言い方で納得できるように思うよ。しかしそれを僕がほかの人に保証することは、それではなかなかできないな。」

歌子は両手を顔にあてた。泣き出すというのではなく、途方に暮れたという仕草であった。

「それで市川氏は自分の子だと思っていたんじゃないの？　もしそうなら、わざわざそれを打ち消すこともないだろう？」

「でも私は、市川とはすっかり手を切ったんです。」

「子供はあの人の籍には入れてないんだね。」

「はい。」

私は気がついて言った。

「一度柾子ちゃんを僕に見せてくれるかね？」

歌子は救われたような顔になって私をまっすぐに見た。その両手を合わせて祈るようなしぐさをした。

「ぜひ、そうして下さい。ぜひ、ごらんになって下さい。」

「家はどこだい？」

歌子は店で使う小さな名刺を取り出して、その裏に住所と電話番号を書いた。

「越前堀の方に今度新しく出来たアパートなんですの。」

「僕の都合のいい日に、電話でうち合わせることにしよう。君の家でなくてもいいよ。」

「うちへ一度いらして下さいよ。」

中学生の子供のいる家に若い男を置いたりしてはいないだろうと思ったが、私はあいまいな返事をした。

「君は柾子さんに何て言ってるの？」

「倉田満作があんたの父親だって言ってます。それが市川との関係の切れる原因の一つでもあったんです。」

八

その頃私のところに通って来ていたモデルは、着物を着る仕事で婦人雑誌の写真によく出ていた竹しのぶという女であった。芸名だろうと思うが、どういう時もその名で通しているから、私は「しのぶ」さんと呼びながら、いつも仮装の人物を呼ぶような気持でいた。

表情の大きい目の目尻に、いつも撥ねたように墨を少し入れ、釣り目に近い感じに作っていた。顎がよい形でありながら、その頰に少し削げたような影が浮ぶので、写真ではそれが淋しいような陰翳の力点になっていた。小紋の着物、黒っぽい訪問着、細かい矢絣、黄八丈のような着物がその顔でよく引き立った。

妻の生前から私の画室の着物の相談相手であった上泉せつ子が、着物教室のモデルとして写真に使っていたのを、私のところにまわしてくれた女である。竹しのぶは三十を三つ四つ過ぎた年であろうか。私の画室に入ると、いつも横坐りにして、片手で画帖やアルバムなどを静かに繰っているが、それ以上に姿勢や表情を崩すということはない。お茶の席にいるようにひっそりと、しかしどの姿勢にも竹しのぶの意識が届いているから、どの形も描いていいようになっている。多分仕舞か踊りを習っているのだろうと思うが、着物に同化し、着物の味を生かすように動く。

あまりものを言わず、声を立てて笑うこともない。時々私は竹しのぶに気押されるように感ずる。着物というものは、今では実用着でなくなっており、見られる形のために着られる。膝のうしろの裾がはね上ったような木綿の女の子の着物、皺がよって、丸くふくれあがったねんねこ、汚れの目立たぬ柄を選んで着られる主婦のふだん着などというものは、ほとんど見かけることがなくなったのだから、着物は、畳んだ角々が直線となって生きるような、舞台の衣裳に似て来たのだ。

そういう舞台衣裳のような着物に合う女性の表情は、沈黙であり、静止である。

竹しのぶが私の画室にいるときの、ひっそりとした無言の行は、神事や法事の席の神主や僧侶を思わせる。その日彼女は江戸紫に小桜を染めた小紋を着て、帯は紬の白茶に、同色の濃い縞の通ったものだった。髪は当世風にうしろをふくらまして、簡単にまとめてあったが、髪の染めかたも多少は紫に近い色を出しているように見えた。

上泉せつ子が、そういう着つけをさせて、竹しのぶを私のところに廻してよこすのだ。

「上泉さんは今朝はうちにいましたか？」

私はスケッチを取ろうとして、縁側に近いところに坐った竹しのぶを、庭を背景に見るように、画室の奥から逆光線で見ていて、そう言った。

「はあ、そのようです。」

「今頃まだ在宅かな？」

「さあ、どうですか。」

私は今日の竹しのぶの着物があまり気に入らない。私はこの女を動かしてみるように言葉をかけるが、きまり切った返事しか戻ってこない。小紋は着物としては面白いが、縦か横の線がないから、何を背景にしても背景の線とつながらない。庭の竹や梅、池の縁の線、ことに敷居や障子の線とつながらない。人物が、肖像を描いたように絵の真中で目立つのは、今の私には気に入らないのである。

私の仕事は、具象の形式をとりながら、人物が背景の中に埋まって、画面の構成の一部になるように描きたいのである。私は小紋を抜きにして、彼女の坐っている姿の輪郭だけを描いてみる。またその頬にえぐられたような影のある鋭角的な横顔を描いてみる。

自分が生き生きとしたモチーフを摑んでから描き出す時とちがって、モデルに向ってからモチーフを摸索する仕事は私にはニガ手である。何千枚ものこういう白描を私は描きつづけて来た。そのほとんど全部はマンネリズムであった。

当り前に坐った人間のスケッチがそれ自体で面白いということは、めったにない。色の配合、動作の中のある形、見慣れない新しい物体の面白さなどに偶然ぶつかった時しか、私の感興は湧かない。電話で上泉せつ子に話して、明日着て来る柄のことを相談するのも、もう間に合わぬかも知れない。もっと別な着物を明日は見たい、と竹しのぶに言っておく外に、今日は仕方がないだろう。

「お茶を一服いただきましょうか。」

私は仕事室での茶はモデルに出してもらう。西崎運転手の妻の梅子も派出婦の小出さんも、モデルが来ているときは画室に近よらないように気をつけている。

竹しのぶが薄茶を入れ、戸棚からお菓子を二人分出して持って来ると、私は着物の上につけている上っ張りを脱ぎ、暖い陽の入る開け放った縁側で茶を飲んだ。

私の中で、男性と画家とが、重なり合ったり、分離したりする。私の中の男性の輪郭が燐光を発するように、モデルのまわりにまつわり着くことがある。今日はこれとは逆に私の気持は沈んでいる。竹しのぶが坐ると同時に、その首筋に疲れたような皺が一本浮いているのを見つけて、その時から気が挫けてしまった。そういうとき、私はすぐ男の存在を見てとるのだ。時々竹しのぶは不眠のあとのように疲れた顔をしていることがあるが、今朝もそれで、そういうとき、その頰の削げたような斜の影は、本当の疲労の影になってしまう。

このモデルを半年ほど前に私のところにまわしてよこした時、上泉せつ子がその翌日、わざわざ立ち寄って、それとなく竹しのぶのことを私に語った。

「あれは先生、写真屋さんのところを何軒かまわって来た子でしてね。写真屋さんたちの間ではちょっと有名な子なんです。あの工藤茂吉があの子に手を出したのは古い話ですが、そのあとあの子は、毎夜のように工藤茂吉の家のまわりをぐるぐる歩きまわるようになったって言うんです。工藤夫人がそれに気がついた。スタジオは家とは別なところにあった時の事だったそうですが、その細君にすれば、家のまわりをうろついている女の気配で、それが分るのでしょうね。工藤さんはしばらく仕事ができなくなるし、家はもめるし、困ったそうです。

「あの子はちょっと、自動人形のようなところがあるでしょ。何か別なことを考えているんです。ですから、どこに坐っていても、心はその場になくって、何か別な場所の、別な人物を考えているようなんです。その、心がそこにいないって感じが、時として素晴らしい効果になります。お分りでしょう?

「ですから、ちょっと、おっかない子なんです。でも、心がうつろで、形だけ着物にちゃんと合せていられるんですから、モデルとしては使いようがあるんです。」

「分った。気をつけますよ」と私がにが笑いして言った。

「そのかわり、全く放っておいても、ちっとも邪魔になりません。何をこちらが考えていても、それは向うに通じません。しかし触るとおっかない子なんですよ。」

「時々そういう子がいるね。」

「そうですか」と言って上泉せつ子は私の方をじっと見た。

その日上泉せつ子は珍しく私のところに長居をした。話は死んだ妻の京子のことや、昔の共通の思い出のことになった。

私は大学を出てすぐ、女学校の教員をしながら、中堅画家として名のあった花見暁舟のところに通っていたが、上泉せつ子はその頃、その私立女学校の裁縫の教師であった。私は国語教師の資格を持っていたから、はじめは国語を教えたが、のちには図画も受け持つようになった。妻の京子はその学校で国語を教えていたから、私は京子とは仕事の上でいつも接触があったが、上泉せつ子とはほとんど話をしたこともなかった。

せつ子は、むかしその女学校が裁縫塾であった頃のそこの卒業生だったが、結婚して三年ほど経ってから離縁になり、私や京子よりも遅れてそこで働くようになった。年は京子より三つか四つ上で、私とほぼ同じ年齢であった。せつ子は京子と気が合ったのか、間もなく京子と二人で、素人下宿の二間つづきの室を一つずつ借りて、共同で炊事をするようになった。それで私は京子と交際しているうちに、自然にせつ子とも友達になったのである。

二人は、その頃の女の教員の服装であった黒い長い袴を着物につけ、白い足袋を袴の裾から見せながら、いつも一緒に歩いていた。同性愛的な間柄なのかも知れない、という考がいつも私の頭にあって、私は京子に心を引かれながら、近づくのをためらっていた。

朝、私が教員室の窓から見ていると、紺のユニフォームを着た女学生たちの群の中を、京子とせつ子の二人が、胸のところと長い袂だけが見えるように夏の白い着物に長い黒い袴をつけ、その袴の裾から白い足袋をちらちらと見せながら、似たような風呂敷包を胸のところに捧げるように抱いて、尼僧が二人並んで歩くようにやって来る。女学生や女教師たちの歩いて来る校門の両側にはポプラ並木があって、その葉が、朝の光の中でくるくるとまわるように輝いている。ユニフォームに黒い靴下の女学生たちが腰をかがめて挨拶する中を、二人は歩調を揃えるようにして門を入り、そこで生徒たちと別れて、教員室の入口の方への砂利道を歩いて来る。

京子は髪が心持ち赤く、頬にふくらみのある色白の女であったが、せつ子の方は固い感じの橙色の顔で、その形も京子より一まわり小さかった。真黒な厚い髪をきちっと束髪に結っていた。せつ子は決して醜い女でなく、顔は小さいが身体はすらりとして姿勢がよく、太い強い線で輪郭を描いたような、引きしまった容姿の女であった。ああいう感じの女性を好きになる男がいるものだが、と私は、そういう男性が現われて、京子のそばからせつ子を引き離してくれるのを待つように、そんなことを思っていた。

あとになって考えると、せつ子の顔は私の顔と同型なのであった。表情のあまり動かない、ぎごちない顔で、人に窮屈な感じを与えやすい。もの事を軽い調子で言い出すことができない。冗談を言わない。好きな異性に対しては無関心を装う。女としては魅力がないのだ。

女としての上泉せつ子に私は何となく反撥する気持をはじめから抱いていた。しかし人間としては、この人のものの考え方はよく分るし、信頼できると思っていた。その頃から私は女を描くときの着物のことを上泉せつ子に相談した。

間もなくせつ子は、着物の色彩や柄について私の注文を聞いて考えるのが、自分の勉強になることに気がついたようであった。そして、私に答えるというよりは、私の方に勝手なアイディアを出させ、それに合うような古着を柳原あたりの古着屋で見つけて来ることを覚えた。そして彼女は、私がほめた柄の着物を保存しておくようになった。また彼女は、仕立てを頼まれた着物の切れを少しずつ切り取っておき、それをスクラップ・ブックに貼りつけはじめた。

戦時中にせつ子は、袂を短くした着物の型の考案をし、モンペや防空用の頭巾などを工夫していた。羽織を短くし、ちゃんちゃんこの形に近づけて防寒用の上っぱりにするというのも、彼女が戦時中に考えて、学校の生徒に古着利用法として教えていたことだった。そういう戦争のための間に合せの仕事は、彼女にとっては、着物というものを考え直すための機会であったのだろう。そのうち、私は京子と結婚したが、京子とせつ子との行き来はつづいていた。

戦争が終ったあと、私たちとせつ子との交際はとぎれた。あとで分ったことだが、せつ子は間もなく、小さな服装学園というものを設立した。そして上泉せつ子なる名は、着物の専門家として少しずつ人に知られるようになった。戦後の衣料不足のときは、まともな着物などを考える余裕は誰にもなかった。また日本的なものがすべて否定的に考えられた戦後四、五年のあいだは、趣味としての着物も目立つような扱いを受けなかったが、その後いつの間にか日本趣味が復活した。私はある雑誌で着物の専門家として上泉せつ子の仕事が大きく取り上げられているのに気がついた。

そのことを妻に言うと、「せつ子さんの時代が来たのだわ」とつぶやき、自分の病気のはかばかしくないのを改めて考えるような顔をした。せつ子の方でも私の仕事に気がついたようで、間もなく妻の見舞にやって来た。そしてまた上泉せつ子と私たちとの交際が始まった。

せつ子が京子に語ったところでは、結局せつ子はあのまま結婚することなく過したのである。着物の柄のスクラップ・ブックのほかに買い集めてあった古着を、戦後の衣料不足時代に処分して、それを資金に小さな塾を建てた。それが発展して、着物ブームが起る十年ほど前から、その塾は相当の規模の学校になったとのことであった。「あの人の努力主義の勝利だわ」と京子が言った。私はひそかに、昔の私との着物問答が単なる裁縫教師からせつ子を着物デザイナーにまでしたのだ、と思っていた。

モデルの着物の工夫を相談してみると、せつ子は、昔の裁縫教師だったときとは別人と思われるほど知識も豊富になっており、また能の衣裳や、芝居の衣裳などについてもよく知っていたし、諸外国の生地や柄を着物に調和させる工夫も試みていた。そして私の思いつく女性のイメージに合うような、さまざまな柄をすぐに考え、自分の学校の見本室から取り寄せてくれた。それればかりでなく、私が言い出せずにいるうちに、それぞれの柄にふさわしい年頃の生徒を呼んで着せてみてもくれた。

はじめは、私の見つけて来たモデルを彼女に見せて、その着物の相談をした。彼女の考で着物を決めて描いた私の絵の何点かは展覧会で好評であったが、批評の中には、すばらしい着物だとか、着物の色がいいなどという言葉があって、私はそれが気になり、仕事している最中に、ふっとせつ子にあてがわれた着物をせっせと模写しているような気がすることがあった。そして一時私は、せつ子の立ち入った世話をうるさく思うようになった。

年齢が進むとともに、私の絵に向う気持は変って来た。戦後間もなく、四十になったばかりのころ、私は、絵という神聖な仕事によって仲間と競争するとか、新しい様式を開拓してみせるという野心を、まだ若い頃の気持の続きとして持っていた。戦争に中断されて、五、六年も眠っていたその野心がまた目を覚ましたかのように、私を駆り立てていた。

妻の病が重くなって療養所に入ったのは、ちょうど私の絵が売れはじめた頃であった。その頃から絵を描く私の気持が変ってきた。母屋の向うの室に妻が寝ているという意識を持ちながら、画室でモデルを見ていた時と、モデルが違って見えるようになった。緊縛から解かれたように、女の身体が虹にとり巻かれ、その肌の匂が室一杯に立ちこめるように私は感じはじめた。

私は好んで女の裸を描くようになり、上泉せつ子の押しつける着物からも解放された。せつ子はいつも私には妻と結びついて考えられる存在であり、私を窮屈に何かの中に閉じこめるように感じられた。しかし裸はそのままでは、日本画では扱いにくいものだった。私の亡くなった師匠の花見暁舟は線を使うことの名手であったが、やっぱり女の裸は描きにくいと言っていた。それが分っていながら、私は仕事の中で女の魅力を追うことに熱中し、酒場によく出かけるようになった。私が小淵歌子を見つけたのは、そういう気持になっていた時のことである。その頃私は、絵を描くことは女の魅力を捕捉することだ、と感じはじめていた。この世に女がいるではないか。女たちは本来もっともっと自由で、その肉体とその形だけでなく、その気持の動き、その感情の動揺、その嘘と誘惑とその快楽の可能性をもって、数多く巷に満ち、ゆれ動いて、私をさし招いているような気がした。

女における人間の生命を描くことがはじめから自分の仕事であった、という自覚が私にとりついたのは、四十四、五歳の頃だった。私はブレークの線描にその頃熱中していた。ブレークのような線で仏像を描こうと試みたのは、大正期以来日本画家の中に三人ばかりあったが、その人たちはみなガンダーラ系統の仏頭の描線とブレークの描く天使とを重ね合せていた。それを私は、ブレーク的な白描で誘惑的な女を描こうとしたのであった。「花の降る下の裸婦」がその頃の私の白描としてよい出来であり、私はそれを小淵歌子をモデルとして仕上げた。

だが四、五年で私はまた足踏みしはじめた。それは妻が亡くなってから後で、小淵歌子が倉田満作と一緒にいた頃のことだった。私は裸を描くときも背景に壁掛けのようなものを必要とするようになり、また上泉せつ子を煩わせるようになった。ある日せつ子は、私の電話の依頼を聞くとすぐ、何枚も何枚ものジャバ更紗と琉球の目のさめるような紅型の生地を私のところに持ち込んだ。せつ子は、それ等を自分の膝の上にひろげながら言った。

「こういう輪郭の強い、色のはっきりした紅型はいいじゃありませんか。今は渋さも見直されて来ましたけれども、もとのような暗いだけの渋さじゃないんです。一度原色と直線主義とに戻して、そこから作り直したのがこの戦後の渋さなんです。ですから紅型と黄八丈という、日本の中での熱帯的な強い柄の衣裳が今の一つの目標なんです。こんなの、いかがですか?」

せつ子は、膝の上に開いたものを次々と畳の上にひろげ、画室の畳を生地で蔽ってしまった。

「これはすばらしいね。琉球へ行って土地の女にこれを着せてみたくなった。」

「私、先生がうらやましいわ」とせつ子は紬の横縞の着物の膝に、がっかりしたように手を休めて言った。

「何がうらやましいの?」

せつ子は、これまでに見せたことのないような女の目で私を見ていた。その目は小皺にとり囲まれ、顎が前よりも強く張っていた。縞ものの帯をきちんと締めたその姿には威厳があり、男の事業家にそっくりな自信のある表情で、せつ子はもの静かな言い方をした。しかし、言っていることは私に甘えていた。

「殿がたは、いつまでも若々しくって、考えることが一つ一つ自由ですわ。」

「何が自由なの？　君だって同じことじゃないか。」

「分ってますわ。私なんか、ほんとに浮気する暇もなかった。もういいかな、と思う頃には遅すぎたわ。」

私は笑って言った。

「ちっとも遅くない。今からでもいいんだよ。」

「うまいことをおっしゃる。ちっとも責任のない言い方で。」

私はびっくりしていた。こんな年配になるまで人を教え、事業の計算にあけ暮れていた女が、仕事が安定すると同時に、年齢による厚かましさで、自分の中の女を生かし、溜め息をつきはじめている。しかし、「浮気をする暇もなかった」とは何という平凡な言い方だろう。女の色好みの気持を表現する言葉がほかにないのにちがいない。使い古された小料理屋のおかみのような言い方しか、情事に使う女の言葉というものはないかのように、上泉せつ子は、私にそれを言っているのだった。

せつ子が女であったこと、その同居していた友達を私が妻にめとり、年経て死なせたあとであることが、そのとき私の頭を横切った。夏の太陽が風に吹かれるポプラの葉にきらきらと反射していたあの校門のあたりを、黒い長い袴から白い足袋の先をちらちらとのぞかせるように歩いて来る京子とせつ子の姿があった。

私は声を低くして言った。

「せつ子さん。男の助手や事務員を身辺に使うようにするんだな。自信を持ちなさい。いいですか、あなたの女としての魅力を教えてあげます。事業の経営に成功し、仕事の判断に自信を持っている年配の女性の落ちつき。それが受身の、人に使われるような男にとって、大きな魅力なんだ。そういう女性の威厳を崩してみたいという衝動を、君より十ぐらい年下の男は持つものだ。でも溺れて、一人の相手を追いかけると破滅ですよ。遊びだと分らせておいて、その場だけのこととして処理するんだ。」

せつ子は娘のように眼を伏せて聞いていた。私が言い終ると、私に礼を言うかのように頭を下げた。

「分りました。私、恥かしいわ。でも先生のほかには誰もそういうことを私に言って下さる人はないんだわ。ありがたく承りました。」

私はそのとき、そこにいるせつ子につかみかかりたい衝動を感じた。自分の口から、何の準備もなく飛び出したその言葉は、そのまま、事業の中に自己の性を埋めて生きて来たこの女性に引きつけられる私の心であった。

上泉せつ子が五十歳をすぎて、はじめてその色好みの心を私に語ったのは、やっぱり並の女性とちがう猛々しいものをその内部に秘めていたからであろう。また彼女が着物の権威として俳優たち、芸者たち、流行衣裳の会などという艶っぽい世界になじんで来て、自分を解放する可能性を意識したからであろう。

多分彼女の手の届くところにいる男性の中で、私が最も古くからの知人であった。私はせつ子の昔の友達であった妻を亡くしたあとであり、せつ子のところからまわされるモデルによって仕事をしている絵描きなのだ。昔から私を好きだったと分るようなことを冗談に口走っても唐突でない事情の中に私とせつ子はあったのだ。

「今の僕の年になれば色好みの心は消え失せてしまうものだろう、と思って、むかし僕は年配の人たちを見ていた。しかし君、そうではないんだね。若い時よりも、まわりの条件がよくなっているから、気持の流露感は若い時よりも自由になるばかりだ。人生には予定外のことが色々とあるものだ。」

せつ子は真剣な色を目に浮べて言った。

「ほんとにそうね、先生。私、この年になって、と思うけど、やっと生きることの緊張がほぐれて来たように思うのよ。もう少し気持を楽にして生きてもいいでしょうか？」

「大丈夫だよ。」

私はせつ子と共謀しての内緒ごとに身を乗り出すような気持で言った。

「相手は固定してはいけないよ。もし困った問題が起きたら、いつでも助けに行ってやる。僕が君の旦那だということにすればいいんだ。そういう時は、本当の旦那でない方が処理しやすいんだよ。」

「そうね」とせつ子は何かを思いめぐらすような顔で私の方を見ながら言った。

そこまで来たとき、私の中にあったせつ子に近づきたいという衝動は急に影が薄れた。女としてのせつ子にふれる以上のところまで私と彼女の陰謀は来てしまったのだ。彼女に対する遠慮のなさから話がそうなったのか、それとも女としてのせつ子に近づくのを本能的に避け、その話によって危険な点を乗り越えたのか、私には分らなかった。

私は残り惜しい感じとともに、この話題は悪だくみのしめし合せのようなものだから、かえって安全だと気がついて、ほっとした。

せつ子が、私の希望した紅型の二、三枚を残してひろげた布類をしまいはじめた。せつ子には昔風のところがあって、着物や生地を持って来るとき、昔の行商の呉服屋のように草色の唐草模様の八反風呂敷に、ていねいに重ねて包み、紐で中程を締めて来るのだった。来るときはそれを家政婦と二人で玄関から画室まで持って来たのだ。それをいませつ子はその大風呂敷に包み直していた。その黒い太い眉、厚い唇や、男のような顎などを私の目にさらしながら彼女は、苦労に満ちたその地味な経歴を思わせる作業をつづけていた。

それを見ているうちに、私は何とも知れない恐怖を感じはじめた。せつ子の過去の苦労を思わせるその手の動かしかたが、せつ子と同じ頃に私が出逢い、私の妻として三年前に死んだ京子がそこにいるかのように私に感じさせたのだ。いま私が、昔からの京子の友達であったせつ子に近づいて、次に逢う日のことを念を押されるような羽目になったら、私は、自分自身の身に爪を立てるような嫉妬に苦しんだあの京子を、その度に目の前に見るような思いをしなければならない。その恐れは、私を逃れる道のない行きづまりの場所に追いつめるような気がした。

その怖れは、黒い太い眉、厚い唇、強い顎など、私をいつも反撥したせつ子の姿そのものにあり、その印象と重なって現われる京子がこの家に残した女の思いに直面するようなものであった。

荷が重かったので、私は手を貸して二人でそれを廊下へ持って出た。廊下は渡り廊下で、そこにいるときは母屋からも画室からも見えなくなる。ふとせつ子は荷物の自分の手をかけた方をその途中で下した。私も片方を床においた。するとせつ子は、私の胸に顔をおしあてた。そして「ねえ、ねえ」と子供のように私にせがんだ。

「よし、よし、いい子だ」と言って、私はその頭をかかえ、その額に唇を触れ、その唇にもさりげなく軽く触れてやった。そしてその耳に囁いた。

「この家では女房の幽霊が君と僕を見ているよ。僕たち、いつでも、何処ででも仲よくすることができるんだ。でも専属はいけない。君が僕にのろけを言い、僕が君のところからモデルをもらうことができるようでないといけないんだ。専属でない方が両方とも好都合だということをよく考えてみるんだ。分った?」

せつ子はうなずいた。そして私を見てきまり悪そうに笑い、またその重い八反風呂敷を持ちあげた。私は玄関へ出て車へ声をかけた。

「上泉和装学園の運転手さん、校長先生がお帰りです。荷物が重いから来て下さい。」

せつ子とのこの示し合せが私には目新しい経験であった。色事とは所有の一つの形式だと私は思っていたが、私はせつ子を、肉体を所有する以上に所有したような気持を味わった。妻と共通の古い知り合いの関係から漂う怖れや、せつ子に対する肉体的な嫌悪感があって、私は彼女から尻込みした。しかも私は地位のある女性を所有したという気持を抱くことができ、そこに満足感があった。そして、かすかながら、妻と共通の知り合いの女性には近づかないという道徳上の抑制力が自分にあったことも分って、それにも満足を味わった。

そのあと私は、色々な出版社や新聞社などのパーティー、絵やデザイン関係の会合などで、せつ子に逢う機会が多くなった。酒を飲む席で一緒になることも度々あった。見ているとせつ子は女傑風に振舞い、いつも和服で、そのお腹を突き出すように男たちの間を歩いていた。そういう場所で逢うと私はからかうような調子で、「その後はどう？　彼とうまく行っている？」などと言った。彼女もまた私の立ちのき方に気がついたように、私に言い返した。

「いまに、うんと面倒な事件の尻をあなたの所に持ち込みますよ、よくって？」

「でも、私たち、もう少し何とかなる筈だったじゃない？」と、彼女は、その目にかすかな真剣の色を漂わせて言うことがあった。

「そうだよ。それが初めからの申し合せだ。早い機会にそれを実現しよう」と私も言い返した。

そして、私とせつ子とは、次第にそういうことを人前で冗談のように言い合うようになった。

「この校長さんと僕は昔から色々と訳のある仲なんだ」と言って私は友人に彼女を紹介した。

私は、せつ子の男関係には気がつかず、その噂も聞かなかった。せつ子がその気になってすれば、男との関係など人目につかぬように処理するのは何でもない筈だと私は思っていた。五十を過ぎて、せつ子は、肥りはじめ、それとともに次第に色が白くなり、そのきつい眉や唇の輪郭が目障りでなくなった。

「君、とてもチャーミングになった」と私がパーティーの立話で言った。

「あら、お口がうまい。でも、うれしいわ」と言って白い歯を見せるとき、彼女はもうあの奮闘努力主義の裁縫の教師でなく、服飾界での名流女性だった。そしてせつ子は何かものを書くときは、しばしば古い知人として、指導者として私のことを書き、また私の妻の思い出を書いた。

私は画室の用件はたいていせつ子と電話で足していた。私が裸のモデルをほしいと言うと、せつ子はどこからか、そういうモデルを見つけてくれるのであった。

その頃から、私の画の考え方がはっきりと変って来た。私はブレークの線の追求をあきらめていた。そして自分流な妙なところに落ちこんでいた。私は画壇の評価では、必ずしも一流の代表的な画家としては扱われていなかった。私の方でもまた画壇の階級を一段ずつのぼって行くような仕事はしていなかった。私が本当に羨ましいと思っていたのは、故人の竹久夢二の仕事であった。

私の目には、夢二は甘美な情緒的な画家でなく、北斎や歌麿が過去にそうであったと同様な、絵のある決定型を自由にあやつることのできた近代の唯一の画家として写った。しかし、それがどういう型であり、絵の本質とどうつながるのか、よく分らなかった。

私には抽象癖があって、何でも一応は理論で納得しないと前へ進めないのであった。夢二の本質が分らない、というのが私の問題であったが、私が羨ましいと思う作家は近代の日本ではほとんど彼一人だということに変りはなかった。私が夢二の問題へ多少でも接近できたと感じたのは、夢二の描いた女がモヂリアーニの描いた女に酷似しているということであった。多分時代的に言うとあのような女の姿をとらえたのは、夢二の方が二十年ほど早いのである。モヂリアーニは浮世絵の春信や歌麿の影響下にあったようだし、夢二もまたそうにちがいない。しかし、ひょっとしたら、昭和のはじめ頃夢二がパリで展覧会を開いたとき、モヂリアーニはそれを見ているのではないか。それが私につきまとっている考であった。

夢二はその死後三十年を経ても画家や評論家に軽視され、または敬遠されている。彼が女に狂った話、女に棄てられた話、彼の描いたワ印の話などが伝説として横行し、無邪気な夢二ファンは年とともに数を増して、その絵葉書や、楽譜の表紙画などが覆刻されるから、まだ当分夢二はまともな画家としての扱いを受けることにはならないだろう。少くとも夢二とモヂリアーニとの関係を論ずる評論家が出るまでは、私の夢二は安全地帯にいると言っていい。

私の色好みの気質は、情感としては年とともに放恣ものになって行くが、現実の慾求は次第に軽くなって来た。それが仕事の上に変化をもたらしたのかも知れない。ブレークの描線に夢中になっていた時、私は戦争の長い期間に失われたものを捜し求めるように女性そのものの描出に熱中した。その頃の私は、ほとんど色情の実感を実在の保証としていたようなものであった。妻が入院していた頃、私は、どのモデルにも触れずにいられないのではないかという怖れを感じ、そういう気持をおさえていることが仕事を押しすすめるのだという信念を持っていた。

私は抑制と昇華という精神分析の理論を信じていたのだが、何度もその抑制から落っこちた。

そして私は少しずつ、女遊びと絵の仕事とを別のものと考えるようになった。そうすると、私の描く女性は、背景の中に立体として立っているという人間らしい独自性を失って、背景とともに全体の構図の面白さを作る平べったい人間の形のようなものになった。私が上泉せつ子に、タピストリーに使い得るような日本風の生地を捜してもらったのはその頃のことであった。

奥行きのある生きた女性を、絵の中で立体的な実在感のあるものに描くという肖像画から私は脱落したのだが、その後の方が絵が描きやすくなった。つまり女性は実体としては絵の中に存在しないが、絵の一部の効果として女の形が役に立つ、ということに私は気がついた。それは、私の色好みの気質から言って、甚だ満ち足らぬものであったが。

私が小淵歌子を描き、その眉のあたり、その受け口の魅力を再現し、絵の中に封じ込めようとした時、私は肖像画なるものに確信を持っていたのだ。そういう素朴な、特定の女性を自分の絵の仕事に結びつけたいという執着は、私の進歩を押しとどめていたことが私に分って来た。ずっと昔にルノアールは、太った女なら誰でもいい、と言って自分の家の女中をモデルに使ってあの美事な女の造型を行なっていたのだ。

私が再び着物に関心を持ちはじめたのは、もう着物も女の顔や手も、うしろの壁と同じような力をしか絵の中で持ち得ない、と思うようになってからである。私はもう、上泉せつ子がその案出した図案の着物を私に押しつけて描かせようとしても、それを気にしなくなった。着物の柄もまた女の顔と同様、背景や前景の一部分にすぎないのだ。

そこは抽象画に踏み込む一歩手前であったが、同時にまたあの引き目鈎鼻の「源氏物語絵巻」の世界に戻ってゆく一歩手前でもあった。着物の片袖が泉と松の木と尾の赤い鳥との組み合せで絵を作っているのであり、人間の横顔や手の指などは、その組み合せに対する添加物の点景にすぎない。私はそのような絵を描くようになってきた。

人形のように無表情で、その内側に分裂症的な狂気を持っているという竹しのぶがモデルとして私の画室に通って来はじめたときは、私にとって女の形態はそういう意味のものになっていた。

それが絵においての本道であることを私はもう疑わなかった。「源氏物語絵巻」の世界とマチスの中年からあとの仕事はともに、そういう認識の上にできていた。五十を過ぎてから、絵をそのようなものとして私が理解したのは、ずいぶんと奥手な話だった。しかしそれが私の理窟屋たるところで、私は別に抽象画が流行だとか、肖像画が金になるとか、そんな風には考えなかった。早い遅いはどっちでもよかった。

六十歳近くなって私は、上泉せつ子が狂気を蔵していると言う竹しのぶを相手にして終日画室にこもっていて厭かないという気持になった。そのぎごちない、しかし仕舞の舞台にいるような直線的な身のこなし、その無言と無表情なところが、私の気に入っていた。私はほとんど実在を模様として考えた方が絵の本道に近いのではないか、という推定をしていた。絵を模様だと言い切るには、私の内部にまだ抵抗があった。それは、実在は遊びのパターンだ、と言い切るような怖れを私の中に呼び起した。

その怖れを感ずるとき、私は、十五年も前に死んだ京子を思い出していたのだ。京子が私の使ったモデルに対して抱いた嫉妬、彼女が療養所に入っていたとき、私が女中を二人置いてその気づかいを鎮めようとしたことに対して、それとなく重病人の彼女が口にした感謝の言葉、それは実在であった。京子の気づかい、その心の痛み、は実在であった。どうして画の中に描かれる人間が、その苦しみと無関係でいることができようか。十五年経ってしまうと、京子が生きて、私の妻であったことを確実に思わせるものは、その執念、その嫉妬、そのおし殺した我意であった。

そして私は、私のところに通う竹しのぶが、その執念は誰に向けているにしても、奇妙な執着を持っているが故に、そのぎごちない、崩れない、人形じみた味を姿勢に出している、と思うようになった。その固くるしい直接的な動作と、私への無関心と無言の故に、私は竹しのぶが気に入っていた。

茶をのんでしばらくしてから、竹しのぶは私の方を見ずに、つぶやくように言った。

「先生は上泉先生が好きなのね。」

私は彼女をにらんだ。そして気をつけて返事をした。

「上泉先生は、僕の死んだ家内の親友だった。」

竹しのぶは黙って、私の返事を吸いとるようにしていた。

「私の家内はやきもち焼きで、僕とモデルさんのことでいつも苦しんでいた。もし僕が上泉せつ子さんと仲よくしたら、家内は、ほら、その辺から這い出して来る。」

そう言って私は渡り廊下へ出る板戸のあたりを指差した。竹しのぶは、突然おびえた表情になり、私に近づいて、私の指差した手を両手でおさえた。私はその手をさりげなくのけた。ものごとは公平でなければならない。お前は女の形だけで実質はないのだ、と私は彼女に言ったような気がした。

九

私はしばらくのあいだ、竹しのぶを使った絵の仕上げに熱中した。小淵歌子の子供を見に行く約束を忘れていたのではないが、その絵はもう少しで恰好がつくような処へ来ていたのだ。そして私は色々な構図を工風してみたが、結局その図柄を決めることができなかった。困った時の習慣で、私は竹しのぶを画室に置いたまま、近くの裏町の谷間にある小さな池を中心とした公園に何度も散歩に出かけた。要するに私は、竹しのぶの顔を横向きにするか前に向けるかを決めることができずにいた。それは、その女の頬にあるかげりを、三角のパターンの原型として、襟の合せ目の三角と重ね、袖の端も似た角度で横に出させるときの効果の問題であった。

竹しのぶを描く私のモチーフが強ければ、そんなことに苦慮する筈がないのであった。私の苦慮は、このモデルに対する私の興味の衰えの反面のようであった。

それでも私が竹しのぶの絵にしばらくかかり切っていたのは、やっぱり私のなし得ることがあるのを知っていたからだ。それはほんの小さな、かすかな作業だ。私が一生に描く絵のうち、本当の仕事というのは、どの絵にもかすかに漂っている極めて小さな、些細な部分である。そして私は、その種の小さなことを、私の幾倍も、幾十倍も為し得る画家たちが存在したことを知っている。世間が、画壇がその常識として考えているのと別な極く小さなところに、真の仕事というものはあるのだ。そして世間や画壇が絵らしいものと思っているのは、そういう数少い本当のものの模造品であり、複写であり、贋造物なのだ。同時代者たちに与えるのは、それだって構いやしない。そういうものを巧みに変化させて次々に、ひるまずに商品として作り出す人を絵描きだと言ってもちっとも構わない。私はにこにこしてそれに同意する。

だが私のことは、そっとして置いてもらいたいものだ。ほんの少しの、自分に出来るものがあることは分っている。だがそれは決して傑作とか名作としてもてはやされる作品にはならないだろう。本気になるほど私の絵は陰気な、目立たない、楽しさというもののないものになる。私は、そういうものしか描けないのだ。

一週間ほどして結局私はその仕事を中止し、しばらく竹しのぶに休んでもらうことにした。私はやり過ぎたらしい。たしかこの辺の効果だ、と思うところで、私の見つけておいたものが曖昧になった。そこで私はあわて、曖昧なままに力を入れて描いたので、効果をつぶしてしまいそうになった。私は、ちょっとその仕事から立ちのいて、また別な日にそれに近づき直すことにした。

私は小淵歌子に電話をかけて、その家へ行く道筋をたずねた。歌子は永代橋のそばに住んでいるのだった。何とかマンションと言うから、新式のアパートのようであった。永代橋というのが私の関心をそそった。私はその次の日、運転手の西崎に、画室の前の芝生が大分延びたから刈っておいてくれと言いつけ、和服に上っぱりを着て、電車に乗って出かけた。

永代橋という名は、四十年前の昭和のはじめ頃の学生時代の思い出につながっている。倉田満作は学生時代に月島で大工の家の二階を借りてしばらく住んでいた。牛込に下宿していた私は、一時間近くもかかるのろい市電に乗って、よく彼のところへ出かけた。もう三、四年で撤去されるという路面電車、今の都電である。洲崎行というのに乗ると、電車は日本橋を過ぎ、永代橋を渡り、隅田川の東岸の深川区に入る。二つ目か三つ目の停留場が門前仲町という分岐点であった。そこで下車すると月島行きの電車があった。

月島は隅田川の河口の三角洲で、東京湾の中では、人工的に作られた幾つかのお台場を除くと、島というのはこれだけであったと思う。月島行きの電車は、陸つづきのように見えるが越中島という埋立地らしい所を通る。そのあたりの左手に商船学校というのがあり、多分接岸したまま動けなくなった古い練習船、三檣の大きな帆船がそのそばにいつもあった。そして電車は、橋と言うこともできない水路にかかった狭い場所を越える。するとそこがもう月島であった。それは、隅田川の河口をふさぐように延びた平らな陸地であり、どれも裏通りのような細い道をはさんで、小さな工場や小さな商店や小さな住宅などが隙間もなく並んだ、悲しいほど貧しげな町であった。島というもののロマンティックな印象はどこにもなく、東京市内のどこよりもっと悪い条件のその土地に、東京の他の場所では生きて行けないような弱い人たちが集まってひしめいている、という感じがした。敗者の集まりのように見えるその土地柄から、月島を哀愁の漂う場所としてみれば、その名にふさわしくもあった。

その頃私と倉田がしばしば電車で渡った永代橋のあたりが、昭和二十年春の戦災の写真では、一面の焼野原となり、橋だけが昔の形で隅田川をまたいでいるのを見たことがある。それはたしかに私の渡った覚えのある心もち弧形に盛り上った橋だった。

戦災のあと二十年を経ているから、永代橋のあたりはすっかり変っているにちがいない。歌子が電話で、永代橋のたもとなの、と言うのを聞いたとき、私は、久しく行ったことのないそのあたりを見たくなった。私は歌子のところへ出かけるとき、西崎の運転する車を使うのを避けたが、タクシーの嫌いな私は、このようなとき、地下鉄を使う。今では東京の市内は、昔からある環状の高速国鉄電車のほかに、地下鉄が縦横に走っているから、たいていの所には国鉄と地下鉄を利用すれば行くことができる。私は出かける前に、地図を見て永代橋へ行く道を確かめた。西方の郊外の住宅街にある家からの最も便利な乗りものは、少し前にできたばかりの東西線という地下鉄であった。それは中野で国電と分れ、早稲田、牛込を通り、九段下を経て、東京駅のそばの大手町まで行っている。

その大手町で終りになっている電車は、東西線という名のとおり、近い将来、大手町から東に伸び、永代橋の附近で隅田川の底を潜り抜け、深川に入り、そこから更に東に進んで、荒川放水路を越え、海苔や貝類の産地の行徳のあたりを過ぎて、千葉県の船橋の辺に出る予定になっている。

他の幾つもの線に遅れていま工事が進行中のこの地下鉄は、私にとっての学生時代を思い出させるなつかしい場所をつなぐようになっている。牛込肴町、神楽坂は、私が学生時代に下宿していたところである。飯田橋をすぎて九段下のあたりに、私の行きつけの古い図書館があり、神田の古書店街はそこから近いところにあった。そして月島へ行くとき、私の乗った電車は、小川町、神田橋、大手町、日本橋と進んで永代橋を越えるのであった。

大手町から先は都電に乗って行ってみよう、と私は地図を見ながら考えていた。都電は、昔に較べると車体はいくらか新式になったが、今では昔よりも一層のろのろと街上を走っている。それは、自動車の洪水の中で動きのとれなくなった過去の乗りものの亡霊だ。もう三、四年のうちに地下鉄網が完成すれば、路面交通の邪魔になるこの鈍重な乗りものは全部廃止される予定である。それは交叉点で他の軽快な車の前に立ちふさがり、少し走っては追い抜かれ、無視され、僅かに市民たちの過去の思い出につながる懐旧の情の故に、しばらく街上の路線を走ることを許されているようなものだ。

私は大手町で地上に出、丸の内一丁目の停留場で洲崎行の都電に乗った。ふだん都電はまだ走っているのだな、と思って眺めていたが、乗るのは実に久しぶりであった。私は空いた席に腰かけ、鞄を肩にかけてやってきた車掌に十五円払った。そして私はその電車がちっとも不都合なく走るのが分り、そのことに、古い、忘れかけた情感が湧くのを感じた。日本橋の交叉点を渡るとき、昔と同じようなゴトン、ゴトンゴトン、ゴトンと四つずつの響きを立て、また次の線を越えるとき同じような四つの響きを立てた。

車掌の切符を切る手つきも昔とそっくりであり、鞄の中に金を落すしぐさもそっくりそのままであった。私は車内を見まわした。そこに乗っている人間もまた、地下鉄やタクシーに乗る他の市民とは違う人々に見えた。この都電はいま採算がとれず、巨大な負担を都にかけている。しかし、その、都電を必要とする市民たちがここに乗っているのだ。午後三時頃の時間にその都電に乗っているのは、小さな商店の経営者、職人、中年の主婦、古風な下町育ちらしい娘、小学生と母親、年配の、型の崩れた服を着ている集金人のような男たち、隠居風の髭の白い老人などであった。地下鉄や国電が二十円か三十円かかるところを十五円で行くその差額を大切にする生活者であった。ゆっくり、ごとごとと動く電車の速度に慣れ、それに乗ると落ちつきを感ずる人たちであり、また、都電の停留場に近いところの露地などに住居を持っていて、その便利さを生かせる人々だ。

その電車の乗客たちの様子は、戦前の東京の生活のゆるやかなテンポを思い出させた。また細かな計算をして生計の辻褄を合わせる倹約とか、つましさなどを思い出させた。

昭和初年頃でも、市電というものは、どこか間の抜けた、鈍重な、節約と貯金とによって辛うじて暮す人々を思わせるものであった。私はその頃、父母が健在であり、どうにか間に合うだけの学資を送ってもらっていたから、金のある時、気持のはずんだ時は、電車よりもバスに乗る方が好きであった。私は緑色に塗った民営の青バスというのと、灰色に塗った市営バスとによく乗った。バスの方がいくらか早く、いくらか料金が高かった。電車が全線七銭のとき、バスはかなり長い一区間が十銭であった。バスの方が電車のような生きることの惨めさを感じさせなかった。

二十歳から二十三、四歳までの学生時代、東北地方から出てきた私も、関西から出てきた倉田も、同じように自分の存在をみじめなものと思っていた。自分の現在について、自分の未来について、また周辺の労働者や知識階級の生活についての、暗い、貧しい人生の見通しは、自分の努力やちょっとした運のよさなどでは打開する見込みのないものに、私たちの目に見えていた。昭和のはじめ、日本中はパニックのあとの極度の不景気に落ち込んでいた。唯物主義の社会思想が流入して階級意識が青年たちの新しい常識になっていた。倉田は大学の一年のとき、社会科学研究会に入ったが、その研究会はちょうどその頃からきびしい警察の弾圧を受けていた。倉田は一度ぐらい読書会という研究討論会に出たようであったが、その直後に中心になる上級生たちのグループは警察に持って行かれ、その会は解散してしまった。

古い平家建ての、兵営か厩舎のように見える明治時代の校舎が、学園の隅の公孫樹のうしろにあって、その一番右端が社会科学研究会の室であった。そのペンキが剝げ落ちた横羽目板の建物や、手のひらほどの板に書いた社会科学研究会という筆書きの文字には、警察の道場で、後手に縛られたり、竹刀で殴られたりするイメージに結びついた社会正義というものの、不安な脅やかされた姿勢があった。

ある日、私は倉田満作と二人、そこを通りかかった。

彼は声をひそめて、彼の名がまだ会員として登録されていなかったので、辛く逮捕をのがれた、と語った。彼は若い助教授山井春道や同級生たちのことを言った。「山春さんは六十日入っているということだ。金子は警察をたらいまわしになっているそうだ。ハウス・キーパーとか女のレポには特別ひどいことをするらしい。むき出しにしてさいなむという話だ。ああ、たまらない話だ。」

彼は口ではそう言いながら、頰のこけた蒼白い長い顔を、馬のようにそむけた。女の街頭連絡員やハウス・キーパーについての特高係りたちのひどい扱いは、私に、人間が裏がえしにされるような苛立たしい厭らしい感じを与えた。それで女は脱落するのだ。しかし、みんな、あらかじめ分っていることではないか。軍隊と警察の組織の完備したこの島国では、忽ち追いつめられ逮捕されることは分っている。ことに女は抵抗できない身体を持っていながら、なぜその運動に入って行くのか？　彼等が、彼女等が革命の情熱などと言っているものは、夏の夜の草原で燃えている巨大な火の中に舞いながら殺到して焼かれる羽虫の群と同じ、浅はかな一瞬の衝動ではないのか？

やめてくれ、と私は叫びたいのであった。私は、社会科学研究会に加わっていながら危うく逮捕を免れたことを、自嘲の混った優越感で語る倉田満作を憎んだ。明日は悲鳴をあげて泣き叫ぶかも知れないのに、今日、ちょっとの間友人たちに誇示するものがあれば、それに飛びつく。浅はかな連中だ、と私は思っていた。しかし、もしその浅はかさが全部滑稽なものであれば、この世には正義とか革命というものが無くなるにちがいない。旗が垂れ下って風がなくなるように。

浅はかな、無計画な、衒いに満ちた左翼の学生たちの正義感のほかに、私たちの身辺には新しい道徳らしいものが見当らなかった。あとは人の顔色をうかがって生きる銀行員や会社員や小商人や教壇の上にいる保身の巧みな教授たちばかりだった。それがその時代の陰気な、平べったい、輝きも弾力もない、凡庸な我々の将来の姿だった。

なぜそういう事件のあった後に倉田が月島の大工の二階に室を借りたのか分らなかった。彼は、一種の連絡係りのような役目を持っていたので、工場街の本所や深川に近く、銀座や日本橋にも渡し船ですぐ行ける月島に住んでいたのかも知れない、と私は思っていた。

　そういうことは、親しい友人の間でも問わないのが礼儀になっていた。同時に、何かその種の任務を持っていると見せかけることも、青年にとっての飾りであった。自分の生活には意義があるんだ、という顔をすることができるのは、何よりの誇りであり、友人を威圧することだった。何かそういうものがなければ、学生の生活は月給取りという奴隷になるための訓練だった。倉田は、一種の衒いで私にそう思わせていたのだと思う。私は、それが倉田の衒いであることが次第に分ったが、平凡な学生生活よりは形がいいと思っていた。私はその衒いすら羨ましいと思っていたのだから、この時期の学生の社会運動なるものを生き甲斐のようにしている学生たちに、私はかなり強い劣等感を抱いていたのだ。

　そして私はしばしば、牛込神楽坂の下宿から、あの重い、のろい、それに乗っていることによって人間が鈍化し、俗物化し、痴呆化するような電車に、一時間も乗って出かけるのであった。倉田は何事についても冷笑的であることは私と似ていたが、私よりもっと投げやりで、理由もなく傲慢であった。その傲慢で冷笑的な彼と話をすることが、電車のもの憂さ、やり切れなさ、つまり東京の人間の精神抜きの生活の平板さから私を救うのだった。私は彼と一緒になって教授たちの悪口を言い、社会運動の拙劣さを笑い、官憲の卑劣さを攻撃した。そしてそのいずれにも属さない自分を辛うじて許し、保存した。彼はいつも、社会運動家の拙劣なやり方についてはある種の保留条件をつけながら、私と同じ結論に達した。

しかしそれから先は、私たちは、月島から勝鬨の渡しを舟で渡って銀座まで歩いてゆき、コーヒーを飲むか、ビールを飲むほかにすることがなかった。

はじめは分らなかったが、彼が月島に住んだのは、洲崎へ女を買いに行く便宜があったのだ。彼は私よりも豊かな学資の仕送りを受けているようでありながら、その室は荒涼として、机のそばにある組み立ての小さな本棚にはほとんど本というものがなく、上段にはイギリス製のバレーの安全剃刀と石鹼箱とポマードと櫛とが置いてあり、下段にはその日の新聞が畳んでおいてあり、ほかに一冊か二冊の雑誌があるだけであった。そして私の行くのを待っているように、たいていのとき彼は無一文で、私から金をせびった。

彼が月島にいたのは、門前仲町を通る電車の終点の洲崎に遊廓があるからであった。そこに彼の馴染の女がいたのだ。ずっと後になって、何かのときに、彼は洲崎の遊廓についての詳しい歴史を知っていて私を驚かしたことがある。洲崎はもと吉原が火事になった時の臨時の営業所であった。そして洲崎での営業の方がいつも儲けが多いので、吉原はきまって何年目かに火事を出すようになった。そしていつの間にか洲崎は常設の別な遊廓になった、云々。

彼はその頃、私にその女遊びのことを言わなかった。言いそびれて、私にうちあける機会を失ったのだと、次第に私は理解した。色々なことからそれが分ってきた。しかし私がそれを言うことは、彼の見せかけ、その衒いを踏みにじることであった。私の劣等感は、次第に寛大な憐れみの気持に変った。それが分ると、彼は当惑しながらも、その傲慢な冷笑癖の外の形だけは保つことに努力した。その衒いと仮面との苦汁が私の共感に訴え、生きることのにがにがしさの実感となった。その頃の彼は、女を買って欲望を処理するだけのすさんだ生活をしていたのだろう。彼はいつも遊び疲れて肉がそげ落ちた、という顔をしていた。それは、性そのものに取り憑かれた男の顔であった。しかし彼が喋り出して、その鋭い描写や嘲笑やもの真似などをはじめると、彼は別人に見えて来るのであった。

「あいつは途方もない奴や。狸や。髭まで狸にそっくりや。カフスには金色のカフス・ボタンをしやがって、折目のついたモーニングを着て式場にやって来よる。そして言うことは、およそ男子にとっての最高の名誉は国のためにその命を捧げることである。そんなことを言って文学を講ずる資格があると思ってるのかね。夏目漱石は何よりも愛国者であったなーんてぬかしてる。漱石はきみ、あれは歴とした徴兵忌避者なんだ。反軍国主義者として祭りあげた方が妥当な人物なんだ。あの美談化という精神が鼻もちならない。北海道の岩内にある夏目の戸籍をしらべてみろって言うんだ。そして自分は妾宅をかまえ、妾の低能な子を中学へ入れるために、大学の後輩の校長のところへ暮夜ひそかに何かを携えて訪ねて行くってえじゃねえかよ。その妾ってえのがあの岸山のとこに昔いた女中や言うのやないか。」

東京のべらんめえ口調と関西の嘲弄的な軽口とを一緒にしたような人物批評を彼はした。彼は飛び抜けて記憶力のいい男で、どこで聞いて来るのか分らないが、色々な人物についての幾つものデータを持っていて、それを話のあちこちに插んだ。そして聞くものに、その人物が目の前にいるような感じを与えるのがその特技であった。それがやがて、彼のあの虚無的な頽廃小説を産み出すことになるのだが、その頃の彼は、小説家志望の文学青年という風でもなかった。

遊び人のような、アナーキストじみた、卑屈さの中に傲慢さをいつもちらつかせているところは、ならず者のようで、その蒼ざめた不機嫌な長い顔で人をじっと見ると、皆が顔をそむけるのだった。私は、その倉田の親友だというだけで、ある敬意のようなものを学友たちから受けたほどだった。

私に対しても、彼は不機嫌なときは、寝そべったままじろっと一度見て、ものを言わなかった。おれに逢って何か慰めてもらいたいことがあって来たのだろう、という態度が露骨に漂うことがあった。彼は常に私に対して優者として振舞った。私は、女遊びのことでは話相手にならず、実際運動に加わる勇気もなく、かと言って私たちの属している国文科での優秀生というのでもなかった。ただ私は、彼が弱気になったとき何故か私を必要とすること、私のそばでじっとしている間に、動物がその疵を癒すように彼の気持が立ち直るらしいことを知っていた。

私はそういうとき、彼を傷ついた英雄のように扱っていたのだ。しかし私は心の中では、彼に言っていた。君はおれのことを、無能な行動力のない男だと思っているだろう。しかし、おれは君の姉の前山夫人の身体を知っているのだ、と。それは彼に対する対抗意識というよりも、親しみの気持を私の中に誘い出した。彼にはその理由が分らなかったようだが、私が彼の不遜な態度にめげずにいつも同じ友達顔をしていることに救いを見ていたようであった。自分が人に嫌われている、と考えるのが、彼の最も弱いところであった。

電車が日本橋の交叉点を横切ってから永代橋に着くのは、ちょっとの間であった。電車の内部の感じは昔の市電と同じであり、それが私を、昔のもの思いに引き込んでいた。そして、いま私が見に行こうとしているのは、その倉田満作の子供なのだった。

私が柾子という中学生が倉田の子であるかどうかを確かめることを前山夫人に約束して来てから、もう二カ月ほど経っている。前山夫人からの催促があったわけではない。歌子にそのアパートを訪ねると言ってからも一月あまり経っている。歌子のアパートが永代橋のたもとにあるということが分ったとき、すぐ行ってみる気になった。そこは自分と倉田満作の青春時代の一時が過された月島への関門のような場所であった。私を急に思い立たせた直接の理由はそれであった。

柾子が倉田の子供であるか否かについては、私の関心は二の次になっていたようだ。むしろ歌子の今の生活の様子を見たいという気持の方が強かった。

私は永代橋の手前にある停留場で下りた。手前の街路が、かなりの坂をなして橋に向って登って行っており、橋の両側には、一メートル以上もあるコンクリートの防水壁が連らなってずっと川上、川下に続いていて、水面は見えなかった。地盤が近年ひどく沈下し、水面が街路の面より高い所にあるらしいことが分った。私はそれを確かめに川岸へ行くことはやめ、歌子が電話で言っていたように、停留場から街角を二つほど戻って、左方、つまり川口に向って、裏街へ入って行った。小さな商店や倉庫がその辺に続いていた。私は目印のポストを捜して行き、それを見つけた。そこを左折すると、目の前に十階ほどの新しい真白な箱のような建物が聳えていた。そこへ行くまでは道が細い上に、二、三階の建物が多く、それが目に入らなかったのだ。

越前堀マンションというその建物の正面を入ると、突き当りの壁に、室の番号が数字の表になって並んでいた。西洋の新しいアパートと同じで、門番をおかぬ方式だった。九一二という室の番号の下にあるボタンを押すと、インターフォーンが通じたと見えて、しわがれた、歌子の声らしいのが喋った。

「はい、九一二号です。どうぞ。」

すると、右手の扉が開き、私が入るとすぐ閉まった。そこにエレヴェーターが待っていたので、私は入って九階へ上った。

そこの九一二号というののベルを押すと、歌子の顔がドアの小窓からのぞいて見て、すぐ開けてくれた。

「やれやれ、新式だが、えらく気骨の折れる受けつけ方だね。この辺は危険なのかい？」

「さあ、どうぞお入り下さい。危険だなんて、そんなことないのよ。家主が新らしがり屋で、西洋の新式の方法をそっくりそのまま輸入したとか言っていたわ。何となく冷酷に扱われたように思うでしょう？　それが多少役に立つのよ。」

「そうだよ。これじゃ、たいていの男は度胆を抜かれるね。」

「そうらしいわ。どなたも入って来ると、しばらくシュンとしているわ。」

入った扉から真直に廊下があって、その右に二室か三室小さい室が並んでいる気配だったが、私の通されたのは突き当りの見晴らしのいい八畳ほどの洋間であった。

「すばらしい眺めだ」と私は、窓一杯にひろがった隅田川と月島を見、またその向うの大きな船のよりかかっている晴海埠頭と呼ばれているらしい埋立地、それから右手には、浜離宮のある海岸の向うに、竹芝桟橋のあたりの船の群らがった港の様子に目を見張った。

もう月島というものは、孤立した隅田川の河口の島ではなくなっていた。それと平行して並んでいる晴海埋立地は東京の貿易港としての埠頭であり、またその東の深川の沿岸には、更に広い埋立地が幾つも作られ、そこにも埠頭があって、貨物列車が線路の上を走っていた。

下を見ると、永代橋の下流のあたりの河岸にはいくつもの倉庫が並んでおり、その屋根を越えて築地の本願寺の尖塔や、その周辺に出来た新しい高層の建物がひしめきながら、日本橋や銀座の方に連らなっているのが分った。

「龍田先生、遠いところをよくいらして下さいました。」

歌子はそう言って私に挨拶した。私は景色に背を向け、歌子と顔を合わせた。明るい外光をまともに受けた歌子の顔は、化粧しているものの、まぎれなく四十を過ぎた女の顔であった。その輪郭は崩れていないし、その目の輝きは失われていないが、その魅力のもとだった受け口の下唇の突き出しかたが少しだらしなく見え、目の下にたるみが現われていた。夜の光の中でならば、先夜のように、きりっとした美しさにこの顔を作り上げることができるだろう。

彼女はその顔を昼間の光にさらすのを気にするらしく、眩しげに目をしばたたくので、私は目をそらしてもう一度窓の方を向き、新しい東京港の景色を眺めた。新しい橋ができていた。勝鬨の渡しが橋になったのは戦争前のことだったが、佃島という古い名の月島の北端と築地明石町を結ぶ佃大橋がそれと並んでできていた。最後まで残った佃の渡しが廃止となる話は、二、三年前に新聞に出ていたが、幅の広い、中空に心持ち反るような白い橋の上を、車の列が蟻の動くように流れているのが、目の下に見えた。また永代橋のそばには、川の中に櫓を組んで水面下の工事をしているのが二ヵ所見えた。多分それは、私が乗った大手町までの東西線を、江東区の方に延長するための工事であった。

京橋や銀座の方を見ると、凸凹の歯のように立ち並んだ建物の列を越えて、その向うの虎の門にもう仕上りが近いという三十六階とかの高層ビルディングが見え、更にその左手に遠く、大きなテレビ塔があった。月島の周辺、その東方の埋立地とその西南方の竹芝桟橋のあたりにかけて、大小の汽船が息苦しいほど近接して碇泊しており、ゆるやかに触手のようなウインチを動かしているのもあれば、吐いた黄色い煙が横ざまに垂れ下って隣の船をも包み込んでいるのがあった。

多分この永代橋のあたり、隅田川の河口を拠り所として発生した筈の昔の江戸は、その発祥の場所を忘れたように遠く西の方に、北と南の方に伸びひろがって、途方もない人間の群棲地となった。そしていま隅田川の河口の持っていた船着きや荷揚げの便利などは、その意味を失っている。ここに住宅用の高層アパートが建っていること自体、それは比較的便利で地価の安い、閑却された場所と見られていたことだ。

「ずいぶん変った。倉田が月島にいた頃、あの勝鬨橋のところにあった勝鬨の渡しと、こっちの佃の渡しを倉田と二人でよく渡って築地から銀座へ出たものだ。倉田から聞いたことがなかった？」

歌子は私の方を見て言った。

「ええ、聞いたような気がするわ。」

だが、彼女の目は、その言葉から離れて、ほかのことを考えているように見えた。私も気がついていた。私は柾子に逢うために来ているのであり、しかも私も歌子も、二人の間に新しい接近のきっかけが生れるのではないかという予想を持っていた。私は柾子がこの家にいるかどうかも知らず、またこの家で歌子がどんな生活をしているかも知らないのだ。だが、話のきっかけは歌子が作る筈だと私は思っていた。

「倉田は月島二丁目の大工の家の二階を借りていた。行ってみれば今でも見当はつくと思うのだが。」

柾子に逢うということは名目にすぎなくて、実は歌子の住居の様子を見に来ていることで、私は心細く、心やましくなっていた。

「あら、大工さんの二階ですか？　それはあなた方の大学生のときでしょ？」

「うん、そうだ。その頃の大学生ってのは、暗澹たるものでね。なぜあんなに人生が暗いものに見えたのか、今になると分らないほどだな。」

歌子はうしろ壁につけてある硝子戸のついた戸棚から、ウィスキーの壜をとり出し、水を割って、私と自分の前に置いた。そして室の隅のベルを押した。廊下から四十すぎの薄汚れたような妙に色の白い女中らしい女が顔を出した。

「お呼びでございましたか？」

「ええ、もいさん。チーズがあったでしょう。それにセロリと塩と、何かそんなもの皿に盛って出してちょうだい。」

女中が引込んで、やがて言われたものを持って来た。中年の女中をおいて、娘の柾子が学校に通っているのなら、それで歌子としてはまっとうな生活だ、と私は思った。歌子の生活が当り前に見えることは、倉田の記憶のために幸せだ、と私は考えた。

柾子という娘を一度見せてくれと言ったのは私だが、たとえ直観的にしろ、これが倉田の子だと思うことがあれば、私はそのことを前山夫人に言ってやることができる。そして歌子もまた、自分は倉田満作の子を産んだと、はっきり人に言うことができるのだ。

「柾子さんはいるのかね？」

「もう帰って来る頃だと思ってるところなのよ。昭和の初め頃って、この戦後に似ていたかしら？」

歌子は私や倉田より十五歳ほど若い。戦後は彼女の二十歳台で、それが彼女の激動期であった。千葉県、房州の出で、そこに親戚があると言っていたが、それはあてにできる人たちでなかったようだ。私が見つけたときは酒場の女であり、私がモデルに傭ってからあとも、色々な男との関係があった。

「そうだろうと思うね。」

私はその違いを説明することをやめた。小作争議、親に売りとばされる娘、遊廓と私娼窟、不治の病だった結核の恐怖、失職のおびえ、絶望的な革命運動、警察組織の残忍さ、軍隊の叛乱、戦争の切迫につれて英雄視された封建貴族のような職業軍人、そして誰もが貧相な既成の常識でこざかしく我が身を守っていた。その狭っくるしさと生きにくさ。

「僕らはいつも電車賃にこまっていた。」

「私たちも戦後はそうだったわ。」

「何をはじめても常識に屈服するか法律に邪魔されるのが分っているので、どんな仕事も無意味のような気のする時代だった。」

「じゃ、なぜあなた方、文士や絵描きになったの？」

「倉田のことは分らないが、僕のは遊びから始まったんだ。食うことを考えないかぎり、自分の思うとおりにやれて、誰からも邪魔されない仕事って、絵を描くことぐらいしかなかった。」

「ふーん。」

説明すればどれも嘘らしくなってしまう。一人合点の老人の感慨になってしまう。

「都電がやがて撤去されるというので、今日は大手町からここまで乗って見たのだが、あの電車だけが本当のもののような気がしたな。戦後の焼野原からまた東京が立ち直るとき、何となく私は、昔と同じような東京ができるものと思っていたよ。ところが、そうじゃなかった。こういう風に出来上った東京は、前よりも便利だし、前よりもきれいになった。私だって今の東京を楽しんでいるが、今の東京の生活は手ごたえがなくって、ものをつきつめて考えることができない。時には、これは全部蜃気楼か舞台のセットのようなもので、仮りにここに置かれているカラクリで、本当の東京は別にあるような気がする。東京ってのは、こんなものであっていい筈がない。宿屋には臨検というのがあって、夫婦でない男女が寝ていると警察に引かれて行く。特高警察というのがあって、人の思想の内部を調べて、お前の考え方は犯罪だと言う。死のう団という自殺クラブがあったが、それが本当の人間のような気がしたものだ。十円なんて金は大金で、一月の米代に当る。電車賃が七銭で、バスが十銭、煙草のバットが七銭、銭湯が五銭だ。そこには町内のものが全部裸で集まる。そして隣近所のものは、たがいに、あの家には変な人間がいる。社会主義者かも知れないと陰口を言う。そういう不便で、ばかばかしく窮屈な東京が本当の東京だ。そういう鼻さきのつかえるような所で自分を生かすという大事な智慧を私は身につけた。今のような間が抜けたように明るくって自由な東京では本当の智慧の生かしようがないから、生きてるような気がしない。」

歌子は笑い出した。彼女はしばらく笑ってからウィスキーを飲み、思い出して笑った。

「先生、老いぼれちゃ駄目。もっと元気を出して、恋愛でもしましょう。そんなことでどうするんです。私がついていないうちに駄目になったのね。」

彼女は私に目を注いでいた。私はその目を見ないようにしてウィスキーを飲んでいた。

「君、あとで月島へ行って、あの大工の家のあったあたりを歩いてみないか?」

歌子は倉田を思い出す目つきをした。

「そうね、行くだけなら行ってみてもいい。」

ベルが鳴った。歌子はふり返ってもう一つのベルを押しながら言った。

「柾ちゃん?」

「あたし」という小さな声が壁の中からのように響いた。

そしてしばらくすると、女中が入口の扉を開けたらしく、この客間の扉が開いて紺のセーラー服の大柄な少女が顔を出した。

「ただいま。」

少女は私の方を、ちょっとの間まじまじと見ていた。

「おかえり。あら柾子、入ってきて御挨拶よ。この先生は龍田先生と言って、お父様の古いお友達。絵描きの先生です。あなた知ってるでしょ?」

「ええ、私知ってます。こんにちは。」

柾子は鞄を椅子の側へ置いて挨拶し、膝に両手を揃えた。顔を赤らめているが、それは先生の前に出たときの童女の恥らいだった。

そのとき私は、忽ちこの子を倉田の子として認めた。この子にとっては、私は父の友人であり、この子は倉田を父とすることによってその生活が地の上に立っているのだ。歌子が私をだましていても構わない、この子の考をこわすことは殺人じみたことだ、と私は思った。

「何年生ですか？」と私がたずねた。

「二年です」とはきはき答えた。

「学校は遠いの？」

「いいえ、ここから歩いて十分ぐらいのところです。」

私は袂をさぐって煙草を喫った。そしてもう一度その顔に目をやった。歌子によく似ているが、面長で、目のきれの長いところが倉田そっくりと言ってよかった。しかし私は市川という男を見ていないから、比較して考えることができない。

「大きいですね。お母様ぐらいあるんじゃないの？」と私が言った。

「そうなんですの。これでもクラスじゃ大きい方でないそうです。ちょっとあなた、立ってごらん。」

歌子と柾子が並んで立った。歌子は昔の標準で言えば五尺を越えていて、中ぐらいの脊丈であったが、柾子はその母親と同じ脊丈であった。脊較べがすむと柾子は、それでお客様に見せる芸を終えたかのように、鞄を持って自分の室へ引っ込んだ。

「似てます？」と歌子が私の方を見て言った。

「うん、そっくりだ、あの目が。」

歌子はだまって、その胸から息を吐き出した。その肩が沈んだ。

母親のそばに立った柾子を見たとき、私は突然今という時代の実在を感じた。歌子は、私のあとから老齢の中へ入りかけている過去の人間であり、柾子がいまの東京に密着している人間であった。鋭い、一筆描きの線でなければ現わせないような面長の丸味のある頬、切れあがったように見える上下の瞼の線、そして、これから訪れて来る乙女らしさがやがてその肌に内側からの白い輝きを与える筈の皮膚。未成熟であるが故に、未来の生活の可能性のすべてを持って今を生きている生命がそこにあった。倉田満作の娘にとっては、今の東京が取りかえようのない唯一の現実にちがいなかった。

私は自分自身の中学二年のときのことを思い出した。私にとっての世間は、人間の生活は、日本という自分の生れた国の社会は、そのとき私の育ったあの東北の根上川の河口の坂田市ではっきりと見えはじめたのだった。

市立病院の二階の、リノリュームを張った廊下を歩いて行くと、白い扉の病室があり、そこに従姉の清子が寝ていた。坂田市という人口八万の都会が私にとっての宇宙であり、その病院もまた医学の権威と錯綜した長い廊下とで私をおびやかす大迷宮であった。私はそういうものの実在におびえ、また結核という、致命的なるが故に神聖な病で死のうとしている美しい従姉の存在の神秘感の前に萎縮していた。女学校の卒業を前にして二度目に入院した清子は、粟粒結核というのになり、見込みがないと言われていた。それなのに彼女は熱のせいで顔の艶もよく、その白い首筋や腕も豊かであった。

その日私は叔母にたのまれて、着がえの下着類の入った風呂敷を届けに行ったのだった。病室にはそのとき附き添いの小母さんがいなかった。清子は私の方を見て微笑んだ。

「もう学校終ったの？」

「うん。」

「その風呂敷は私の足もとに置いといて。」

そう言って清子は眼を閉じ、しばらくだまっていた。清子は私にとって、姉のような立場で小さい時から馴染んだため、女の優しさと美しさを持ちながら私に親しくしてくれるたった一人の実在の女性であった。私はその枕もとから少し離れたところにある椅子に腰かけていた。帰りに何か用事を言いつけられるかも知れなかった。そのとき清子は、目をつぶったままで私の名を呼んだ。そして、その風呂敷を解いて寝巻を出してくれと彼女は言った。それを開くと、ネルの赤いたて縞のある寝巻らしいのが見つかった。それを見せると、清子はその眼の隅で確かめてうなずき、その下にある襦袢を重ねて着かえさせてくれ、と言った。

静かに彼女は胸の毛布を押しのけた。汗の臭と髪の汚れの臭のまじった熱気が立ちのぼった。清子は右腕を、着ている寝巻と襦袢とから抜き、静かに左に寝がえった。そしてその右肩に新しい寝巻と襦袢を重ねたものをかけさせ、それで身体を蔽いながら反対に向き直って左腕を抜き、着かえた。脱いだものには、いま出たばかりのような汗がじっくりとしみ込んで重かった。

仰向けになって、しばらく息をととのえてから、彼女は右手でその風呂敷をとり、うす紅いお腰を引き出したが、古いのを取りかえるとき、腰のうしろにある紐の結び目がとけなかった。また彼女は私を呼んで、左に向きを変え、その紐を解かせた。そして、新しいのをその上から蔽うように置かせた。そして私に、裾の方から古いのを引いてくれと言った。私はうろたえ、うまく始末できなかった。

「急いでよ、人が来るといけない」と清子が言った。私は新しいのと古いのを重ねたまま裾から引き、清子の下半身をすっかり露出させてしまった。

それは私の生涯の衝撃であった。

「駄目、下手ねえ」と言って、清子はむき出しになった腰を浮かせ、私に新しい方をあてがわせた。私は夢中で、むき出しになっている部分が目に入っているのに、はっきり見る余裕もなく、ぱっとそれを蔽ってしまった。清子はあわてていなかった。胸を合わせ、私に寝巻の紐を結ばせ、毛布を引き上げてからつぶやいた。

「ありがとう、さっぱりしたわ。それを風呂敷に包んでおいてね。人に言っちゃ駄目よ。よくって？　私はひとりで着かえたことなのよ。帰ってもいいわ。」

私はその言葉に追われるように病室から出たが、胸のとどろきは、長い廊下を歩き、入口で下足の木札を出す時になっても直らなかった。木札はなかなか見つからなかった。

「札がねえのかよ？　靴がいるんだろ」と下足番が私の方を睨んで言った。

十

小淵歌子は腕時計を見た。そして言った。

「私そろそろ支度をしますけど、待って頂けます？　何なら、御一緒に月島をまわって見ましょうか？」

支度をする時間になったから、私と一緒に出て月島をまわって店へ行く、という意味なのだ。

「ああ、そうしよう。支度をしていらっしゃい、待っているから。」

彼女は私の入ったのと違う別の西側のドアを開けて隣の室へ去った。

月島二丁目の、むかし倉田満作のいたあたりへ行って見ないか、と誘ったのは私である。そして午後四時になれば、酒場を経営する女がお化粧をはじめなければならないのも当然である。それなのに私は、ていよく歌子に追い出されるのだ、と感じた。

柾子を見るという用があって訪ねたのであるが、以前に交渉のあった歌子のところへ来て、二時間ばかり話している間に、ウィスキーを飲んだことも影響したのだろうか、私の気分は内部から融けはじめていた。私はその場所を動きたくなかった。午後が夕方になる。そして私の見ているその隅田川の河口一帯の風景に夜の灯がともる。私と歌子は、その夜の灯のちらちらと動く水面や遠い日本橋、銀座の街の明りを眺めている。私はその時間が、間もなくこの室にやって来ることを感じ、あらかじめその情感に酔っていた。

歌子の言葉は、私のその期待を断ち切ったのだ。私は軽くまわった酔の中で苛立っていた。酒場の経営という仕事があるにしても、歌子と落ちついて宵を過したいという私の気分が、こんな風に断ち切られるのは心外であった。

しばらくして、きちんと出の着物に着かえ、濃目に化粧を直した歌子が顔を出した。それは作りを変えて舞台に出る俳優のような変化であった。さっきから、私が窓際にいたために、ずいぶん目立って見えた彼女の顔の衰えた部分はきれいにぼかされている。皺やたるんだところはうまくシェードが使われたのであろう。その二重瞼の目は、やや古風に、人形を思わせるように白く塗った頬から、きっかりと浮び出していた。白痴的な誘う力を持っている受け唇は、昔より大きくなり、だらしなく突き出している、と私は先刻歌子と話しながら思っていたのだが、それもまた、この頃の流行の薄色のルージュを使って、ちょうどよい形にまとめている。

私はさっき見た素顔と、いま目の前にあるつくられた顔とを較べていた。唇の弱点は薄れ、目の力が、その年齢と智慧とによって一層大きくなっている。彼女が自分を知る力は昔に較べると比較にならぬほど進んでいる、と私は思った。そして夜の光線の中で引き立つにちがいないと思われる暗い紫色の着物に、濃い黄色の太い線の通った臙脂の帯を力点になるようにしめていた。

頭のいい客商売の女たちの化粧と着つけにおける判断力は、絵描きが見ても、何かを考えさせるほどのことがある。今の歌子はその例であった。

私は、歌子の化粧と着つけの巧みさに感心したことを恥じる気持もなく、じっとその様子を見ていた。

「あら、どうかなさって?」と歌子が私の視線にとまどって、とぼけた言い方をした。

「いや、本当に感心してるんだ。美しいよ。」

「うれしいわ。でも化けかたがうまいと言いたいのでしょ?」

「化けかたと言ってもいいが、それは難かしいものだと思うな。」

「でもね、私の作っているのは、もう何十年もこの一つの同じ顔なんですもの。多少はうまくなると思うわ。」

「そうかな。しかし、何十年同じ絵を描いても、うまくならぬ絵描きもいるんだ。それに顔は少しずつ変るから、その変化に応じた描き方が必要だ。」

「そうね、先生のおっしゃる通りよ。ずいぶん変ったわ、私の顔。」

「そうだよ。だが、昔の通りの君が現われて、いまの君の隣に立っていたとするね。それで僕がどちらに心を引かれるか、それは分らないな。」

「それ、どういうことですか？」

「今の僕には化粧をした君の方が本当の君のような気がする、ということかな？　むつかしい話だ。記憶というものは何だろうね？　あとで考えてからまた喋るよ。これは必ずしも君に申し込んでいるという事ではなかったんだ。ま、出かけよう。」

「すみません、追い立てるようでした。でも、私の住居にいるの、ちょっと辛気くさいでしょ？」

「そんなことはない。実は追い立てられるようで、抵抗感があったよ。しかし君のおつくりのできた姿を見たので納得した。」

「まあ、うれしい。」

そう言うと突然、歌子は腰かけていた私にかぶさるように左腕をまわして、私の首をかかえ、右手で巧みに私の顎をつき上げ、その唇を私の唇に押しつけた。ぬれた唇が、ちょっとだけ私の唇の内側に滑り込んだ。一瞬ののち、同じことを歌子は、同じ素早さでくり返した。

身を離すと同時に、歌子は右手で前から握っていたように小さく丸めたハンカチで私の唇をていねいに拭いた。

「大丈夫、このルージュは移らない筈ですけど、念のためよ。」

「驚いたな、びっくりしたよ。」

私は、されるままで終った。が残り惜しくもあり、また同時に受身のままでいたことにほっとする思いもあった。歌子の軽い接吻などは、ちょっとした挨拶にすぎない、という態度から私は出なかったのだ。自分が歌子の方に乗り出して行く気持にはなっていないぞ、と私は言ったようなものだった。

「さて、君に負けたから出かける事にするか」と言って私は立ちあがり、ソファーの肘にかけておいたグレーのトウィードの上っぱりを手にした。歌子がそれを私の手から取りあげて、うしろにまわり、着せてくれた。

私の最も弱い瞬間である。しかし歌子は気がついていない。彼女がその唇を与えることで、私を男として励ますのは、酒場の主人としてのサービスをちょっと応用したのだ。本当のいたわりとは違う。私は、身のまわりに女手の世話を受けると、目舞いするようにその気配に落ち込みかける。妻を持って長く暮した男の習慣である。もしヨーロッパ人のやもめならば、女にオーヴァーを着せてやり、腕にその手をかけさせるとき、同じような郷愁に引き込まれるかも知れない。

私は立った。そして、ふっともの足りなくなった。この新式の洋風の住居で、私はその窓の景色を味わっただけで、家の中の住居の様子を知らないのだ。

「さて、お願いだが、君の家の中を見せてくれるかね？　そうしないと、どうも君のところへ本当に来たような気がしない。」

「どうぞ。でも、ちょっと片づけますからね。」

「いや、構わんよ。」

歌子は気軽に立ち、その応接間から、それに続いた居間らしい室に通じる左方の壁際のドアを、素早く向うに押して開き、入って行った。さっき化粧をした室である。

私は片附けるのを待つべきであった。だが、ある息を呑むような気配をその室の中から感じた。私は絨毯にスリッパの音をさせぬように近づいて、その扉からのぞいた。四畳半の座敷で、西側、つまり左手に窓があった。歌子は右の押入れに何かを押し込んでいた。私は、つき当りの壁のペッグに焦げ茶色の男の鳥打帽がかかっているのに目がとまった。押入れから離れた歌子の左手は、物を盗むような素早さでその鳥打帽に伸び、それを摑みとると今の押入れに投げ入れた。その押入れの襖をしめようとした時、私は二歩退いた。そして、また応接間の大きな窓の方を向き、隅田川の河口のあたりに目をやった。

「どうぞ、ここが私の室なんですの」と歌子の声がうしろでした。

私はふり返り、三歩ほど進んで、その室に頭だけ入れた。鏡台、その赤い、裏がえした蔽い、桐の簞笥と茶簞笥と長火鉢などが、それぞれ窮屈に並んでいた。

「四畳半かね?」

「ええ、でも箪笥のところが、それだけ引込んでるでしょ？」

「ふーん、まあ、女主人の室だね。」

歌子は向うむきに立ち、私の方にかなり大きく見える尻を向けたまま、更にその茶箪笥のあるところの左方の、壁の色に似せた幅の細い一枚襖を引いて見せた。

そこに狭い台所があった。狭いままにガス台や流しが細かく嵌め込まれており、その壁面は一杯にさまざまの形の戸棚や引き出しが埋めていた。

「ここ台所、そして、この裏が入口のすぐ右手に当っていて、トイレとバスがありますのよ。」

歌子は戻って私を四畳半から押し出すようにして、もう一度応接間に引返し、私が入って来た廊下を先に立って歩きながら、左手に台所、トイレへの扉が並んでいるのを教えた。

「反対側の右手に柾子のお室とお手伝いさんのお室がそれぞれ三畳で二つあるんです。」

なるほど、そこに扉が並んでいた。

「ここはお見せしなくていいでしょ？　あの子たちいまお室にいますから。でもこんな風に個室が切りつめてあるので、どうしてもあの応接間兼用の広い居間を使わないと息苦しくなるんですのよ。機能的には十分ですけど、本当はあの応接間の窓の外に、幅一メートルぐらいの植木鉢をおけるようなヴェランダがほしいところなんです。」

「ふーん。分った。でもこれなら、まあ不自由なく暮らせるね。」

歌子は出がけに柾子と女中の室を叩いた。

「出かけるわよ、出かけるわよ。」

「行ってらっしゃい」という声がしてから、応接間に近い方の扉が開き、柾子が顔を出した。柾子は薄い紅色のスエーターに着がえて、白いブラウスの襟をのぞかせ、娘らしく、愛嬌のある笑顔をしていた。

「さよなら、柾子さん。小父さんはまた寄せて頂きますよ。」

「はい。さよなら。」

柾子は素直に、嬉しげな表情を私に見せた。女中がごとごとと音を立てて、その室の戸を開けかけたとき、歌子と私はそこを出た。そしてエレヴェーターで下り、タクシーを拾った。

「永代橋を通って月島二丁目というあたりへやってくれないか」と私は運転手に言った。

「月島二丁目というのは、よく分りませんな。とにかく佃島の次は月島一丁目だと思いますが。」

「それでいい。」

私は歌子の茶の間の焦げ茶色の鳥打帽にぎょっとしたが、すぐ気持を取り直した。人間の現実の生活は流動的なものだ。ものごとに、はっきりした切れ目はつけにくいものだ、と私は年をとるに従って考えるようになった。その考が色々な場合によくあてはまるので、次第に私はそこから自分の安心を引き出すようにしていた。

歌子がはじめに押入れに隠したのも、なにか男の着物とか外套のようなものだったにちがいない。私はそんなことを考えず、倉田満作の引きのばした写真でも鴨居に飾ってあるような予想を漠然と持っていたのだった。

市川とはすっかり手を切ったんです、とこの前その酒場へ訪ねて行ったとき、歌子は私に言っていた。

歌子のような女がそう言うとき、それは全くの嘘でもないかわり、言葉どおりの事実だとも思うことはできない。そのことを私は考えるべきであった。私はうっかり、青年が若い女の言葉を信じ、あとで嘘だと分ったときにひどく傷つくような、そういう正確さで彼女の言葉を聞いたのだった。

女が男と別れたという場合、それは男に別れますと宣言したという意味のときもある。また女が男から別れる手続きとしての金をもらったという意味になることもある。別れたものの、そのあと男が金に困ってまた女につきまとう時もある。別れたというのは、つながりの切断の意味だが、つながりは一度の別れで完全に終るとは言われないのだ。

私は、歌子の言葉を受けとる時の自分が単純でありすぎたことを思い出した。

鳥打帽というもの、その古風な略式の帽子というものは、今の東京では、かぶる人間の年齢や人柄がきまっている。五十歳から上で、何となく頭にものを載せていないと落ちつきの悪い戦前の習慣を身につけた男性だ。私もこの上っぱりのトウィードと同じ地のものを作らせてあって、時々かぶる。

帽子は、戸外は雨、風、雪、太陽にさらされた場所だという意識につながっている。だが今は、戸外には室内の連続としての車がある、というのが都会人の生活意識だ。車は自動車、地下鉄、バスなどであるが、それによって都会の中は、風、雨、雪、太陽にじかにさらされることなく動きまわることができる。そういう意識の人間には帽子は用がないのだ。

その、ちらと見た帽子だけによって、私はその持ち主、それをかぶって歩く私に近い年配の男を目の前に描き出すことができた。私と同じように、帽子をかぶることによって、どこかへ出かけるという気持をはっきりさせる、大正期に少年から青年になった人間だ。私と倉田満作が仕事に熱中した戦後間もなくの頃、その男は金と暇があって、倉田や私の飲みに行くところを、もっと広く歩きまわっていた。その男は、歌子を中にして、私や倉田の反対側にいた同時代の人間だ。

その釘にかかった焦げ茶色の鳥打帽は、商売に行きづまった古い玩具商店の主人、銀座、日本橋あたりで待合や酒場に出入りすることに慣れて、遊び相手の女を持たずにいられない六十過ぎの男を、私の目に浮ばせた。私は市川に逢ったことはない。しかしその人柄は、いつの間にか、私の心の中に形成されている。若い時は本人も自分を好男子だと思い込めるような、面長の、老舗の若主人である。少し気が弱くって、金銭にはけちけちできない。俳句か小唄などを趣味として習っている。そして、女性から働きかけられるのを幸福だとしている。

そのまま年とって、今では皺が目立ち、もっともらしい顔になっている。しかし金に困って、しょっちゅう女のところへ入りびたっているわけにいかない。歌子は彼がやって来ると、ちょっと邪見な口を利くが、昔は金に不自由しなかった男の困った様子を見てとって、ほろりとする。そして彼は歌子の室に泊り、いくらかの金をもらって次の朝出てゆく。

女中も、そして柾子も、その男が昔から歌子と同棲したり離れたりして来た様子を知っているから、来て泊ることを当り前だと思っている。そしてある日、何かの都合で市川が置いて行った帽子と外套が、歌子の茶の間の壁に忘れられたようにぶらさがっている。

その男を歌子は持てあましているが、しかし日常生活の性行為の相手として慣れてしまったので、一番楽に男として扱うことができ、つい相手になってしまい、彼女は酒場での稼ぎを、何となくその市川に注ぎ込んでいる。

私はそんな風に考えていた。

車は両側に水面の見える橋を渡った。むかし私は、その橋を、水面に築かれた土堤の上を走るように思ったが、やっぱり橋で、広々とした水面を渡るのだった。右側が隅田川の河口で、左側の水路は海に出るもう一つの水路であった。橋の中ほどに、橋脚のための埋立地のような小さな島があり、橋を渡り終ると、そこが佃島と呼ばれ、そのまま月島につながる部分にちがいなかった。

二百メートルほど佃島と言われるところを走ると、短い水道をまたぐ橋があり、それを越えた所が月島である。私はそれをこの日出がけに地図で確かめて来た。

「この辺が一丁目でしょうかな」と中年の運転手が言いながら、速度をゆるめて車を左の歩道に寄せた。そのさきに通三丁目という都電の停留場があった。

「二丁目はこのすぐそばだったわけだ。」

私はそう言って、歌子の方を見た。

「あら、ここがその月島二丁目なの？　じゃ、その家はこのあたりだった？」

「この左を入ったところだったように思うな。」

歌子は無造作に左方の街を見渡そうとして私の膝に手を置いた。

「下りて歩いて見るか？」と私が言った。

「でも、その家が残ってるんですか？」

歌子は下りて歩くのにあまり乗り気でなかった。私が言って、運転手に左の裏町に入って行かせた。家々は三十五年の昔と全く違い、ほとんど総て今風の作りであり、戦災後のものであることは明らかだった。私は確かめて来なかったが、月島一帯が二十年前に戦火に焼かれたに違いなかった。

たしかその家は二丁目五番地の今堀と言うのだった。電車が月島に入ってから最初の停留場を下りて、左折して次の路地を右に進んだ三、四軒目にその大工の家というのがあった。私は車をゆっくり進ませて、そこと思う場所に近い所でとめた。

私がその家と思ったところに理髪店があり、赤白のネジ棒が入口でゆっくりまわっていた。その手前は格子戸の立ったしもた屋、その向う隣は小さな中華料理屋だった。いずれも二階家で、二階が前にのり出しているような戦災後の建物だったから、私はちょっと見て、すぐあきらめた。

戦火に焼かれ、住民が激しく移動したのちの東京のこの部分に、三十五年前のあの中二階風に建てられた安普請の家が残っていると思う方がどうかしているのだ。

私は自分の中にある子供らしいノスタルジアを断ち切るようにして、言った。

「あの理髪屋がその場所だったと思う。しかし、あれは全く違った戦後の建てものだから、まあ捜して来たのは感傷にすぎなかった。しかし、あの停留場で下りて、ここまで、こんな狭い路地を歩いて来ると、その前の大震災のあとに間に合わせて建てた中二階の家があった。その中二階の室に彼がいた、と考えて下さい。」

歌子は、ちょっとその家のあたりを眺め、それから私の顔を見た。

「むつかしいわ。何も手がかりがないでしょ？　どうするの？　あなたの、先生のお顔しか現実のものはないでしょ？　困っちゃうわ。はい、考えます。考えました。」

「じゃ分った？　これでいいことにしよう。さて運転手さん、勝鬨橋の方へ抜けて下さい」と私が言った。

「でも、折角ここまで来たんだから、先生、海を見に行きましょうよ」と歌子がせがんだ。

「そうか、じゃ運転手さん、たのみます、海べりへ出て下さい。」

運転手は海べりへ出ようとして左方の裏町へ更に入ったが、そこは荷物置場、倉庫、小工場などがつき当りに並んで、海の景色をふさいでいた。更にその前を南下すると橋があって、東へ渡った。月島の東側に大きな埋立地があり、そこへ車は入った。

その新しい埋立地の半分はまだ建物もなく、つき当りの辺に埠頭の倉庫があり、巨大な船が二隻並んでその前によりかかっていた。その埋立地は新しい埠頭であり、倉庫のうしろには汽車のレールが敷かれていた。さっき歌子のアパートの窓から見下したとき、月島の東側に見えた埋立地がそこだったのである。

そのよく整地できていない広場を車は揺れながら走り、倉庫の端で、汽船の船首の向うに海景の見えるところへ出た。

「ここでいいわ。海が見える。海の風だわ。何かが違うでしょ？　ね、先生、すこしロマンチックな気分のするところね」と言って歌子は車の左を見、右を見、うしろを振りかえって見た。そのたびに彼女の手は私の膝の上に無雑作に置かれ、また離れた。歌子は妙に調子が高くなっていた。

そこはかなりの広さの埋立地で、汽車の線路を陸地の方へたどって見てゆくと、その埋立地のさきで橋を越えて深川の方につながっていた。そして、その水面の向うにまた何本も鉄道線路の走っている埋立地があった。いくらでも、水面のある限り、埋め立てて陸地を作り、そこを利用して東京という大都会の港湾の機能を伸ばそうとしているかのようであった。その企画は粗大で、非人間的で見る目にわびしい風景であった。

それでもなお、ここから見える水面には艀を引いてタグ・ボートが動き、漁船らしい船や、後部にエンジンのある小型のタンカーや、貨物船がゆるやかに青黒い波を押しわけて行ったり来たりしていた。その間を風が吹きとおり、海の自由な風景だと言ってよかった。

「違うわね」と歌子が歎息するように言った。自動車が建物の間を走りまわり、看板とネオンサインの軒の下を人間がむらがり歩く銀座の街並とは違う、という意味である。水は汚れ、水路は混雑し、商業主義の支配下にあることは同じだが、波のゆったりとうねっているさま、走る小さな汽船のへさきで押し分けられる波の白さなどは、ここから遠くない銀座の雰囲気と全く別なものであった。風もまた、たしかに水面を遠く走って来た海の風だった。そこには自然が、その原始に近い姿で文明社会の足もとに這い寄っていた。

「本当だ、ちょっといいね。」

「やっぱり、風の味がちがうようですな」と運転手も仕事の手をやすめるように、水面や埠頭の巨大な船の横腹を見て言った。

「運転手さん、あとで増し運賃をあげるわ。ちょっとゆっくりそこらを走りまわって下さいね」と歌子が言った。

「ようがす。」

車が走り出すと歌子の手はさりげなく、また私の方に伸びて、私の手を握った。私はさからわなかったが、歌子の誘いに乗るという意志を示す気にはならなかった。私は握られる手を、歌子をそらさぬ程度に握りかえして相手になっていた。そして、車の中ではすぐ私たちの前にその背中がある運転手に、ものの気配が分るのだから、という風に、ちょっと間を置いてその手を離した。

左手の埠頭のあたりを見ると、幅のある二階建の大きな倉庫を見下すように腹を埠頭につけている灰色の外国船は、よほど大きな船だった。その船腹に、細く長く斜めに取りついている階段が、その船の大きさを語っていた。その階段を、西洋人らしい長身の男がゆっくりと降りて来るのが見えた。倉庫の前は、荷物の陸揚げがすんだあとらしく、ほとんど人影もなく、ただ、その船の腹の下のところに労働者らしい四、五人の男たちが何か片づけものをしていた。

それは「永遠の時」とかいう題をつけたキリコの若い時の絵のように、遠近感がはっきりしているのに、そこにある物体がたがいに結びつかないでいる抽象的な印象を与える風景であった。何のためにそこに私がいるのか、何のため歌子と私が同じ車の中にいるのか？　私もまたその不安定な風景の一部分だった。

夕暮が、その単純で、遠近感のはっきりした風景を次第に包んで来た。海は、空が明るく、水面はエンジンの音が高い割に、見通しがきかなくなった。あちこちの船に灯がともっていた。

「夜になるわ」と歌子が言った。

「さあ、もうこれで海はいいだろう」と私が言い、車をまた月島に戻し、銀座に出るようにと運転手に言った。

この海の風景は、五分ほどのちに勝鬨橋を渡ると、忽ち右手に歌舞伎座が見えて、銀座の夕暮の風景へと一変した。

「何だか銀座が新鮮に見えるわ」と歌子が言ったが、歌舞伎座の前まで来ると、急に気が変ったように私に相談もせず車をとめ、金を払った。

「どうかしたの？」

「お腹が空いたのよ」と歌子は当り前のことのように言った。

そしてその左手の路地の小さな天婦羅屋に入った。その辺の地理や店のことでは、私にたずねる必要はない、という態度であった。その店は、ちょうど時間なので、腰かけて待っている客で一杯であった。構わず歌子は二階にあがって行った。襖で隣と仕切られた四畳半の室であったが、隣には人はいないようであった。店のおかみが茶を持って来て、歌子を知っているような挨拶をし、

「ちょっと間がありますが」と言った。

歌子はビールを、これも私に相談もせずに出させた。私が食前の酒にはビールを好いていることを記憶していたのだろうか。

ビールを飲みながら、私と歌子は向い合っていたが、ものを言うきっかけがなかった。

私はあのアパートを出てから、ずっと歌子の思うままに引きまわされて来たのだ。その歌子の強引な仕方は、私の小うるさい口出しを封じようとする時に、昔もよく彼女のやったことである。

自分は頭のよい女でない。しかし自分を女として気に入って近づいて来る男に対しては、自分のやり方で相手を動かしたって構やしない、という甘えと我がままとの混った歌子の仕方が、昔は私に快よかった。かなり無理な金の相談でも、そうされると私は歌子の言うとおりになっ

てやった記憶がある。

「ねえ、どう思って？」と歌子が白い肘が袖口からこぼれるようにグラスを持ちあげて、真正面から私に言った。

「何のことだい？」

「あの子のことよ。」

「ああ、柾子ちゃんか。あれは倉田の子のようだね。」

「ね、でしょう？　そうなんですもの。」

歌子のものの言い方は四十女のそれでなく、二十歳台の少女のようであり、その性格のまま、心が大人になり切らないところが現われていた。昔から、時として彼女の行動は放恣になり、曖昧な、嘘だということが分っても、ものごとを暈かしてしまう癖があった。

あの焦げ茶色の鳥打帽が私の目にはいっていない、という自信があって、歌子は車の中で、私にあんな態度をとったのであろうか？　私はいま歌子の人柄の最も醜いところにぶつかっているると思い、息苦しかった。私は思っていた。私をだましても、言いくるめてもいいんだ。君のような女がそんなに身ぎれいに生きてゆけるものではない。男を作るのも構わない。僕だって君と似たような、だらしない生活をしている。しかし、いま私は君の情事の相手になりたくはない。

私は、心の中にあるその抵抗感が、歌子の積極的な態度のために表面に出るのを怖れていた。

私はほかのことを言った。

「時が経ったね。あの理髪店の建っているところが、たしかに昔の大工の家だったんだ。昭和のはじめというのは、この前の戦災とそっくりな被害のあった大正十二年の関東大震災からまだ五、六年しか経っていない時なんだ。粗末な間に合わせの震災後のバラックと言われた建物が多かった。五十がらみの大工とその細君とで、子供のいない家だったが、商売がら、どこからか材料をかき集めて応急に作ったような家だった。階段も急で、それが台所の水道の蛇口の横からすぐ二階に上るようになっていた。どういう訳か、その震災後の建てものには二階を貸間にするものが多く、その階段が勝手口についていたものだ。」

「その室は、間借り？　それとも賄つきだったの？」

「朝食だけ作ってもらっていたようだったな。安い食堂があちこちにあって、十二、三銭で朝や昼は食べられた。夕食が二十五銭というところだったかな。」

「じゃ月に十五円ね。」

「そうだ、室代が七、八円から十円ぐらいだった。そして学生はたいてい三十円か三十五円で暮していた。それは楽じゃないよ。十円で本も買う。酒、コーヒーを飲む。芝居を見るというのだから。」

「今だって若い人たち、そんな感じだわ。」

歌子はその昔の倉田満作の生活にはほとんど興味を示さなかった。

彼女は不興げであった。そのうち、内儀が料理を運んで来た。また隣の室にも三、四人連れの客が入ったので、私と歌子の話はそれでうち切られたようになった。そとへ出ると、歌子は時間を気にするようにして、別れを告げ、あとできっと店へ来てね、と私に言って、用ありげに店へ急いだ。

私は、あの鳥打帽を見て受けた衝撃のためか、この日の歌子のすること言うことのすべてが無情で、粗雑で、我慢ならぬものに感じられた。私はソアレへ行かず、わびしい気持でうちに帰った。

二日ほど経ってから歌子から手紙が来た。

「先般はお店の方へお立寄り頂き、昨日また住居にお出で下さいまして、まことにありがたく、嬉しく存じ上げました。柾子を先生に見て頂きたいのが長い間の念願でございましたが、その願いが果たされましたこと心からお礼申しあげます。先生にはちっともお変りなく、昔とそのままの御様子で、かつまた優しい御配慮をたまわりましたためか、昨夜寝に就いてから昔のことあれこれと思い、あけ方まで眠ることができず、思わず涙で枕をぬらすこととなりました。

実はもっとも心苦しいことでぜひ申し上げたかったことが口まで出ず、自分の心弱さを歎くばかりでございます。色々なこと、以前と違い、私も、さらりと申し上げられるつもりでおりましたが、いざとなると口に出せぬ仕儀と相なりました。改めてお目もじできる機をお恵みたまわればありがたく、このこと、ぜひぜひお願い申し上げます。／歌子／龍田北冥先生」

私はこの手紙を何度も読み返した。なにを私に頼もうとしているのだろう？　以前私が歌子に近づいた時もそうであったが、私の年齢になると、女に近づくことはすぐ金銭の問題につながって、面倒なことになりかねないと思う。あの時はまだ私の妻が生きていたから、もの事は割合に単純であった。妻の気持を尊重することを口実に何とか解決することができた。しかしいまの歌子は、水の洩る穴のあいた容器のようなものだ。車の中での彼女の態度は、私に近づき、私から金を引き出そうとすることにちがいない。私は、歌子にやる金をつくるために気の向かぬ仕事をやるつもりはなかった。

しかしそれでいて、彼女の手紙の中の、「昔のことあれこれと思い、あけ方まで眠ることができず、思わず涙で枕をぬらすこととなりました」というところが、私の心に浸み通るようだった。

私の目をくらまし、私の感覚を刺戟して、私の反応を待ちもうけるようにと動いた歌子の態度も、その頼りない気持からのあせりであったように思われた。私はその手紙に、あの人を食ったような歌子の態度の底にある本当の弱い心を見たように感じた。

私は、決して歌子の手紙をそのまま信じたわけでない。その下手な型どおりの弱き女心を訴える文言のわざとらしさ、下手な感傷的な言いまわしの作りごとがよく分っていた。分っていながらも、私はその底にある真実を汲みとったのである。「涙で枕をぬらすこととなりました」という作為的な言い方しかできないのは歌子の教養のなさであるが、その下手な言い方の底には、かえって真実な声が響いていると思った。

男が時々来ることの証拠を私の目から隠そうとした浅はかさをも含めて、私は歌子を哀れに思った。甘ったれで、生意気な、男を自分の浅い智慧で引きまわそうとするその衝動もまた、歌子の哀れなところである。

とにかく逢って、その願いを聞いてみよう。簡単に相談に乗ることのできる程度のことなら工面してやってもよい。

私はちょうどその時、きまって逢う女を持っていなかった。その淋しさが私にあったから、歌子の手紙にほろっとなったのであろう。私は三日ほどして、またソアレへ出かけた。なんて馬鹿なことだ、と思いながら私は、馬鹿になるように私を駆り出した歌子の手に自分から乗ってゆくことが分っていた。

どういう訳か、亡くなった妻と全く縁のない女性は私の心を深く動かさないのだ。歌子は、妻が死ぬ直前、その関係が分れば妻が手ひどい打撃を受けるだろうと私が戦慄的に怖れながら関係した女であった。歌子が、その軽はずみな人柄のまま、私の心に深く入り込んでくるのは、その時の怖れとつながっているようだ。そしてあの怖れを抱いたとき、私は痛切に存在していたのだ。その後は女と関係しても、それはただの関係に近く、そのような深い心の底の意識につながらない。妻のために抱いた怖れの強烈さの故に私は、歌子を自分につながれたものと思っているらしい。

夕方、私はグレーの上っぱりを着、それと共地の鳥打帽をかぶった。そしておれはあの市川某と同じような鳥打をかぶって女のところへ行くのだな、と思いながら中央線に乗り、地下鉄にのりかえて東銀座の駅に下りた。

私が歌子の化粧の巧みさに感心したというのは、その素顔の衰えをよく見たということでもあった。その素顔の衰えの故にもまた、私は歌子を身近に感じたようであった。私の妻は死に、倉田満作は死に、歌子は衰えた。その感慨の中に私の老齢への傾きが感じられ、それ故に歌子は、私の人生の時の経過を体現する存在だった。

あの頃歌子につきまとっていたバーテンあがりの不良、それから老舗の若旦那と言われていた市川某。そして倉田と同棲していた時には、歌子を私がひそかに引き出して插絵に描いたこともあった。それよりも前、私は妻に歌子のことが分るのを怖れるあまり、歌子が倉田と関係したことに気づいたとき、それを利用して歌子を瞞したのだった。倉田は立派な男だから、大事な旦那様として仕えるのだよ、とそう言った。倉田との同棲が彼女の一生の幸福だと思わせ、彼女を倉田のところに追いやった。歌子は歌子で、私を裏切って倉田と親しくしたという反省があるから、そのまま倉田のところへ移った。

そのあと私は歌子が恋しくなり、插絵のモデルになってもらうとか、歌子の倉田に対する苦情を聞いてやるとか言って、時々彼女を呼び出した。その時はまた関係を復活させるまでのことはしなかったが、あれは明らかに私の未練であった。

そういう、数年にわたって続いて起った歌子の身辺の事情が、全部、今では歌子の存在の一部なのだ。それは彼女の印象を決定した衣裳のように、彼女から切り離すことができない。そして、それがまた倉田との交際を含んでの私の男としての人生の頂点でもあった。私はその事情の共感の故に、歌子が昔を思い出して涙を流したと言えば、それを信ずるのだ。

歌子が私を欺いているとしても、それは策略なのではない。そのほかに生きようがないからだ。彼女が涙で枕を濡らしたと言えば、それはあの歌子にとっての、その時の真実なのだ。

私は停留場から歩いてゆきながら、歌子の人生が、その根の一部において、私の人生の根につながり、からまっていることを感じた。そして、やがて六十になる私にとって、それは決してやり直しの利く部分でないことを知っていた。それは今から十五年前、私が四十五、六歳で、言わば人生のさかりであった時のことである。どうしてその時の私の執着、私の怖れ、私の言いのがれ、私の未練が、かりそめのものであり得ようか？　執着は執着として、怖れは怖れとして、言いのがれは言いのがれとして、未練は未練として、そのまま真実であった。

その共通の追想の故に、歌子は、その軽はずみ、その嘘いつわりを持ちながら、そのままその表情その言葉が私にとってかけ替えのない存在なのだ。

私はそう思って、自分の歌子に引かれてゆく心をゆるした。

十一

私は歌子と約束して、春のたけた頃、多摩川のほとりの料亭で逢った。そこは鰻が表看板であったが、客も泊めるようになっていたから、旅館と言うべきであった。しかしその家には通人のような客が多く、私も画商の梅田に招かれて何度か行ったことがあった。

その日私は、着物を着て、家を出てから拾った車で行った。多摩川が見える所へ来てから広い国道を離れた車は、堤防の上へ曲った。川が見晴らせると言っても、川を隔てての向う岸には工場の煙突が並び、それを取り巻くように四、五階建てのアパート群が、一定の方向によせる白い大きな波のように、何重にも弧の形になって並んでいた。

川の水も清らかではなく、洗剤の泡のようなものが白く浮いていた。しかし岸辺には柳の新緑が垂れて風にゆれ、手前の堤防と川の間の広い土地は、ゴルフコースであったのを取り上げて公園にしたということで、副え木に守られた貧弱な桜らしい木が、芝生の間に幾列にも植えられてあった。その手前では、白い帽子と赤い帽子の少年たちが二組に別れて並び、教師の合図でボールを投げ合っていた。

そういう風景を右手に見ながら、堤を川下に向って走り、ちょっとした生垣に縁どられた坂道をのぼったところの斜面にその家はあった。古い形の二階建で、羽目板、戸袋、檐さきなどは真黒に古びているが、玄関から入ったところの衝立ての一枚板の墨絵や、古めかしい埋木細工じみたフローリング、それから赤い絨毯、真鍮の手すり、障子など、大まかで間が抜けて、時代がかって見え、それが面白かった。しかしこのままでは、今の時代に営業として成り立ちそうもないと感じられる。

こういう家を好むのは老いた人間の懐古趣味である。画商の梅田市兵衛は、その専門が日本画であり、年も七十を越しているが、戦争前に栄えたようなこの種の家をよく知っている。ちょうど骨董品を掘り出すように、彼は東京の下町や郊外に何軒かの所謂純日本風のお気に入りの家を見つけている。

「先生、我々老人はデート専用のさかさくらげの宿のロビーで、人に顔を見られて女を待っているわけにには行きませんからな。我々の遊び場所は、年々狭くなるばかりです。この家は、いくつか離れがあります。何かの折に思い出してお使いになってもいいんです。おかみはよく心得ていますから」という梅田市兵衛の話を私は思い出したのだ。

街の中のホテルや日本宿、待合、今も向島にある三囲神社側の芸人が昔から使うと言われた小待合など、どれもが私にとっては落ちつきの悪い場所に思われる。桜の花の盛りを過ぎ、プラタナスの葉がしげって街の見通しが少し変る頃の東京の街上を、少女たちは膝上までのスカートで地面をはずむように歩き、青年たちは他国人のようにひょろひょろと脊が延びたせいか、長い脚の運びかたも、日本人が畳の上に代々坐って作られた歩き方とは別のものに見える。そういう初夏の季節が来た。この年、レストランやコーヒー店は、赤と白、赤と青と白の縞模様やチェックを、日覆いにもテーブルクロスにも使うのが流行した。東京の街々の周辺を走る高速道路の高架線も完成し、東京の街そのものが、我々にとっては異国のように思われることがある。

この気持は一年ごとに強くなる。春が来て、街が何となく重っ苦しい冬の装いから脱け出る気配がする頃、飾り窓の中や、電車の吊り広告ポスターの装いの中に、私は新しいアイディアが動き出すのを感ずる。私の目からすると、その多くは、外国の図案や、また逆に日本の古い紋や商標などの再生であったりする。そして多くは拙劣だ。だが、彼等、毎年の新しいアイディアを提供する商業デザイナーや建築家やドレス・メーカーたちは、これでもか、これでもかというように変った意匠を持ち出す。

そして私たち、人生のより多くの部分を過ぎ去った世代に埋めてしまった者たちは、次第に街の中心に落ちつきのよい場所を見出せなくなっている。そしてまた、そういう過去の人間たちには、比較的金まわりのいい者がいることを知って、そういう老人たちをもてなす設備をする人間がいる。この水望閣の経営者もそういう人間にちがいない。

私はその日、電話で室を予約しておいただけで、顔を見識られているような客ではなかったが、水望閣の玄関に入ると、古い馴染のように迎えられた。この家を使い慣れた人間だと思われたのだろう。廊下は暗く、広いので、田舎の昔風の宿屋に入ったような気持がした。先に立った中年の女中は、西洋風の大きな扉を開けた。入ったところは行燈型の螢光燈に照らされた洋風応接間であった。円い低い小テーブル、厚ぼったい肘つき椅子、そして真赤な絨毯が敷いてあった。全体として間が抜けているのだが、しかしそれなりに清潔で、行き届いていた。前に私が梅田市兵衛などと来たのはこの母屋のどこかの端の広い座敷であった。

茶を持って来た女中に私は自分の姓を告げ、連れが来たら知らせてほしいと言った。女連れだという意味である。そのようなことを、私は実に自然に、当り前のこととして言うことができる。そういう自分の世慣れたさまに驚く心も私の中に消えているわけではない。中年の女中は言った。

「かしこまりました。お食事やお支度の大体の御予定はいかがでしょうか?」

「日本酒で鰻の中串、吸いもの、果ものなど二人前だが、連れが来てからあとでまた言います。泊る予定なんだが、夜になってから帰るかも知れない。」

「はい、かしこまりました。」

そして私はその水望閣の庭の中にある離れの一つに通された。広い斜面の木立の中に幾つかの独立した小家屋がある。そのいずれもが多摩川を見るように作られたのであろう。しかし今では、ゴルフ場、公園、遊園地などが付近に出来て、人目が多くなり、多摩川の河原から見上げられ、のぞき込まれそうだ。それを避けるように、一戸ずつが深い生垣のかげに息をひそめている。

私の通されたのは八畳間で、隣に四畳らしい次の間がある。四畳につながる入口の横に湯殿とはばかりがあり、女中は私の前に茶と蒸しタオルを置くと、そこへ入ってすぐに湯を満たしている気配であった。私は立って行き、襖を開けて次の間をのぞいた。フォーム・ラバーの上に延べたダブル幅の蒲団が敷いてあり、そばに鏡台があった。要するにこの一群の独立家屋は、この頃どこにもある連れ込み宿の作りになっていた。

女連れなのだから、その方が便利にちがいないが、私が逃げ込む場所として考えておいたこの家ですら、この種の当世風出合い茶屋の経営によって成り立っていることが分った。泊るときまってから夜の支度をしたりするのでは人手が足りないのであろう。

私は襖を閉めて、そしらぬ風をしていた。女中が去ったあと、八畳の真中のテーブルには、厚い手漉きの紙に印刷されたメニューがあるきりで、何もない。私はふところから手帳をとり出して、縁に立ち、檜葉の丈をわざと人の脊以上に伸ばした生垣越しに、河原を眺めて、工場や団地、水辺公園の模様のスケッチをした。緑、濃緑、ネーヴィー・ブルー、灰白などと色彩の覚えも書き込んだ。

「一度どこかへ行こうか?」

「行きたいわ。連れてって」と私は何日か前に歌子と話し合った。その「連れてって」という声が耳にある。女が十歳でも四十歳でも、別な世界を求めるときに使う同じような甘えた声だ。歌子は来るにちがいない。私は二日ほど前、ソアレに行ったとき、水望閣の地図や電話番号を書き、時間も書いて渡してある。

やがて私は縁側の硝子戸を閉め、ひとり火鉢の横、机に向って坐り、そのスケッチの線に念を入れた。そしてそれが終っても、まだ歌子の来る気配がなかった。ふっと、何のために坐っているのか分らなくなり、急に私は、六十歳に近い男である自分が、このような場所で女を待っているのがおぞましいことに思われた。

まだお前はそれが分らないのか? そこで起ること、そのあとにくり返されること、みな分り切ったことではないか。それが初めての女というのでもない。いま来る筈の女について、お前は何度かいやな思いをし、何とか縁を切りたいと思った。妻が死ぬ少し前、もしそれが妻に分ったら、死にかけている病人の顔の上から棍棒を打ち下すようなものだ、と思って戦慄したことを忘れたのか? そしてまた、今では死んだ友人の女と関係したという悪評が行われることについて覚悟ができているのか?

何よりも奇怪なのは、昔彼女が二十歳台で美しかったときに、私は骨を折り、術策をめぐらして歌子を棄てた。そしていま四十を過ぎ、頬や首筋のたるんだ歌子に何故近づこうとしているのか、という疑問であった。しかもその女には、かつてのパトロンが生活無能力者となってつきまとっている。

解答のような、弁解のような言葉が、ほそぼそとそれに応えた。歌子は自分にとって、向うの方に、敵として、または獲得すべき目標として立っている女でなく、その過去のつながり、倉田満作を間に置いてのこみ入った事情の中に自分と一緒に織り込まれている。向う側でなく、こちら側の人間だ。行儀のいいことではないが、動けば触れ合う場所にいるのだ。

歌子は過去においても、また現在でも、色々な男たちと関係があった。パトロンの市川、倉田の弟子の武林、その他何人もの客たちが彼女に近づいたに違いない。それでも構わないのか?

そういう自分の内側の問に対して、私はうまく答えることができなかった。約束はされてしまったのであり、私はいま歌子の女の身体を待っているのだ。彼女に色々な男たちがいたこと、今も現にいることは、男たちに金を使わせて生きている女として、仕方のないことなのだ。それは今の歌子その人の出来かたであり、そういう経験を通って来た彼女が私に近づこうとするとき、私の感ずる満足は、むしろ、他の客を押しのけて商売女を手に入れることの満足だと説明するほかなかった。

私はいま、老境に片足をつっ込んでいながら女そのものが絶対に必要だ、というのではなかった。古い知り合いの女であるが、幾つかの変転ののち中年になった歌子に再びふれることへの好奇心は強く生きていた。それは、男性としての自分にまだ女をあさる力があるということの証明のようであった。

足音がした。それは草履と下駄が敷石にふれる音であった。

「こちらでございます」という声がして戸が開けられた。

「お待ち遠さまでございました。お連れさまが見えられました。」

歌子が白っぽい春の晴着を着て入って来た。ものを言わず、にっこり笑った。そして机の向う側に坐った。

改めて女中が茶を持って来たので、私はさっき注文したものを歌子にもう一度相談した。歌子は日本酒でなく、ビールがよい、と言った。また歌子の好みでビールと一緒にカナペの前菜、またあとでは、生野菜のサラダを西洋流に大量に出してもらうことにした。

目の前に坐った歌子を見ると、落ちついたものごしに中年の威厳があった。逢びきの場にいながら、女中の前で少しもおびえず、自分の希望をはっきりと言い、人を使いなれた女であることを相手に分らせた。この日の彼女には、酒場で誰にでも見せる愛想もなく、その家で見せる崩れたところもなかった。人形のようにかっきりと化粧し、何かの覚悟を持ってここへ来ているように見えた。

その気配が私を威圧した。

「その着物は君の見立てなの？」

「ええ、そうよ」と、白い着物に合わせたかのように、白い粉を吹いたように白粉をはいた歌子が言った。それは昔風の化粧であった。顔には、白粉の粒々が立っていて、芸者の化粧とも違う仕方であった。クリームを塗った上に白い粉白粉をはたくのは、昔の素人の化粧なのだ。それが、絹糸が、縦糸だけ白く浮いて薄青い生地からけば立ったように見える着物と合っていた。

「ふしぎな化粧をしているね。昔の舞台役者のようだよ。」

「変に見える？」

「そんなことはない。奇妙な効果だが、その着物と合うんだ。」

私がそう言うと、歌子は、私がまともにほめたのでないことが分って、その化粧が失敗だと気づいたようだが、そのままにやっと笑った。そのときの歌子の表情は、ちょっと悪戯してみたのよ、失敗だっていいのよ、と言っていた。

そういう気持を現わすように、彼女は右の掌を開き、人差指と中指の腹で、自分の頬の白粉の粒々にそっと触ってみた。それはあるいは白粉でなく、タルカン・パウダーかも知れない、などと私は思った。

唇は玉虫のように光る濃い紅を、唇の形よりもやや小さく塗ってあった。それも昔風だった。その玉虫色の口紅は、口を触れれば剝げるかも知れなかった。

「遠かっただろう?」と私が言った。

「そうねえ、渋谷を出てからしばらく走るのね。私こちらの方はうといのよ。」

彼女はそう言うと、テーブルの角をまわって私のそばに並んで坐った。その膝が厚く、高かった。その膝に私は手をおいた。

「ねえ」と言って、何かの香水の匂の強いその頰が私の頰によせられた。

「いいのかい?」と私が言うと、歌子はちょっと顔を離して私の方を見、

「すこしはね」と言った。

その首筋の髪の根もとに指を入れるように両手をかけて、私は歌子の顔を引き寄せ、唇をぬらさぬように軽くキスしてやった。腋香がかすかに私の鼻に来た。私は、十五年の昔歌子にそんな腋香があったことを思い出せなかった。腋香は年齢とともに強くなるものだろうか?

私は歌子の顔や唇の作りをこわすことはためらったが、私のそばにうず高く折られてある膝にふれた手は進めた。歌子はそれには抗らわなかった。

彼女は私の肩に両手をかけてせつなそうにした。そして口の中で言った。

「あら、そんな。」

私は彼女に十五年を経て触れるのであった。十五年前にも、彼女はすでに何人もの男の手を経て来ており、性の悪い紐のような青年がついていた。

十五年のちのいまなお、歌子はういういしく、恥しげな反応を見せるのであった。それは、さっき女中がいた時の彼女のいかめしい、年齢にふさわしいような態度とは全く別な、男に甘える娘の声であった。私は歌子と真面目な話にもどることを怖れ、ものを言わなかった。しばらくすると歌子は着くずれを嫌うように、立ちあがって、縁に出、生垣の間から河原や向う側の団地のあたりを見ていた。

「多摩川って隅田川とは大きな違いね。こちらは水があまりないのね。」

「あっちは海の水が逆流して水が行ったり来たりしてるんだろう。こっちの方はまだ高台を流れているところらしい。」

「ねえ、私たち、先生と私は一体どういう仲なのかしらね？」

「古い男と女の友達さ。僕は君の恋人にも旦那にもなる気はないよ。僕は思いちがいをされたくないよ。」

「あら、冷酷なことをおっしゃってる。そんなこと言えるわけがないと思うけどな。」

「いやいや、僕には君の恋人になる資格はない。君の店の顧問にならなってやるがね。」

「顧問になり手は、何人も何人もいるのよ。旦那になる希望者がないの。」

歌子はそう言って、私の顔をのぞき込むようにして、笑った。崩れかかった白い薔薇のようなその笑顔には、人世の表と裏を知った女の持っている抵抗できない支配力があった。智慧と力が全部その笑顔の中にあった。それは膿んでいるようでもあり、熟し切っているようでもあり、男性として拒否できない魅惑の一部分であった。

「旦那はいるんじゃないか?」と私は言ってみた。

「あら、何度も申し上げたじゃありませんか。旦那なんて気の利いたもの私にはないのよ。旦那は失敗して店をつぶし、隠居してしまいました。私はいま空き家なんです。」

「でも旦那がすぐそこらに見えないからと言って、危険な空き家へ入り込むわけにもいかないな。君、お風呂へ入りたまえ。さっき女中さんが支度しておいたらしい。」

「あら、お風呂ね。私、どうしようかしら。先生、御存じのように、女ってのは、ほらお風呂があると言っても、すぐ入れるものじゃないのよ。でも私の今日のお化粧、すこし変でしょ?だからお風呂へ入ってから直そうかな、と思ってるの。この家は、ゆっくりしていていいんですか?」

歌子はまた私の顔をのぞき込むようにした。二人きりになった時に出る癖らしいが、これも昔は私の知らなかったものだ。

十五年前、彼女が私の画室でポーズをし、着物を着たり脱いだりしたとき、彼女は二十四歳と言っていたが、実際は二十七歳であったらしい。その頃の歌子にはやんちゃなところはあったが、娘らしく、素直に、受身に振舞った。彼女は倉田と一緒になってからも、その娘らしさ、軽はずみなところと、人のよさを失っていなかった。彼女が変ったのは市川玩具店主の世話で、酒場を開いてから後のことらしい。その期間は十年にもわたって、長いことであり、歌子の女ざかりの年齢であった。女たちを使って店を営むということが、いま私の前にいるような、厚みのある、押しの強い、何重にも人間の層が重ねられた女としての歌子を作ったのに違いない。

歌子は浴室を見に行った。しかし、そのままテーブルの向い側に坐り、まだ風呂に入ることを決めかねている様子だった。私はそれを自分流に解釈し、歌子は化粧をすっかり落した顔を見られるのがいやなのだ、と決めていた。

「ちょっと入ってもよくって？　あなた退屈なさらない？　時間かかってよ、女の湯上りは」

と私に念を押した。

「構わない。鰻屋の待ち時間は、ちょうど浮気をする時間ほどあると昔から言うんだから、たっぷり時間はあるよ。」

「意地悪ね、あなた。では私お先に入らせて頂くわ。」

私はこの年になっても、男と女が逢いびきに行って、どうして時間をつぶすかが分らない。性行為の時間だけを取っておき、それが終ったところで出て来るのならいいが、我々の先輩たちのように二人も三人もの女を連れて、二、三日温泉に遊びに行くというようなとき、いったい何で時間をつぶしたのだろう。花を引くとか、芸ごとをするとか、身上話を聞くなどというのも退屈なものだ。

私は女性と真面目な仕事の話をすることができない。これは亡くなった妻に対しても同様であった。女性は、庭園にある花のように、また庭さきに遊ぶ犬や山羊や猫や鳥のように、身近にある自然の生命として私にたわむれることを私は期待する。

女という白い肉体を持った生命が私のまわりに動き、私にたわむれ、私をくすぐり、困惑させたり、喜ばせたりするのを、私はできるだけつっぱねて、長持ちさせたいのである。

しかし私はそのためのルールを知らない。女性が何をたのしみにするのか分らない。着物のことは外の男より少しは分るが、女たちの言いたいことを導き出す手だてが私には分らない。また、いじめられるのを喜ぶ女と、ほめられるのを好む女とあると言うが、その区別もつかない。

浴室でかすかに水の音がする。木の小ぶりな浴槽に一杯になった湯が溢れ出る。浴槽から出てのちも、湯は歌子の身体にかけられ、はね散らされ、その大きな腰が彼女の踵の上に据えられている。その裸身のあり方を私はありありと目に浮べることができる。

こうして、女の入浴の音を聞きながら、隣の座敷に待っているのが、こういう場合の時間の使い方なのであろう、私は以前のように事の成り行きを考えて苛々することはない。逢引きの約束をしてこの家へやって来たのではあるが、私は歌子の定期的な旦那という立場に縛りつけられるのは避けようとしている。歌子はさっきから、その私の言葉が気に入らない気配を見せている。

彼女が湯殿にいたのは長い時間でなかった。間もなく、隣の寝室に上って来て、そこにある鏡台の前に坐り、それから顔を作ろうとしている気配だ。

私は立って行って襖を少しばかり開いた。裸の歌子は鏡に向って唇をつき出し、そこにクリームか何か塗っていた。

「あら、いやよ」と満足に発音が出ない唇の形で彼女は言った。

その裸身に大きなタオルが巻かれ、太い白い脚が、横に敷いた蒲団の方に斜めに投げ出してあった。私は襖を閉めてから言った。

「そろそろ料理の出る時間だと思うんだが。」

「どうぞお始めになっていて。汗が引かないから、どうにもならないのよ。このお家には冷房も入れてないし、団扇だっておいてないのよ。困っちまうわ。」

「本当だ。不便な季節なんだな。」

「ね、そう言って扇風器か団扇を持って来るようにと言って下さらない？」

電話で帳場に話してみると、冷房はいま修理中であり、扇風器も急には出ないので、団扇を持って行く、ということだった。間もなく敷石を踏む音がして、二人の女中が大きな黒塗りの盆に料理を運んで来た。その片隅に真赤な達磨を描いた大ぶりの団扇が二本入れてあった。女中たちはくっくっと笑い合って、それを私の方に差し出し、テーブルに料理を並べた。初めのコースから果物まで一緒に運ばれ、茶のための湯は、魔法壜に温められてあった。

女中たちが立ち去ると、私はその団扇を持って寝室に入って行った。

「煽いであげよう。」

歌子はだまって私に見せている裸の背中の両肩をあげた。その外国風の当惑の身ぶりは、この場面によく似合った。私は構わず、大型の赤い団扇で背中から煽いだ。

歌子は顔を作っていた。乳のところまでタオルで蔽ってあるのだが、片手を使っているうちに、次第にそれが崩れ落ちて、鏡の中に乳首が現われていた。歌子は急いで口紅をつけてしまうと、

「私困るわ、困るわ。ね、もういいの、あっちへ行っていらして」と言った。

しかしその姿勢を変えようとはしなかった。私が煽ぐのをやめ、近づいてその肩をもむよう

にしても、歌子は、まだ口さきだけで、その身を防衛しようとしていた。

「困るわ、私。いいえ、そこは駄目。私、先生の態度が気に入らないの。昔私を放り出して、この世の辛酸を嘗めさせたでしょ。口実はよかったわ。倉田はいい人だなんておっしゃって、ちっともいい人ではなかった。それなのに先生は、私を倉田を好きになるようにと仕向けたのよ。犬でもくれてやるみたいに。いままた、私をお遊びの相手に起用しようというのでしょ？私はその気はありませんわ。」

やっと歌子は顔を作り終った。彼女は片手を伸ばしてその向うにまとめて脱いであった着物の山から、下着だけをうまく引き出そうとしていた。

私がその中から薄いパンティーらしいものを選び出すと、彼女は慌てて
「いやっ、いやです。こんなところに入って来て、そんなものに手を出すのは、ひどいわよ。着かえる時って女性は一番困るのよ。さあ、もう引っ込んでちょうだい。」

私は仕方なく褌をしめて食卓の前に戻り、膝を折って坐った。

私は漸くその時になって、歌子とこうしてふざけていることを面白いと感じ出した。ひとりでにそこに軌道が敷かれていたのだ。古い馴染みとして、口に出して言ううらみつらみもある方が、遊びふざけるきっかけになることが分った。多分こういう場面を私は空想していたのだろう。

歌子が形だけ着物を着、帯もしめて現われた。歌子が御飯をよそい、吸いものを出した。その間、私は煽いでやった。

「ね、今度はどう?」

彼女は縁側の方にうしろから光を浴びるように坐っていたが、螢光燈の方が強く上から照らしているので、隠したいところがみな隠れるわけではなかった。今度の化粧はオークルを使った今様の若い作り方だった。

「今度の方がいいよ。地膚と同じように作ってあるから、安定感があるし、若く見える。」

「そう、嬉しいわ」と言って、私のその言葉を、少女のように信じる姿勢で彼女はおいしそうに食べはじめた。

「お腹がすいていたわ。ずいぶん遠いんですもの。」

そういう少女らしいしなを作るときの歌子は十五年以前の彼女にそのままであった。

食事が終りに近づいた頃、彼女はこの日のために予定しておいたらしい用件を切り出した。

「ね、先生、向うへ言ってやって下さった?」

「何のことだい?」

「柾子のこと。」

「柾子は倉田の子らしいと言ってやることか?」

「それだけじゃ駄目なのよ。柾子を倉田家の養子にしてもらうことなの。倉田柾子と名乗らせたいのよ。」

「へえ、そんなことができるかな？　倉田満作は死んでしまっているから、彼の子供として入籍することはできないだろう。」

「そうかしら？」

「そりゃ、そうだよ。認知する本人がいないんだもの。お姉さんは前山家の人だし。」

「そういうものでしょうか？　どこか従兄弟とか何とかで倉田という姓の親戚がいて、そこの養子になるとかして、名前だけでも倉田を名乗らせたいのよ。」

「それは無理だと思う。そんなことをする必要はないよ。まあ前山家の人たちがそのことを納得すれば、あの子を連れて君が一度挨拶に行くぐらいのことはできるだろうな。金をほしがっては、その話も成り立たなくなると思うよ。向うでは君が金をほしがっている、と思ってるんだから。」

歌子は返事をせず、不機嫌にだまり込んだ。そこに私は、直観的、本能的なところが強くて、理性的な面ではちょっと足りないように見えた昔の歌子を思い出した。今もまたその厚ぼったくなった下唇が不満げにつき出ていた。

「じゃ先生、私たちを泉川へ連れて行って下さる？」

私は返事につまった。前山咲子の前に小淵歌子と柾子を連れて私が立つ場面は避けたかった。

「相かわらず君は夢想家だなあ」と私が言った。「そんなこと、どうでもいいじゃないか。柾子さんが自分の父を倉田満作だと思っていればいいので、僕がそのことを納得するようにあの子に話してやってもいいよ。あの子が君の言うことを信じないのかい？」

また歌子が沈黙した。母親と娘との間にしっくりしないことがあるのかも知れない。

「先生、私にウィスキーを取ってちょうだい」と歌子が言った。ウィスキーの小瓶やコカコーラなどが、その室の冷蔵庫の中にあるのもこの種の宿のきまりだった。

ウィスキーはソーダを入れたのを飲み、酔がまわると、歌子はまた調子が変った。

「また考えましょうよ、ね、さっきの問題は。ごめんなさいね、倉田にばかりこだわって。これもみんな先生が昔そう仕向けたことなのよ。あれは独りものだから、君だって一生の計画を倉田夫人として立てることができる、なんておっしゃったでしょ？　そりゃ、そうですよ。酒場で働いた女が二十五にもなって、ちゃんとした奥さんになることができれば、それは女の一生の願いですもの。あなたがそんなことを言って、私をだまして倉田に押しつけたんだわ。」

歌子の目に突然きらきらと涙がたたえられた。そして、その涙は、折角彼女が巧みに塗ったオークルの白粉の頬をつたって流れ落ちた。

「君、酔ったんだよ」そう言って私はテーブルの端にあった紙ナプキンを取り、歌子のそばに寄って涙を拭ってやった。

女の涙は、必ずしもいま口にしている事を理由として流れるものでない。泣こうと思えば、いくらでも女には悲しい経験があって、それが群らがり起ってきて涙を引き出すのだ。私は自分が歌子にうらまれているのだとは思わなかった。

「悲しくなったかい？　すこし酔ったんだな。」

私は涙を拭ってやり、そのあとから湧いて出る新しい涙を口で吸ってやった。

私は、六十に近い自分が、四十を過ぎた酒場のおかみを抱いて涙を吸ってやるこんな場面を、自分でも想像できないことだった。

「ええ、私、酔いましたわ。また今日だって、私をだまして先生はお風呂に入れたんだわ。御自分は入って来もしないで。あなたは何でも自分が傷つかず、自分の手を汚さずにいて、人を思うとおりに動かすことばかり考えているずるい人なのよ。なぜさっき、私と一緒にお風呂に入らなかったの？」

歌子はそう言って泣きじゃくった。

「そうでしょ？　湯あがりにビールを飲んで、少しおかしくなった。そしたら、もうウィスキーの方がいいという気持になるの当り前でしょ？」

私は声を立てて笑った。そして歌子の脇の下に手を入れてくすぐり、乳房や膝の間にいたずらをした。

「駄目です。先生のようなずるい人、私はもうおつき合いしません。そんな、それは駄目よ。そんなこと、どうして……」

歌子は次第に私に譲り、私を誘い込むようにして、私にまかせ、自分で崩れて行った。

一時間ばかり眠って目をさますと、彼女はその白い太い腕を枕の上に差し出して、手首に巻いてある小さい金色の時計をすかして見た。

「あら大変だ、私こうしていられないわ。私今日、的場さんのお祝いの会に出るってお約束がしてあったわ。出なければ浮気してると見なすぞって的場先生、そう言って念を押したのに……」

歌子は身を起した。

「その通りじゃないか、会に出ないで浮気をしていました。」

「あら、あなた」と歌子は急に坐り直して私を上から見下すようにして言った。「先生、また浮気のおつもりなんですか？　そんなこと、もう駄目ですよ。四十にもなった女をつかまえて、一時のでき心だったなんておっしゃっても、そうは行きませんからね。」

私は笑っていた。

「何だか君、今日はまだ酔がさめてないのと違うか？　ものはよく考えてから言うものだぞ。

あとになって前言を取り消してあやまるなんて事がないようにな。」

私の目には、歌子があの室のなげしにかかっていた焦茶色の鳥打帽を手早くとって押入れにかくした、その素早い腕の動きが浮んでいた。

歌子の顔をかすかに、ひるむような表情が走った。彼女は私の上にかぶさって、首を絞める恰好をした。

「じゃ、こんな風に絞め殺されたいの、あなた？　さあ起きなさい。こんな浮気な人を一人ここに残して帰るわけに行きません。私のあとで誰を呼ぶのか分りやしない。」

歌子は私を抱いて起した。身体全体によく肉がついて、腕も脚も昔とは別人のように太く、たくましかった。歌子はひどく積極的な女になっていた。受け身でいて静かに蚊細い声を立てる昔のあのすらりとした若い女は、もうこの世にいないのだ。全く別な、獲物の上に爪を立て嘴で肉を食いちぎる猛々しい鳥のような中年の太り肉の女がこの室にいて、私をくり返しおそった。

私は歌子の太い腕に抱かれるように身を起して、一緒に帰り支度をはじめた。的場清次というのは私より古い日本画の出で、長い間漫画家として生活していたが、七十に近くなってから急に若い時の画風で装飾的な日本画を描き出し、その作品集を出すことになった。この日歌子は、店の女の子をサービスに出しており、歌子自身も出席する約束であった。歌子はあちこちに電話をかけてから身支度をした。

帰りの車の中で、私は歌子と並んで坐り、頭をうしろのシートにもたせかけながら、さっきの場面を思い出していた。

歌子の猛禽のような行為は、その人となりの強い精神力が自然に声となってほとばしり出る伏見千子の純粋な感じとは違うものだった。それは、野育ちの女の天真爛漫さが、年が進み、欲望の自覚が強まるとともに生れた奔放さであった。そして、それは男の力を底から掘り起して使い果たさせるような激しいものであった。それは前山咲子の、踊りという動きの中で作られたようなリズミカルな交わりの形、しかも、貝類が収縮することによって生命をにじみ出し、自らの力を絞ってしまうような咲子の行為とも違うものであった。

歌子は自分の行為が相手に与える荒廃のあとが分っていないようだった。むかし、その下唇と目とによって私にあの夢幻感を与えた歌子が、こんな強い欲求者になったことは私を茫然とさせた。私が歌子の中に見ていた魅力は、若さそのものであって、歌子その人の持ち分でなかったのか、という疑いが湧いた。

歌子は私の気持が分らぬらしく、しきりに次に逢う日のことを口にしていたが、私はまたあとで話し合おうと言うのみであった。

三日ほど私は画室に閉じこもっていた。新しい女との体験のあと、私は画集や古い自分のスケッチの中から新しいモチーフを発見することがあった。しかしこの度の歌子との出逢いのあとでは、私は二日ほど、ただうとうとと画室の次の間にあるベッドで睡っていることが多かった。

四日目に、私はあてのない百貨店のそぞろ歩きを楽しもうとして洋服を着て電車で街へ出た。その電車に乗っているときから、私の前にいる男たち女たちが、うつろな、生気のない人間に見えた。今日はどうかしているのだな、と私は考え直し、見直すようにした。

しかし、どうしても変だと思ったのは、丸顔で目の大きい、色の白い、私にとっていつも気に入るタイプの若い女を見たとき、私の気持がちっともはずまなかったことだ。それを私は、おかしいな、と思った。このタイプの女性が現われると、私の身体のどこからかに清水が湧くようにある情感がにじみ出すのであった。それが出て来なかった。

そして私は、その瞬間、この女の顔も年をとると顎の張った四角な顔になって、その両頰に皺が寄るのだ、とその皺までが描けそうにはっきりと目に浮べたのであった。

その次に私は、自分と同年ぐらいの六十に近い定年になって銀行でも退いたらしい男を見た。洋服の手入れはよいが、型は古く、他人に対する関心がほとんどなく、自分の身の安全、自分の狭い興味の外へ出て行かぬような、頰のしぼんだ半白の男だった。

そのとき、私は実にいやな、生理的に耐えがたい生きものをつきつけられたような気持になり、その男の正面から席を立って、電車の最前部の片側だけの席に移った。

小学生はわびしく、貧相に見え、高校生は汚ならしいほど慾求をもてあましているようで、そのにきびの出た顔から私は目をそむけた。

どうしたのだろう？　私はあやしんだ。そんな風にものが見えるとすると、私にとって美しい筈のもの、情感的に喜ばしいものは一つもなくなるのではないか？

私は自分が衰えたとは思わなかった。しかし、何事かで度を過した体験をしたために、ものがみな色褪せて見えるようになったのだ、と気がついた。私は百貨店の薬品部に寄って、ドイツから輸入される女王蜂の蜜の最も高価なゼリーを買って帰り、服用した。

更に四、五日経った。すると私はしきりに歌子のことを思うようになった。歌子をその激しさの故に厭わしく思っていた私は、その激しさの故に歌子と逢わずにいられないように思いはじめた。私はまた歌子の店へ出かけた。

十二

あるホテルで行われた岩井透清の古稀祝いのカクテル・パーティーというものに私は久しぶりで出た。そこで私は歌子に逢った。ソアレは以前は文士や絵描きのよく行く酒場だった。しかし近年、銀座の東側は料亭のようなものはふえたが、散歩して飲みに入るという街ではなくなった。そのせいか、それとも歌子に経営の才がないのか、ソアレは次第に店の格が下がって、飲み屋に近いバアになった。

しかし老人にとっては、馴染の店が昔と同じ場所で続いているのは気持がいいものだ。新しい店では居心地がよくないのが、元気なときから行っていた酒場なら、かなり年とってからでも行く気になる。そのせいか、年とった絵描きたちは今でもよくその店へ行った。

岩井透清の祝いの会に、歌子は三人ほど店の女の子を連れて来ていた。他の酒場から来た別なグループのサーヴィスの女たちもいたが、歌子は遠目で見ると衰えが分らず、際立って美しかった。宴会の手伝いにバアの女が出るのは戦争後の習慣だが、すっかり当り前のことになってしまった。バアの女としては贔屓の客の祝宴へサーヴィスに出て多少の礼ももらうし、その帰りに客を店へつれて行ける。また、いい宴会に出るのは店の格も上る。だからいい席には女の子を連れておかみが出かけ、他の店と競う風もある。岩井透清のこの賀筵には老若の女客も多かった。若い女絵描きもいたが古い知人、モデル女などもいるらしい。酒場から来た女の給仕人たちははじめ壁際につつましく立って会の進行を見ていた。彼女等は酒盃を配って歩くボーイたちの邪魔をしないように気をつけているのだ。

画壇の最長老と見られている椋本良之輔が、妾とも女中とも見える中年太りの女に身体を支えてもらいながら、たどたどしい言葉で祝辞を述べた。それがすむと、人々は飲み食いをはじめ、手伝いのサーヴィス女たちが客の間を動きはじめた。

歌子が私のそばに来て言った。

「何か召しあがるもの取りましょうか?」

「うん、そこにあるカナペをとってくれ。」

彼女は皿にカナペを幾つか選んでとり、壁際の椅子に腰かけている私に手渡した。

多摩川のほとりの料亭で歌子に逢ってから、一度私はソアレへ行った。それも一月ほど前のことだった。歌子はさりげない表情で、私に言った。

「店に来て下さらないのね。」

「仕事が予定どおりには片附かないんだ。」

「今日お帰りに寄って下さる?」

「うん、多分ね。」

「きっとよ。」

歌子は同じ表情のままで、またその近くに馴染み客らしい佐々という絵描きを見つけ、何か話しかけ、そして何か食物を皿に取ってやってた。そしてまた次と、彼女は一人一人の男に愛想よく、酒を持って来たり、寿司を運んだりしてやった。

その大きな尻は、藍色の大島の着物に形よく包まれ、その尻の上に帯が少し斜めにたれ下っていた。その帯の角度にも太った腰を意識しての手加減があった。そのうしろ襟の白い肌に、赤味がかった短いほつれ毛を見せながら、歌子のうしろ姿は私の近くでしばらく動いていた。

男客の間を歩いている歌子と私との間に、内密の身体の関係があることを、私は何かの手柄のように、しかもうしろ暗く意識していた。だが、このような席では、男たち女たちの関係が複雑に入り乱れていることを私は知っている。手伝いに来ている酒場の女たちと関係のある男は幾人も、この客の中にいる筈であった。そして歌子と過去に触れ合った男も一人二人は、いな三人も四人もこの客たちの中にいるかも知れない。

「淫行を共にしながら秘し偽りて、他人の如く挨拶を交わし、談笑し舞踏する男たち女たち、その酒席に群れたり。神はその欺瞞と詐術とを怒り、やがて大いなる罰をこのソドムとゴモラの者どもの上に下せり。」

私を含めて、目に見えぬ「神」の掟を破っている者たちが、この席に満ちていた。ある者は杯を挙げて友の業績を心にもなく祝福し、ある者は目の前の女の美貌を賞讃し、ある者は自分の狙う女に遠くから流し目を送っていた。ある女はその日の午後の淫楽の記憶の新しい肉体を、美しい衣服に包み、その汗ばんだ額に白粉を施して、男たちの間を縫い歩いていた。

私の目の中で、岩井透清の祝宴が裏がえしにされた。この祝宴が男女の雑交の記憶と可能性を持った人間の渦巻に見えて来た。美人画の名手で、女の身体を試すことなしには絵を描かなかったと言われている老画工の透清は、かつて美しかった女たちの老いしぼんだ顔の群の中を、白髪の僅かに残った禿頭でそり返って歩きまわっており、今なお若い女たちの中からその餌物を物色しているかのようだった。

他の画工たち、老年に近いもの、中年、青年期の者たちもまた、それぞれに女の艶と美を追い求め、その芸の力をふるうにふさわしい女を目であさり、また狙っていた。

女たちはそれを十分に知っていた。歌子のような、やや老いた女衒どもは、脂粉によって飾り立てた白い肌の豚のような、また黒い猫や三毛猫のような、また素ばしっこい愛玩犬のような女たちの群れを率い、あたかも指揮艦が一群の艦艇を後方に伴って遊弋するかの如く男たちの間を歩きまわっていた。

容易に餌食となる姿勢を見せながら泳ぎまわるそれ等の女の群れは、それを狙う鱶のような、鮫のような男たちを、逆にその深海の洞窟のような街裏の酒場に引き込んで溺れさせ、自分の受身の色情を満たすばかりでなく、その金を摑みとり、その家庭を破壊し、その名誉や友情を傷つけたあとは放り出して悔いない。そのような酒場のたわれ女と、それを狙って追う男たちとの遊楽の場として見れば、宴会はどの宴会もその外装を失って一変し、雄と雌との本能の挑発行為の舞台となる。ただそれぞれの宴会には主賓に某先生があり、某画伯があり、立ちまわる女が女将であり、マダムであり、あけみちゃん、くるみちゃん、のぶちゃんであって、それぞれ表面上の名目と役割とを持っているだけのことである。

現実の岩井透清の古稀の祝宴は、いま始まったばかりであった。この日古稀を祝われる美人画の大家の岩井透清は、もと私とはほとんど縁のない人であったが、十年ほど前に、私が三緯展というのに白鷺を描いて出したのを岩井透清が見たらしく、その随筆の中でそれに言及して、日本画の新しい傾向の新作家の仕事ではじめて自分が感心したのは龍田北冥の「白鷺」である、と書いた。それは彼が新傾向の絵を認めたことの表現だったようである。しかし私にとっては一つの事件だった。戦後十年ほどたち、私が五十歳に近づいた時のことであるから、「新作家」などと言われるのは、こそばゆいことであったが、私はこの岩井透清の随筆の中のたった二行ばかりによって、玄人の画家としての地位を得たのだ。その後しばらくは「さき程岩井透清によって代表的な新傾向画家と認められた龍田北冥」というのが、私を紹介する言葉や文章によく使われた。

岩井透清は弟子を持たない人として、日本画の絵描きの中では仙人扱いをされている。しかし彼の属している風騒会の審査員をしているから、その系統の後輩画家は何人もある。そういうことを考えれば、彼が流派と系統を異にする私の作品に突然言及したのは、乱暴なことで、その身辺に抵抗の起る可能性があった。画壇という情実にうるさい所では、思い切った大胆なことであった。何か私の知らぬ、彼自身の身の上の事情の決済のために私を彼は利用したのかも知れぬ、と思ったほどである。しかし、それは岩井透清という野人的な画家に似合った所業でもあった。国文学の教師という素人出身の私の画家としての世界はまことに狭く、閾外の存在であって、彼のような絵描きに逢ったこともなく、その人柄もよく知らなかった。批評された私は、主として照れくささのため彼の所へ礼を言いに行かなかったが、偶然ある展覧会の会場で彼に逢って、挨拶をした。それがきっかけで、私は時々彼に逢う機会を持つようになった。

その岩井透清が七十歳になる少し前に細君を亡くした。それを慰めがてら彼の七十歳の祝いの会が企てられ、その代表作を集めた画集が編纂された。私もその編纂委員に加えられた。この頃私は、その岩井透清の弟子のような立場にあると見られていた。

岩井透清は小柄の頭の禿げた老人である。皮膚が赤味を帯びているのに、頭のまわりに残った髪が白いから、ちょっと毛を剃かれた七面鳥に似ている。顎の肉が垂れ下っているところなど一層その感じがする。

その祝賀パーティーでは、椋本良之輔につづいて、更に三人の古い絵描き仲間が昔の岩井のことを語り、一人の中学生の孫娘が花束を祖父透清老人に捧げた。酒、肴の多くは画商たちが受け持ったようだった。彼は身辺的な徒党を作らないので、画壇に政治的な勢力はないが、画壇切っての利口な人間と言われていた。岩井透清は、最後に立って、晴れやかな顔で、妙に実感のこもった挨拶をした。

「老境に入ったということで、人さまは、こうしていたわって下さる。ありがたいことです。私の申したいことは、老境というものは、若い人の目からすると死のすぐ手前にある衰弱の一段階にしか見えない。私自身もずっと、六十に近くなる十年ほど前までは、年とった人をそのように見ておりました。これは客観的事実ですから仕方ありません。若い人が産業予備軍や才能予備軍に見えるように、死者の予備軍でしょう。しかし老人それ自体から見ると、老人の世界ははじめての経験なんです。老人の世界は、一つ一つのことが新しい発見であり、体験なのでして、たとえば私が永年描き慣れて来た人間の女性の美しさというものも、ここに来ると違って見えるのです。」

その言葉が、参会者たちの注意を集めたと思われるところで、岩井透清はちょっと言葉を切った。

「老人の目に女性美がどのような変化を見せるかを、言葉で説明するのは私の専門外であるからして、ここで簡単に言うことはできません。悲しいことには、私どものような古い絵描きの絵の腕、技術というものは、マンネリズムに陥っています。それはその腕の持ち主である私に痛感されるところです。であるによって、私のまわり、私の視界、私の精神界に起っている老年の世界の新しい印象、これまで私が気づかなかった生命の相を描こうとするとき、腕が立ち遅れるのです。」

岩井老人の話は仲々真剣なものだと分ったので、参会者はウィスキーやビールやのグラスを手にして立ったまま、シーンと静まりかえった。

「分った、つかまえた、と思う。そして描き出す。ところが腕の方は、昔からの自分のきまり切った、慣れて歩きやすいコースを滑って行く。そして結果として、折角老年という新しい人生の断面で見たもの、悟ったものとは別な、昔ながらの自分の絵になってしまう。これが老年というものの悲劇です。その悲劇のもととなる老年の世界、と言うよりも、老年から見た世界の新鮮さ、面白さは、ちょっと口で説明できるものではありません。これをくり返しますと、老いのくりごとというありきたりのものとなる。ま、これでやめます。ありがとう、皆さん、夕映えが美しいように、老人の場所から見た世界は美しいのです。どうもありがとう。」

拍手がつづいた。岩井透清は壇から下りるとき、目の下のあたりをちょっと上気させていた。

彼が人々の間をめぐって、私の近くまで来た。

「いいお話でした」と私が言った。

彼は私の言葉の真実味が分ったように私の顔をちょっと見た。そして彼は、私という後輩の中にも自分と大差のない老人に近い人間を発見したようであった。老年の時間は早く過ぎるから、彼が十年前に私を発見したとき新人であった筈の私が、老境に入った六十歳の画家として彼の前に現われたことに、彼は驚いたようだった。私は年に一度、二年に一度ぐらいこの種の公けの席で彼と顔を合わせるだけなのだ。

「龍田君は、いくつになられたかな。」

「はい、私もそろそろ還暦なので、お話が身にしみるようでした。」

「君がもう還暦ですか、なるほど。」

君はほんのこの間新進画家だったじゃないか、と言いたいのを我慢している彼の表情があった。私でさえ、年とったせいか、新しい絵描きが現われると、それはいつからなのか、その絵描きが、画壇に牢固としてある序列のようなものの何処に位置するのか、その見当が狂う。

「龍田君、どうですか、帰りに銀座の酒場へ寄って見ますか。ああして昔馴染の連中が来てますから。」

私は彼とソアレに寄る約束をした。会が終らぬうちに私は会場を出て、地下鉄で東銀座のソアレに行った。宵の早いうちは客も少い。それに歌子が主だった女給を連れて出かけたあとなので、女給たちはのんびりとバアの下に腰を下し、おしゃべりをしていた。

私が二階へまっすぐ上って行くと、女給が二人後を追って上って来た。

「おかみはまだ帰らないか？」

「はあ、今日はパーティーなんです。」

「そこから来たんだ。」

「あら先生もそこで御一緒でした？」

「うん、いま岩井さんというそのパーティーで祝われた人が来るから、君たち眠っていると困ると思って、おれが先に来たんだ。下へ行って皆にそう言いな。」

女は笑って私の酒をとりに下りて行った。

六十歳というものは、もっと神聖な年齢の筈だった、と私はひやりとしながら考えていた。宴会場が雄と雌の鬼ごっこの場に見えることは構わない。しかし自分がその場所で雄の一員として行動するのはあさましいことだった。六十歳の年齢での人間の社会の見通しを、私は私なりに持っていたつもりなのに、酒場を経営する歌子と関係ができると、もう忽ち私は、この酒場へ来て何となくアットホームに感じている。私にはたしかに、押さえ切れないいやな所があって、そのいやな部分で歌子をもとめている。私はその自分の気質のことを考えると、すぐにも、歌子から逃げ出したい気持になった。しかし、今のところ私はここで岩井透清を待っていなければならなかった。

急に階下がにぎやかになった。私の前にいた女が耳ざとく聞き分けて、

「あら、マダムが帰ったわ」と言った。歌子が連れて来たのは岩井透清と今日の会合の世話役の連中らしく、酒のまわった声高い話が階下で続いた。私はそこへ下りて行って、岩井に挨拶した。狭いボックスに岩井と画商らしい白い髭の老人との間に歌子が挾まれて坐り、画家の古泉茂と坂田亨と美術批評家の大野古実とがその向い側にある半円形の椅子に女たちを間にはさんで坐っていた。

「あら、龍田先生、どうぞそこへお坐り下さい。ほらなみちゃん、龍田先生の席を、あなたそこにしてあげなさい。召しあがるものは何がいいか。それにお腹はすいていませんか？　大丈夫？」と老人たちに挾まれながら歌子が私に言っていた。

私がなみ子という女の子と、小さな二人きりしか坐れぬ席に落ちついたとき、岩井透清は、自分の左隣にいる歌子に言った。

「歌ちゃん。君はどうも龍田君に親切すぎるようだな。」

「あら先生、失礼しちゃうわ。お客さまはどなたも同じことだわ。龍田先生はさきに来て岩井先生のお出でを待ってらしたらしいのよ。」

「そうか、そうか。よろしい。私はさっき、年をとると、今まで出来たことが出来なくなり、今まで見えなかったことが見えてくるという話をしたが。」

「そのとおり、先生、何が一体見えて来ましたか？　女性の美がもっとよく見えるのですか？」

酒のまわった四十すぎの大野古実が言った。

「いや、それはまた別の話じゃ。いま私が言いたいのは、決してこの子が龍田君に親切だなどと焼きもちを焼いてのことではない。その年齢を私は過ぎた。私は人に焼餅を焼くにはあまりに多くの殺生を重ねてきた。しかしだな、諸君に後学のために言っておくが……」

岩井透清は酒がまわっていて、少し言葉がもつれた。

「……男と女というもの、その間のものの言い方に気をつければ、その関係が分るものだ。ある人間に対するものの言い方は、その人間との関係の索引であり、露頭である。これをひとつ、岩井透清名言集として記録しておいてもらいたいものじゃ。」

私の目に写っている歌子の顔にうっすらと赤味がさした。

「ま、岩井先生、私がいまその問題の例になってるみたいなお話じゃありませんか。」

歌子は、自分の右隣の岩井透清に向き直って詰問するように言った。

「歌ちゃん、怒るな、怒るな。ものは譬えだ。たしかに君のものの言い方には、おやと思わせるものがあった。あってもちっとも構わん。私は君、そんなことを詮索する気は全くない。私は自分の昔のことを思い出しただけだよ。待てよ、私の病気は、本当のことをつい言ってしまう点にあるんだが、今夜またこの病がはじまってるようだな。」

岩井の歌子に対するものの言い方の親しさには、何となく私をぎょっとさせるものがあった。彼はにが笑いをし、歌子を越えて、彼のいる場所からずっと左に当る私の方を見て、弁解するように言った。

「ごめんよ、龍田君。僕は元来一人でいるべき人間なんで、こうして人様の間に入ると、つい本当のことを言ってしまう。本当のことを言うと、きっと座の中に一人ぐらい傷つく人間が出る。断っておくが、僕は事実を言うのでなく、それが人間の社会の真理だ、と思うことに気がつくと、それを一般論として言わずにいられなくなるんだ。ごめんよ、君、この娘、いやこのおかみが、こんなこと言い出すものだから、この子をとり鎮めるために、ここでもう一つ本当のことを補って言わねばならぬことになった。」

彼は、そこでまた歌子に向って、前の話をつづけた。

「私が若い時に、ある建築会社の製図工をしておった。そこの女事務員に、私が製図をつづけていれば絵描きとして駄目になると考えている女の子があって、私を何かもっと楽な文書課のようなところに移してやりたいと思っていた。ちょっと美人でな、いや、このおかみのような美人ではない。ぼんやりしたような顔をして、何にでも気がついているという、ほらたまにいるじゃないか。人妻になれば立派な女だ。ところがこの女は嫁に行って間もなく婿さんが死んだので戻って来たんだ。その女が、下世話に言えば私に気があるわけだが、本人は芸術家を一人救う気でいるから、何となく私の気持に立ち入って来る。私はその頃、この間死んだ女房をもらって二、三年経っていたが、しかしまだ三十前で真面目なものだから、浮気がおっかない年頃だ。しかしその女の子と気持の上ではもうできていた。

「それで話というのは、あるとき、東京からその会社、いやこれは郷里の水戸でのことなんだ。その社長が水戸支店にやって来た。この女事務員というのは、水戸出身のその社長の遠縁のもので、叔父か、大叔父か何かに当っている。その社長のいる応接間へ私を連れて行った。そして『ね、あなた、そうでしょ?』というような言い方で私の方を見ながら、私の立場を叔父の社長に説明した。『そうか、そうか。よし、よし、考えてやる』と社長は言ったよ。そしてそのあとで、ちょっと改まった顔で言うには『富子、お前気をつけんといかん。男と女というものは、これは危険な組み合わせでな、時とすると、ものの言い方一つで夫婦別れや人死に、などという事件が起る。だいいち、その二人のものの言い方を見ると、その関係がすぐ分る。そうなっていることをお前知らんといかんぞ』と言った。」

そこで岩井透清は、また伸びあがって私の方を見て言った。

「な、龍田君、これがいま私の言ったことなんだ。私はその時、金縛りになったような気持だった。二十七か八では当り前だよ。それで、あとはどうなったか、知らないだろ、え、歌ちゃん？」

「知りたいわ。」

「間もなく私はその女とできてしまった。社長の訓戒は逆に暗示となって、行く手を教えたようなものだったよ。」

「あら、困ったわ、龍田先生。私たち、それでは、どうしたらいいのかな」と歌子は私の方を見て言った。

歌子は、話のやりとりの中に、うまく自分の狼狽を処理して、大胆に振舞い、大袈裟にその場の空気をかきまわしてしまった。

私は岩井透清の前で、本当のことを言うこともできず、歌子と言葉を合せてその場をごまかすこともしなかった。私が黙りこくっていたから、歌子のはしゃいだ一人芝居は恰好がつかなかった。私は歌子をばつの悪い一人芝居の中に放置しておいた。

そのような、冗談と真剣さとがからみ合ったときに、人生の危機のようなものが姿を見せることがあり、今がその時であることに私は気がついていた。

私のとるべき態度としては、冗談を混えた岩井透清の思い出話に真剣に耳を傾ける以外になかったのだ。私はその自分の判断に従い、自分と歌子の関係がそのために暴露されることを意に介しない、ということにしたのである。

幾つもの可能性が、今の岩井透清の話の中に、またその周辺に存在した。岩井は本気で、自分の経歴の上に起ったその啓示を私やその他の同伴者に、そして多分歌子にも語ったのだ。その事実をまっすぐに受けとるべきであった。

だが、更に、推定されることとして、先刻歌子が私の席を気にかけたものの言い方の中から、岩井は歌子と私との関係に気づいたのかも知れない。しかしそれは岩井がちょっとの間、気づいた、とそう思っただけかも知れない。また、その時の歌子の話から判断したというのは彼の作りごとで、本当は昔から画壇の一部分に流布しているらしい私と歌子との古い関係を彼が知っていて、それがとっさに言葉となって出たのかも知れない。

言葉というものは、理窟どおりには運ばれない。岩井老人も、実は単純な嫉妬から、歌子が私のことに気を使いすぎるのが気に入らなかったのかも知れない。皮肉の言葉が先に飛び出し、あとから老人の智慧が働いて、照れかくしに水戸の建築会社の社長の話がつづけられたのかも知れない。

私自身が還暦に近くなって、人間の気持とそれを現わす言葉が、ほとんど化けもののように、正体の分らぬものだということに気がついている。六十歳の私ですら、意味もなく自分の口から出た言葉に、あとになって色々の理窟をつけることがある。その関係はほとんど絵の色と線に似ている。写実のために引いた一本の線が装飾として生きて来る。すると、それを装飾のパターンとしてその隣にその相似的な線を引いて画の動きを深める。岩井老人は、その点で私よりもっと奔放自在な人間らしいから、本当は、二言目からあとは理窟でなく、話の面白さのために言っているのだ。

ただ動かしがたいことは、彼が自分で言った通り、彼には真実だと思ったことに表現を与えたい痼疾とも言うべき性癖があって、それが芸術家としての彼を支えるとともに、彼を人の集団から押しのける働きをしていることだ。それを彼は気にして、色々な言葉で自分の孤独好みを言っている。

その一点が、芸術家としての彼の訴えである。それに敬意を払うことが私としては根本のことと思われた。

そのうち、またその場の話題が変って、その日祝辞を述べたあの老画家たちについての当りさわりのない噂話になった。歌子はその話に加わり、時々口をはさんでいた。

私だけがなみ子という口の重い、色が浅黒くて目ばかり大きい、身体中から性の意識がにじみ出しているような大柄の女と、その離れた席に取り残されていた。なみ子にウィスキーを飲ませると、私と同じ速度で飲んでいながら、けろりとして相かわらず目をぎょろぎょろさせた。流行りの短いスカートから、太い丸い膝と、その上の太腿まで露出して私の注意を集めるのがサーヴィスのように私の横に腰かけていた。

岩井はもと、私が若い時に師事した花見暁舟と同時代の絵描きだが、暁舟が新しい作風を持つ村上華岳などの仲間だったのに較べて、岩井は旧派に属していた。そういう反対側の流派の先輩に自分の仕事を認められたためか私は、それまでの仲間だった日本画の中の新傾向の連中から、私は少しずつ離れ、孤立するようになっていた。と言っても、私は岩井に積極的に近づくのでもなかった。

私がもし岩井に嫌われているのならば、私はもとの仲間の方に戻って、その仲間が中心になってちょうどいま作りかけている有力な革新団体に加わることができるだろう。もし岩井が私の仕事を今も認めているのなら、私は岩井の属する大きな旧派の在野団体なる風騒会に近づいて、その会員というよい地位を将来手に入れるかも知れない。

考がそこまで行ったとき、私は、岩井がその七十の祝宴の帰りに歌子の店へ来ているということ、また歌子に対するひどく慣れ慣れしいものの言い方のことを、もう一度考えた。それをまともに取れば岩井と歌子の間には過去に何かがあったとしなければならない。その想像は、私にショックを与えることはなかった。当然あり得ることだった。しかし、その時急に歌子の身体が厭わしく汚ならしく感じられて来た。そして歌子のことよりも我が身の進退のことが大きく、私の上にのしかかった。それは私のゆく手に漠然と予定していた風騒会に入るということとに、大きな、越えられない障害ができて、そこから戻らねばならぬことを意味していた。岩井の属する風騒会に私が入れぬということだった。

それに気がつくと、私の胸の中に空洞が出来たような虚脱の感じが起った。その挫折感は強かった。その感じによって、私は、自分がずっと前から風騒会に加わり、できればそこで会員の地位を得たいと願っていたことに気がついた。それは私の中に生きている強い名声追求の慾念であった。私はその挫折感の深さを恥じ、そのことでそんなに傷つきやすい自分に失望した。

私は近年になってから、何度も自分に念を押しておいたのだった。どんな会に属し、どんな地位を手に入れるなどということは仕事に関係のないことだ。そういうことに心を動かすな。第一線に出て人の前に立ちふさがろうとするな。あせるな。人をねたむな、と。

そんな自戒の悉くが役に立たなかった。今夜岩井透清に逢って、酒席を共にしただけで、悟った筈であったものがみな崩れてしまった。私は気落ちがし、岩井透清なる人物をそんなに頼りにしていたことがいやだった。私は六十歳なのだ。二十歳のときとちっとも変らないこんな衝動的な不安定さが恥かしかった。

「では岩井さん、私はお先に失礼します」と私は立って挨拶した。

「龍田君もう帰るのか。今夜はわざわざ出席してくれてありがとう。」

岩井は、話をやめ、真剣な目で私を見たが、ちょっと言葉の調子を軟かくしてまた言った。

「龍田君、もう少しいてくれませんか。私も一緒に出るんでな。」

私に何か用でもありそうであった。私はまた腰を落ちつけた。岩井は、本当に十分ほどするとソアレから出た。そのとき、彼はやっぱりさっきからの四人を、ボディー・ガードのように連れ、それに私も加えて、西銀座の別なバアに席を移しただけであった。

私はついて歩きながら、老人というものが年下の者には意味ありげに見えることを考えていた。自分が老境に近づくに従って、色々な心理上の変化が起る。この岩井老人のような赤い禿頭のまわりにぼやぼやと白髪の残った老人などは、男性の敗残の相貌にちがいないのだが、それが智慧と経験の結晶のように見える。しかも同じような容貌でも、仕事をしない人間はその目に輝きがない。そしてそのまま老衰の相貌となる。私は次に入った酒場で岩井老人の前に坐り、その顔を見ていながら、自分もまた年下の人間からこんな風に見られているのか、と思った。白髪が衰弱でなく熟成のしるしに見えるのは、その人間の表情、それも主として目の力によるが、本当は仕事のせいである。

「龍田君とはさっきは何となく話し足りなかった。君ひとり向うの方にいたせいかな？　君は私が思ったほど若い人ではなかった。還暦が近いって？　驚いたね。ま、それだけともに語るに足るわけだ。」

岩井老人は、少しも不機嫌なところが見えなかった。しかしそれは、この日不愉快な思いをしなかったということで、何かが気に障ればすぐ気難かしくなりそうな神経質な顔であった。

「君はあれですか、我々の手で作るものに長い生命があると信じますか?」と彼がたずねた。

「人間の肉体よりは少しは持ちがいいでしょう」と私が言った。

「それはそうだよ。しかしはかないものだ。それに見る方の問題が大きいね。批評家でも鑑賞家、好事家を問わず、実は絵なんてものは何だっていいんだよ。絵をたのしむということは聞き慣れた名前の、見慣れた作品なら、何だって構わないんだ。騒がれるのは画の価値でなく、骨董品としての価値だ。価値判断の存在しない世の中にものを残したって仕方がないじゃないか。しょっちゅう贋作問題が起る。どんなことかってえと、美術批評家や絵描きが贋物を掴まされたと言って騒ぐ。君、そんな話って冗談かと思ったら本当なんだよ。絵描きが自分で気に入って掴んだものに、その掴んだ人間が責任を持てないなんてことは君、だまされたなんてこととちがうよ。商品価値が本当の価値で、美の判断なんて存在しないってこったよ。つまり贋作者たちは立派な作者だってことだ。贋作でいいじゃねえか。本物なんて糞くらえだ。作品の良い悪いじゃないんだよ。本物だってことはそいつあ商人どもにとってのオリジナルだということ、安全な手形であって、美術品でも何でもない。笑わせるじゃねえか。贋物万歳だよ。」

「本当ですな。本末顚倒です。」

「まあ君、後の世なんてもんに期待を持たねえことだな。私は今の自分を幸せだと思ってるよ。

君だって、そう不幸な人じゃないさ。好きなことをしてるんだろ？　そうだろ？」

「はあ、それはそうです。」

「いいじゃないか君。自分は幸福だなんて言うと、我々の若い時は馬鹿にされたもんだ。不幸が売りものだったからな。素直に行こうじゃねえか。嘘ついたって始らねえよ。幸福ってな君、比較の問題だ。精力が溢れて欲望や野心も盛んなときは、本人の判断が追いつかねえから、いつだってその欲求不満て奴だった。おたがいがそうだったよ。今じゃ自分が分って、慾が減ってる。過ぎ去ったことを考えれば、幸せってものの判断ができようじゃねえか。」

「なるほど。」

ずっと岩井老人と一緒だった彼の仲間は、ソアレよりはいくらか広い場所が真中にあるこの酒場に来ると、立って女の子たちを抱いて踊りはじめ、また客の間に知人を見つけて席を移した。彼等は、ふだんつき合っている岩井老人の人生観を、またこの酒席でくり返して聞かされるのを明らかに回避しているのだった。

しかし私にとっては、岩井老人の人生観は耳新しいものであった。老人の言葉の端々に絵描きの曲りくねった根っこのような実感のまつわりついているのがよく分り、面白かった。その結果は、私だけが老人の前にいて、耳を傾けることになった。

「君、我々の幸福とは何であったか、私は今日、昔のモデルが三人もあの席に出てくれたのを見てよく分ったよ。一人は本所の方の酒屋のあと取り娘だった。婿がおとなしい男だったので、子供ができてからも、下町風の娘のモデルとして、夏の絵によく描かせてもらった。団扇に浴衣、素足、洗い髪、そういうものとしての若い嫁さんの脂の乗った白い肘が八つ口からちらりと出ている。夏の夕闇の中でなんか、身震いがするぜ。おくれ毛をかき上げる着物の女のうしろつきをそれとなく見ながら、川筋に沿って帰って行くのを見送っていると、永遠の時間がその女とともにいまある、という気持がした。どうしても裸を写生させなかったが、人のかみさんだから無理もないと思っていたよ、長いあいだ。

「ところが君、今日三十年ぶりぐらいでやって来たそのかみさんは、ずん胴で尻が真四角になり、頬がそのまま首へつながっているんだ。それでも自分は昔と同じ自分だと本人の思っているところが悲しいじゃないか。見せないでほしかったよ、そんな変形した姿を。絵描きで、その女のさかりというものに魂を抜かれるような思いをした人間にとって、それがどんな殺生なことか、あの女どもは分ってないんだ。つまり昔も、美しかった盛りのときも、自分が分っていなかったということなんだね。私のきれいな気持を先生は愛した、と思ってるからこそ、お祝儀を持って僕の古稀にとやって来る。追い返すわけにいかんよ、君。

「もう一人は女学生、昭和初年の女子大学生だったとき、丸顔のおカッパで、築地小劇場のファンだった。『海戦』なんてのが、君、あったじゃないか。男の子まがいのルバシカを着て、庇のついた帽子をかぶっていて、この子は、さっきの酒屋のおかみとちがって分りがよかった。全部解放され、讃美され、愛撫される喜びを自分でも味わい、たんのうする方だった。

「それが君、いま主婦連の代表的闘士で、やっぱり今も名士としての自分に存在価値があると思ってるから、人の出る場所に現われるのが好きなんだ。これもやって来た。瘦せてしまって、黒ずんで、めっぽう脊が高くなっていた。岩井先生も名士なら、自分も名士だということで、僕がもし貧乏なら、絵も買ってくれそうだ。この女史は見たところ立派だよ。しかし、あの若い女性の頃にその人を見たときの陶酔感、君、あるでしょう？　あの女の命のさかりにある魅力の無限感。どういう風に女を責め抜いても、いよいよその女が身仕舞いして立ち去るときに、実体を把握することはできなかったという、男性として置いて行かれる感じの魅力。そういう美しさの無限感のなくなった同じ女を見たくはないね。

「その老いた女たちを脇において若いあの酒場から来た給仕女どもを見ると、ちゃんとそれがあるんだな。ま、無駄な説明はやめるが、君、そうでしょう？　我々の世代のものは、かつて存在し、今は失われ、衰滅したんだ。それが不動の怖るべき事実だ。我々はむかし、それを十分に生かし味わったか？　否だ、否だ。見栄や、道徳や、抑制や、恥しさのため、彼女等の美の盛りの命の大部分は我々の手からこぼれ落ちて、永遠に帰らんのだ。

「幸福ってものは君、そんなものだ。戒律、律義さ、道徳、羞恥心、そんなのが我々をだまし、我々の手から永遠の美を押しのけ、奪い、あっという間に滅びさせたのだ。君、この岩井透清にしてそうなんだよ。触れることなしには描かなかった、と自分でも言ったりした。しかし私も本当は決して無茶をした訳でない。躇い、尻込みし、我慢し、見送った場合の方がはるかに多いのだ。君なんかどうかね？　何をしてきたかね？」

岩井透清は私の顔を、身体をじろじろと見まわした。お前はまだ役に立ちそうだが、自分の人生がもう残り少いことに気づいているのか、と言わんばかりであった。

「龍田君、七十になって見たまえ、昔自分の中にある汚れ、欲望、邪念として押しつぶしたものが、ことごとく生命の滴りだったたんだ。そのことが分るために七十になったようなものだ、命は洩れて失われるよ。生きて、感じて、触って、人間がそこにあると思うことは素晴らしいことなんだ。語って尽きず、言って尽きずさ。」

彼は私を脅かすように睨みつけ、やがて私を羨むように目をそらし、失われた生そのものを感じて歯ぎしりするような、怒った顔になった。彼の取り巻きの連中が私に彼をまかせて立ちのいている理由も、この老人の、このような激しさにあるようだった。

岩井透清は、説明すればするほど逃げて行くらしいその生の認識を私の前で摑んで見せようとして、それを為しとげなかったという顔であった。また語るほど、自分から失われたものが、彼の前にいる私の中にはまだ生きていることが分って腹立たしくなったような顔であった。もっと酒を飲むと乱れる人なのだ、と私は気がついた。

十三

あのとき岩井透清は、酔いのまわった強い言い方で、彼の正面に坐っている私に、浴びせるように立て続けに喋っていた。私は彼のものの言い方に、ある種の爽快さを感じた。その話の人生論めいた部分に思想としての鋭さや発見があるとは思えなかった。しかし、若い時から女を描いて来て、多分絵描きとして最も奔放に生きて来た男なのに、七十歳になったいま、女たちに対して遠慮し、尻込みしていたことをいまいましそうに語るとき、そこに実感が脈打っていた。

「描いた女にして触れざるものはなかった」とか「触れることなしには描かなかった」などと言われている彼が、七十歳になって、触れる機会を失ったことを歎いたり、昔モデルに使った女が年を経て醜くなってから現われたのを罵ったりするのを聞くと、岩井透清がむきになってものを言っていることが分った。

私よりも年上の男が、そんな風に「本気」になってものを言うのは珍しいことだ。自分自身が近年はめったに本気でものを言わないのにも私は気づいている。年を取らねば分らぬことは色々あるが、年とった人間がきまって慎重で、控え目なものの言い方をする理由も、私はやっとこの頃分って来た。若いときの私は、真剣なことは真剣に、冗談は冗談として強い調子で言う習慣だったが、今はそれをすることができない。

年齢から来る怖れがつきまとっているのだ。画壇の先輩や同輩などの仕事に関してものを言うとき、私は、自分の言葉を、冗談として、座興として放り出すことができない。六十歳になった人間の言うことは、その人生において最も責任のある最終的な言葉であり、それを聞いた人にとっては、決定的な判断を聞かされたことになる。

聞く方の立場を考え、その受けとり方の重さを考えると、私はすべて意見を述べることに躇う。私は口の中であいまいに言葉を濁し、比較して前よりも明るいとか、暗く見えるなどと言い、しかもまだ変化の可能性がある、などと言う。

それがあの時の岩井透清には感じられなかった。少くとも彼は、女についての一般的な発言においては、私よりずっと率直であり、その発言の及ぼす影響を怖れていない。彼はまだ内側に若さをとどめている人間で、自分を抑えることのできない精神力の溢れた男である、と私は思った。

その頃に歌子と逢ったとき、私たちは蒲団の上に並んで寝そべり、煙草を吸い、また枕もとに運んでおいたコニャックを飲んだ。何でも話ができる、と思うときである。

「この間、岩井透清さんは、えらく元気がよかったな。君のところを出たあと、ベローナという酒場に寄ったが、しきりに僕に話をかけていた。」
「ふーん、どんなこと?」
「まだ女性の味わい方が足りないのだそうだ。そして、あの日会場に、むかしモデルにしたと
き美しかった女が何人か、年とって醜くなったのに、やっぱり来るべきだというような顔で来
ていたが、それが気に入らない、と言っていた。」
「あら、そんなら、そういう人たちを呼ばなければいいのよ。」
「なるほど。」
　歌子の言い方に、つっかかるような調子があって、私を警戒させた。こんなとき、刺戟する
ようなことを言いつづけると、機嫌をそこねるかも知れない。私は黙り込んだ。いったい岩井
透清についての話の何が歌子をいやがらせるのか?
「しかしあの人、会のあとまっすぐ君のところへ来たじゃないか?」
「それはそうよ、お手伝いに行ったんだもの。そのあとにあなた方が行ったベローナも同様な
のよ。」
「あ、そうだったか、ベローナの女たちもあの晩行っていたのだったか。うっかりしてた。」
「そうね、あなたって、どこかぼやっとしてる所があるわ。見たところ神経質で何にでも気が
ついてる人のようだけど、案外うっかりじゃない?」

「そうなんだ。案外ひどくうっかりしてるんだ。」

「ほら、ベローナのおかみは、もとフローラにいたひとなのよ。縞の着物を着て、白粉けなしで、あの会場の隅に立ってたじゃない？　見なかった？　みんな岩井さんとはフローラ時代からの馴染みなのよ。」

「あ、そうか。僕はフローラ時代の後期は知らないからな。」

「岩井先生、女たちが年とったなんて言うの、おかしいのよ。あの人こそ、ずいぶん年とったじゃない？　どう、あの眉毛の長いこと。よく年とった人、あんな風に長い眉毛をそのまま伸ばして、毛虫みたいにしてるけど、私は好かないわ。あの二、三本がとげのように目の上に飛び出していて、そして頭はすっかり薄くなり、まわりに残った髪の白いのはよいけど、顔が赤黒いでしょ？」

「七面鳥みたいだ、というのかな？」

「うふっ！　それはひどいわ。でもあの人、昔は色が白かったのよ。脊ももっと高かったような気がする。すっかり年とって別人のようになったわ。」

「でも、まっさきに君の所へ来たのは、やっぱり敬意を表してのことだったんだな。」

私は、自分の言葉に妬ましい気持が入り込んでいることを喋っているうちに気がついた。

「それはそうよ。あの人、むかしは私に随分執心だったんだもの。」

そう言って歌子は唇をとがらし、煙草の煙を細く長く、枕もとの襖の椿の模様に吹きつけた。煙草の煙がそんなに離れたところまで、火焔放射器のように吹きつけられるのを私は見たことがなかった。

それは誰か男性から習った遊びにちがいなかった。多分このようにして、裸で並んで寝ころび、中休みの話をしているようなとき、歌子はそれを男性から習ったのであろう。急に私は、おびえ、すくむような気持になった。

私の隣にいま裸で寝そべっている女は、深淵のように深い、そして、ときほぐせぬような複雑な異性関係の中で訓練され鍛えあげられてきたのだ。私のような男は、歌子の目の中では、どうにでも手玉に取ることのできる、間の抜けた、鈍な人間に見えるだろう。たまたま、二人がこうして裸で並んで寝そべるような関係になっているけれども、私は無邪気な、お人好しに見えているにちがいない。

そして私は、自分に何も分っていない人生の部分が、かなり大きな範囲にわたって、自分のすぐそばにいる歌子の中にある、と思った。それは漠然たる想像にすぎないが、巨大な、不可知の男女の接触のつながりが、私のすぐ横にいる歌子から始まってどこまでも続いているようだった。

その歌子一人のことにしても、私は倉田満作を中心にして、彼女は多分、旦那になった市川のほかは、倉田の弟子の武林と何かあった、というあたりまでしか具体的には手がかりを持っていなかった。それとは違うもう一つの広がりが、岩井透清と歌子を中心にして、私が行かなくなった頃のフローラの女たちや客の間にひろがっていたのだろう。歌子は、その女たち男たちが混って泳いでいる濁った池の中に住んでいたのだ。

「ね、なにを考えてるの？」

そう言って歌子は私のそばに寄って来た。男の心が自分から離れて動いているとき、女はすぐに分るものらしい。

「いや、何ということはない。ただ、さぞ僕が無邪気に見えているだろうと考えていたところだよ。」

「ばかね、すぐそんな、やきもち焼いてるんでしょ。そんなこと考えるものじゃない。それは私だって、あなたが知ってるよりはもっと色々なことがあるわ。でも女って、そのとき自分のそばにいる人が、自分のことを愛してくれているかいないかが一番大切なことなのよ。その場所にいない人が自分のことを、どんな風に思おうとも、それはどうでもいいことなの。どうしても男ってのは、薄情なものなんだから。」

歌子は私の首に手をかけ、私の顔をむりやり自分の方に向けさせて、接吻をせがんだ。そしてまた私を駆り立てて幾度目かの満足をむさぼった。

それからあと彼女は、満足しないままの私を突きはなし、枕もとにおいてある大き目のグラスに半分も入れてあるコニャックを飲み、私に煙草に火をつけさせてから、仰向いてそれを吸った。その灰が落ちそうになると、酔いのまわったもの憂げな声で「灰皿」と言い、自分の目に見えない枕もとの灰皿の方へ、喫いかけの煙草を差し出した。

私はそれを受けとり、灰を落してまた彼女に持たせてやった。そして彼女が吸い終るのを待って、それを灰皿でつぶしてやった。その頃になると歌子は、俯向けに起き直ってグラスを取るのも大儀になるらしく、目をつぶったまま「ね、お酒」と言った。

彼女のグラスは空になっていた。はじめ私の分も同じグラスで頼んで持って来させてあったのだが、私はほかの理由もあって、それをなるべく余計には飲まないように、口をつけただけで残しておくのだった。そして、歌子のグラスが空になると、私は自分のグラスの分を口に含んで、口移しに歌子に飲ませた。

それから後は、歌子は、受け身のまま目をつぶったような放恣極まる存在になった。私が離れてのちも彼女は、その手や脚を引き寄せたり、縮めたりすることも出来なくなり、大という字のような、置かれたままの姿で伸びて、失神したようになっていた。

歌子がそういう風になってしまうと、私は自分の生理的な満足を持っても持たなくても、事が終ったものとして、彼女を放り出したまま湯に入って身体を洗うのであった。そして私がちょうど湯から出る頃、歌子はたいてい恢復して、自ら身じまいをはじめ、私に代って浴場に入るのが習慣であった。

「どうして私はこんな風にだらしないことになったのだろう。私、本当に分らなくなるのよ。」

歌子はそのあと室に落ちつくと、そう言った。

「酒だよ。」

「ええ、酒ばかりではないのよ。でもこの頃、酒もそうなの。私、時々飲んでいる時と朝自分の室で目を覚ます時の間の何時間かが分らなくなる。こんな怖ろしいことってないわ。ことによそで飲んで、その席に男の人がいて、送ってもらった時なんか、やっぱり女の身になると怖ろしいものよ。」

私はうすら笑いを浮かべた。それがさっき私が歌子から受けた被害者意識から起るところの、かすかな復讐でもあった。

「そんなこと怖ろしいのかい？　それとも恥かしいの？」

「恥かしいなんてものじゃないわ。でもね、その送り狼みたいな男たちの中に、一人ぐらい、何をされてもいいと、こっちが心の中で考えている男があるものよ。そのときは、何かがあったとしても恥かしい、という気持で楽しいわよ。ただ全く知らないんじゃつまらない。」

「そんな全く知らないってことある筈がないだろ？」

「そうね、何かがあれば、全く知らないってことはないけど、それでも、女の身だから色々なこと考えると、不安だわよ。」

「そんなこと、しょっちゅうあるのかい？」

「そんなでもないけど」と言って、歌子は何となく冴えない顔をした。その冴えない表情に、酒場を経営する女の、身体を張るというような商売の荒々しさを考えている様子があった。酒場のおかみは、身体を売るというのではないが、少数のよい筋の客をつなぎとめるために時に無理をしなければならぬらしいことが私に分って来た。

　私は歌子と何度も逢ううちに、昔の歌子と違う今の彼女の顔が次第にはっきりと現われて来た。それは、ちょうど夢の中にいるように、私は昔の歌子を求めていて、それが次第に現実にもどり、今自分の前にいるのがその彼女でなく、自分の腕の中に荒々しい別人の歌子を見出したという驚きに似ていた。

　人の抱く現実とか真実というものは、決して一つでない。私の場合はあの昔の歌子に揺り動かされた自分の古い情感を追い求めていたのであって、それだけに、今の歌子は、その情感を再生する手がかりとして存在していたようなものだったのだ。

　昔の歌子の魅力は、あの眇目（すがめ）のような、神経質に光る目と、うっかりしたように開けている受けくちの唇と、それから耳の下から生え際にかけての白い皮膚の艶との三つのものの結びつきであった。それがはじめ、身震いするような感じを私の中に目覚めさせたのだ。その目がふしぎな本能の輝きを見せ、しかもその受けくちの唇を放心のさまで開いているとき、歌子の中には、男性の気持をかきむしるような、力があった。そして彼女がその身体を投げ出すとき、その少年じみたほっそりした身体は、未成熟というほどでもなかったが、単純に女であり、受け身の姿勢から大きく変ることはなかった。

だから、その身体には、歌子の表情にあるような矛盾した二重性格の味わいはなかった。そして彼女のものをねだる口調、訴える口調は技巧というものがなく、少女らしい単調さがあった。その表情の複雑さが内心の複雑さの表現でないと分ったとき、その身体を所有しながら、私はちょっと落胆するような気持を抱いた。

その時の私の落胆の感じは、私の心を惑わし私を酔わせるような歌子の表情が、実はある生理的な、偶然の効果だ、ということであった。そのふしぎな、見ていると背中がむずかゆくなるような目の魅力は、本当は歌子が近眼だったことから来ていたのだ。その黒々とした睫毛のある目をそばめてものを見るとき、その唇は紅色の内側をのぞき見させるように、放心の形で開かれる。

それが近眼で、眼鏡をかけずにいる彼女の癖から生れると分った時、私は、その表情の本当の魔術から抜け落ちたのだ。狐が落ちたように私は歌子の魔法の国から日常生活の中に落ちて尻餅をつき、そして目が覚めた、と感じた。あとになって考えると、そのとき、その魅力はなおかなりの強さで残っていたが、それが分ったとき、重病の妻に死の打撃を与えてまで執着すべき女ではなくなったことは、私にとって救いであった。そのとき、私を脅やかしていた考は、裏切られているという実感のなかで妻を死なせる、ということであった。それは妻の目の中にある私を、取りかえしがたい責苦の加害者にしてしまうことであった。辛うじて私は歌子の欠点を見出すことで、その怖れからのがれた。そして私は歌子の方に倉田満作の手が伸びて来るに従って歌子を彼の方に押しやることができた。

にもかかわらず、歌子が倉田満作のものになり、更に市川某のものになったとき、私は悩んだ。彼女の眉と目と唇にあるあの魅力を、外の男たちが自分のものだと思っていると考えると、私はやっぱり歌子の美しさが私を深くとらえていることを認めざるを得なかった。

だが、私のその口惜しい気持も年月とともに変って行き、歌子その人もまた変った。昔のすが目の不思議な魅力は、いま歌子には失われている。ただ今も私の中に生きているのは、その歌子に引かれた自分の情感の思い出である。その自分の情感の思い出が私を歌子に近づかせたのだ。そのこと自体が私にとって新しい体験だった。老年に近づいた人間でなければ分らぬ心の動きであった。いま美しいわけではない。いま現実に心引かれているわけではない。しかしそのひとに心を強く引かれた昔の思い出がある故に、歌子がいまどういう女になっているか、今の魅力の本体を知りたい。そして、今の魅力が作りもの、仮装であることが分っていながら、そこに近づいてしまう。

昔心引かれたという事が、今になると神聖な事実なのだ。その時の自分の心の動きを、そのまま再現させる程度に歌子が化粧し、表情を示してくれれば、私は、そこに引き寄せられる至上命令を受けたことになるのだ。

私は、ここまで考えてきて、恋心を誘い出すには、作為されたものと分っているからくりでも足りるらしい、と気がついて、わびしくなる。私が身ぶるいするような魅惑を見出した歌子の表情は、近眼のために目をそばめ、放心状態になったときの少女の顔であった。そしてそれから二十年ののち、歌子の目は下まぶたがたるみはじめて、その目の表情は失われた。ただ彼女は化粧をするとき、昔の目に近い表情に作ってしまう。自分の顔のどの表情に力があるかを女は知っているのだ。同じ女に引き寄せられるのは、やっぱり今の作られた顔でなく、昔の私の情感の動きが真実だった、という記憶であった。またもう一つ遊び男の心の動きというものがある。人みなが心引かれる女性であるが故に、それを出し抜いて手に入れたい、との執着があるからだ。

しかもその歌子と二度目に逢うこの日あたりまでは、私は歌子にたぶらかされぬよう、そして歌子を遊びの相手という役柄から踏み出させぬよう、檻から外に放した猛獣でも扱うように、こわごわと注意深く、そのそばに寄ろうとしていた。

だが、そのような、私の夢想を生かすきっかけとしての歌子と違う歌子の本当の姿が、日を経るとともに、はっきりして来た。

性の充足の取り方では、歌子は、昔とは別人のような激しい女になっていた。ふしぎなことに、日常生活における彼女の投げやりな、そしてどこか押しつけがましくもある対応の仕方が、その性行為の熱狂癖と、ちゃんと合っているのだった。

歌子は今では、言うだけのことは誰の前ででも言いますよ、という表情で、顎を少しあげ、そり返るような態度で人の顔をまじまじと見る癖のある中年の女である。その不遜に見える目つきは、若いときと同様近眼のせいらしいが、彼女は眼鏡をきらってかけない。色は昔と同じように白いが、その投げやりな身のこなしが、昔の放心癖にかわるものなのであろう。白く肥っているから、敏捷さを欠いて、それが一層色情的な感じを与える。

そして歌子の性の行為の独善的で熱狂的であるところが、その肥った白い身体にそのまま調和している。そしてその目は行為のときはつぶられる。

そういう、言わば淫蕩という言葉がぴったりするような色白の中年の女なる歌子のあり方は、男性としては最上の性の相手である。色情をもとめて色好みの女に逢ったという気持になる。

しかし私のような男性の色情は、女性の好色さだけで満足できるものではない、ということもやがて分った。精神的なものの働きがないところに本当の性の満足はないのだ。それは私が、この年の春に前山咲子と逢って得たようなものが、今の歌子にない、という感じによるものらしい。

女性の性の行為は、その人柄を開いて見せることになる。歌子の荒々しさ、すさまじさは、女の崩れてしまう空しさを感じさせた。それは、私が昔彼女に対して抱いていたものの破壊であり、私の中にあった歌子のイメージを、鏡を割るように砕くことであった。そのこと自体が行きどまりであった。私はその無慙な熱狂を白々しいものに見た。むかしの彼女なら、身体を投げ出せばそのことの中にも喜びが湧くが、しかしそうしている時もなお、私に買ってもらった黄八丈のことが忘れられない、という表情をしていた。その放心のしかたに少女らしい美しさがあった。それが全く失われて、感覚そのものに意識のすべてを占められる歌子を見るのは、私には幻滅的なことだった。それは、機械的である点では、不感症と同じような非人間的なものだ。しかも生きることの感動が、感覚そのものを行きどまりとしているのを見ることの荒涼さは私をはかない気持にさせるのだった。

前山咲子が、昔を語ってはいま抱かれる喜びに陶酔するさまは、ほとんど芸のようだった。舞踊というものは、身体の行為を最も心に近いものとして表現する術なのだろう。陶酔から羞恥の形を経て日常の形にもどる咲子の顔や姿勢には、私の方が酔うような心と挙動の調和があった。

今の歌子の行為は、二年ほど前まで交渉のあった伏見千子に似たところがあった。しかし伏見千子は大内青山の娘であり、かつ著名な歌人の亡夫伏見洋平の妻であった。そして夫の死後、自分も後輩や弟子をひきいて、歌誌「ことぶき」の主宰者として生きている。彼女はその父、その夫の家庭という庭園に育って、芸とは何かということを身をもって知っていた。そして、日常の自分を歌をつくる生活の中に融け込ませていた。

だから千子は、その行為のさ中にあって激発することはあっても、それを抜け出すと忽ち、バネが利くように歌びととしての姿勢の中に立ち戻った。その行為の忘我の形の恥かしさをも歌作によって受けとめようとする気配を見せるが故に、行為それ自体が行きどまりの場面でなかった。その発声には艶のある恥らいがあり、抑制を失うまいとする力の緊張の高まりがあった。

私は、歌子に満足できない理由を、その比較から考えた。抑制衝動の強い千子の場合の方がもっと余韻と余情があり、その誘いは強く、その情感は深いのだ。その理由は多分、生きることの意味をさぐり味わっている人間は、その性においてもその反響を全人間的に受けとっている。生きる意味の把握があるところにだけ性の感動の把握もあるのではないか。教養と人格を持った女性の性感こそ本当の性感であり、そのつつしみ、その恥らい、その抑制と秘匿の努力にもかかわらず洩れ出で、溢れ出る感動が最も人間的なのではないか？

それが私の見出した人柄と感動との関係だった。豚の悲鳴のようなものをもって生き甲斐とするわけには行かない、というのが私の気持であった。

私がまた、もう一度伏見千子に逢いたいと思うようになったのは、歌子との出逢いに見出したものの類似と違いとの発見によることであった。しかし、伏見千子に連絡する自然な理由が急には見当らなかった。

歌子の激発をあさましいものに思いながらも、私は、歌子をそういう状態に追い込むことの面白さをよく知っていて、それをやめることは容易にはできなかった。彼女が人間から脱落してゆくのは厭わしかった。しかし、やっぱり激発は起り、彼女は平常の自分から脱落して、また脱落し、伸びたまましばらくは意識をとり戻せずにいるではないか。私は何ものかに復讐するように、また歌子自身の乱れた悪業の証明を見るように彼女をそこに放置したまま、浴場で身体を洗う。それはあたかも彼女から移し塗られた汚れを洗い落すに専心するために必要な時間のようであった。

彼女を人間から追い落すことの面白さ、またその無慙なさまを見やることの快感は、くり返して味わって、それがそのままで終ることではなかった。それが度重なると、歌子は自分のすべてが私の前に曝されているという気持から、私を彼女の専有物と見なすようになった。

歌子は私にもたれかかり、私の心と時間を独り占めして、我がままを言うようになった。

「ねえ、先生、私、ずっと先から狙っているダイヤがあるんだけど、ちょっとお金が足りないの。一緒に見に行って下さらない？」

私は宝石類を見ることが好きであった。一緒に行くことを承知すれば金を出すことになる、と思いながらも、私は歌子について行った。

歌子が百貨店の宝石部のショーケースに見つけていたのは、二カラット半の、心持ち青味を帯びたダイヤモンドであった。

「ほら、あの石。あれはね、この前よく見せてもらったのだけど、二カ所に疵があるのよ。でもそれは指環にすると、その爪のかげに隠れるような場所にあるんですって。というよりは、疵を指環の爪でうまく隠すことが職人の腕らしいのよ。だから指環にはめられている石は、きっとどこかに疵があると思うべきなんだって。あの石、その疵のせいで、二カラット半もあるんだけど百八十万円だと言っていたわ。安いのよ。本当はその倍ぐらいする石なんですって。」

私と歌子がその石をのぞき込んでいると、四十すぎの神経質な顔の係員が近よって、歌子と顔見識りらしい会釈を交わしてから、その石をショーケースから出して、黒いビロードの小さなパッドの上にのせて私の前に差し出した。

「ごらんになりますか？」

男はそう言って、時計修理工のような片目の眼鏡をはめ、ピンセットでその石を裏がえして見せた。私の目にはほとんど分らなかったが、そのピンセットの尖の示すあたりに、黒ずんだ光を反射させている疵か溝らしいものが一つ見えた。

「はい、これが疵なんです。もう一つはもっと小さいので、肉眼では見えません。まあこの石は、この疵がなければ、とてもこのお値段はつけられません。それにまあ、もう一つ理由があってお安いんです。いえ、なに、別にそれは、宝石にありがちな不吉な話ではないんです。ただ私の立場では申し上げにくいというだけのことで。」

その石は、その黒いパッドの上であちこちと転がされ、その度に刺すような光を放った。

私は歌子とその売場を離れて、あまり人のいない家具や箪笥、鏡台などの間を歩いた。

「ねえ、私、あの石ほしい。ね、いいでしょう？　私だって少しは持ってるのよ。八十万円はあるんです。百万円足りないんだわ。」

「君は大金を持ってるじゃないか。ま、考えて見よう。」

私はその日歌子と別れて帰ろうとした。それはもう午後三時を過ぎた時間であるから、やがて店へ出る時間になる筈であった。しかし歌子は私を離そうとしなかった。私とどこか近いところにあるホテルに行くことを考えているのだった。

「ね、先生、半分ちかく私は持っているのよ。あれはもう二カ月も前からあそこに出ているから、きっと誰かに狙われていると思うの。石をほしいと思う人は、急いで金策をするものなの。そして出来るとすぐ駆けつける。タッチの差なんてことがあるのよ。あとでその分はお返しするわ。」

私が歌子にそんなにものをせがまれたことは過去にはなかった。今度親しくなってから四カ月ほどになるが、ものをねだられるのはこれが初めてであった。そのことを考えて、私は次の夜、その金を歌子の店に届けてやった。

「まあ、嬉しい。ほんとにありがとう。早速明日行ってみるわ。ありがとうございました。」

歌子はくり返して私に礼を言い、本当に嬉しそうにしていた。

十日ほどして、私は夜会合の帰りにソアレへ寄ってみた。

「残念だったわ。あの石、一足ちがいで、新橋の芸者らしい人が買ったんですって。ね、みんなが競うのよ。私のおねだりするのがちょっと遅かったの。でも、あの分お借りしていていいでしょ？　ちょうどあれぐらいの石を捜してみたいんです。ね、そのままお借りしておくわ。」

そうして歌子はなかなか次の石を買わなかった。私は催促するのもみっともないと思い、彼女に逢う日も、その指を見て、ダイヤの目立ったのを指環にしていないうちは黙って忘れたふりをしていた。彼女がダイヤを買えば、その指環をして来て見せる筈であったが、そのことなくして三カ月ほど過ぎ、もうその金のことを口にすることもできなくなった。

私はある日、あの石を見た百貨店へ行ったついでに、あの宝石のショーケースの前をのぞいて歩いた。私がのぞき込んでいるのを見て近づいて挨拶したのは、あの時の神経質な、疲れたような顔をした中年の店員であった。

「この前は残念なことでございました。ほんの二日ほどの違いで、あの石は別な人の手に入りました。」

私はあの石が本当に歌子の来る前に他の人に買われたのだろうか、という疑いを持っていたのだが、これでそれが本当だと分った。それにしても、たった一度歌子と来た私のことを彼が覚えていることに驚いた。ひょっとしたら私の本名や職業を知っているのかも知れない、と思った。だが、そうではなく、歌子の方を前から見覚えていて、その歌子と一緒に来た客として私を覚えていたのだった。高価な買物をする客の数はそう多くないので、こういう売場の人間は、その一人一人を覚え込むもののようであった。

「残念がっていましたが、そのうちにまた何か見つけて買うつもりだと思います。」

「ちょうどまた、こんなのが入ったところですが」と言って彼がガラスケースの上に二つ似たような石を取り出して並べた。それは前に見たもののような青味はないが、異様なほど光を反射する石で、二つとも形は前のよりは小さかった。

「これは二つとも同じ原石から取ったものだと思います。こういう特殊な輝きの石は言わば名石というもので、ちょっと無い光りかたなのです。」

その大きさや値段をたずねると、彼は言った。

「全く同じ大きさに見えますが、実はちょっと違うので、一・八五カラットと一・九五カラットです。しかし、これはペアとして扱われていますが、大きい方が二百万円、小さい方が百九十万円でございます。税金がついて、ちょっと高くなっております。長いことこの商売をしていますが、こんな光りの美しさで、しかもペアのものにぶつかることは、何年に一度というほどしかございません。」

私はその石にひどく引きつけられた。細かく、数多くの面にカットされたその石は鋭く光を反射して、石の内側から発光しているような感じがした。

歌子にその一つを買わせよう、と思って、私は近くの喫茶店から歌子のアパートに電話をかけた。正午をすぎて間もない頃であったが歌子は起きていた。

「あら、すばらしいお話ね。私もすぐ行ってみたいけれども、それよりも、その前に御相談したいことがあるんだけど、私のとこにお出でいただけない？　今日は柾子も遅くなるし、お手伝いはいないし、私ひとりなんだけど。」

彼女が石を見ようとしないのがなぜか分らなかったが、私はあの永代橋の近くのアパートへ出かけた。歌子は私が着くとすぐ、あの見晴らしのいい客間でウィスキーを出してもてなしたが、呼んだのは私との逢い引きを予定してのことだとすぐに分った。

私は歌子と逢うときに、そのアパートを利用できないのを不便だと思っていた。私の年配になると、主として中年までの男女が利用するホテルや宿屋などに出入りするのは気の重いものだ。誰にも見すかされることがなく、日常の交際の形で女に逢うことのできる場所があれば何よりである。それは歌子だって同じことだと思う。だが歌子のアパートには手伝いがおり、柾子がいる。その二人がいない今日、歌子はその家を私との出逢いに利用する気で私を呼び寄せたことが分った。

この前に来たとき、歌子が焦げ茶色の鳥打帽子を、私の目をかすめるように押入れに投げ込むのを見たあの箪笥や茶箪笥が窮屈に置かれている室が、そのために使われた。やがて真夏になろうとする頃であった。彼女は急いで敷き蒲団をしいた。

そのとき私の目に、歌子がその室の帽子かけから帽子を取って押入れに投げ込んだ時の素早い動作がありありと見え、また柾子か手伝いの女の子がいつ帰るか分らないという不安もつきまとっていた。歌子もまた私をせかせるようにした。それらのうちのどれが原因なのか、私は能力が出て来なかった。珍しいことであったので、私はすっかり狼狽した。

やがて歌子は、あきらめたように、起きあがって隣の室から飲み残しのウィスキーのグラスと煙草を運んで来た。そして敷いただけの蒲団の上に俯向けに寝て、ウィスキーを飲みながら言った。

「ねえ、さっきのお話の石、とてもよいものだった？」

「そうだよ、僕も金があれば一つをほしいと思っている。同じような二カラットちょっと切れるのが二つあるんだよ。君はそのうちのどっちかを買う気がないのかな？」

「ほしいわ、そんなの。」

「どう、すぐ行かないと、この前のように残念な思いをするぜ。」

そこで歌子は飲みかけのウィスキーグラスを置いて、シガレットに火をつけた。そして返事をせずに、煙を細く長く前の方に吹き流していた。やがて彼女は、ちょっとやけになったような口調で言った。

「あの時のお金はもうないのよ。」

「ないって、全部ないのかい？」

「だって、お金って、そういうものなのよ。使用人たちの月給を払うとか、前に月給から差し引いていた所得税の未納の分を税務署に払わねばならないとか、いろんなことで、百万足らずのお金なんてものは、あっという間に指の間から滑り落ちるようになくなるわ。」

私は沈黙した。ばかにしている。宝石を買うなどと言って、私から取り上げ、それを酒場の女たちの月給に払ってしまったらしい。私は腹立ちまぎれに言った。

「月給ってのは、店のきまった稼ぎで払うべきものだよ。君は誰かにみついでいるんじゃないかい？」

言ってしまった時に、私の目にあの焦げ茶色の帽子が、歌子の手から離れて押入れの中にふわっと飛んでゆくさまが浮んだ。歌子はまた沈黙した。そしてもう一本のシガレットを抜き出し、それに一人で火をつけた。

「そういう事だってあり得るわよ。」

歌子は腹の中から押し出すような図太い声で、ふきげんに、叩きつけるように言った。私はひやりとした。言わなければよかったのだ。だが、私の内部にも、私の制御の利かなくなった別な人間がいた。そいつが言った。

「ずいぶん続いているようじゃないか。僕にしても、君に使わせる金は作る気があるけど、そっちまでは手がまわらないぜ。」

歌子はむっとしたように、私の方に目を送った。しかし、ちょうどいい言葉が出ないらしく、固い表情で黙り込んだ。

突如として、私と歌子の間に深淵が現われたのだ。ちょっとした言葉のやり取りは、私の思いがけない不能が誘発したものであったけれども、それは、私がこの前この室で見たあの焦茶色の鳥打帽が私の前に立ちふさがったからだったのだ。

「私のために身代をつぶした人もあるのよ。あなたの御機嫌をそこねても仕方のないことだって起るわよ。でも私、その石ほしいわ。」

石を持たせようと思うなら、改めてその全額を払って手に入れてくれるのが当り前だ、と言わんばかりだった。女に金を使うとすれば、そうすべきが本当だというのだ。

私は恥かしめを受けたように感じて黙り込んだ。そして、歌子と別れるなら今が機会だ。けちんぼ、しみったれと思われているときこそ好機会だ、と思った。

「いいよ、いいよ。そんなに説明しなくたって分ってる。」

そう言った次の瞬間に私は、今すぐ自分の銀行に行って金を作り、あの石を二つとも買いとって、一つをだまって歌子に与えよう、という考に変った。やきもちを焼いて言ったのではないと分らせてやりたい、というのが私の気持だった。

十四

私は次の日、あの百貨店へ出かけ、二つ揃ったあのダイヤモンドを買って来た。そして、机の上に黒い紙をひろげ、その上に石を置いてみた。ほとんど大きさの違わない二つの石は、その裾が尖っていて、真直には立たない。石が不安定に動くに従って、その内側から光を放つかのように鋭く光を反射した。ことに夕暮れの薄闇の中では、白い沈んだ光を放って、私を引きつけるのだった。

眺めていても切りがなかった。結局光は物理的なものだし、その貴重感は値段のことだと考えて、私は二つの石を引き出しにしまい込んだ。だが、そういう宝石を家に置くというのは厄介なことであった。私は考え直して、鍵のかかる物置部屋に入り、その片隅に置いてある小引出しの沢山ついた鉄板製の小箪笥の二段目の片隅に、それを紙に包んでしまい込んだ。その小箪笥も鍵のかかるものだったから、一応は安心であった。

私はまた画室に戻り、冷房装置をかけて寝ころんだ。変なことになった、と私は思っていた。私の画室には、明治大正期や桃山期の作品で、その石ぐらいの値のあるものが何枚もある。私自身の手になる絵にしても、百万円以上の値をつけられたものを何枚か置いてある。そういうものに防火的な手段を講ずることをせず、盗難の予防法も講じていなかった。それ等の絵は運びに不便であるにしろ、盗もうと思えば盗み出すことができる。それを画室に放っておいて、芸術作品としての意味があるとは言われない小さな石を特別の貴重品に扱うことがおかしい。小さいからと言って、なぜ自分の作品より大切に扱わねばならないのか?

次の日の朝、西崎運転手の妻の梅子が私の画室に食事を運んで来た。

「小出さんは今日はお休みをとりました」と梅子が言った。派出婦の小出とも子は時々気ままに休みをとるのだ。

「あ、そうか。お世話さま。」

「うちも昨日の午後申し上げましたように、田舎の方に法事があるということで出かけたんですが、今朝早く帰ると言って行きましたのに、まだ帰っておりません。」

西崎の田舎は信州の上田であった。

「いや、今日は別に車がいるわけではない。」

「はい、申しわけございません。」

「梅子さんたちの八畳の隅に金庫があったね?」と私がたずねた。

「はいございます。」

「あれ、君たち使っている?」

「いいえ、開けかたも分らないんですもの。何か？」

「いや、ちょっと、あとで見たいんだ」と私は言葉を濁した。その金庫に二つの石を保管しようとはっきり考えたわけではない。

運転手の西崎良平夫婦を住ませているところは、昔の私と京子の暮していた部分のほとんど全部で、この家の半分以上を占めている。私と妻が茶の間に使っていた八畳間は、台所に近いものだから自然に炊事を受け持つ西崎夫婦の居間のようになった。

私の妻は、病院に入る前に、どこからか小型の金庫を買って来て、その八畳に附属している庭につき出た三畳間に置いた。病院に持って行けない私用品を入れるために役立てたようであった。古い銀行通帳や、履歴書のようなものや、小さな金の出入のメモや、古い写真などがそこに入れてあった。妻の死後、その三畳を梅子が使いたいというので、金庫は八畳間に移したのだ。

その鍵は、画室の物入れの引出しに、外の鍵と一緒に入れてある筈であった。いつの間にか私はその金庫の合わせ番号も忘れたが、何かの手帳に書いてあるだろう。

食事がすんでから私は、金庫を画室の隣の物入れ部屋に移すことにしようか、と考えた。ふだん私は西崎か梅子に用があるときは、ベルを押すとか、渡り廊下で玄関に出て、そこから、むかし私が妻と住んでいた古い住居の方に声をかける。そして、めったにそこへは入って行かない。

食後しばらくして、私は八畳の金庫を見ようと思ったが、内部から西崎の住んでいるところへ入ることを躇う気持から庭へまわった。この家の東端はほとんど隣家の物置きと接していて、垣根との間はやっと人が通れるほどである。そこが私の使う南の庭と、西崎夫婦の使っている北庭との境である。私はそこを抜けて裏手にまわり、もう使わなくなった古井戸の石の枠が、勝手口の前にあるのを見た。それは遠い昔に、元気な時の妻が赤い襷をかけてそのそばにしゃがみ、洗いものをしていた姿を私の目に浮かばせた。

私はそのとき、昨日から西崎が留守だったことを思い出した。私は足音を忍ばせて歩いたのではないが、勝手口の手前で、八畳間の東に向いている窓の前を通るとき、そこに下げてある古い簾の横から室の中をひょいと見た。すぐ目の前の室の隅に金庫があった。あっと思ったとき私はそこに、梅子が新聞紙をひろげたのを顔にかけて昼寝しているのを見た。室の向う端の敷居のあたりを枕にして、斜めにこちらに脚をのばして彼女は寝ていた。藍色の地に太い縞のワンピースが短くずれあがって、太ももがほとんど露出し、だらしなく、白い皮膚のくびれを見せて、両脚を心持ち開いて投げ出してあった。

ひろげた新聞が顔を蔽っているので、露出した脚が梅子のすべてのようであった。梅子は四十になったかならぬほどの年で、美しいという女ではなかったが、その表情に投げやりなところがあり、この女には近づくことができる、という印象を男に与えた。多分客商売の経験があるのであろう。

梅子は私の心を引くようなタイプの女でなかった。その上、派出婦の小出とも子が来ないときは、梅子がいつも私の食事の世話をしていたので、私はこの女性に慣れすぎ、新鮮さを感じなくなっていた。

ところがこの投げ出された脚は、梅子の肉体の存在をまざまざと私に押しつけることとなった。私は足音を忍ばせて、また隣家のもの置きの横を通り抜けて南側の画室に戻った。

当り前に暮していれば私は、あの梅子に近づくようなことはない。しかし、渡り廊下でつながったこの家に、男と女として二人っきりで置かれていれば、私が家の内部からあの八畳に入って、梅子に近づくことはあり得ることだった。私と梅子は、慣れ親しむが故に肉体を忘れがちに暮している男と女である。ある意味では、夫婦が慣れ親しんで肉体の魅力を感じ合わなくなったのに似ている。

しかし梅子はいま、私の年齢の男が心を引かれるような中年の熟した女性の身体を見せて、あの室に寝ころんでいるのだ。

私は画室の縁側に腰を下した。絵描きが女の裸の下半身を見て、衝撃を受けるというのは変なものだ、と私は思った。しかし意味が違う。女の使用人には無関心でいても、その女の肉体が突然目の前に現われると、見なれたモデルの肉体よりも強い刺激となり、直接の性の誘惑となる。

そう思ったとき、私は、あれは梅子の誘いではなかったか、と考えた。夫が留守で、派出婦が休みをとった。そしてそれを知りながら私が、八畳間においた金庫のことを話題にした、と彼女は考えた。

多分私があとで西崎の住居の方に入って行くと彼女は思っただろう。そして声をかけずにその住居に入って行くことは、彼女を求めて行くことである。するとそこに梅子が、昼寝している、顔に読みかけの新聞をかけ、脚を投げ出して。

軽い戦きが私の身体を走った。多分、さっき私が裏庭の方にまわって行ったとき、下駄の音を梅子は知っていた。そして私の近づくのをはかりながら、急いで横になり、脚を投げ出し、新聞紙をひろげ、音を立てぬように顔の上にひろげた。顔を見せぬようにうたたねの形をするとは、なかなか思いつきだ。

私は画室の縁側に腰をかけてからも、しばらく胸がどきどきしていた。いま、内側の渡り廊下から行って、古い家に入る。そして玄関へ出ずに右手の襖を開けるとすぐのところに、あのガサッと鳴りそうな新聞をかぶったあの顔がある……。

私の身体は、抑制するいとまもなく立ち上りそうであった。そして忍び足で、廊下を渡ってゆく……と私は考えた。

　男性の本能が私を駆り立てていた。あの古風な、据え膳食わぬは、という言葉が、そっくりそのままの形で私の前に浮かび出た。誘惑というものはこういうものだ、と私は思った。

　しかし私は動かなかった。心の奥の方から、いやな声で何かが私に話しかけていた。同じ家にいる運転手の女房に手を出すなんて、と。私はそれにこだわった。それに、そこでだけは心平らかでいたい自分の家で、今日からあと、私は絶えず人の顔をうかがい、足音に気を配り、車で西崎のうしろに坐っているときは、彼の心の動きの一つ一つを警戒しなければならない。それは、やり切れない。

　私は「心の平安」という西洋流の言葉が、いかに自分の日常に取って大切なものであるかを、この年頃になってしばしば思うことがあった。若いときは、心の平安を目あてにして生きるなどとは、私は思いもしなかった。しかし自分以外の人間と自分とが同じ心を持っている、と考えるようになってからの私は、少くともいま自分は人に害悪を及ぼしてはいない、と思っていられることの幸福が分って来た。

　いま私は、その心の平安を失わぬことをもって、抵抗の根拠とした。

　夏の午後西崎の妻女は、涼しい風の通る東向きの家でうたたねをしている。ただそれだけのことかも知れない。しかし私が描いた妄想が事実かも知れないのだ。そして、私は何度目かに、また何十度目かに、人生の真相というのは捉えられない、というあきらめを自分に与えて、この問題を終りにした。「真相」は分らない。それを無理に追うよりも、曖昧さの薄闇の中に、もの事をおぼろなままで放置せよ。そこにあるおぼろな形が人生なのだ。

私は絵の技法を援用して、もの事を不安な形のままに放置することに、ある人生の味わいを見た。そして、ともかく、今日は家にいない方がいいと思った。

私は二つの石を裸のままハトロン紙の封筒に入れ、小さく畳んでズボンの内側のかくしポケットに落し込んだ。夏のことで上着を着ないからである。だが私は画室の雨戸をしめてから考え直し、石を一つずつ別の封筒に入れて、同じポケットにしまった。

私は小さなトランクに、スケッチブック、カメラ、手帳、それから洗面道具などを入れたのを持ち、奥の室には声をかけず、しかし音を立てて戸障子を閉めてから、家を出た。表通りで車を拾い、走り出すとともに大きな吐息をついた。狼の口を脱出したというよりも、機会を見送ったのがいまいましい、という気持であった。

独りものの暮しは、自由でもあり、はかないものだった。京子が生きていた時のように監視されないことは、いたわられもせず、保護もされてないことであり、自分のことのように私を気づかっている人間が、ほかにいない、ということであった。その鞄を下げて家を出ると、それで私は全部であり、どこに行って暮してもよいのだった。木の葉が一枚風に漂って運ばれるに似て、存在感がないのだった。

　やっと私は余裕をとり戻して考えた。前々から私は梅子という女性のああいう傾向に気がついていた。人妻でありながら、何となく、妻という枠にはまっていない女性がいるものだ。梅子がそれだった。ずっと昔、私の隣の家の市役所に勤めている男の妻がそうだった。たいてい子供のない女で、どこかうす汚れて見える。そして、よその男を見る目に、怖れとか、ためいというものが、漂っていない。そのまま、別な男をすっと自分の男として受け入れることができる、という感じがその目の表情にある。隣家の妻はそういう女だった。そしてある日突然失踪した。あとで考えて、普通の人妻と違うところは、男に怖れを持たぬ目の配りと投げやりな身ぶりであり、それが、梅子とそっくりだった。

　四十歳の女が、六十歳の私に前々から愛着していたなどという筈はない。しかし西崎夫婦が私の家に住みついてから七年ほどになる。朝夕に私と顔を合せており、派出婦は次々と変ったが、私の食事や洗濯、掃除、郵便物の整理など、梅子の手を煩わすことがしばしばである。男は慣れ親しむことで新鮮な誘引感を失うが、女は親しむほど相手に異性を感ずるようになるらしい。そして夫も派出婦も不在のとき、独りものの私が金庫を見たいなどと謎をかけるような言葉を口にした。誘いに応じないでいることはない、と梅子は思った……。

　私は運転手に、東京の方へ走らせてくれ、と言っただけで、梅子と私との間に、起るところまで行かなかったその事件を考えつづけていた。

「このまま真直ぐでいいですか?」と車が青梅街道に入り、西の郊外に伸びている地下鉄の駅に来かかったとき、運転手が言った。

「あっ、ここでよい。ありがとう。」

私は車を棄てて、地下鉄の駅に入り、歌子の家に電話した。歌子はすぐそばにいるような声で返事をした。何かを気づかい、はばかっていながら、それを口に出して言うことができない、というような抑えた声だった。

「はい、うちにおります。どうぞ。」

その地下鉄で真直ぐ、私は永代橋のそばのアパートへ訪ねて行った。今になって私は、歌子にこの石を渡す理由がないような気がした。ばかなことだ。そう思いながらも私は、前に渡した金を使ってしまった歌子に、買った石を渡したいのだった。その意味が、性行為と同じものではないか、と私は気がついた。年寄りにとっての性、それは性そのものが本当に自分の快楽なのでもない。相手を喜ばせることに生き甲斐を見ていることだ。宝石を一つ持って行って与えることは、常住の喜びをその相手に与えつづけることではないのか?

女への贈物という、昔からある男性の浪費癖はそのことだったのか、と考え、私は自分の思いつきに驚嘆するような気持で、そうだ、それに違いない、と改めて納得した。その石を飾り、女がほほえむとき、君はその女を所有しているのだ。女の美貌とその智慧という、その石を得るまでに働いた女の力のすべてを君は所有しているのだ。

一昨日私は歌子の室で、あの市川の帽子を思い出したために不能になった。不能は精神的な原因ではじまるものだから、また起るかも知れない。そうでなくても私はこの頃、歌子と十分に歓をつくしたあとでは、目の前に動いている、巷の人々の顔が生気を失って見えることがある。私と同年配か、年上の男たちが、どたどた、とぼとぼ、よちよち、と足を運んでいるのを見ると、糖尿病、リューマチス、中気などの病気をすぐに連想し、そんなにまでして人中へ出なくてもいいのじゃないか、という気持になる。また、昔は髪も黒々とした風采のよかった友達が、髪は抜け、頬はたるみ、老醜という言葉そのままな顔になったのに逢うことがあると、私は自分の衰頽を見せつけられたように目をそむけたくなる。そして若い、三十から四十ぐらい、五十前ぐらいの男たちが自信のある顔で生きているのは当然だと思う。

男はまだそれでもよいが、私の中に力が足りない日には、女が生気なく、魅力なく見えるのには当惑する。そういう日も私の目は自分の好きなタイプの女性を追う。二十歳代には、知り合いの四十近い女性にも魔法のような引力を感じたものだった。ところが、それと似た女性を目の前にしても心が動かない。妙なことだ、と思う。そういう日には、年若い、ととのった顔だちの女性まで、何のためにこの女は唇を塗ったり眉を描いたりしているのだろう? 何の役にも立っていないのに、と不思議なものに見える。そして忽ち私はさとる。今日はおれの中に生気が足りないのだ、と。そして、これが年をとるということなのだ、と私は分って来た。

知っていた女性たちは、私と同時に年とってゆく。彼女等の年のとり方は次第に駆け足のようになる。パーティーとか、同業者の集会などで、三月、半年、一年ぐらい間を置いて知った女を見る度に、私は自分と同じ速度で、自分の少し前、少し後の年齢の女性たちが衰え、老けて行くのを理解する。

それでもなお、女性の顔や姿の変り方には、ある節のようなものがある。歌子でも、三十歳代になった頃は、その前の彼女特有のものだった桃か林檎を思わせる若々しい美しさは失われたが、やがて、その目を大きく見開く癖が出来た。すると黒く輝く石のような目を中心として、鋭い美女のイメージが生れた。それが失われつつあるのがいまの歌子である。しかし今度は、太りはじめた歌子は、頬がふっくらと張り出して、痩せぎすの二十歳代、三十歳代とはちがった、おっとりした色白の、しかし強い中年女のイメージが出来て来た。それを彼女は自分のものとしてうまく生かしている。

女が四十をすぎ、五十歳代になって、あるとき衰えたな、と見えることがあっても、また別なとき、その年齢に特有の形を生かして魅力的に見えることがある。そういうとき、多分彼女は恋愛をしているのだ。でなければ私がその女に心引かれているのだ。私はそのことを色々な女性との経験で知っている。

　咲子がそうだった。老婆になってしまったかと見えたのは、彼女が愛人を喪くした時であった。そのあとはまた彼女は立ち直って、年にふさわしい女の姿を作りあげていた。あのはたた神のような叫びを発する女歌人伏見千子が私より年上であり、その年にふさわしい身づくろいをしていながら、いつまでも美しいのは、色恋も含めて、その生活を芸術の中に浮び漂わせて生気を保っているからにちがいない。

　自分は愛されている、と思っている女はいつも魅力があるものだ。そして私はいま、愛されているという意識を女に与える男性の幸福を味わうために出かけるのだ。

「いらっしゃい。どうかなさって、龍田先生？」と扉をあけた歌子が私を見上げた。

　そのとき、私は急に、西崎梅子の設けた危険な罠からのがれて、ここにたどり着いた、という気持になった。

「危ないとこだったよ。」

「あら、なにが危なかったの？」

　つき当りの見晴らしのいい応接間へ彼女が先に立って私を導いた。私はそのうしろを歩きながら、ズボンのバンドの裏側にある隠しポケットから、石の入ったハトロン封筒を一つ取り出して手に持っていた。

「とって食われるところだった。」

「まあ先生、とてももててるみたいだわ。でも無事で来られました?」

「まあね。」

応接間に入って歌子は私の方をふりかえった。私にじっと強い目を注ぎながら、彼女の口調は前と同じ遊びの調子であった。

「どうだか分るものですか。」

何となく家の中に人のいる気配がしていた。女中も柾子もいるのであろう。

私はうしろ手に応接間のドアをしめると、私をにらんでいる歌子の目の前の円い卓の上で、そのハトロン封筒を逆さに振った。キラリと光り、コトッという小さな音を立てて、青黒いテーブルの塗料の上に石がころがり出た。

「はい買って来ました。あげます。これを質に入れたり、売ったりしないこと。自分で出かけて、指に合せた指環を作ること。」

「まあ。」

歌子はちょっとの間、手を出さなかった。小さな虫か何かの生きものを見るように、彼女はテーブルに屈み込んで眺め、左、右と身体を倒して横から眺めた。

それから彼女は、右手の二本の指でそれをつまみあげ、左の掌の上で、ころがしたり、ゆすったりした。どうやらそれは、二つの石のうちの心持ち大きい方であることに私は気がついた。

「まあ、素晴らしい光だ。私うれしいわ。どうもありがとう。」

彼女は左の掌にそれを握ったまま、円い卓と、それに寄せてある三脚の椅子を大きく迂回して私に近づき、小娘のように恥かしげに顔を少しそむけながら、私の肩に手をかけた。私が右の手でその白い顎を持ち上げるようにしてやると、やっと歌子の唇が私の顎のあたりまで来た。

そして歌子は、熱心に、やさしく、一種の精神的な情熱で私に接吻した。

「私、悪い子でした。でも前に頂いたお金は仕方がなかったのよ。だからこれ、高いものについてしまったわ。」

「それはそうだよ。高いものについてるよ。」

「この石はケースがなかったんですか?」

「いや、石だけのときは特にケースというものはないが、君の持っているどれかの指環のケースに入れておくといい。しかし指環にしないうちはころがり落ちるから危ない。それから、百貨店で聞いて来たことをつけ加えると、日本ではこんな石はきまって単純な型のプラチナの指環にはめ込んでおく。それならデザインというものは決まっているが、しかしもし西洋流に扱うとなると、一つのダイヤをそれだけで指環にするのは淋しいのだそうだ。つまり白い空間に花を一輪描くのと、バックを悉く何かの形や色で埋める西洋の絵とのちがいが、指環のデザインにもあるらしい。」

「うーん、私もそういうこと聞いてるわ。ダイヤを中心に、ルビーとかサファイアの小さいのをまわりにちりばめて、デザインをするのでしょ？」

「それも、君が行ってみて、サンプルを何か見せてもらって考えたらいいだろ。まわりにあしらう粉のようなルビーなどは、一つ千円という安い単価のものだそうだから、あまり大きな負担にはならない筈だ。」

「はい、分りました。でも、昨日のお話だと、この石は対になっていたってお話だけど、もう一つはお買いにならなかったの？」

「買ったよ。」

「まあ、それはどうなさるの？」

「持ってるよ。」

「誰かほかの人にあげるのはいやですよ。」

「それは分らない。僕だって、まだほかにやりたい人が出来るかも知れない。」

「あら、あんなことを言ってる。」

歌子は、つまらぬことを言って藪蛇になりかけたことが分って、口をつぐんだ。

「今日、柾子君いるか？」

ねた。

「ほら見てごらん。これ、本物のダイヤ、ええと、二カラット？」と私の方を見て歌子はたず

すぐ柾子が呼び込まれた。その柾子に歌子は自分の左の掌にのせたダイヤを見せた。

「逢ってみたいな。」

「はい。」

私は仕方なく答えた。

「一・九五ということだったかな？」

「一・九五、つまり大体二カラットの石というものは大体この大きさなのよ。柾ちゃん、見て覚えとくものよ？」

柾子は、宝石などというものをどんな態度で見ていいのか分らず、ただぼんやりと、珍しい小動物を見るように眺めているだけであった。

「あら、柾ちゃん、龍田先生に御挨拶しなさい。」

「こんにちわ、龍田先生」と柾子は、この前見たときよりも親しみのこもった目で私を見て頭を下げた。

そのとき私は、あんな運転手夫妻と同じ家にいて、不安定な暮しをしているよりも、この柾子を連れて歌子が自分と一緒に暮してくれたらいいのだがな、と不意に思いついた。

もし私が彼女と同棲をはじめると、歌子がもとのパトロン市川某をまだ引きずっているらしいことが邪魔になるだろう。また彼女の曖昧な過去の生活のために、風騒会の岩井透清のような老人で、私に好意を抱いているらしい人が、何となく機嫌が悪くなるのではないか。そうすれば私は、風騒会に入れてもらえる機会を失うかも知れない。

そういう気づかいが附きまとってはいたけれども、この柾子という少女を置いた家庭を持ちたいという空想は私に取りついてしまった。私は迫って来る老齢の周辺の冷酷さから、今のうちに逃げ出して、暖い巣を作りたいらしいのだ。それを私はいま急にこの場で言い、歌子に切り出すきっかけもないまま、冗談を言った。

「どうだい柾子さん、小父さんはもう一つ、これと同じダイヤモンドを持ってるんだ。どうだ、君は、小父さんの所の子供になれば、それを君にあげるぜ。」

「いやだ」とすぐ言って柾子は口を大きく開き、下の歯の並んだ上に赤い舌をのせたまま、横目で私をにらみ、歌子にとりすがった。しかしその顔は嫌悪感を見せているのでなかった。お嫁にならないかと言われて当惑した女子中学生というような、はにかんだ笑顔であった。

「あら、おかしな龍田先生だね。本気ですか、先生？　そんなことはこのお母ちゃんがついている限り容易なことではないんですよ。でも柾子ちゃん、どう？　この石すばらしいと思わない？」

歌子は石に気を取られて、私の真意に対しては警戒心を示さなかった。

彼女はその石を人差指と中指との間の谷間に、細い方をはさむように載せ、右左に傾けて、光の反射するさまを楽しんでいた。

「ほんと、この石すごく光るわ。本当のダイヤモンドなの、お母さま？」

柾子はやっと石が本当の宝石だと考えはじめて、母親のそばにぴたりとつき、母の顔と自分の顔を並べるようにして石の光をのぞき込みはじめた。そして石に目を注いだままで小声で言った。

「これ、龍田先生のものなの？」

「うん、だけど、ちょっとお借りしてるのよ。」

「まあ、すごい。ちょっと、ちょっと、お母さま」と言ってから私の方を横目でにらみながら、更に声を低くして柾子は言った。

「私にちょっと持たせてよ。ほら、私の指にのせてみてちょうだい、同じ所に。」

歌子は、自分の指にはさんだと同じ形で、石を柾子の人差指と中指の間に載せてやった。

「まあ、すごいわ、この石。」

柾子はしばらく、そうして夢中でいたが、その間、私は柾子を見やりながら、その少女らしい熱中ぶりを楽しんでいた。もしこの子供を中心にして、家庭を歌子と持つことができれば、私は歌子が市川某その他の過去の男たちに区切りをつける限り、あまりうるさいことを言わずに、歌子を妻として入籍してもいいのだがな、と思っていた。

もっとつきつめて言えば、この童女そのままの柾子を自分の子として家におくことができるならば、その母なる人は歌子でなくってもいい、という気持になるほど、私は柾子の切り下げ髪、日に焼けた頰、その子供らしい清らかな少女ぶりに心を奪われた。

年とると、女らしい熟した女よりも、少女のような性の匂のしない女性が好きになる、と言われている。しかしこの場合私は、柾子を女として愛情の対象に考えてはいなかった。あくまで、自分の家に育って行く童女がいる、ということが好ましかったのである。自分のうちで育て、女になったらば、然るべき所に嫁にやって、という風に、自然に私は空想した。

私が入ってきたときから鞄を持っているのに気づいていた歌子は、私とどこかへ出かけることを考えはじめていた。柾子を自分の室へ帰してやり、それから歌子は言った。

「旅に出るつもりでお出かけになったんでしょ?」

「旅? ああ、鞄のことか、別にそういう予定が立っていたわけではない。我々は時々、スケッチをすると気が落ちつくんだ。ちょうど女ならば白粉を買うとか、半襟、着物などの見立てをして歩くと、ヒステリーが直るというように、機嫌の定まらぬときはモチーフさがしと言ってスケッチに歩く。」

「じゃ龍田先生、あなた昨日から機嫌が悪いの？」

そう言って、ふたたび歌子は私に甘えて取りすがった。猫がじゃれつき、身体をこすりつけるように、歌子は私の両肩に手をかけたり、ふと後ろから耳たぶを嚙んでみたり、私の膝に乗ったりした。

「ね、私を連れて行って下さい。お店はあの人たちにまかせておいても大丈夫なのよ。この夏はずっと暇なんだから。」

「君が一緒だと仕事にならないからな。」

「でも、もしそうだったら、私すぐお傍を離れるわ。ね、いいでしょう？　私この家に今日はいたくないのよ。」

歌子は、私の承諾を待たずに手早く着がえをした。

「ちょうどいいわね、これぐらいの鞄。私も小さな手さげ鞄がほしいな。ほら、ハンドバッグのほかにこれぐらいのものは必要なのよ。」

歌子はちりめんの風呂敷に、洗面道具らしいもの、着がえらしいものを包んで手に持っていた。

「よしよし、じゃ、またあの百貨店へ行って買ってやるか。」

「じゃ、すぐあの宝石部へ行きましょうよ。そうすれば、この石をはめる指環のデザインを考えてもらうこともできるでしょ？」

「そうか、それが君の目的だったのか。しかし指環とまわりの飾り石の費用ぐらいは自分で引き受けておくれよ。」

「もちろんだわ」とすぐ歌子は引き取ったが、その調子は、その瞬間に彼女が心を入れかえたことを語っていた。

「でも、どんなデザインにするか見て頂くには、御一緒の時がいいもん。」

「じゃ、そういうことにするか。」

私たちは地下鉄に乗って日本橋の百貨店に行き、その石を買った部へ行った。昨日私が買ったときに逢ったあの神経質な眼鏡をかけた主任らしい男が出て来た。

「どうも、ダイヤをほかの石で飾るというやり方は、日本ではまだデザインがあまり上手にできないんです。これぐらいの石になりますと、西洋人だと、幅の広いデコデコの指環にして、山のように色々な石をとりつけて、その真中に置く、という目立たせかたを致します。これが日本人の気に入らない、というよりも、どうも日本の女性の方々の着つけ、お顔や、指や襟もとの形などと調和しない、と私もこの頃は思うようになりましてな。」

その主任は、昨日私に言ったのと反対の意見を言った。西洋流の指環に近づけてにぎやかにする方が新しい、と彼は言っていたのだが、目の前にそれを身につける当人の歌子が現われると、彼は歌子には、やっぱり単純な石一つ、白金の細い環というのが合う、と思った気配であった。

そう言ったものの彼は、ダイヤをサファイアやアメジストやルビーで囲った指環をいくつかそろえ、出して並べてみせた。彼はしかし、私が二つ買った石のもう一つの方のことを口に出さなかった。石二つ、女が二人と思っているにちがいないので、私はこそばゆい思いをした。

しかし私はにこやかにして、考をきめかねている歌子を持てあましているその主任の前に立っていた。私は色々なことから、近頃は歌子が気に入らなくなり、持てあましていたのだが、今日柾子を見てから心が変ったのである。ズボンのバンドの裏側のポケットに入れているもう一つの石を、本当に柾子にやりたいと思い、そのためには、歌子の機嫌をそこねまい、と決心したのである。

これから彼女とどこへ出かけたらいいだろう。近くって、いい宿をさがすことができるのは箱根である。ウィークデーだから、そんなに混んでいる筈がないし、山、谷、湖と景色に変化のあることも、スケッチという作った口実にうまく合うだろう。本当に歌子を持てあましたら、スケッチを理由にして私だけ伊豆半島の方へまわってもいい。そうだ箱根に一晩とまって、次の日は伊豆半島の南の端へ一人で行くのがいいな。

私が空想している間に、歌子の着想はやっと三つのものに煮つまって来た。一つはうす紅いルビーの細粒であのダイヤを囲うもの、一つはサファイアで囲うもの、もう一つはただ単純にその石だけを白金の台にのせるものだった。

私は第三番目の案が結局いいということを知っていた。指環は独立しているのでなく、身体の、衣服全体の一点なのだ。それに日本人の肉体は、ぬめっとして節がなく、全体がなめらかな丘の曲線なのであるから、それに下手に飾った節をつけるような、盛り上った指環は決して合わないのだ。何か貴い石をただ一ヵ所において、一瞬間光り、次の瞬間には闇の中に沈んでいる、という奥深い印象を与えるのに役立つ場合だけ、ダイヤモンドは日本の女性に似合うのである。

歌子は、その主任も私も同じ意見を持っていることが分ったので、白金の細い輪に石一つをのせるという形に決めた。

そしてその日、私は歌子に山型の手頃なボストンバッグを買ってやり、それを持たせて、電車で箱根へ出かけた。

十五

　夜中に寝室の床の間の隅にある受話器が鳴った。夜はそこに切りかえて、手を伸ばせば届くところにおいてある。暗がりでその受話器をとった。

「もしもし、龍田先生だすか？　龍田先生だすか？」

　女の声であった。気持が悪い。以前にも、誰とも分らない酔った女の声で、夜中にからまれ、おどかされたことがあるので、私は警戒した。

「はい、私、龍田です。」

「こんな時間に、お騒がせして、申しわけありませんが、私、前山章子です。前山咲子の娘の章子でございます。」

　私は不吉なものを感じた。

「お母さまがどうかしましたか？」

「はい、母が今日倒れましてな。」

「倒れた？　どんな容態ですか、いまは？」

「はい、それが、倒れたのは午後の日のあるうちの事でしたが、しばらく昏睡状態でした。今日は朝からお稽古があって、大勢さん見えられたもので、この秋のおさらいのための稽古をまとめてするのだということで、少し疲れたなあ言いまして、午から稽古場の二階で横になりましてん。一時間ほどして、また別なお弟子さんの集まる時間になりましたよって、どないしてるか思うて、二階へあがりましたところが、えらいいびきかいて寝てますさかい、ゆり起したのですが、目え覚ましまへん。」

女の話は、どんな急場でも、前置きから長々とするものだ。私は思わず、さえぎってたずねた。

「いま危険はないのですか?」

「はあ、さっき、先生に逢いたいと、ちょっと目を覚ましたときに、私に言いましてん。それが、はじめのうち、よく聞きとれませんので、くり返して聞きましたところが、ツタ、ツタと聞えるだけですがな。ツタって何や、と何度かたずねましたが、そのうち、一段と声が低くなりました。そしたら、低い声で、タツタと三声に申しますので、龍田先生に逢いたいのんか、と申しましたところ、目ぶたでうなずきましてん。先生よろしいですか? こんなこと申していてかめしまへんか?」

「大丈夫です。」

「それで、先生の電話をさがし出すのにえらく時間がかかりまして、もう二時間もかかっとりました。ペンネームいうのは、電話帳に出てないものですな。」

「それで、医者は何と言ってますか?」

「いままた眠ってますが、これは発病の時の昏睡とちがうよって、そのまま行ってしまうことはないと思う言いましてん。それで、本人も明日目をさましたときに、先生にお目にかかれたら、どない喜ぶかと思いまして、うちとも相談しました結果、とにかく本人の願いをお伝えしてお頼みしてみては、いうことになりましてん。夜中に、おやすみのところ、まことに恐縮でございました。」

「いや、そんなことは構わないが、しかし、半身不随ですか? 人の言うことは分るのですか?」

「はい、人の言うことは分るようです。」

私はちょっと仕事の都合を考え、それから言った。

「明日の朝、早い新幹線で行きますから、乗りかえなど考えても、午頃(ひる)には着けると思いますが、それでよろしいでしょうか?」

「はい、ありがとうございます。本人はどないにうれしいか分りまへん。」

「それじゃ、おやすみなさい。」

私は電話を切った。そして電気をつけ、午前一時に近い時間であることを確かめた。まだ三時間ほどしか眠っていないのだ。私は眠ろうとして明りを消し、一月ほど前に歌子と箱根、伊豆地方を旅行したときに使った旅行用の鞄のことを考えた。明日の朝すぐ使えるようになっている。そこで眠ろうとしたが、目が冴えてしまった。

眠れなくても仕方がない。前山咲子が死にかけている。今夜にも彼女はこの世を去るかも知れないのだ。薄い夏蒲団だけでは寒いこともあるので、私は蒲団の横に毛布をたてに細長く畳んで置いてあった。それを手をのばして引き寄せ、つま先で拡げて、私の弱点である足首から膝のあたりにかけた。

眠れないな、眠れないだろうな、と思いながら、私はまたしても、あの四十年ちかい昔の夏の夜のことを思い出していた。そのときの思い出は、今年の春早く、倉田満作の碑の除幕式のあとを二日間、前山家に泊ったとき、咲子から聞いたその生涯の物語と結びついて、いま六十二歳で死にかけているその明治生まれの女性の生涯の幾つかの場面を、絵巻物のように順に私の心の中にひろげてみた。

前山咲子の身の上のこと、私が知ったところまでは、娘の章子も知らない。咲子の亡くなった夫は、最もことの真実から遠ざけられていた人間だった。私がいま最もよく知っているその秘密も、やがて私とともに葬られるだろう。私もまた、彼女の全体を摑んではいないだろう。

しかし、聞いた限りのことのおよその輪郭は、私の記憶の中にあったとおりを、自分の仕事と関係ないことだと思いながら、私は書きとめておいた。私がいとおしんだ女の経歴を記録するという気持からには違いなかったが、そればかりでなく、私はそこに棄てておけない一種の様式美を感じたのだった。ゆるやかな線で、人物も背景と同じパターンで、少々だらしないくらいゆるやかな曲線で描いた絵巻物の群像のような感じがした。

私にとっては、前山咲子の痛切な生涯の物語も、絵のパターンで考えられたのだ。色々な疑問が、人生と芸との広い範囲でこの頃私の心に群らがり起るが、これもまたその一つだった。なぜ、前山咲子の秘めた色恋の物語が道徳観からまた嫉妬心から私を圧迫しないのか？それが根本の問題だった。もし前山儀右衛門が生きていたならば、またもし、広川武太夫が生きていたならば、という条件をつけたときには問題となる。しかし、いま年老いて独り身で踊りを教えている前山咲子に私が愛着して近づいても、そこに恐れは湧かない。それが道徳というものだった。道徳は人間の関係によって変るところの頼りないものだ。本当は道徳よりも、それに押し殺される情感こそが普遍の生命で大切なものだ。だから私は、人を傷つけないと思うとき、安らかな心でいることができる。よしんばそれが内緒事であっても。

だが、もう一つ、私がずっとこの夏前から慣れ親しんでいる歌子のことを、その隣に持って来ると、私という人間は、いやな臭気を放つところの、執着の強い老いたる動物として存在しはじめる。私がふれた二人の女の一方は亡くなった友人の姉であり、一方は亡くなった友人の別れた女である。それの双方と時をひとしくして、親しくなるというのは、どんな新しい意識においても抵抗感を呼び起すものだ。困ったことになっている、と私は思う。ところが、その両方とも、ずっと昔、それぞれ別な時に私に近づいていた女性である。それがほぼ時を同じくして復活したという形で、私はこの二人の女性に結びついたのだ。運命がひとめぐりして、もとの処にもどったのだ。

私は闇の中で目を開いたり閉じたりしている。そして、因縁という古い仏教の言葉、人倫というきびしいこの世の規律の言葉を、我が身におし当ててみる。そして私は、その因縁も人倫もともに、私をそこに縛りつける鉄の枠のように感ずる。

みほとけや、神々のゆるしを乞う外はない。そこに女性があり、私が近づいて、触れたのである。また別のときは、闇の中を女性が私に近づいて触れたのである。因縁も人倫も観念の上のきびしい枠であり、私を押しこめてとらえようとする牢屋のようなものだ。その枠を別にすれば、この二人の若いとは言われぬ女性たちは一双の女の絵のように、私の前方に並び立っている。

いま死にかけている一人を明日私は訪ねる。私はその前山咲子なる片方の女の絵姿に、最後の視線を送り、礼拝し、訣別し、香華を献じ、その白骨と化した遺骸を葬るだろう。

私もやがて六十になる。残り少い生の期間を、生きていることの証明である感覚に訴えるものを追いもとめることを許してもらおうと思う。

感覚優先の生き方を、私は、世の常の生き方として主張しようとは思わない。自分の老齢の好みによって、生き方一般の規準を変改しようとは思わない。しかし私は、生命がいま、感覚としてのみ私に知覚されることを知っている。感覚的なものの追求を仕事として六十に近づいた男性の私には、感覚の求めるものすべてを善としたいという激しい内密の願いがある。一月ごとに鈍化し、また磨滅してゆくことが感じられるその感覚の喜びを、拒否し拘束するこの世の約束ごとすべてに私は目をつぶりたいのだ。実に長い間、私の人生の大部分を、私は世の約束ごとを怖れ、それに服従して、自分を殺して生きてきた。もう沢山だ。私にこのあとしばらくは、思うとおりにさせてほしいものだ。

前山咲子の死の予告は、私の内部に、鐘が鳴らされつづけるような、感動の反復を呼び起した。あの人が死ぬ、あの人が死ぬ、というくり返しのうちに、闇の中に見開いた私の目に、涙が盛り上って、左の目の涙が左の頰をこめかみの方に流れ、右の目に浮んだ涙がまた右の目尻にあふれて、耳の方へ流れ落ちた。そのりんりんと鳴るような感動が呼びさますのは、私の二十二歳のときから後の、咲子と私との生が、それぞれに実在して今にいたったという、平凡な、しかし驚嘆すべき事実であり、その片方がいま終りかけているという事実なのだった。

あの泉川という関西の田舎の城下町に生れた一女性は、もし機を与えられたならば、たとえばすぐれた舞台俳優として世に立つことができたかも知れない。それが一人の土木技師の妻となり、夫の女狂いによって色道の地獄に捲き込まれて、他の異性に次々と触れることとなった。私自身が、その間の彼女の接触の相手の一人だった。夫の死後にかえって、その芸を生かし、その愛情を一人の男に注ぎ、もっとも強く、かつ満ち足りて生きたのは、その地獄の体験があったからであろう。そして、その愛人の死のあと、四十年に近い間をおいて、咲子は私に再会し、その過去の男たちのことを語り伝えた。

私は一個の女性が、その願い、執着、気づかい、哀愁、嫌悪の一つ一つを味わって生きたという事実に感動した。「さよなら、さよなら、咲子さん」と私ははじめてこの人をその名で、闇の中に呼んでみた。すると「咲子」は私の恋人であり、そのことでもう一度、熱い涙が泉から湧くように私の目に盛りあがって流れ落ちた。

そのあと眠ったようであった。朝早い新幹線に乗ると章子に伝えておいたが、私は八時近くに目をさまし、朝食もゆっくりととった。そして、三、四日関西へ旅行すると西崎夫妻に言って家を出た。

大阪に着いたのは一時、泉川市の前山家に着いたのは二時半であった。門を入って右手の庭の奥にある稽古所の縁側と、その奥の座敷に、女の弟子たちが十人ほど群れて坐っているのが見えた。

母屋の玄関のベルを押すと、章子の婿の農業組合の職員前山操次が、ジャンパー姿で現われた。

「遅くなりました。龍田です。昨夜はお電話をありがとうございました。ちょうど、こちらへ来るついでがあったので、ちょっとお見舞に上りましたが、御病人はいかがですか?」

私はこの婿の前では、型どおり、他人行儀でものを言うことに決めていた。彼は恐縮して、

「や、これは、龍田先生、家内が夜分にお電話をさしあげたようで、まことに恐れ入りました。はい、今すぐ」と言って、彼は病人のことを言うよりも、妻の章子に私を引き渡すことが大切だ、と言わんばかりに引込んだ。その後は急変はなかったらしい。

章子がすぐ白いエプロンをつけたままで出て来て、小声で言った。

「先生、遅くって心配いたしましたえ。お弟子さんたちには面会謝絶ですが、ちょっとお逢い下さいますか?」

私は靴を脱いで、そのあとに従い、母屋の右の端から渡り廊下で離れにゆき、稽古場の二階の奥の寝室、私が咲子と泊ったあの室へ連れて行かれた。

章子が襖をそっと開けると、白衣を着た看護婦が、ちょうど何か始末するものらしい布類をたばねたものを持って出て行くところだった。真赤な頬をした若い看護婦は、私を別な医者とでも思ったらしく会釈してすれちがった。その看護婦のうしろ姿を見て、章子は私の方に、ち

ょうどよかったと目くばせするようにして、八畳間の病室に入った。

床の間には秋草を取り合わせて活けてあり、その身体を真白い薄地の毛布で包んだまま、咲子は寝かされていた。真直ぐ上の方を向いて、眠っているようだった。きれいに撫でつけられた白い髪には光沢があり、面やつれがなく、健康人のような血色だった。

「お母さん、お母さん、龍田先生がいらしたわよ。」

その胸のあたりに、そっと手をおき、章子は母の耳もとで、くり返して言った。咲子の目が開かれた。

私は、上の方を向いたままで見開かれたその目に自分が写るようにと、立膝になって、その顔を上から見下すようにした。その目玉だけが私の方に寄せられ、その左の唇の角のあたりが、ものを言いかけるように痙攣した。アワワワというような、意味の分らぬ音がその口から洩れた。そして、その両方の目から、涙があふれると思う間もなく頰に流れ落ちた。章子はそれが分っていたように手早く紙で拭った。

「知った方にお目にかかると、涙が出てとまらないんですの。ね、お母さん、よかったでしょう？　龍田先生がいらして下さって。」

私はなるべくのんびりした声を出した。

「いかがですか。僕はちょうどこちらへ仕事をしにやって来たところで、お訪ねしたら御病気だということで、びっくりしました。当分、光風館に泊ってますから、毎日お見舞に来ることができます。まあ、元気を出して、のんびりと治療するんですな。」

言葉はゆっくりと私の口から出たが、私の目もまた涙で曇って来た。病人がそうなだけでなく、私自身が近年は、もろい陶器のように感動しやすくなっているのだ。私はさりげなく目をそらし、咲子の横に坐った。章子は、私を咲子と二人だけにしてくれるように、すっと立って席を外した。咲子の視線から外れたところで、私はそっと目を拭いてから、その耳に近いあたりで言った。

「いつかあの柾子という子のことをあなたは気にしていたが、あれはどうも満作君の子らしい。まことによく似てる。だが別に母親が暮しに困っているというのでなく、子供だけでも倉田姓を名乗らせたい、ということなんです。私は、それは無理だ、と言っときました。しかし、何だったら、私に子供がないから、私の子供として育ててもいいとは思っている。」

その話が分ったことを知らせるように、またその唇の隅が動いて、ワワワワという声が洩れ、その目から涙が新しく流れた。

「いや、心配しなくっていいんですよ。あなたが丈夫になってから、ゆっくり考えて下さい。しかし、私が大事に育てる気持でいることは変らない。それもあの子の母親が望むなら、という話ですから、何の取りきめがある訳ではありません。」

私はそう言ってから、自分に与えられた時間が短いのを考え、その白い毛布の横から手を入れて、咲子の麻痺していないらしい右手を軽く握ってやった。その手には意外なほどの握力があり、私の手を離すまいとして、ぶるぶる震えながら握りしめた。

足音が近づいたので、私は、教えさとすように、片方の手で、その指をそっと一本一本はずして、手を離し、もとのところに坐った。看護婦と章子が一緒に入って来たのをしおに、私は立った。

章子が私を、その同じ二階の、二間ほど離れた西の角にある四畳半の室に連れて行った。医者や看護婦を待たせるにでも使う室らしく、畳んだ毛布の上に枕が置いてあり、火鉢に湯が沸いていて、テーブルの上に茶の支度がしてあった。また隅には女ものらしい赤い中ぐらいのトランクと、医師用のトランクがあった。

そのテーブルをはさんで私は章子と向い合って坐った。

「急なことでしたな」と私が言った。

「はあ、この夏前から母は血圧が高いと申していましたが、それでもお薬を頂いては熱心にお稽古をして、時々頭痛がするほかは、どこも特に異状はないと、そんなように申しておりましたので、つい私どもも油断いたしました。」

「いや、この病気は自覚症状が十分でないのが普通らしく、たいてい発作は突然に来るらしいから、致し方ないことでしょう。」

「はい。」

章子はそこで私の顔を見てから、ためらいがちに声を低くして言った。

「この春、先生がお寄り下さってからあと、母はずいぶん、お出でをお待ちしておりまして、上京しようかな、などと二、三度私に冗談のように申したことがございました。私、あんまり母の気持がよく分るものですから……」

私はだまっていた。

「私は母の仕事のマネジャーをして参りましたので、親子でありながら、私は娘時代から母の気持の聞き役をしていたようなものでございます。母の日常の気持が舞台にそのまま反映されるものですから、御承知のことと存じますが、広川師匠のときから、私は母の気持が舞台で盛りあがるように、その気分を押しはかって、出すぎるほど世話してやりましてん。逢いたいと思う人には逢わせるように、いやな人との用事は私が代って取りしきるようにと、温室の花を育てるような思いを、娘である私がして参りました。普通の親子の関係から申しますと、順が逆のようなものですが、私としては、母の芸が当地で一流のものとして通るようにするために、ずいぶん骨を折って参りました。」

私は章子の顔を見ながら、うなずいた。

「母がここで倒れたのは、私の予定よりも十年早うございました。しかし、神崎、泉川地方での地唄舞としては母と並ぶ人がないほどになりましたことは、私の生き甲斐でございました。でもこのあとはお弟子さんたちに委せる外ないと存じます。先生にお願いして来て頂きましたのが、私の母への最後の奉仕でございました。母の頰の涙を見ましたとき、私には母の気持が全部そのまま分るような気がいたしました。」

「あなたは舞われないのですか？」

「私？　私は戦後、見よう見まねで多少母に学んで参りましたが、子供も生れたことであり、どうしても母にはマネジャーが必要なものですから、自然事務や楽屋の世話が主になりました。今のままでは、とてもまだ私は未熟でございます。」

しかし、これだけにその母親の芸を育ててきた智慧と、母から受けつぐであろう稽古場を持っている章子には、母のあとつぎとしてやる気はあるものと私は見てとった。

そして私は間もなく前山家を辞し、光風館に落ちついた。顔馴染みのことで、予告もしてなかったが、よい室を都合してくれた。私は夕食をすますと、昨夜の寝不足も考えて早目に床についた。

翌朝、九時に私は室で朝食をとりながら、抜けるように青い空を背景にして、五つの層をなして斜に伸びひろがる泉川城の天守閣の屋根と白い壁を、仰ぐように見ていた。

そのとき電話のベルが鳴った。今度は、と私は、不吉な感じに襲われ、立って受話器を取った。章子からだった。

「先生、お目ざめですか？　ちょっとまた母の症状が悪くなりましてな。お出でいただけましょうか？」

「すぐ行きます。どうしました？」

「二度目の発作のようで、息はありますが、全く人事不省になりましてん。いまお医者が見えて手当てをしとりますが、危ないような気がいたします。」

「分りました。」

私は食事をやめて、車を呼んでもらい、身支度してすぐ駆けつけた。

昨日の病室の隅に小型の酸素ボンベが立ててあり、そこから引くゴム管を鼻に入れ、足の方には、葡萄糖注射の点滴らしい装置がしてあり、医師が病人の顔に屈み込んでいた。

章子とその夫が枕もとに坐っていたが、咲子の顔は枕の上で斜め横向きになっていた。血色は昨日よりも更に赤い色なのが不自然に見えた。口を少し開けて、目を閉じ、息は早く荒々しく、息を吸うときの音が鼾のように聞こえた。

臨終に近い病人の呼吸だ、と私は思った。腕時計を見ると、十時四十分であった。医師はその胸にまたがるようにして、頭の下に手を入れ、そっと持ちあげて、看護婦の置いた氷嚢らしい枕に置きかえた。

「しばらく様子を見ましょう」と医師が言った。そして彼は私たちを隣の六畳間に招いた。

五十歳を越えて、髪に白髪が大分混った精力的な血色の医師は、その金縁眼鏡を取って、ハンカチで拭いながら、章子とその夫、夫に似たその姉らしい老婦人、それから私と、四人を前において語った。

「意識が戻るまで重篤な容態ですな。七十五時間ほどが危機なんです。これで、病人の意識が戻って来ますと、まあ後遺症はあるにしても、こちらのものです。しかし熱が出て、今のように血圧の高下が激しいときは、極めて危険な状態と申さねばなりません。それでももし、御親戚の方でもお呼びするようなことがあれば、今のうちに、ということになりますが。」

章子とその夫の操次が私の方を見た。二人は、倉田満作の遺児だという少女柾子のことを頭に浮べているにちがいなかった。

私は昨日、章子も看護婦もいないとき、咲子の耳もとで柾子はやっぱり満作の子だと思われる、と言っておいたが、そのことはいま言い出さずにおいた。柾子を呼んで、今まで逢ったこともない伯母の死に目に逢わせても、さして意味のあることとは思われなかった。柾子も、その母の歌子も、求めているのは倉田一族の人々とのつながりでなく、故人の倉田満作その人とのつながりなのだ。

私は二人の、何かをさぐるような目つきには答えなかった。柾子のことを言い出せば、この夫婦はすぐ経済問題になることを気にするにちがいなかった。

医師が看護婦に言った。

「私は、しばらく休まして頂きます。朝早かったもので、少し疲れました。じゃ北川さん、ボンベの取りかえをたのみますよ。二時間ほどしたら起してほしいが、その前にも、ちょっとでも変りがあったら呼んで下さい。」

そして、その医師は、昨日私が章子と話をした室の方へ去った。

「龍田先生、少し先生もこの室で横におなりになっては？」

章子がそう言ったが、私は眠くないので、新聞を持って来てくれと言った。新聞が持って来られ、私はそれをひろげた。

そこには颱風の接近の様子が大きく図入りで書かれてあった。しかし二階の手摺りから見るこの泉川の住宅街の屋根屋根の上には、秋の空が澄み、蜻蛉の群れが、もの静かな午前の空気の中を、日光を反射して飛んでいた。そして十軒ほど向うから鉦を叩きながらする和讃の合唱が聞えて来た。

私は新聞をひろげたが、颱風の記事を読みつづける気持にはならなかった。

前山操次は煙草をのみ、茶ガラを棄ててまた新しく緑茶を入れ、私の前に土地の名物の煎餅を出した。

そのとき隣の病室で看護婦が立つ音がした。看護婦が襖を開けると、咲子の寝息は、さっきよりももっとはっきりした鼾の音に変っていた。私は操次と顔を見合わせた。看護婦は、私と操次の傍を通り抜け、医師のいる室の方へ去った。

医師が急ぎ足で病室へ入って行き、襖を閉めた。看護婦が出て来て小声で操次に言った。

「御容態がよくありませんから、若奥様を呼んで下さい。」

操次が急いで階下へ去り、私は看護婦について病室に入った。鼾のような呼吸音が前よりも強くなり、私の呼吸の二倍ぐらいの早さでつづき、咲子の胸の上の白い毛布がその度に大きく波うっていた。医師は屈み込んでその閉ざされた目蓋を開いてみた。それから片手で病人の脈を取っていた。

その荒い呼吸音は、いまにも破局が来る、という切迫感を室一杯にみなぎらせながら続いた。そのうちに背後の襖の開く音がして、章子、操次、雪枝、あの老婦人、その他二、三人の近所の人らしい人々が、台所仕事の途中から来たというような不断着のまま入って来て、ひっそりと襖に背中をこすりつける音をさせて坐った。その人々の席がきまると、また病人の呼吸音は荒々しく響きつづけた。

三十分もそうしていたろうか、その間の緊張感に耐えられぬように身じろぎする人があり、またおさえ切れぬように吐息するものがあった。

その激しい呼吸音は、前山咲子という一人の女性が死ぬところだ、という気持に私を落ちつかせておかなかった。それはもう、感受性、判断力、思い出、愛着などを持った一人の女性の呼吸ではなかった。それは、肉体を持った生物が死ぬ前にその最後の呼吸をあえぎ行なっている、という動物の死の予告になっていた。もうあの咲子ではないのだ。この年の春早い寒い夜に、私がこの二階に泊ったとき、うす紅の長繻絆に白い帯をしたまま、するりと私の蒲団に入り、その白い髪を私の胸に押しあて、その暖い太股の間に私の冷えた脚を包むようにした、あの老女の肉体の、秘密の執着を開いて見せた咲子は、もう、そのあえぎ息づく肉体の中にはいない。その人の意識はもう存在せず、その人は死んだのだ。しかもなお生にしがみつくその肉体の働きが残って、一個の鞴のように機械的に空気を吸い、また吐き出している。私はその肉体に咲子を感ずることをあきらめた。

昨日の午後、私が柾子のことを彼女の弟満作の子だと思うと語ったとき、咲子は、その麻痺していない方の右の手で、これが口の利けない病人の握力かと驚くほど強い力で、私の手を握りしめた。口に出して言うことが私に分らないと知って、その表現の力のすべてをその手に凝めたのであったろう。あれが、私と咲子との本当の別れであった。あるいは、あのとき無理な力の出しかたをしたために、翌日の今日、咲子は致命的な発作を起したのかも知れない。

いま死のうとしてあらしのような息をしている咲子の様子が動物そのものに見えて来ると、単に咲子という一人の女性の死でなく、人間がある期間生きたのちに、必ず死なねばならぬという避けがたい事実の恐怖を、私に押しつけた。いよいよ激しく、いよいよ苦しく、私は坐っているものの、それに耐えられずに叫び出したい、と思うようになった。だがそこへ来て、その呼吸のあらしは、急に力が落ちた。精神の死のあとまで生き残った咲子の肉体は、その最後の力を使い尽し、死の前に身を屈し、鎮静へと降下しはじめた。

医師の背中に緊張感が漂った。せわしなく、医師はその目蓋に手をふれて反転し、その胸をひろげて心音を聞き、首すじに指をおしあてた。

看護婦に合図したのであろうか、章子とその夫が白木の箸に綿をはさんで咲子の唇をしめしてやった。医師がその人たちに席を譲るようにした。そして間もなく、咲子は全く静かになった。

「御臨終です」という言葉が、その医師の口から出たのか、看護婦の口から出たのか分らない。男の声とも女の声とも区別できないまま、私の耳にその言葉が入った。

「お母様、お母様」と呼びかけて死者の胸のあたりを取りつくろいながら泣き出したのは章子であった。四十に近い年齢の女性の声なのに、小学生が人込みの中で母を見失ったときの狼狽と痛々しさがあった。その二つの声は、哀れであるより先に、悲鳴に似たソプラノの声のなまなましさで私を身ぶるいさせた。それに混って雪枝の「おばあちゃーん」という声が哀切にひびいた。

私自身は叫ぶことも、訴えることもせず、水の中にいる貝のように静かにしていた。一度この世に存在した人間が、この世で人が生きて行なった行為の結末と、そのまわりの事情を伴いながら、このようにして消えてゆくのだ、という巨大な、ものの移り行く運行の一端をかいま見る思いがした。それは単に時が過ぎる、諸行は空しいということとは違う。もろもろの人間の、群れて触れ合い、争ってかもし出す事件、感動、などは、沸き立つ人間劇の一場面である。私を含めて一人一人が必死に争い、押し合うことによってやっと支えることのできるのが人間群の間の調和だ。だが、それも一人が倒れ、一人が力を失って退き、一人が踏みつぶされて、次第に次の世代の一群に場所を譲り渡す。その移りかわりが、すでに倉田満作の死によって始まっていた。そして、私が触れた限りでは、倉田一族においてはこの咲子の死で一先ず終る。その幕間の長い舞台を、その舞台の一隅に自分もまた登場しながら見守っている思いであった。

それはその人たちを知り、ともに行動してきた私が、沈黙の中に感動をもって味わうに足る充実した生の末尾の場面であった。

私はその一族、親類の歎きの現場を抜け出して、母屋の方へ階段を下りて行った。そのとき、どうして伝えられたのか、十五人あまりの老若の女たちが、その階段の下につめかけ、私を刺すような目で睨みつけていた。階段のすぐ下に、先頭にいた中年の女が私に小声でささやいた。

「前山先生はいかがですか?」

私は同じような小声で答えた。

「亡くなられました。」

わあっというような声が、そこに押し合うように立っていた女たちの間に起り、悲鳴を交えた泣き声に変った。そのまま彼女等は、後のものが前のものを押すように、その階段をどたどたとのぼって行った。

私は廊下を渡って母屋の玄関のそばの八畳間ほどの洋風の応接間に入った。この家では近年になって、昔の玄関のところに応接間を増築し、玄関はその横に新しく作ったのである。母屋全体はひっそりとして人けがなかった。

私はそこに腰かけ、やっと自分を取りもどして、煙草を吸った。私は他の人々の前で咲子の死を純粋に味わうことができなかったかのように、一人になりたかったのだ。私はこの家の玄関のあたりが改築される以前のことを思い出していた。咲子が二十七、八歳の若々しい、色白の肉づき豊かな人妻であり、私と満作が二十二歳で、夏の日、砂ぼこりにまみれた足で入っては、白い雑巾で足を拭いた。それが、いま私の腰かけているソファーのあたりであった。すると、私が腰を下しているその応接間よりも、その昔の粗末な玄関の板敷きの感触が、もっと現実のものとしてよみがえった。今の建物はまぼろしで、昔の、なくなった玄関の板敷きが私にとって、消えることのない真実のものだった。

そのとき、足音がして、稽古場の方から人がやって来た。私は物音を立てず、いま知らぬ人と話をしたくない、と思ってひっそり坐っていた。

「あら」と私の横のドアが開いて、章子の声がした。「先生……」

章子の声がとぎれたので、私はそちらを見た。そこに、私の一間ほど前に、涙の中にその黒い目がふくらみ、うるんだようになって、口も利けない章子が立っていた。

それを見たとたんに私の目にもまた涙が湧き出した。もう一度、二十二歳の時からのちの咲子という女性についての思い出が、自分の人生をいとおしむような感動として盛りあがった。

私の目に涙を見た章子は、耐えられなくなったように私の胸に取りすがった。

「母が、母が……」と彼女は言った。そして私の胸でしばらくむせび泣いてのち、漸くのことで、その続きを言った。「先生を好きでした、先生を……」

私に取りすがったその章子を、私は抱きしめた。咲子についての共通の思い出が、ずっと昔の幼な顔を覚えている章子を私に親しいものとした。そして私は、この四十になる人妻の章子の涙にまみれた顔を抱きよせてその頰に唇をあてた。私はその涙の塩からい味を知り、その頰のべとべとするところを唇でふれまわった。そして私は涙と区別なく濡れた章子の唇に自分の唇を押しあてた。

　唇の内側と舌がふれると同時に、火のような突発的な欲求が私に起った。

「あら」と章子が口の中でもぐもぐ言い、唇を離そうともがいた。だが私がその頭をおさえた手に力を入れて、一層強く抱きよせると、章子もまた、私との接触におぼれた。

　そのとき、私の心に、老齢の男が人を服従させるときの確信が湧いた。六十になる男が、自信をもって事を行うと、敬意を払っている相手はそれに従う、ということを私は知っている。いま章子がそれだった。母の愛人であった私が彼女にすることは押しとどめることができない、と章子はその感傷の中に目をつぶっている。彼女が私に服従し、その反省の心が働き出す前の一瞬間、私は悪魔のような衝動に駆られて手をのばし、章子にふれた。

「だめ」というような声が、ふさがれた章子の喉で鳴った。彼女は私を押しのけて後向きになり、壁に向ってその顔をおさえた。

　章子はだまってドアを開け、うしろ手に閉めてそろそろと出て行った。私は章子がそっと閉めて出て行ったドアのあたりを見つめていた。

　私がこの家へ出入りした昭和の初め頃、章子は小学校へ入る前で、おかっぱの髪を切り揃え、赤い絣の浴衣を着て走りまわる童女であった。私の後を追って城の濠の青草に石を投げて遊び、私におぶさって眠って帰ることもあった。いま章子は、その時の母の咲子より十歳も年たけ中年の人妻である。

戦後私が倉田満作とここを訪ねたのは十二、三年前であった。そのとき、章子はちょうど昔の咲子の年頃で、腕に赤ん坊を抱いていた。そのとき章子は、童女時代に見た私のことを思い出したのであろう。そして母親の芸を生かすことに生き甲斐を見出していた彼女は、やがて母親の私に対する気持の深い根に気がついた。一昨年広川武太夫の死のあと、倉田満作の碑の話が始まった頃から、章子は母に新しい芸の命を与えるために、むしろ私との機会を作るようにと働きかけた。母を失うことは、章子が築いて来た芸の世界が崩壊することであった。行き場を失ったその気持は、母の心をつなぎとめた私に向って溢れ注がれた。

性は、それ自体が善と悪のけじめをなす一線だとは、今の私には感じられない。男と女が同じ方向に傾いた心を持つとき、二人は性をきっかけにして結びつくのだ。性は人間の接近のきっかけの一つでしかないと今の私には思われる。老齢が近づき、性の力が衰退してゆくとき、残り少い発動の力を、更に正と邪によって区別し、抑圧し、圧殺することへの本能的な嫌悪が私の中に生きている。

老齢の好色と言われているものこそ、残った命への抑圧の排除の願いであり、また命への讃歌である。無関係な人には醜悪に見える筈の、その老齢の好色が、神聖な生命の輝きをもって私の前方にまたたき、私を呼んだのだ。

彼女がだらしないのでもなく、私が悪賢いのでもない。それは高まった命のふれ合いなのだ。私は章子を傷つけたくなかった。彼女が思いあまり、行きくれるようであれば、追いかけて行って説得したい、と思った。しかし私は自分のこの気持を、章子の分るところまで持ってゆくことの難かしさを考えて、そこにたたずんでいた。

十六

私は前山家を出て、静かな泉川の住宅街を、城の方へ歩いて行った。そのあたりは静かで、ブロック塀や生垣の家々が、それぞれの家族の顔をのぞかせるように、少しずつ違った形で並んでいた。形は一つ一つ違うけれども、玄関のとり方、庭の生かしかた、日当りへの願いなど、どれもが同じ願いを抱いて、猫のように、猿のように、できるだけ居心地よくその場所に落ちつこうとしていた。

それ等の住宅の静かな様子は、さきほど前山家で起った事件と全く結びつくものがなく、日常的で安らかだった。そこを歩いている私の気持もまた、静かで、ひっそりしたものであった。

前山咲子が死んで私が涙を流したのは事実であった。それは、私の生涯の時の経過に、はっきりと区切りをつけるような事件であった。しかも私は、咲子の死についての悲しみをその娘の章子と抱き合って歎いているうち、衝動に駆られて章子の身体に触れたのだ。その事実が行われたことを知っているのは、私と章子だけである。しかし、それは間違いなく、今しがた、三十分ほど前に、前山家の応接間で起ったことなのだ。

それは人の世で起ることのうち、最も戦慄的なことであるにちがいない。それがもし、三十歳代、四十歳代の私の身に起ったことであったら、私は多分いま、顔色蒼白になり、通りすがる住宅街の様子に目を配ったりする余裕もなく、ここを、せかせかと歩いて過ぎただろう。そして私は、一刻も早く、人気のない泉川城公園の片隅にたどり着き、腰を下し、自分の罪とがのことを考えて、身を固くしているだろう。

私はそういう自分を想像することができる。そして、そういう自分の方が、本来の自分らしい、また人間らしい姿だと思う。

しかし現実に私は、それほど取り乱していない。むしろ自分の人生にとって、その事のあった方が、なかったよりも、より満足だ、という充足感を抱いている。一瞬間に顔から血の気が失せるような事件が起ったのだ。けれども、それから逃げかくれしようと騒いでも仕方がない。起ってしまったことを悔い悩んで、騒ぎ立て、自分を見失うのは無用なことだ。

今日のことは私の身に起ったことであるが、人生には、起ってならない筈のことがしばしば起るものであり、その衝撃に耐え、それを人目にふれぬように処理し、そこをさりげなく通りすぎることが生きることだ、と言っていいほどなのだ。私はそれを知っている。生きることの濃い味わいは、秘しかくすことから最も強くにじみ出て来ることを私は知っている。

自分のした事をも自然現象と同じように寛大にゆるしながら、もの静かに落ちついてその場面から立ちのくことに、私は人間の熟成というものを感ずる。両手を差しあげて、私がしました、私が犯人です、と叫びながら、殺人の行われた場所から駆け去るように、前山家から出てゆく自分の姿を、私は幻想のように思い浮かべながら、実は、落ちついた足どりで幾つかの角を曲り、大手門から城の中へ入って行った。

自然に私の足は、参観者たちの通る桝型門から天守閣の方へ行かず、二の丸に入ってすぐ左側の空地の奥にあるあの石碑のところへ向った。その黒ずんだ幅二メートル、高さ一メートルほどの石の面には「ある日私は故里の城山の草の中に憩ふだらう」と読みにくい倉田満作の字が彫ってある。

私はその石碑の裏にまわった。

あの「花の降る下の裸婦」がそこにあった。右肘をついて首を立て、膝を少し曲げて足さきを目の高さに揃えて伸ばした裸婦像である。それは、歌子をモデルに私が描いたデッサンをもとにした、大きな女の白描の彫りものである。

私はその像に背中をあて、碑の黒い台石に腰を下し、四、五間さきの松の並木が、濠に面した二の丸の城壁の端に並んでいるのを通して、濠の向う岸の石垣と、その裾の青い水草の葉とを見ていた。

濠の向側には、左手にあの公民館の大きな建物があるが、右手に曲って行くと光風館の方へ出る。だが正面だけは、半ば埋まった水路がずっと向うへ続いている。今ではこの濠へ泉川の水を導き入れる働きもしなくなり、塵や廃物を棄てる溝のようなものとなって、古い住宅地の間に残っている。

まだ午（ひる）にはなっていない。今ごろ前山家では近所の人たちが悔みに集まり、弟子たちが手助けをして、通夜や葬儀の計画を立てているにちがいない。

私はその碑のかげへ逃げ込んだわけではなかった。自分を罪深い人間だと考えたわけではなかった。むしろ自分を、自己統制の力を失った、いたましい、気の毒な存在だと思っていた。

近年私は、自分を自分として感ずるよりも、六十歳に近い一人の男として、他人のように、第三者のように眺めることが多い。面倒な問題にぶつかった時には、特にそうである。この日もそうだった。

男というものは六十歳になっても、まだ性の攻撃衝動から抜け出すことができないのだなあ、という気持と、ここまで来てなお、こんな不意撃ちを主人公に加えるこの本能は、道徳意識や自制力などで簡単におさえ切れるものでないのだ、という悟りに似たあきらめの気持があった。

「生きている間は、何が起るか分らない」という言葉が、つぶやきとなって私の口にのぼった。それは「生きている間は何をするか分らない」と言った方が正確だった。私にとってその言葉は、「生きているうちは救いなどありはしない」という意味だった。

だが結局私は意気沮喪していたのであり、傷ついた兵士がものかげを求めるようにそこにやって来ていたのだ。しかしあとで考えると、私をそこに来させたもう一つの力が働いていたことを否定することができない。多分歌子は、この朝のその時間近くまで息があったのではないだろうか？

日本では昔から、死んで行く人の魂は、その命の瀬戸際に、最も心に近い人のところを訪れる、と言われる。その例と思われる体験をした人は数多い。幽霊の実在を信じない私も、この人の魂の最後の訪れ、ということは否定できないと前から思っていた。そしてこのとき、東京で、あの市川と一緒に死んだ歌子の魂が私を求めて泉川の町の中をさまよっていたのではないか。私は、それと知らずに歌子のイメージのあるところへやって来ていたのだ。

しかし、それは後になっての話である。私はしばらく倉田満作の碑の裏に腰かけて、青い浮草に蔽われた濠の水や、遠くの空に浮んでいる駅の近くの百貨店のものらしい赤と白のダンダラのバルーンを見たりしていた。

そのまま泉川を去って、東京へ帰るというよりは、大阪か京都、奈良のあたりでぼんやり二、三日過したい、というのが私の着想だった。しかし、いまさっき、その臨終に立ち合った前山咲子の通夜、葬式をすっぽかすわけには行かない。

私は空腹を感じ、光風館に戻って、昼食を支度してもらった。その間に私は前山家に電話をかけた。章子が出た。

「龍田です。」

「はい。」

それだけ言って、二人ともしばらく黙っていた。

「お通夜は？」

「今夜六時半からとなりました。」

「お葬式は？」

「明日二時でございます。」

「分りました。では夕方おうかがい致します。」

「はい、お待ち申し上げております。明日のお葬式にもお出で下さいますか？」

「はい、出ます。」

私は電話を切った。私にしても章子にしても、それ以上言う必要がなかった。礼節を伴った問答を、必要の最低限に縮めると、その枠の中で意味は濃縮し、後悔も執着も諦念もことごとく生きたままその中に押し込められてしまう。この短い会話のきびしさ、意味の強さが、私を落ちつかせた。その会話のきびしさは、これから後の私と章子の間の挨拶や問答や交際の総てを律してゆくパターンを作ったようなものであった。

私は室に坐って、またしても窓の前に高く聳えている泉川城の五層の天守閣を見守っていた。

て来ないのだ。

だがその入母屋作りを混ぜた城の裏正面は、私の目の前にあるのに、私の目にははっきりと入っ

そういうことが前にもあって、私には分っていた。私の心はこの日、ものの形に向っていないのだ。ものの形は目の前にあっても心に入らず、専ら罪とがの問題、人間の行為の意味の問題に私はもぐり込み、窒息しそうになっていた。章子との短い会話のあと、どうにか人心地がついたものの、私にはまだ抜け出るさきの明るさがなかった。苦しいことだが仕方がない。私は考えるというよりも、心をあれこれと浮動するままに、迷わせ、行き暮れさせ、仕方がないと思い、構うものかと思い、また懺悔の衝動で坐り直し、また寝ころび、手さぐりの迷いの中で三時間あまりの時を費した。私のさとりの判断と、迷いの感覚とは同時に存在していた。

夕方、私は気がついて駅前の商店街にゆき、おとむらいの香典袋を買って、それに然るべき額の金を包み、龍田北冥と書き、裏通りの料亭で食事を終えてから前山家に出かけた。

亡くなった人はすでに棺に納められていた。黒い幕を稽古場の周辺にめぐらし、正面には祭壇が作られ、花、果物、花環が飾り立てられてあった。その前に坐っている人々に挨拶してから、その花環を見てゆくと、その中に私の名を書いた一対の花籠があった。

黒い衣服に改めた章子が足早に私に近づき、片手を膝の前につき、私を真直ぐに見て言った。

「龍田先生、さきほどお話を承っていましたので、お言葉に甘えて、先生の花籠を一緒にたの

んで供えて頂きました。この程度でよろしおましたか?」

私を見る章子の目は、しっかりしなさい、と言っていた。

「結構です。どうもお世話さまでした。」

そして私はその代金をたずね、香典を扱っている二人の女弟子たちの二月堂机の前に行って、その分を払った。

また章子が近づいた。その手には黒い腕章があった。その目は泣いたあとがまだはれぼったく残っていたが、章子はこのとき、軽い微笑を浮かべて言った。

「先生、旅先で突然のことですさかい、男の人ではお困りだと思いましてな、喪章を支度しときました。」

私はだまって洋服の左腕を章子にまかせた。章子はその喪章を巻き、安全ピンでとめると、別な用があるという姿勢でさっと立ち去った。

間もなく僧が三人入って来て、読経がはじまった。私は揃いの黒い喪服を着た弟子の女たちの後ろの壁際に席をみつけ、そこに、なるべく目立たぬように坐った。

章子は、今日の昼に私ととり交わした電話での話しかたを、そのまま生かして私との事を美事に処理していた。それは立派であった。人間の身に起ることは起ったのだが、そのあと彼女は、躇いなく自分をとり戻していた。しかも私の不安を押し拭ってくれ、通夜の席に調和するように、私を演出しているのであった。多分章子は、これと同じようにして、色々な危機も乗りこえて母の咲子の生活を演出し、取りしきって来たのであろう。

私が自分の身を考えるよりも、もっと先まで、章子はかっきりと割り切って事に当っている。これからあと彼女は、私と二人きりになることがあっても、あわてたり、崩れたりすることなく、しかも私と自分の気持を生かして行くことができるだろう。彼女は私のお守りをする気でいるのだと分って、私は落ちつきを取りもどした。

その内側に崩れかけた弱点をさらけ出した私と章子とのつき合いは、このあと強い枠できちっと区切りをつけ、太い輪郭で描いた人物のように、不安を押し殺し、秩序を鮮明にさせて行かなければならない。

多分あの、カトリックの画家ルオーの太い線は、そのような不安、危惧、恐怖をとり鎮める役目をしているのだ。そして、清潔さと諧調とが必要になるとき、更にその罪とがを忘れさせるように、あの美しいフラ・アンジェリコやウィリアム・ブレークの天使たちの衣服の描線が現われて、仏像の衣裳の線と同様に、人の世に秩序の調和感をもたらすのだ。

私はこの時まだ、歌子の事件を知らなかった。昨日からずっと、章子との対応が成り立つか崩れるか、という恐れに面して緊張していた。そして、それは全力をもって緊張して直面すべき問題であった。

通夜の晩のことがあったので、翌日の葬式のときは、私はすっかり安定した気持でいることができた。私は告別式のあと章子や操次や二人の娘の雪枝たちと一緒に、火葬場にゆき、お骨上げにも加わった。

その次の日、私は前山家へ行って、お焼香をして別れを告げ、そのままタクシーで泉川駅に着き、そこから汽車に乗った。午（ひる）すぎのがらがらに空いている鈍行列車の二等で神崎市に着き、そこで急行を待つために下車した。この古い港町には、散歩する楽しさで私を誘う場所がある。中国人街があり、西洋家具を並べた古道具屋、掘り出しもののある古本屋、それから暗いコーヒー店などの一劃がある。

しかし、いまその古いショッピング・センターの要所は、一階に銀行が入った大きな建物に改築され、色々な商店はその横の方に明るい飾窓を持って、アーケードふうに並んでいる。そのアーケードは、地下で隣のホテルの地下につながり、地下鉄の駅にもつづいていた。地下鉄駅の前の半分が駐車場となり、その隣の百貨店につながっていた。

私は時間が経ちさえすればよいつもりで、そういう地下の街を歩きまわり、疲れるとコーヒー店に入り、サンドイッチを食べたりした。

そして、四時頃に、預けてある手荷物を取るため、また神崎停車場へ行った。その駅だけはまだ建て直されていなかった。戦争前に見たとおりの古い建物で、入口の角のあたりはコンクリートが磨り減り、壁は埃や手垢で真黒に光っているような、そしてその待合室のベンチはいつも浮浪者に占領されているような、そういう駅であった。

この駅は、今はいくつかの支線への乗りかえ場所になっているだけのことで、繁華街から離れていた。神崎駅という名前はついていても、町の発展に取り残された一劃にあるので、その建てかえがいつも後まわしになっている。そんなことを考えながら、私は厚手の板を並べてぶっつけた駅のベンチに腰を下した。

するとそのベンチに、東京の新聞の読み棄てがおいてあった。日附は昨日のものであった。同じ名前の新聞は大阪でも発行されているが、その内容が東京のものとは違うのだ。特に市内に起った事件は、関西版では京都、大阪のことが大きく扱われ、東京版では、東京都内の事件が詳しい。

私は三日間留守した間に東京で何か起っているかな、という軽い期待で、紙の腰が弱くなり、折目も軟かになったその読みすての新聞をひろげた。

社会面の第二面というのか、興味本位に読みもの調を生かしてある右側の頁に、小さく歌子の写真が載っていた。それは、ぼんやりした小さな写真であるが、私は一目見て、それが誰でもない歌子の写真だと分った。私の目はそこに吸いよせられた。そこには、前に報じた事件についての重ねての説明という形で、歌子の死んだことが書かれていた。

「既報、越前堀マンションの酒場のマダムの心中事件は、その後の調べによると、心中でなく、不注意によるガス中毒死であるという公算が大きい、と当局では発表した。……」

私は驚愕した。歌子が死んだのだ。そのつづきの文章の中に次のようなことが書かれてあった。酒場ソアレのマダム小淵歌子は、しらべによると、もとは小説家倉田満作の妻であり、倉田との間に女の子が一人あるが、その後倉田と別れてソアレを経営するようになってから、市川というパトロンと深くなり、それがこの十年間ほど続いていた。しかし、歌子は派手な性格で男つき合いが色々とあり、その店がまた画家や文士のよく出入りするところなので、男出入りの噂が絶えなかった。最近は市川が商売に失敗して歌子に冷たくされていたらしいから、二人の死を無理心中と見る向きが多かった。しかし、その後の調査の結果、二人は酒を飲んで寝たので、隣室の台所のガスの栓がゆるんでいたことに気づかず、二人とも眠ったまま意識を失い、ガス中毒で死んだものと認定された。

私は足もとに小型のトランクを置いたまま、その新聞を膝の上にひろげていた。その新聞紙は私の膝の上でぶるぶると震えつづけていた。それはまさしく歌子の死を報ずる記事であった。あの室にちがいない。私が市川の鳥打帽子を見つけた室。そこで歌子が一度私を誘い込もうとしたが、私が市川のことを連想したため不能に終ったあの室のことにちがいない。なぜ、いつも使い慣れている隣室の台所のガスがゆるんでいるのに気がつかなかったのだろう?

私は、膝の上で新聞紙がぶるぶると震えるのにまかせながら、落ちついて考えよう。自分ならば、それが自殺か、殺人か、中毒死かを考えて判定することができる。先ず落ちつくことが大切だ、と思いつづけていた。

私はその新聞記事をもう一度念を入れて読み直した。市川が商売に失敗したので、歌子につれなくされるのを怒り、自殺の道づれにした、というのが、当局のはじめの推定であったらしい。それが正しいのではあるまいか、と私は思った。

歌子のあの室は台所の隣だった。女中の室と、娘の柾子の室は、廊下を隔てており、またドアが密閉されていたから、二人は助かった様子である。

だが酒に酔ったからと言って、ガスの洩れているのに気づかぬような歌子ではない、と私は考えた。きっと市川が酒だけでなく、眠り薬を歌子に飲ませ、自分もまた飲んだのだ。それから歌子の眠るのを見すまして隣の台所に入り、ガスの栓をゆるめて、台所とあの居間との戸を少し開けたままにしておいた。そうして自分もまた眠り薬をのんだ。多分そうだ。歌子の方には今のところ、自殺する理由はほとんど見つけることができないのだから。

私は、そこまで考えたとき、急に自分も東京へ帰れば調べられるだろう、と思った。いやなことだった。歌子とこの頃親しくしていることは、きっと女中の口からも、また柾子の口からも警官に伝えられるであろう。そして私の行方を警察はさがしているにちがいない。歌子の死んだ当日私は東京にいなかったのだが、もし歌子たちが自殺だと見られれば、その原因を作った人間として、先ず私に指が折られるであろう。

いやなことだ、警察に呼び出されて、あのひやりとする暗い室で警官の質問に答えている自分を考えて、私は不安になった。私はもう一度泉川へ戻ろうかとも思った。とにかく歌子の死は前山家とも関係のあることで、これからのちその娘柾子の養育などについて、前山章子やその夫操次の意見を求めることが必要になるにちがいない。

しかし私はまた、ただ関西旅行を三、四日するとだけ運転手の西崎に言って来たのであるから、ひょっとすると、歌子の死を予測しての逃避行をしていると見られる危険もあった。それに警察のことだから、私の行く先をつきとめて、もう泉川に私のことを訊きにきているかも知れない。

とにかく、あまり無理な動き方をしない方がいい。私はこのまま予定に従って大阪に出、そこから新幹線で帰京することにきめた。警察に調べられるのをいやだと思ったときから、私は、警察が、いまの新聞に出ている判断のとおり、二人とも不慮の中毒死だったという見解に落ちついてくれることを願った。

そして私は、自分が昔モデルに使った歌子を倉田満作に紹介してやり、今度もまた柾子のことで歌子の相談に乗ってやってはいたが、関係はなかった、ということにしたい、と思った。

私は大阪に出て、週刊雑誌をさがした。この事件は、そっくりそのまま週刊雑誌の読みものになるから、あるいはどれかの週刊誌が早手まわしに材料を入手して書いているかも知れない、と考えたのである。

だが週刊誌にはまだ載っていなかった。そのかわり英字新聞に記事が載っていた。それは、日本の社会での著名な遊び場である銀座の酒場のマダムが、馴染みの客によって死の中に引きずり込まれた。男から取れるだけの金を女が引き出したあと、男が倒産すると、女はそれからあと男を冷酷に扱った。とうとう男を自宅に泊まらせざるを得なくなったとき、そのマダムは、男の復讐心の犠牲となった、という書き方のもので、明らかに、最初の当局談の引き写しであった。だから、前日のニュースとして邦字新聞に載ったときの様子も大体推定することが出来た。

歌子が死んだ、という鋭い棘のある事実に直面することを私はさきに延ばした。そして専ら、我が身にふりかかる迷惑のことを、あれこれと考えた。われながら、冷酷なものだ、と思ったが、やむを得ないことでもあった。

問題はあのダイヤモンドである。あれはもう指環に出来あがっている筈であるが、はじめて持って行ったとき、柾子の前で歌子は、私から預っているダイヤだといっていた。二カラットのダイヤを渡すような関係だと見られると事が面倒になる。最近の歌子の愛人は私だ、と言って週刊雑誌などが追求することになるかも知れない。

ダイヤモンドのこと以外では、私は歌子と特に親しいことを誰にも知られていないと思う。あのアパートへ泊ったこともない。彼女と逢ったのは、たいていあの多摩川べりの水望閣であった。そこまで問題になることはあるまい。

それでも私は新幹線の中で、もの売りの女が来る度に、新聞と週刊雑誌とを、手に入る限り買った。ちょうどその頃、大銀行の行員の拐帯事件や、少年の連続放火事件などが続いたので、歌子の事件は新聞から姿を消していた。まだ週刊雑誌には出ていなかった。だが色っぽい事件だから、このあと週刊雑誌の記事として取り上げられることは間違いなかった。

もし自殺説がぶり返したときに、あのダイヤのことを柾子がそのとおり喋ってしまったのなら、ちょっともみ消すことはできない。私は当事者でないにしても、歌子に注ぎ込んでいた浮気の相手の一人として、週刊誌に書かれることになるだろう。その覚悟はしておかなければならない。

次第に私も気が鎮まって来た。すると、それにつれて、歌子が死んだという事実が、事実の姿で私の心に響いて来るようになった。列車はようやく伊吹山、関ヶ原を過ぎたところで、名古屋にさしかかっていた。

客の少ない車で、その一等室には十人ほどの人しか乗っていなかった。窓ぎわで私は、その動揺に身をまかせ、列車が名古屋へ近づくにつれて、あちこちに立っている工場の煙突や、テレビ塔や、一ヵ所にかたまるように建っている高層建築などに目をやりながら、一瞬間、歌子に語りかけ、別れを告げる気持になった。

四十を過ぎたばかりで死ぬのは早いし、さぞ君は娘のことが気がかりだったろう。しかし君のような、男のために生きてきた女が、その美しいと言われる年齢を過ぎて生きても、全く別な幸福というものがあるわけではない。まあ大体、君の知り味わう人生は、こんなものだった。

私はそう考えながら、自ら冷淡だと思った。私は、市川というあの落ちぶれた江戸っ子の玩具商を、歌子のことで嫉妬する気持はほとんどなかった。それどころか、自分のかわりに彼が死んだような気持があった。もし歌子が市川と一緒に死ななかったら、歌子はきっと、何か面倒なことを私の生涯の終りのどこかの場面に持ち出したにちがいない。それを市川が身代りになって処理してくれた。

どうしてそんな考になるのか、自分でも分らないが、近来、私の心の中では、すべての判断が流動的になっているのだった。章子との間のことにしても、そのために私が特別狼狽せずにいられるのは、その考の流動性のせいなのだ。

私に直接面倒な思いをさせる事が起らぬ限り、事情や事件がどうあろうとも、私にとって大差がない。そう思うのが老人の狭さと力の衰えであろう。だが、その考え方によって私は、今度の歌子の死にしても、特に彼女のために悲しみもせず、私の方に多少の心残りはあるにしても、それは私にとっての厄のがれであった、とも思っている。またその事件も、不慮のガス中毒だと見てもいいし、また市川が歌子を死の中に引き込んだと考えてもいい。また歌子が市川を死の中に引き込んだと見ることだって、私の立場からはできるのだ。

そして私は、ひそかに、その最後の意見に執着していた。歌子は市川を持てあましていた。古い関係だから、今さらつき離すこともできない。その事業に失敗し、老境に入り、いつか聞いたところでは、息子が一人あって、その家庭に彼の老妻がいるのだが、妻と息子とは彼を相手にしない。そして彼は歌子のアパートにやって来てはいやがらせをして金をせびっている。私の手もとから出た金も市川の方へ流れて行っていることを認めるような、棄てばちな言い方を歌子はしていた。

市川は歌子の生活に食い込んでいるダニのような存在だったにちがいない。歌子が棄てばちになって言ったかも知れない。いいわよ、ガスを出しっぱなしにするならしておきなさいよ。

多分そんな言葉が、二人の間にその晩交わされていただろう。あのなげしに掛けてあった古い鳥打帽子、あの室でのことだ。

別に大変な事件という訳でもない。二人とも、このあと生きていたって、何か新しい生きる目標を見出せる見込みのない人間だ。正直のところ私は、この頃あの二人を俗世の人間としてのだ。

軽蔑して来た。そして私は、自分の死後についてすら、幻想を抱くことができなくなっている

いつかの晩に、あの岩井透清が私に言ったことが、耳にこびりつくという感じで心に残っている。彼は言った。後世なんてあてになるものか。後世が愛玩するのは商品としての絵なんだ。今だって批評家や蒐集家が真とか贋とか言って騒いでいるのであって、絵の値うちとは関係ないことだ。我々は、生きている間好きな仕事をしていることを幸せだと思う外ない。

そんなことを彼は言っていた。それは、世評に対して淡白であろうとする気持と、老人の衰えから来る自棄の気持から生れた投げやりの棄てぜりふだ。しかし、同業の年上の男のその棄てぜりふは、そのまま、私の心にきざしていた棄てぜりふに形を与える。

今、生きて、仕事をしていることの外に私にとっての生はない。岩井透清や私は、少くとも生命の形をとらえようとする芸術制作者だ。その私が、現在しか生きる意味はないと思うのだ。まして金を儲けることを目あてに生きる男や、男たちに酒を出すことで生計を立てる女の年老いての生活が、私の目に、空漠たるものに見えるのは仕方がない。

それは、私にとって善と悪とのけじめが、仮りの、人工的な、あてにならぬものに見えて来たのと同じもので、ともに老年の精神の弛緩なのだろう。だが、精神が弛緩してはじめて見えてくる真実というものがある、という私の確信は、この頃深くなっている。

私にはまだ俗世の約束、儀礼、見栄、そして慾があるから、歌子の死に当って、彼女との個人的なつながりをあばき立てられて恥をかくのは好まない。私は用心深く生きている。だが、その用心深さで守るものに、あまり価値があるとは思われない。もう少しで私は、歌子と同棲してもいいなどと考えていたが、もしそんなことをしたら、老醜の、心狭い、驕慢な老婆の歌子にまといつかれ、不愉快な晩年を送るところであった。少しずつ、少しずつ、私は歌子の世界に足を取られ、その砂のような穴の中にのめり込んでしまうところであった。

歌子の死が私にとっての救いだったことは事実だ。それを認めた上で、私は自分の生涯に長くかかわりを持ったところの、あの膚白く、唇赤く、そして不思議な輝きを目にたたえた美女であった小淵歌子なる女性のことを考えた。あの小淵歌子が、倉田満作の姉咲子と時を同じくして死んだのは、不思議な合致であった。

彼女等二人は、ともにいまはこの世に存在しない。二人は死んだのだ。私は自分にそのことを言いきかせた。しかし、まだそれは痛切な実感となって私をゆすぶるには至らなかった。だが、やがて遠くないうちに、あの二人の女性の死が、私にとって大きな打撃であったことが分るだろう。私は、自分を形成するものの、大きな部分を、あの二人の女性の存在によって埋めていたに違いないのだから。そう思うと私は、まだ感じないでいるところの、その二人の死から起る痛みと空しさの予感におびえて、すくむような気持になった。

この一年足らずのあいだ、その二人の女性の生命が、久しい時のへだたりのあとで、私の中に流れ込み、私を養い支えていたのは事実だった。

私は東京駅へ下りるとすぐ、プラットフォームの売店の横にある赤電話で自宅を呼び出した。西崎良平が出た。

「いま東京駅へ着いたところだが、どこかから連絡はなかった?」

「はい、色々ございましたが、小淵歌子さんという方が亡くなったそうで、そのお宅から何度か連絡がございました。」

「うん、分っている。」

「その人のことについて、警察の人が来て、一度お話をうかがいたいと申して名刺を預りました。」

「通夜とお葬式はいつだと言っていた?」

「はあ、何でも解剖するとかで延びていると申していましたが、先刻お通夜は今夜、築地の良源寺というのですとの連絡がありました。」

「その寺の番地や電話は分ってるかね?」

西崎は良源寺の場所と、電話番号とを知っていた。

今夜通夜だというと、もう間もなくその時間になるので、私は自宅へ帰ることをやめて、その寺へ行ってみることにした。そして私は、西崎にも車を持ってそこへ手伝いに来るようにと言いつけた。築地へ行くのならついでだと思い、私はタクシーでソアレへ寄ってみた。

まだ灯のつく少し前の時間であったが、ドアを押すとすぐ開いた。店にはいつもより明るく電燈がともり、女の子が二人とバーテンダーが二人、腰かけて話し合っていた。

「あら」と女の子の一人が言って立った。しかし彼女は私だとは分らず、「あのう、うちは今夜」と言いかけた。それから私だということに気づき、急に彼女は黙りこくって、私をにらみつけた。二人の男たちも、私に対する態度がどこか冷たかった。私はそんなに足しげくここへ来た客でないということなのか、警察の扱いの影響で私に冷淡なのか、はっきりしなかった。

「とんだことだったなあ」と私が言った。

「はい」と私に話しかけていた女の子は口ごもった。

「今夜がお通夜だってね」と私が言った。

「はい、そうでございます。」

やっと女の子たちもバーテンダーも、私に客としての口の利きかたになった。

「そうか、大変なことだったな。そしてその寺はどこらなの?」

バーテンダーが一人、前に出て来て私に道順を説明した。

私はその四人の男女の前に腰を下した。

「ちょっとビールを一杯おくれよ。いま関西から戻って来たばかりなんだ」と私が言った。

少しずつ座の空気が変って、ビールを飲みながら彼等は口々に説明しはじめた。

歌子にパトロンがいることは皆が知っていた。しかしそのパトロンも仕事に失敗しているから、今ではこの店のあがりをあてにして歌子をせびることが多く、歌子が荷厄介にしていたことも大体分っていた。しかしまさか、二人が心中するほど困っていたとは思われない。この店は、あまり派手ではないけれども、かえって安定した客があるので、経営はうまく行っている筈だ、と女たちも男たちも、口を揃えて言った。

「じゃ、ガス洩れによる中毒なんだね?」

「はい、そうだと思います」と口を揃えて皆が言った。

「娘さんには異状なかったかい?」

「はい、ビルですから、家の仕切りがきちんと出来ているので、翌朝お手伝いが起き出すまで分らなかったそうです。」

「誰がそのあとの世話をしてるんだい?」

「はい、房州からマダムの姉さんという人が出て来ています。しかし田舎の人のことで事情が分らないので、小説家の武林玄先生が主として世話をしています。それから岩井透清先生、ベローナのおかみさん、的場清次先生なんかが見えていました。」

「私のことを誰かきいていたかい？」

「はあ、それはもう。先生が一番事情を知っているということで、皆さんがしきりに先生の行く先を捜していました。」

「それがね、あの柾子ちゃんという子の伯母さんに当たる人が亡くなったので、見舞に出かけたまま、葬式がすむまで関西へ行っていたんだ。」

私がそういうと、皆はほっとした顔になった。私と歌子との間に何か面倒なことがあって逃避していたのではないか、という気持が皆の胸にあったらしい。それが分ると、私はさっきからの彼等の態度を考えて、改めていやな気持になった。

しかし、歌子に姉があったこと、それから武林玄が死後の世話をしていたことを知って、その後のことはやや見当がついた。

私はそこを出て、近所で軽い夕食をとり、築地の良源寺という寺へ行った。その寺は築地から掘割を渡って明石町へ入ったところにあった。小さな、戦後の仮建築がそのまま古びたような寺であったが、町中にしては境内に余裕があった。

ソアレで顔を見知った女や、歌子と縁があったと思われる若い女たちが十人ほど庫裡の座敷に集まっていた。また昔から銀座で歌子と交際があったと思われる年配の女たちも四、五人見えた。男が三人ほど受付にいたが、その中の一人が、私が近づくと立ち上って言った。

「あっ龍田先生、ずいぶん先生をお捜ししたんですが、御旅行だったんですか?」

前に逢ったような顔だが、その四十ぐらいの男は思い出せなかった。私はまた同じこと、倉田満作、つまり歌子の前の夫の姉が死んだので関西に行っていたと語った。

「そうですか、いま武林先生を呼んで来ます。」

私がその座敷に坐っていると、間もなく武林玄が現われた。

「これはこれは、前山夫人が亡くなったんですか? 驚きましたなあ。まあ、こちらへどうぞ。歌子さんのお姉さまや、柾子さんも来ています。」

私は奥の四畳半に招じられた。柾子がいた。彼女は学校の制服を着、入って行った私をじっと見ていたが、忽ちその目に涙が盛りあがった。

「柾子さん、お母さんが亡くなったか。」

私が静かな声でそう言うと、柾子はこくんとうなずき、そのまましくしくと泣きつづけた。

「そうか、私がいなくって悪かったが、実は、泉川のあなたの伯母さんも亡くなったので、向うへ行っていたんだ。」

私はそのことを言った方が、柾子の気持がまぎれると思った。すると柾子の横にいた色の真黒い瘦せた五十ぐらいの女が言った。

「まあ、そうですか。この子の伯母になる人が亡くなったのですか。そういう人がいるということは歌子から聞いたことがありましたが、それはまあ、重ねて、同じような時に……」

そう言ったのが歌子の姉らしかった。

十七

うしろの襖が開いて、女の声がした。

「あのう、龍田先生いらっしゃいますか？」

「はい、私。」

「御面会に来られた方がいますが……」

私はすぐにそれを警察だと思った。ずっと昔、妻が生きていた頃、空巣に入られて、妻の大事にしていたプラチナ台のエメラルドの指環を取られたことがあって、警察に届けた。そのとき、私は被害者でありながら、不快な思いを味わわされたことがあった。私の説明を聞きながら、私に対する質問は、明らかにその警官がこの届出を疑わしいものと思っていることを示した。

私は警官というものは、始終犯罪者に接しているから、自然にそういう脅やかすような表情や発声をするのだ、と考え直しては話相手になっていた。しかし、そうではなかったのだ。妻が働いて、私が売れもしない絵を描いているのだと分ると、その目の引っ込んだ五十男の司法主任は、私が小づかいほしさに妻の指環をくすねて売り払ったものと考えた。当然そういう想定ができる状況にあったということが、私に不利だったのだ。

その想定は、司法主任をしている口髭を生やした五十男の巡査の日常感覚にぴたりと合致するものだった。その巡査の職業意識に私のケースがはめ込まれたのが、私の方の不運なのだ。だから私は、そうでないこと、即ち巡査の想像と事実がいかなる点で違うかを、できるだけの理由を挙げて説明すればよかったのだ。だが私はそうしなかった。

私が話をするに従って巡査が次第に不機嫌になったのは、その彼の想定を嘲弄するような態度を私がとったからである。それは専門家としての彼の直感や判断を、素人の私が踏みにじるようなことだったらしい。私はいくら説明をつづけても帰してもらうことができなかった。私は被疑者として扱われて、実に不快な気持になり、苛立って来た。そうなると、私を不機嫌にさせたことを一つの勝利と感じて、やっとその巡査は私を帰らせることにした。

その時のいやな気持を、いま私は思い出していた。私は立ちあがり、寺の女中らしいと思われる女の襟あしの汚れた髪を見ながらそのあとについて行った。縁側のつき当りに、住職の家族が使っていると思われる八畳間があり、粗末な、しかも古びた畳が敷いてあったが、その縁側に、くたびれた洋服を着た男が二人腰かけていた。四十歳前後で、日に焼けた二人の顔には、昔の盗難事件をしらべた巡査と同じような表情があった。私が入って畳の端に坐っても、二人は立ちあがらなかった。

「龍田さんですか？」

「私が龍田です。」

「私ども署のものですが、亡くなった小淵歌子という人について、御存じのことをお話いただけますか？」と眼鏡をかけた方が念を押すように言った。

「はい、何でもお話いたします。」

眼鏡をかけない方の男が、私の言うことを手帖に書きとめた。

「小淵歌子という女性は、はじめあなたのモデルだったそうですね？」

「そうです。」

「それが倉田満作と結婚するにいたったのは、どういういきさつですか？」

「それはもう古い話でして、私と倉田とは学校時代からの親友なのですが、学校を卒業してのち、倉田は小説家に、私は画家になりました。」

「学校というのは、中学校ですか？」

「いや、大学です。」

そう言って私は、大学生時代のこと、倉田の実家へ行った当時のことをさかのぼって話さなければならなかった。長い戦争がすんで、倉田満作が『巷の花』を週刊雑誌にのせたとき、その挿絵を描く役目を引き受けたこと、そのうちに倉田がその挿絵のモデルだった小淵歌子の経歴をその作品に使いはじめた。そのことが倉田と歌子を結びつけ、二人が結婚したことを、私は説明した。

そのあと彼等がたずねたのは、今年の春になって、私が久しぶりにソアレに行って歌子と逢うようになったことの理由であった。私は春早い頃、倉田の十周年を記念してその碑が郷里の泉川城内に建てられたこと、その碑の裏面には私の描いた裸婦像が用いられたこと、従って、招かれて式典に加わったとき、倉田満作の姉なる前山夫人から、倉田の子だと歌子が言い張っている娘の柾子が、本当に倉田の子であるかどうか確かめてほしい、と言われたからである、と説明した。

また、その前山夫人が先日来病気だったので、泉川市に彼女を見舞ったこと、たまたま前山夫人が死んだので葬式をすまして上京したのである、と私は語った。

そこまでの説明は聞いても、二人はちっとも納得した顔をしなかった。何やらもの足らぬげに、向う向きに縁に腰かけたまま黙り込んでいた。ダイヤモンドのことを質問するのかな？そうかも知れぬ、と思ったとき、さっきからの質問者は言った。

「あなたから見ると小淵歌子の生活というのは相当に乱れたもののようでしたか？」

私は黙り込んだ。

「それは分りません。この事件で一緒に死んだ人が、いわゆる歌子のパトロンだったということも私は知らなかったほどです。」

私がそう言ったときから、小淵歌子の生活の輪郭が、事実と違うものとして描かれて行った。そこに妖怪じみた作りものの歌子が出現した。私はそのデッサンの上に次々と色を塗ってゆき、そのうそのイメージの現実感を盛り上げた。

「とにかく私は倉田満作が死んでから今年の春まで、十年もの間歌子さんに逢ったことがなかったのですから、その間のこの人の生活については知らないのが当然です。一般にこういう職業の女たちも、旦那があるときは割合に身持ちがいいものなのじゃないでしょうか。」

「あなたは越前堀の、永代橋のそばのアパートに何度か行っていますね?」

「はい、二度行ったと思います。」

「そのとき、この人が自殺を企てるような動機を持っているという推定はできませんでしたか?」

「いや、分りませんでした。」

「一度二人で月島方面へ出かけたのは何のためですか?」

「倉田満作が学生時代に月島に間借りをして暮していたことがあるので、そのあたりを見せたいと思ったのです。」

「そのとき小淵歌子は興味を示しましたか?」

「いや、思ったほど倉田の旧居には関心を示しませんでした。私はそれが不満だったのですが、そのとき、今は別な対象があるからだな、と考えました。」

「市川良平との間が、あなたが現われてからまずくなった、ということはありませんでしたか？」

「私は市川良平氏を知りませんし、そんな気持の変化を歌子さんに与えるほどの意味のある人間ではありません。」

もしも指環のことが話に出たら、どういう意味づけをしようか、というのが私の怖れていたことであった。

ダイヤの指環をさせた女の肖像画を描く、というのが唯一の説明であったが、私はこのとき、ダイヤの話は出ないで終るかも知れない、と考えはじめていた。とすると、あのダイヤはどこへ行ったのだろう？　もうとっくに指環への取りつけがすんで、歌子のところに来ていたにちがいない。歌子のものとして、さっき逢った色の黒い姉らしい女の手に入ってしまったのだろうか？

「いや、ありがとうございました。やっぱり色々な方の御話をうかがって納得したいと思うものですから、お邪魔いたしました」と刑事は、はじめて愛想笑いを顔に浮かべて腰を浮かした。

「そうですか、御苦労さまでした。」

私は二人が、むき出しの赤土の上に箒草のような雑草が生えたままになっているその境内の一隅を、本堂前の受けつけの方に歩み去るのを見送っていた。

いま小淵歌子の生活の形は、私の言葉によって描き出され、私の都合によって歪められ、色を塗られて、そこに出来上っていた。ダイヤモンドの行方、多摩川のほとりの古い宿屋での逢い引き、それからあの市川の鳥打帽子のあった室での不成立に終った情事などが、もしあの二人の刑事たちの前にひろげられたとしたら、果して私はこうして放免されることができたであろうか？　少くとも、読者の興味をスキャンダルに結びつけようとする週刊雑誌には、恰好な材料を供給することになったであろう。

私はしかし、またさっきの、柾子が歌子の姉らしい色の真黒な女と一緒にいた室へ戻った。彼女等は言い合わせたように、気づかわしげな、気がかりな表情で私を見たが、ものは言わなかった。私は武林玄やその仲間らしい男たちのいる向うの大きい座敷へ行くのは気が重かったので、柾子のいる近くの壁によりかかってじっとしていた。

「あなた様が龍田先生ですか？」と痩せた色の黒い女が言った。「私は歌子の姉でございます。生前もお世話になったと存じますが、この度は大変御迷惑をおかけ致しました。どうも生活がすっかり違うものですから、歌子の暮しの内容が分らなくて困っております。」

「はあ、びっくりなさったでしょう？」

「はい、それはそうですが、どうも死後になって訳の分らぬことがあります。酒場のソアレの所有権は市川さんの名義になっていて、歌子は単なる傭い人にすぎなかったということでございます。」

「へえ、それは初耳です。それだから歌子さんは、泉川のお姉さんに向って、柾子さんの父親のことを言ったのでしょうね。」

「なるほど。」

死んだ歌子の姿は、いま本人が居ないところで作られてゆく。それはしかし、過去の歌子の剝製にすぎない。彼女は強い悲しみも、強い執着も持たなかった、毒気のない無性格の女にされてゆく。

本当の歌子は違う。私の中に生きている彼女は、もっと激しい言葉で説明されるのを不服気に待っている。しかし生きているものの都合が、死んだものの実在を歪めるのだ。歌子はその命と意志を失い、燃える火の炉に入れられる。

歌子の姉は、私を頼りにすべき人間と考えている気配で、相談ごとをそこへ持ち出した。

「昨日、話がもつれました。私たちは市川さんと一緒のお葬式かと思っていましたが、市川さんの方の葬儀は別にすると言って、船頭衆みたいな人間がここへやって来て、市川さんのなきがらを運んでいきました。つまり、これは心中じゃない、過失であるから、市川さんはその菩提寺でお葬式をするというのです。もっともな話でした。その交渉に来たのは市川さんの後とりですが、その人が言うには、お店の権利は市川のものであり、今後は別な経営者をさがしてそれにやらせる。小淵歌子の関係の人間たちは、店はもとより、あの永代橋のアパートからも立ちのいてくれ、ということなんです。」

「私も負けずに言ってやりました。アパートの方は歌子の個人の生活の本拠だから、そんな乱暴な扱いは受けつけない。そちらこそ、アパートの小淵歌子の家に踏み込まないでほしい、と。そうでしょう？　そういう理窟ではございませんか？」

「私もそうだと思いますね。しかし何か、アパートの権利も市川さんのものと分るものが残っているのではありませんか？」

歌子の姉は何かを私に答えようとして片手を振った。そのとき、うしろの襖が開き、武林玄が顔を出して、その歌子の姉の耳に何かを囁いた。すると彼女はすぐ身を起して、武林と一緒に室から出て行った。

室には私と柾子だけになった。そのとき、柾子が、どこに持っていたのか、白金の台にこの間のダイヤモンドに違いないものを取りつけた指環を取り出して、私に見せた。

「龍田先生、これ、私がお母様のハンドバッグから見つけておいたの。これは先生がお母様に貸したものでしょ？　お返ししますわ。」

「ありがとう」と私は受けとって、それをポケットに落し込んだ。それから私は柾子に言った。

「これは、本当は君のお母様にあげたものなんだ。だが、いまこれが出るとうるさい問題になるから、無かったことにしておいてちょうだい。いずれ君が大人になるときには、これは君にあげるからね。」

「はい。」

ダイヤモンドのことは、私をぎょっとさせた。中学の二年生がすることとして、それは当り前のようでもあった。しかし私は、柾子の幼なげな判断の中に、女にしかないような、生きることの智恵が働いているのを感じた。そして私はそれが、泉川の前山章子のしたことと、どこかが似ていることに気がついた。私に頼るような形の中に、私の考えを知って先まわりする確かさがあった。

「それで柾子ちゃんはこれからどうなるの？　伯母さんが何かそのことで言っていたかね？」

「いいえ、何にも。」

「君のところの親戚はあの伯母さんだけなの？」

「はい、そうらしいんです。」

「あの伯母さんのうちは何商売をしてるの？」

「外房州の方で雑貨屋をしているということをお母様が言っていました。」

「そうか？　で、君を連れて行くと言ったかい？」

「いいえ、まだ話を聞いていません。」

「そうか。じゃ、私が伯母さんにお願いして、君を私の家に預かることにしたら、君は私のところに来るかい？」

「学校に行けるの？」

「うん、学校は行きたければ、どこまでも出してあげる。私には奥さんも子供もないのだから、君を養子にしてもいいんだよ。」

「はい、お願いします。私、田舎へ行きたくないんです。できれば、中学校はもう一年半、いま行っている永代の学校に行きたいんです。」

「そうさせてあげる。今では、東京で君のお父様やお母様と一番親しかった人間は私かも知れないからね。」

「武林先生は？」

「あの人は戦後に君のお父様と親しくなったんだが、私はその二十年も前からのお友達だ。」

「はい、分りました。」

「このことはあとで、私がゆっくり伯母さんに相談するから、黙っていらっしゃい。」

「はい。」

歌子の姉が帰って来て、読経がはじまるから本堂の方へ行ってくれ、とのことであった。

通夜の読経の席には女の姿が多かった。にび色の着物や黒を着たものが幾人かあったが、店に出る姿のままここへ立ち寄ったと思われる派手な姿の女が多く、それが歌子の生きていた世界のはかなさ、悲しさを思わせた。ほかに男の通夜客には酒屋や呉服屋らしいものごしの着物姿のものが、幾人かいた。私がその人たちの間へ入って行くのを、歌子の姉は目で鋭くとらえ、そばへ寄って来て声をかけた。

「龍田先生、柾子のそばにちゃんとした男衆が坐っていないと形がよくありません。どうぞお願いです、あの子のうしろに坐ってやって下さい。」

僧たちの横手の一番上の席に柾子、並んでその伯母という風に坐っていた。私は言われたとおり、柾子のうしろに坐った。太い敷居が柾子との間にあり、しかも大きな花環の脚が二本伸びた間に坐るような、狭いところだった。私のとなりには歌子のところにいたあの色白の小柄な中年の女中が坐っていた。私はそこへ坐りながら、私たちの横顔を左方から見るように坐っている通夜客たち、特にソアレの女の子たちの中には、私のことを、近頃ずっと歌子と親しくした男性と見ているものが幾人かいることを考えた。

女たちは、今度の事件の原因が私という画家にある、と思っているかも知れない。今では、そういう連中の想像は私の邪魔にならなかった。むしろそういう噂のまとになることは、私の中にいる歌子への供養のようなものであった。私は歌子の古い知人だから、柾子とも縁の深い存在としてそこに坐っているのだ。しかし私は自分の左隣にいる色の白い小柄の中年の女中を気にしていた。私のすぐ左にいるその女中は、私がマダムのところへ行くようになってからマダムは旦那の市川に冷淡になった、と思っているにちがいない。私が歌子のところへ行ったのは三度しかなく、しかも一度は女中のいない日のことであったし、あとの二度も、単なる来訪客として振舞ったことは明らかだ。だが、私がよそで歌子に逢うのに電話をかけるとき、その女中がよく取りついだ。だから彼女は、私と歌子の関係は知らぬにしても、私が電話をかけた度数がかなり多いことは知っている。それを彼女は、ほかの男の客たちと較べているにちがいない。私のかけた度数が多い方なのか少い方なのか、それとも市川のほかに常客を歌子が持っていたか否か、それを最もよく知っているのはこの女中なのだ。

読経がはじまると、木魚の音、鉦なども加わって、まわりに騒音がみなぎった。柾子とその伯母の背後が敷居になっていたので、私の坐った場所は、その二人から少し離れて、その女中のすぐそばであった。右側の大きな花環の脚のせいでそこは場所に余裕がないのであった。女中の左手には、寺の本堂の太い柱があって境をなし、ほかの客から切り離された場所であった。

私はその色白の、妙に律気な中年女に見える女中と話をすることを思いついた。私はほとんど顔をそちらへ曲げなくても相手に話しかけることができた。

「君、歌子さんのところのお手伝いさんだね？」

「はい。」

「えらい事が起きたものだね？」

「はい、よい奥様でしたが、お気の毒をいたしました。」

「君、あの家では古いの？」

「はい、五年ほどおりますから、古いというのでしょうか。」

「わがままな主人であったろうな、歌子さんは。」

「はい、そんなとも思いませんでしたが。私はお嬢さまが可哀そうでなりません。」

「そうだね、五年もいれば、あの子の小学生時代からだからね。」

「はい、そうでございます。」

「店は歌子さんの名義になっていなかったそうじゃないか。」

「お気の毒ですわ。柾子さんはあの伯母さんが本当に引きとるのでしょうか？」

「あの伯母さんという人は、どんな人なの？」

「私よく存じませんが、何でも鴨川の方で雑貨屋を営んでいて、子供が幾人もあり、旦那があまり働きのない人だと、亡くなった奥様が申していましたが、本当でしょうか？」

「柾子ちゃんを引きとると言っていたのかい？」

「さあ、よくは存じません。」

「歌子さんの持ちもの、貯金通帳などはどうなったの？」

「私一切存じません。あの奥様の亡くなった室は鍵がかかるのですが、そこに奥さまのものをみな集めて、私ども入ることもできませんし、アパートの鍵も伯母さまが持っているので、今日など私は自分の着物を取り出しに、アパートへ行くこともできないんです。」

「そうか。だが、君は警察から色々なことをたずねられたろう？」

「はい。」

彼女はそこで用心深い顔つきになった。

「どうかね、僕は訪ねたり、電話したりする度数の多い方だったかい？」

そう言ってから私は、この話は自己防衛の形をしているが、実は歌子の素行をしらべる役もしていることに気がついた。

「……いいえ、先生は多い方ではありませんでした。」

「市川氏を別にすると、どんな人が出入りしていたの？」

「さあ、色々な方がいましたから……」

「歌子さんは、そういう点ではだらしない方だったと思うかい？」

「さあ、それは……」

家庭を持ったことのある女に見えるその女中は、そこで口をつぐんだ。

「警察は僕のことを色々たずねたかい？」

「はい。」

「どんなこと？」

「何度ぐらい来たかとか、それから色々なことたずねましたが、私はあまりお出でにもならないし、深い交際はないと思います、と申し上げました。」

「そうか。」

しばらく考えてから、また私はたずねた。

「君はこのあとどうするの？」

「はい、どうということもありません。一人息子がいて、高校を出て働いていたのですが、それが最近同い年の女の子と一緒になり、安アパートに室を借りて住んでいますので、そこへ戻るというわけにもいきません。」

「これはまだ一つの案なんだが、私が柾子ちゃんを自分のうちに預ることになったら、君は一緒について来るかね？」

「はい、私も柾子ちゃんとは離れがたい気持ですから、それは嬉しいお話ですが、先生のお暮しやお住居はどんなところか、お伺いできれば考えさせて頂きますが……」

「私は独り者で、子なし。運転手とその妻とが二人で住み込んでいる。二室を使わせているが、その母屋にはもう二室あいた所があるから、君と柾子ちゃんは今と同じようにそこで暮せると思う。私は画室と寝室とのついた離れに住んでいる。」

その女中は私の言葉を聞いて、しばらく考えるような目つきをしていたが、そのとき、柾子と伯母さんが焼香に立ち、私たちのところには別な小型の焼香台がまわって来たので、話がとぎれた。

歌子の姉は位牌の正面に出てゆき、柾子と並んで焼香したが、そこからもとの席に戻るとき、私と女中の方をじろりと見た。私と女中の話が幾分はその耳に入っていたらしいのだ。

私はしかしこのとき、柾子を自分のところに引き取ることについては、ほぼ確信を持っていた。店が歌子のものであって、そこから何等かの利益が入って来るのでない限り、柾子という娘は、この伯母さんにとって荷厄介なものに相違ない。多少の金でも渡せば、私は柾子を引きとることはできる、と信じていた。

私は歌子の生前から、時々柾子を自分の子にすることを空想していたし、ダイヤを歌子に持って行った日にも、そのことを冗談のように言った。また私は中気で倒れた咲子の耳もとで、柾子が倉田満作の子にちがいないことを言い、柾子は自分の子として育ててもいい、と言った。

死者への約束を守るということでなく、私は柾子という少女を自分のそばに置きたいのだ。

自分が天涯孤独の身であるとしても、晩年の淋しさをそのままで耐えるということにあまり意味があるとは思えない。私は、自分のそばに、伸びてゆく命があってほしいのだ。しかもその命が、自分と全く無縁のものでは困る。柾子のような少女を身辺におきたいという気持は、私にとっては切実で真剣なことなのだ。

一通り焼香が終って、居残った客たちのところに稲荷鮨やのり巻きと酒が配られた頃、どこにいたのか、武林玄が私たちのいた一隅にやって来た。柾子と女中は別室で食事でもしているらしく、その室からは姿を消した。伯母さんは、私と武林の顔を見ると、私たちのそばへ近づいて話しかけた。

「先生方お二人がお揃いのうちに柾子の今後のことで御相談申し上げたいと思っていましたが、よろしいでしょうか?」

私と武林とは顔を見合わせた。

「私たち二人だけでうかがってよろしいでしょうか?」

「はい、岩井透清先生やベローナのおかみさんも昔から妹が親しくして頂いたお方だとうかがっていますが、来ていらっしゃいますか?」と伯母さんが言った。

「ベローナのおかみは来ています」と武林が言い、その場に伸びあがって、おかみを見つけたらしく合図をした。人々の間を縫ってそこへ来たのは、私も何度か見たことのある五十に近い太った女で、ああこの女がベローナのおかみだったのか、と私は改めて思った。

　武林が言った。

「ベローナのママさん、いまこの歌子さんの姉さんから、柾子さんのこれからについて相談をしたいということですが、どうか、私たちと一緒にいて、お話を聞いてあげて下さい。」

　ベローナのおかみは、にこりともせずにその場所にやや横向きに坐った。歌子の姉が容を改めて言った。

「皆さま、妹のお歌が長い間お世話さまになり、まことにありがたく存じます。御存じのようなことで、突然あれが世を去ってみますと、色々私どもの思いがけないことが起って参りました。あのソアレというお店の名義がお歌でなく、市川さんになっていましたのには、私もびっくり致しました。またこれまで私が調べましたところでは、お歌は着物こそ多少は持っておりますが、お金、貯金、宝石というようなものは、ほんの少しばかりでした。どうも、手一杯の生活だったように思われます。」

　歌子の姉は、顔が黒く瘦せて、頰骨がとがっているから、一見して田舎ものであるけれども、その話しかたは落ちついていて、世慣れている女であることが分った。

「残された子は柾子一人でして、御承知のように、これは故人の倉田満作様との間に生れた子です。その倉田様では、最近そのお姉様に当る方も亡くなられ、その方の娘さんの時代になっているとのことです。私は現在四人の子持ちで、ついでのことだから柾子を引き取って育ててもよいのです。しかし、どうもあの子は、東京に住むことを希望している様子なので、鴨川へ連れて行くのも、泉川方面に引き渡すのも、あの子の願うところではなさそうなのです。この問題については特にあの子をどう扱ったらよろしいか、皆様がたの御意見を伺えれば幸だと思っています。」

私は、誰かが言い出す前に、と思って、彼女の言葉の終るのを待って口を切った。

「私は、あの子の父なる故人の倉田満作君の古い友達ですが、実はこの機会をお借りしてお願いしたいことがあります。それは、柾子さんを私のところで育てさせて頂きたい、ということです。できれば私のところの養子として、将来、私に属する資産などを譲りたい。そう考えておりますので、敢てこの際お願い申し上げる次第です。実は倉田君のないあと、歌子さんは、柾子さんが倉田君の子なることを明らかにして、柾子さんに倉田姓を名乗らせたい気持があった。しかし一昨日、そのお姉様なる前山咲子夫人が亡くなりました。そのあとの御家庭は、柾子さんを受け入れるものとは思われない。そこで私は、何等の金銭的問題の意味がなく、単純に柾子さんをお育てして、適当な年になったら然るべき婿を見つけてお嫁に出してもよい、と考えています。

「年をとって女の手が家庭の中にないというのは、どうにも淋しいことでありますが、私はその淋しさをまぎらす為に柾子さんを家で育てたいとは申しておりません。私は妻を早く亡くして、いま運転手夫婦を家においていて、万事の世話をさせております。私はただ自分の家の中に伸びてゆく生命を持たずに暮すのは、自分が人類と世間から遊離するような、まことに淋しいことなので、できれば、倉田君のお子さまを育てさせて頂いて、自分のあととりを持ちたいということでございます。」

私は変なところで話を切った。そのさきを言うことができないほど、自分の最後に言った言葉のためにパセチックな気持になっていた。いま、もう少し喋らせてくれると、私の胸のつかえを払おうとして変な声で笑い出し、その笑がとまらぬかも知れぬ、という妙な衝動にとりつかれていた。

ベローナのおかみが、そのとき、こちらを向いて言った。

「今の龍田先生のお話はまことに結構なことですわ。お店のことは、どうやら私の方で人に尋ねてもらった結果と同じことで、ソアレはもともと市川さんの名義だから、こんな事態になった今は、そのことを素直に受け入れなければなりませんね。ま、男と女の間で、どちらがどちらを多く世話するかは、運次第ということではないでしょうか。龍田先生のお話をうかがっていて、私は涙がこぼれるような気持でした。私どももむかしフローラで歌ちゃんと一緒に働いていた頃からのことを考えますと、歌子さんも、その旦那さまだった倉田先生も、みんなはじめは龍田先生の縁でお近づきになった。ですから、そのお二人が亡くなられた今、龍田先生は御自分もお子さまがないことであるし、柾子ちゃんを育てたいとおっしゃるのは、本当にいいことだと存じます。龍田先生はその当時から偉い方でしたが、今では言わば画壇でも高い地位にいられる方であり、柾子ちゃんも幸福になる一番の道と思いますので、伯母さまもどうぞ、先生のお申出でを、柾子ちゃんの幸福のためによく考えてあげて頂きたいと、私からもお願いいたします。」

ベローナのおかみの言い方は、なかなか力があり、それに私と歌子のはじめの頃のことを実によく知っているらしい。自分で言っているように、フローラの当時の女たちの一人にちがいないのだが、そしてその色の黒い、頬のあたりのいかつく出張った男性的な顔は、たしかに見覚えのあるものだが、それでいて私は、フローラの店に立ったり坐ったり歩いたりしていた二十年前の女たちの中に、彼女の顔かたちを思い浮かべることができなかった。

ベローナのおかみがそう言うと、武林玄が、それに賛成して、同じような意味のことを言った。龍田家の養女として育てられれば、柾子さんは将来全く心配なく生活することができる。武林は、私の財産がそのまま柾子のものになるということを暗示するように、そう言った。

私は聞いていて、この武林の功利的な言い方が歌子の姉に利くと思った。結果はそのとおりのようであった。

「ありがとうございました。この種のことは、ただ一人の肉親で実の姉だからと言っても、遠隔の地に暮していましたので、私一人で決められることではありません。ごもっともなお話だと存じます。でも、私の主人の意向もありますし、それに未成年ではあっても判断力のある柾子の考も聞きたいと思いますので、龍田先生のお考を尊重するという方向で考えさせて頂きたいと思います。」

そう言って彼女はその場の相談会を終りとした。

翌日の葬式もそのお寺で行われた。夕方お骨上げがすんでから、私は歌子の姉に言われて、永代橋のそばの越前堀のアパートに行った。あの窓の大きな見晴らしのいい室で彼女はにこやかに私に言った。柾子も喜んでいるし、電話で話をして夫の承諾も得た。当分養育して頂いて、中学校を終える頃にでも入籍の相談をしたい。ただ一つのお願いは、柾子も初めてのよその家で心細がるから、五年もこの家で一緒にいた女中の民子を一緒に引きとって頂ければと、柾子も民子もそれを望んでいる。

私は、それは願ってもない事だ。室の余裕もあるから、二人は、今までこの家にいたのと全く同じに、運転手夫婦とは別な食事を二人だけで作って暮してもいい。できれば私自身の食事はそこで一緒に作って画室へ運ぶなり、そこへ私を呼ぶなりしてもらえるとありがたい、と言った。

歌子の姉はすぐ柾子と女中の民子を呼んで、私に逢わせ、今の話を伝えた。柾子はそれを聞くと、わっと泣き出して民子の肩にとりすがった。しばらく泣くのにまかせておいてから私は言った。

「ところで、学校はどうするかね？」

柾子は手の甲で拭いたりした涙の汚れのついた顔で、私の方をまじまじと見ていたが、やがて言った。

「学校は変りたくないんです。ほら、先生のところに近い荻窪からの地下鉄がこの永代橋までまっすぐに来るでしょ。もう一月で開通とか言っていました。私、地下鉄で通います。」

「ほんとだ。まっすぐ乗りかえなしの地下鉄がつく。当分新しい地下鉄は混みもしないし、スピードは早いし、これは都合のいいことだった。」

そうして、歌子が死んで五日ほどあとには、色々なことが決定してしまった。歌子の姉は家へ帰るのを急ぐからと言って、香典がえし、初七日その他の事務を私と武林にまかせると言い、柾子と民子が少しばかりの荷物を持って私の家へ来た日、彼女は私のところへ挨拶に来ることもせずに、あわただしく房州へ帰って行った。

柾子と民子は、私の家の母屋の東南隅、玄関を入ってすぐ、画室へ入る廊下と反対側にある八畳と六畳の室に落ちついた。そこは西崎夫婦のいる所とは廊下を隔てていた。私はその六畳のぬれ縁を一間の縁側にひろげ、その西端に水道とガスを引いて、台所を作ってやることにした。

その仕事のために大工が入っている間は、私も画室にいられないので、私はよく出歩いた。私は柾子をなるべく民子と二人おいて、この土地、この家に慣れるまでは孤独感にとりつかれぬよう、また無理に私の家のものになり切る必要を感じさせぬようにと気をつけた。

私は街に出ても行くところがなく、逢う女がいなかった。私は淋しいのでもなく、困っているのでもなかった。私がそうしたいと思った方向へ、もの事があまりすらすらと動いたために、私は柾子と民子が私の家へ越して来たことが事実としてまだよく納得できないのであった。これまでの私のとどまるところない色好みの生活は、結局、人生の薄暮のせまって来たいまでは、子供とともに生活したいという衝動に変ったらしい。それは私の判断を越えた強い執着であった。前山咲子が死に、小淵歌子が死んだ直後に、私は死の渦巻のただ中にいる不安の意識から、目の前にある浮きに取りすがるように、柾子を摑み取ろうと必死になったようだ。私はそのために民子という中年の女中を、移植する稚い樹に副木が必要なことをさとって、柾子とともに私の家へ移し住まわせたのだ。

私は自分の女好みをよく知っていて、たいていの女性との交渉には、私は、躓かぬよう、後くされないようにと、人柄の障害、経済問題のなりゆき、競争相手のことなどを前もって考えるのが癖になっている。それが柾子の場合はいやも応もなく、養育の問題、金の問題も考えず、ただ倉田満作と小淵歌子の子だということで、まっしぐらに私は摑みかかって手もとへ引きとってしまった。柾子の学校の出来も、民子という女中の身元や人柄も万事不問というやり方だった。

そのあとの事はゆっくり考えよう。柾子がよい子で、よい婿を取って私を大事にしようが、また柾子が不良になって私に手を焼かせようが、どっちだって構わない。とにかく柾子を自分の子にしておきたい、というのが私の正直な気持であった。

だが、と私は自分の心の中を見まわした。刑事がある家の中をさがすように、私は悪意をもって、自分の心の中に少しでもあやしいものの影がないかと探しまわった。そこには不審なものの影はなかった。しかし、このおれという人間が、全く清潔なことだけの衝動で、今度のような思い切ったことをするだろうか、という疑いを私は自分自身に対して持っていた。しばらくは姿を見せないとしても、このおれという人間は油断できないのだぞ、と私は自分に言った。そしてその心の室の扉をしめた。

秋の晴れた日に、私は街へ出ても行くところがなく、ふと考えて、上泉和装学園に電話してみた。校長先生にお話したいと言うと、すぐ上泉せつ子が出た。

「あら、龍田先生、どうなさって？　珍しいじゃございませんか。何か私がお助けしなければならぬ事件でも起きましたか？」

「そうなんだ。僕の彼女が死んだ。男とガス心中をしてしまって、大変淋しくなった。」

「それは、それは。とんだ御災難でした。どうぞまあ、話にいらして下さい。」

私は初めてそのとき、上泉和装学園に行ってみた。それは東京の西南方の、私鉄の新しい支線の起点の駅に近い住宅街の中にあった。住宅街の中にどうしてそのような高層建築がゆるされたのか、十階の、かなり大きな建物であった。その窓の一つ一つが、ローマ中央駅のデザインのように古代の高架水道の橋脚を思わせる典雅なアーチを、たがいちがいに積み重ねた形式の建物であった。そのそびえ方はものものしいのに、その形の優雅さが四辺の静かな、庭木などの繁った住宅地と調和していた。

和服を作って着るということが、教育事業として大変な規模のものになったものだ、と私は思った。この建物は、日本の物質的繁栄、服飾の盛行、そして教育が企業として銀行の出資の目標となったこの時代の産物にちがいない。それにしても、あの上泉せつ子という、男のような独身の裁縫教師がなしとげた事業として見れば、それは驚嘆すべきものだった。

校長に逢いたいと言うと、エレヴェーターでその建物の最上層に通された。十層のビルディングの最上層に室を構えて、自分の作り上げた事業を支配している、というところに、上泉せつ子の矜持が感じられた。私が彼女だったら、私もきっと同じようにその階に自分の室を取っただろう。

利口そうな少女が私をエレヴェーターの前で待ち受け、受けつけの背後にある待ち合わせ室にしばらく腰かけさせて、茶を供した。間もなく、背後のドアがあいて、せつ子のしわがれた声がした。

「まあ龍田先生が、ここへお出で下さるとは、なんという光栄でしょう。全校の生徒にそれを言ったら、どんなに感激することでしょう。今日このまま、講演もして頂かずにお帰ししたとなると、私、教員たちにうらまれますわ。」

「とんでもないことを」と私は苦笑した。「しかし立派な建物でびっくり致しました。こんな巨大な事業になっているとは知りませんでした。」

「ありがとうございます。ところで先生、こちらの室へどうぞ」と言って彼女は二十畳ほどもあるかと思われる広い自室へ招き入れた。片隅に彼女用の応接セット、その手前に会議用の大きな楕円の卓があった。

その向うの応接セットの隅に、私とせつ子は角のところに相対して坐った。少女が茶を新しくして持って来て去ると、あたりはひっそりした。受付の少女が室二つ向うの廊下のそばにいるだけなのだ。

上泉せつ子は太ってくるに従って、色が白くなったが、生活に自信を持ったためか、表情までいきいきとなった。人に見られ、人を指図する立場にいるため、その人柄に奥行きができた。そしていまこの室にいる彼女は、自分のために設けた背光の前に坐った像のようなものだった。

かすかに、私の心の中に長年残っていたせつ子のイメージが変った。私がいつもひるんで避ける女であったせつ子は、ほんの少しその境界を越えて、私がふれてみてもいいと感ずる女になっていた。その距離は少しだが、私の気持はこのときその境を越えた。それは私の境遇の淋しさのせいだったにちがいない。私が自分の心を語ることのできる相手は、この人しかいなくなったのだ。

「君知ってただろう？　むかし女房が療養所に入っていた頃、僕が歌子という酒場女を描いていたことを？」

「ええ、ちょっとやぶ睨みの子でしょ？」

「やぶ睨みとはひどいな。あの目がよかったのだ。」

「へえ、男衆はもの好きなものだと私は当時から思ってました。あの子のために私は、何度か着物の品定めをし、帯の心配までさせられました。」

「あれが間もなく、僕が挿絵を描いた小説の作者と一緒になった。」

「倉田さんでしょ？　あれであなたはほっとしたのよね、あの時。」

「同時に淋しかったが、妻が気づいたらと考えると、君の言うとおりだった。そしてその小説家の子を産んだ。ところが、倉田がまた浮気をはじめたので、歌子は玩具問屋の主人をパトロンに持って酒場を開いた。倉田は早く死んだし、そのパトロンものちに落ちぶれてからは、歌子に虐待されたらしく、先日無理心中で歌子と一緒にガスで死んだ。」

「あら、それなら私は読んでいたわ。あれがあの人のことだったの？　でもそれはガスの事故死だって訂正が出たわ。」

「真相は分らない。しかし、パトロンのやった無理心中だと僕は直感的に思ったな。僕はちょうど関西から戻って葬式に出たが、その歌子の十三になる女の子を養子にもらうことにした。」

「へえー、そのことでお話にいらしたのね。」

「そうだ。これを聞いて、これを僕の生涯の事件として受けとってくれる人は、考えたら君しかいなかった。僕はその子がいとおしくって、その家に五年いるという女中と一緒に連れて来て、いま家においてある。」

そこまで語ったとき、どういうわけか、私の目に涙が湧き、あふれて頬を流れ落ちた。

「そうですか。よくお話に来て下さいました。これが人生だわね。私だって、もしあなたが誰かに産ませた子がみなし児になっていれば、きっと引き取って育てますわ。どこかにそんな子がいませんかね？」

「いや、何ならこれからだって作ってあげてもいい。」

私がうっかりそう言うと、上泉せつ子は、衝撃を受けたように黙り込んだ。

「男のひとはいいわ。女はだめ、私もう終ったのよ。」

彼女は自己の全人生を一瞬に思い返したのか、破裂しそうに大きく開いた目で私をにらみつけた。私は一瞬間にその問題を切り抜けなければならなかった。

「そうか、そうか。それも人生だ。それでは、私が君を慰めてあげる。考えても仕方のないことは仕方がない。」

私は上泉せつ子の手を取って引き寄せた。肌の色が白く、一まわり大きい身体になったせつ子は手を私にあずけて、すっと席を半分ほど私に近よった。私はその白い、大きな顔を抱き寄せて接吻した。せつ子は、私と同じように、たわむれの形を崩さなかった。若い女がするように優雅に目を閉じて、しばらく自分の顔を私に預けていた。

「校長先生に校長室で接吻してもいいのかな？」と私が言った。

「いいのよ、構わないのよ。それより、あなた、やっと私のことを逃げまわらなくなったようね。」

彼女は私の顔をまともに見て、皮肉な笑を浮かべた。

「共通の過去を持ち、何でも話し合い、何でもすることができて、しかも、いつでも他人でいられる男と女って、まれにしかあるものでない。これからさき僕は、ときどき淋しくなると君に逢いたくなるにちがいない。どうぞお願いだから、そういうとき僕にやさしくして下さい。」

私がそう言うと、彼女は白い象のような顔で、にこにこと目の下に皺を作って微笑み、おませの少年の話を聞く女校長のように、自信ありげにこくりこくりとうなずいて見せた。

あとがき

小説「変容」は、一九六七年一月から翌年の五月まで雑誌「世界」に連載した。

この小説を書きながら私は、自分のものの書き方が変り目に来たことを感じた。人物も事件も即興的に作り出されたもので、はじめは苦労がなかったが、それだけに不安定なものがつきまとい、そのあと何度も訂正加筆することになった。

雑誌の校正刷で直し、単行本にするときは、その切り抜きに加筆し、校正刷が出てからも二度訂正した。それで、雑誌のときは小川寿夫氏に、単行本のときは石崎津義男氏に大変お世話をかけた。造本担当の飯泉平伍氏を含めて厚くお礼を申し上げたい。

一九六八年九月

伊藤　整

P+D BOOKS ラインアップ

居酒屋兆治	山口 瞳	●高倉健主演映画原作。居酒屋に集う人間愛憎劇
血族	山口 瞳	●亡き母が隠し続けた私の「出生秘密」
家族	山口 瞳	●父の実像を凝視する『血族』の続編的長編
父・山口瞳自身	山口正介	●作家・山口瞳の息子が語る「父の実像」
硫黄島・あゝ江田島	菊村 到	●不朽の戦争文学「硫黄島」を含む短編集
十字街	久生十蘭	●鬼才・久生十蘭が描く傑作冒険小説

P+D BOOKS ラインアップ

（お断り）

本書は1968年に岩波書店より発刊された単行本を底本としております。あきらかに間違いと思われるものについては訂正いたしましたが、基本的には底本にしたがっております。また、一部の固有名詞や難読漢字には編集部で振り仮名を振っています。

本文中には船乗り、漁夫、請負師、小作人、女中、パンパン、ヒモ、家政婦、派出婦、酌婦、芸者、妾、使用人、下女、下男、乳母、娼妓、娼婦、女郎、女給、芸者屋、下地っ子、産婆、レポ、大工、白痴、酒場女、下足番、バアの女、眇目、船頭、お手伝い、やぶ睨みなどの言葉や人種・身分・職業・身体等に関する表現で、現在からみれば、不当、不適切と思われる箇所がありますが、著者に差別的意図のないこと、時代背景と作品価値とを鑑み、著者が故人でもあるため、原文のままにしております。

差別や侮蔑の助長、温存を意図するものでないことをご理解ください。

伊藤 整（いとう せい）
1905年（明治38年）1月16日―1969年（昭和44年）11月15日、享年64。北海道出身。本名は（いとう ひとし）。1963年『日本文壇史』で第11回菊池寛賞受賞。代表作に『氾濫』『若い詩人の肖像』など。

変容

2020年10月13日　初版第1刷発行

著者　伊藤　整
発行人　飯田昌宏
発行所　株式会社　小学館
〒101-8001
東京都千代田区一ツ橋2-3-1
電話　編集　03-3230-9355
販売　03-5281-3555
印刷所　昭和図書株式会社
製本所　昭和図書株式会社
装丁　おおうちおさむ（ナノナノグラフィックス）

ISBN978-4-09-352402-5

P+D BOOKS